贞观幽明谭

燕垒生 著

浙江古籍出版社

图书在版编目(CIP)数据

贞观幽明谭 / 燕垒生著 . -- 杭州 : 浙江古籍出版社, 2023.7

ISBN 978-7-5540-2647-2

Ⅰ . ①贞… Ⅱ . ①燕… Ⅲ . ①幻想小说—中国—当代 Ⅳ . ① I247.5

中国国家版本馆 CIP 数据核字（2023）第 112056 号

贞观幽明谭

燕垒生 著

出版发行	浙江古籍出版社 (杭州市体育场路 347 号)
网　　址	https://zjgj.zjcbcm.com
责任编辑	刘　蔚
责任校对	吴颖胤
封面设计	吴思璐
责任印务	楼浩凯
照　　排	杭州时代出版服务有限公司
印　　刷	浙江海虹彩色印务有限公司
开　　本	880mm×1230mm　1/32
印　　张	13.375
字　　数	300 千字
版　　次	2023 年 7 月第 1 版
印　　次	2023 年 7 月第 1 次印刷
书　　号	ISBN 978-7-5540-2647-2
定　　价	48.00 元

目　录

楔　子

虫声如沸，喧于草丛间，如细碎的冰屑。

这是秋尽时的圆月夜。明崇俨看着兀立在荒坟间那一排排桑树，心中也不禁有了一丝寒意。

桑树不能长得太高，因此每年都要修剪，年积月累，断口虬结如拳，映着银白的月光，宛如鬼怪的手指。这个身着白衣的十二岁少年虽然已经看惯了这一切，但每次来的时候，心头仍有抑制不住的恐惧。

这块桑田中的桑树种植得稀稀落落，大概也是因为田中起了好几座坟吧。只是与旁边的田地有些不同，这片田中草长得极是茂盛，即使已至深秋，草色仍然青翠如滴。

在田中心，有一座坟。

这座坟比另外几座都要大一些，只是同样破败不堪了。在坟顶，放着一个朱红色的木匣。

为什么师傅把那东西放在田里？明崇俨抿了抿嘴唇。虽然只是一块平平常常的桑田，却似乎有着奇异的力量，如果贸然进去，只怕会出什么意外。

可是不论怎么看，还是看不出这片田有什么危险。

明崇俨，洛州偃师人，其先本为平原士族。虽然说是士族，却也不是什么了不得的豪门，只有五世祖明山宾有些名望。明山宾的父亲明僧绍本是隐士，字承烈，隐居于润州栖霞山，南齐永明元年奉诏出仕为国子博士，史称“明征君”。

与学问相比，明僧绍的名声更多地来自他的信仰。南朝诸帝好多都笃信佛教，明僧绍也一样，曾舍田宅为佛寺，而这佛寺就是后世有名的栖霞寺。只是到了明崇俨父亲那一代，先祖的名声已经无助于仕途了，他的父亲明恪只是大唐帝国的安喜县令。

大唐幅员辽阔，当时全国有三百五十八州，一千五百五十一县。县令为一县长官，但即使是京县令，也不过是个五品的中等官，至于外地的县令，则只是从七品到六品的微秩小官。

后来的明崇俨一直做到正谏大夫，但此时这个十二岁的少年只是跟随父亲上任而已。此时是贞观三年，距隋朝灭亡不过十数年，南朝人物的记忆犹新，在这个少年身上，仍然有着齐梁公子的儒雅俊朗。虽然年纪还小，但雪白的肌肤，漆黑的乌发，眉目俊秀，依稀便是百多年前的乌衣子弟。

明崇俨犹豫了一下，双手在胸前交叉着结了两个手印，终于踏进了田里。

一只脚刚踩进田里，一阵寒气已透过牛皮靴钻进了脚底，眼前也突然起了一阵白雾。

虽然是夜，但因为正值满月，明亮的月光照得周围一片通明，并没有雾气。而这阵白雾来得如此突然，一定是被人所下的禁咒了。

明崇俨站定了，看着四周。雾气浓得怪异，三四步外便什么都看不清了。但方才他已对准了方向，只消走到田中心的那个坟上，将那个木匣取来便可以。

向里走出了几步，前面出现了一个坟头，明崇俨突然又站住了。

雾气在流动。

这儿本应该是正中那坟头的所在，但眼前这座荒坟上，却是光秃秃的什么也没有。

这禁咒，不仅仅是让人看不见那样简单。仅仅是这几步，已经让人不知不觉地偏离了方向。

怎样才能破除这个禁咒？他抿起了嘴。作为一个十二岁的少年，他的嘴唇生得有点过于小巧，几乎有点少女的柔媚，只是唇角刀削似的线条却多了几分刚毅。

他从怀里摸出一支笔来。

笔是普通的羊毫笔，也就是用羊羔的胎毛制成的笔。作为一个在私塾学习的少年而言，这样的笔实在很普通。只不过，明崇俨手里的这支笔有些不同，笔杆是中空的，当中贮有调匀的朱砂汁，这样只要笔杆中的朱砂不曾用完，就可以随时写出字来。

左手从怀里摸出了一叠黄表纸，明崇俨开始往纸上写字。

他的字体学的是钟王小楷。因为当今圣上最喜二王笔墨，流风所及，很多人的书法都学王羲之。只是明崇俨此时写下的，并不是工整的楷书，而是一种极其繁复的字体。

每一笔都弯弯曲曲，几乎认不出那是个什么字。

这种字体称为“云篆”。

字体的变迁总是由繁而简，由难而易的。从大篆至小篆，再到隶楷行书，总是越来越简化。但云篆有些不同，即使是一个十分简洁的字，用云篆写出来，也复杂得难以辨认。

这种字体当然没有实用的价值，不过，云篆本来就不是用来日常书写的，这是道士发明的一种用来写符箓的字体。

笔在黄表纸上极快地游动，写出了一长串纤细的线条。鲜红的字迹，在黄表纸上极是显眼。字写得很快，马上一张黄表纸就写完了。明崇俨收起了笔，将那道刚写好的符捏在指缝间，抬起脚，贴在靴底。

他穿的是一双牛皮靴子。符纸不大，靴底仿佛涂过一层胶水，符纸一贴上去便牢牢地粘在上面了。他看了看面前，重新调整了方位，慢慢地向田中踏出一步。

这是鹤履沙步法，也就是道士常用的禹步。据说仙鹤捕蛇之时，脚下踩的是禹步。这自然是道士的附会之辞，不过禹步踏出时，的确有点像仙鹤捕蛇之形，因此禹步术有这个别名。

这一次，明崇俨走得很快。虽然仍有雾气弥漫，但没用几步他便已走到了一座大坟跟前。而这座大坟顶上，正放着一个朱红色的木盒。

明崇俨嘴角浮起一丝笑意。他行法之时老练熟稔，但终究只是一个十二岁少年，稚气尚未全脱。能全凭一己之力破了这个禁咒，他不禁有些得意。

这时他已走到了那坟头前，伸手去拿那个木盒。手指刚触到木盒，指尖突然感到一阵彻骨的寒冷，这个盒子竟然并不是木头的，而拿起来时，重量也显然比一般的木盒重得多。

他眼中闪过一丝讶异。

“去城北田中取一个朱红木盒。”师父是这样对自己说的。那么，要取的一定是一个木盒，可是这盒子却并不像木头制成。难道，是自己搞错了？

他看了看四周，实在不相信在这种地方，还会有第二个朱红色的盒子。也许，这盒子是一种奇异的木头吧，比一般的石头更硬，所以才会如此。他从怀里取出一块白色绢帕，将盒子包起来，挂在腰间。

该回去了。明崇俨抬起头看了看天空。月亮圆而且亮，大得几乎让人不敢相信。他走出这片田，又回头看了看。一走出这块田，雾气便立时消失，一如出现时那般突然。他没再回头，加快了步子向前走去。步法轻盈快捷，就像踩在水面上飞掠而过的小昆虫。

等明崇俨的身影渐渐消失在夜雾中，那片田里的大坟上有一团黑雾突然开始聚拢。仿佛是一些极细小的飞蠓，这团黑雾凝成了一个人形。

这是一个非常瘦小的人，一身紧身的黑衣，就算头上，也用黑布包着，只露出两只眼睛。这个人盯着少年消失在夜雾中的背影，目光炯炯，仿佛能够穿透雾气。

“看清了么？”从他的蒙面之下，发出了犹如从古井中传来的声音。

“不会有错，的确是极玄子的嫡传。”

从大坟背后，走出一个女子。与那个黑衣男子不同，这个女子相貌美丽，尽管秋尽的气候颇有寒意，但她衣服轻薄，透过她那件几乎透明的长裙，隐约可以看到包裹在里面的胴体。

雪白的肉体，仿佛可以听到骨节的声音。她的嘴唇十分红润，红得几乎有几分死气，让她的美貌平添了几分冶艳的邪气，如果有人在这时见到，一定会觉得那是刚从古冢中出来的妖狐吧。

“杀了他。”两片殷红的嘴唇中吐出的声音清脆悦耳，却又冷漠得像是要结冰。

听得一声佛号，明崇俨猛然间睁开眼。

由于过于慌张，一瞬间眼前漆黑一片，什么都看不到。他定了定神，才看到辩机的脸。辩机正啜饮着一杯茶，看似平静，眼里却流露出关切。明崇俨苦笑了一下，道："没事。"

虽然嘴上说没事，但他的背后黏黏的大是难受，那是惊出的冷汗把内衣都粘在了皮肉上。辩机倒了杯茶推过来，道："喝一口吧，你心神极乱。"

明崇俨端起杯子来喝了一口。原本应该清甜的茶水喝到嘴里却有种异样的苦涩，仿佛舌尖都沾上了无所不在的恐惧。他出神地看着杯子，剩下的半杯碧色茶水正不住打转。

"梦见什么了？"

明崇俨的眼里带着一丝迷惘，他又喝了口茶，让干得几乎龟裂的嘴唇湿润一下，道："还是那样。"

"仍然是那一段吧？"

明崇俨所能记得，也就是这一段。他不知为什么自己的记忆会没来由地缺失了一大段，他点点头，道："是啊。不管怎么做，那个梦做到那里就断了。"

他已经不是第一次做这个梦了，每次梦到那个衣着轻薄的女子用妖冶冷漠的声音说"杀了他"几个字，便一下惊醒。因为做得多了，后面的事却怎么都想不起来，他都要以为这仅仅是个梦而已。

只是，明崇俨知道这并不是梦。在他十二岁那年，师父确实让他到城北田中去取一个朱红木盒，只是这事的下文就再也记不起来了，不记得自己到底有没有取回来，而且关于师父的记忆也同样到此为止。

那一天，一定发生了一些事。如果能记起来，恐怕就能知道为什么了。可是明崇俨这些年来一直在追查，总是漫无头绪，即使用浮梦术来追查也是一般。这浮梦术乃是一种近乎圆光术一类的邪术，极易走火入魔，明崇俨自己一人不敢施术，因此到会昌寺请辩机为自己护法。佛门虽不尚神通，但佛法可以收束心神。只是这浮梦术邪气太重，梦到记忆断裂的那一段时，他险些又要堕入魔道，幸亏辩机见势不妙，以佛号将他唤回，才算逃脱。

辩机见明崇俨面色惨白，极是难看，道："明兄，既然如此危险，以后还是不要再试了。"

也许不试才是对的。明崇俨苦笑了一下，没有说什么。记忆中这一段长长的空白一直纠缠着这个少年，他不明白自己为什么会忘记那么多。究竟出了什么事？他有许多次都梦到那个妖艳的女子，而每一次都满头大汗地惊醒过来。他只知道一定发生过什么事，但记忆就像一扇厚重的铁门死死锁住，即使用这个后来学来的浮梦术仍然打不开。

究竟我的身世里有什么秘密？长安，这个大都市为什么总像一个魔咒，让自己无法逃离？

明崇俨的心中越来越是寒冷。这些谜，难道永远都是一个谜么？

第一章

胡姬傀儡之卷

一

大唐官学，号称“六学二馆”，六学是指国子学、太学、四门学、律学、书学、算学，隶属国子监，二馆指的是弘文馆、崇文馆。这是大唐的最高学府，不过崇文馆设立于贞观十三年，在贞观十一年，长安只有一个弘文馆而已。

弘文馆本是高祖武德四年设立，初名修文馆，属门下省。武德九年，太宗即位，始改称弘文馆，置生徒数十名，大多是皇族勋戚子弟，师事学士学习经史书法。得入弘文馆，是大唐士人的无上荣耀，比国子监六学的学生地位要高得多了。不过正因为如此，弘文馆的学生要学的内容比一般太学生少得多，考试的要求也低。“其弘文、崇文馆学生，虽同明经、进士，以其资荫全高，试取粗通文义。弘、崇生，习一大经、一小经、两中经者，习《史记》者，《汉书》者，《东观记》者，《三国志》者，皆须读文精熟，言音典正。策试十道，取粗解注义，经通六，史通三。其试时务策者，皆须识文体，不失问目意。试五得三。皆兼帖《孝经》《论语》，共十条。”这是《大唐六典》中所记，从“试取粗通文义”六字来看，就可以看得出弘文馆的学生要轻松许多，因此弘文馆的学生每天的吹牛闲聊也成了日常功课。

这是贞观十一年的初秋。高仲舒和一个同学坐在弘文馆的院子里，看着院中不时飘落的黄叶，一边喝着刚上市的秋茶，一边有一搭没一搭地聊天。

高仲舒，是隋朝大臣高颎的曾孙。高颎在隋大业三年为炀帝诛杀，高仲舒的祖父高表仁本是隋大宁公主驸马，也受到牵连，与两个哥哥一起被流放边地。入唐后，高表仁倒是受到重用，爵封剡国公。高仲舒是高表仁次子高睿之子，因此得以入弘文馆修习。高家是世族，家世显赫，他平时听到见过的奇物异事颇多，吹起牛来自然谈锋甚健。因为都只是二十出头的年轻人，所以聊的也尽是些不着边际的异闻，什么苏合香与狮子粪到底是不是一种东西，什么生金到底有没有毒，说得口沫横飞。渐渐地，说到阳燧珠是不是存在这事上了。

“贞观四年，林邑国主范头黎遣使献火珠。这火珠大如鸡卵，圆白皎洁，光照数尺，状如水精，正午向日，以艾承之，即火燃，岂不正是阳燧珠么？”

他大声说着。因为有点急了，头上也渗出汗水。跟他闲聊的同学名叫苏合功，却只是淡淡一笑道：“高兄，少安毋躁。所谓阳燧珠，本是南越王赵佗镇国之宝。赵佗去世后，阳燧珠已也殉葬。后来东吴王孙仲谋为寻此宝，发民夫数千掘遍赵佗墓，一无所得，可见此宝早已失传，据说已为波斯胡人盗去。林邑国不过蕞尔小国，岂会有此奇物。”

“林邑与南越岂不正是相邻么？”高仲舒的外号叫“高铁嘴”，向来不肯服人，自然不是苏合功一席话能说得服的。“你说的这故事我也听说过，说是崔炜救玉京子，得见赵佗之灵。这等鬼话只好骗骗乡里小儿，子不语怪力乱神，你难道也信？”

高仲舒是信奉阮瞻范缜无鬼神灭论的，一说到鬼神，更是脸红脖子粗。苏合功也有些急了，道：“子不语怪力乱神，那是敬而远之，存而不论，不是不信。高仲舒，你不敬鬼神，当心走夜路就遇上鬼物！”

高仲舒重重一拍桌案，道：“岂有此理。形者神之质，神者形之用，形存则神存，形谢则神灭，天下岂有鬼神，你见过么？”

苏合功一阵语塞。虽然他坚神鬼神存在，但自己也没见过。他咬了咬牙，道：“好吧，等你见到鬼了，就会知道了。”

高仲舒笑道：“我才不信，若真个遇上鬼物，我有利剑在侧。”

书生带剑，是唐时之风。高仲舒按了按腰间那柄装饰华美的剑，颇有不可一世之概。苏合功却摇了摇头，道：“高兄，你带剑可不是个味道。真碰上鬼，别吓得屁滚尿流。”

高仲舒也笑道：“味道味道，以后你生个儿子就叫苏味道好了，省得老是说不是味道。告诉你，高某宝剑，斩的便是鬼物之头！”

他说得慷慨激昂，苏合功嗓门没他大，心知说不过他了，悻悻道：“好，说不定这两天你就碰到妖鬼，把你拖进茅厕里沾你一身的臭粪！”

苏合功和高仲舒的斗嘴是常有的事，这种牙疼咒也不算什么。接下来两天，高仲舒每天回家都没碰到什么鬼物，自然把这事忘个干净。

高家在化度寺以东，义宁坊的东南。长安城共有一百一十坊，人口百万，是当时世上最大的城市。弘文馆设在皇城偏殿，高仲舒回家，都是从皇城西门出去的。

皇城西门名叫顺义门，顺义门正对着的街道就叫顺义街。唐代的长安比现在的西安要大五倍，城中南北向有十一条大街，东西向则有十四条，最宽的大街是位于中心的朱雀街，宽度有一百五十余米。

顺义街算是最窄的街道了，只有二十多米宽，夹在颁政坊和布政坊之间。每个坊的东西宽约莫在二里，沿顺义街到义宁坊，要经过两个坊，也就是四里路。这一段，就算快马疾驰，也要好一阵子。高仲舒出了顺义门的时候，离禁夜还早，但在西市玩乐的人尚不曾回来，不出门的人却早早睡了，这时倒是最冷清的时候。高仲舒骑在马上，一边默默吟着一个新得的句子。大唐以诗赋取士，士人自幼便学习吟咏。高仲舒长于史事，诗才却不算佳，苏合功常笑他的诗是三伏天学的，有些酸腐气。高仲舒也自知己短，因此更为刻苦，回家这一段路上，经常是在斟酌诗句中走过的。

正在想着该如何换一个工稳些的字眼，坐骑忽然站住了。

这匹马是高仲舒的父亲高睿所选，买来已有五六年，甚是驯良，这条道也走得熟了，根本不必牵引，因此高仲舒信马由缰，根本毫无防备，马突然站住，他在马上却是向前一倾，差点摔下来，连忙一把抱住马脖子，让自己坐稳。只是这么一吓，方才想到的一个对句也忘到了九霄云外。他将手中的马鞭轻轻在马头上拂了一下，喝道："阿白，你怎的这么不当心！"阿白就是他这马的名字。其实这马也并不很白，是匹灰马，只有一缕鬃毛是纯白的。

平时阿白听到他的喝斥，马上会应声打个响鼻，似乎在表示歉意，但今夜却低着头，慢慢地向后退去，两个马耳朵也支了起来，似乎听到了什么可怕的声音。高仲舒怔了怔，也不禁向前看去，突然间想起前几天和苏合功斗嘴时他说的那句话，心道："没这么邪吧，别让苏合功那乌鸦嘴说中了，真碰上什么不干净的东西。"

顺义街幽长黑暗。这条街的南侧从东到西，依次是布政坊、醴泉坊、居德坊，北侧则是颁政坊、金城坊，再过去就是高家所居的义宁坊了。高仲舒此时刚走过了颁政坊，前面是个十字路口，正是顺义街和景耀门街的交叉。向南隔着醴泉坊，就是长安城最为繁华的西市，远远地还有市声隐约传来，但在这个夜里听来，那些声音支离破碎，有着说不出的诡异。

妖鬼每每在十字路口迷失方向，便不停打转，这是乡里俗谈。因为十字路口时常会起一阵小旋风，那些无知之人便说是因为鬼物迷路后引起的，高仲舒自是不信。顺义街虽然清冷，但他每天都走惯了，也不觉得有什么古怪。他用鞭梢轻轻敲了敲阿白的头，道："什么也没有，阿白，走吧，回家给你吃一个油饼。"

高仲舒最喜欢吃的是油炸面饼，每天回家，家人总给他备好两张当夜宵。高仲舒有时晚饭吃得饱了，便把一张油饼喂给阿白，一来二去，阿白也最爱吃油饼了。但油饼似乎也对阿白没了诱惑力，阿白摆了摆头，仍是退了一步，只是低低地打了个响鼻。高仲舒有些着恼，踢了马肚子一下，道："快走！"

今天阿白不知出什么毛病了。他想着，要这样走法，只怕禁夜了还回不去，要被查夜的金吾卫撞见，也是麻烦事。

阿白被踢了一脚，才不敢再倒退，重新向前走去。只是，高仲舒觉得阿白今天走得甚是不稳当，他本想将那诗吟成五言四韵，但看来只能吟一首断句了。

断句就断句吧。他不无解嘲地想。薛道衡的《人日思归》也只有四句二十字，一般是千古绝唱。想到薛道衡这首诗，他索性将自己打的腹稿先扔一边，嘴里哼哼着："入春才七日，离家已二年。人归落雁后，思发在花前。"

四句皆对。而“人归落雁后，思发在花前”十字更是婉妙异常，有这等诗才，怪不得前朝炀帝因为妒薛道衡吟出“空梁落燕泥”之句而动杀机吧，自己的诗才当真差远了，苏合功嘲弄自己写的诗“定能免妒”，虽是玩笑话，说得倒也没错。

高仲舒不禁苦笑了一下，刚出顺义门时的兴致已荡然无存，现在他只想早点回家。

此时已到了十字街的中心。景耀门街直贯长安城南北，比顺义门街宽一倍以上，但是在长安南北十一街中还是算比较窄的。

高仲舒走在路中心，突然没来由地打了个寒战。他正在奇怪，阿白忽地一沉，低低地哀嘶了一声，他还不曾明白过来，人已一个骨碌翻倒在地。

高氏一族，向来文武兼修，高仲舒虽是弘文馆学生，骑术也相当高明，还不曾摔倒，他猛地一按马鞍，双脚已脱出马镫，向一侧跳去。

阿白竟然失蹄了！高仲舒怒火升起，伸手要去抽它一鞭。若不是自己身体灵便，阿白要是压住自己，只怕会被压得骨折。可是，他的马鞭刚一举起来，却不由呆了。

阿白的头上，已黑了一片。月光下看不清颜色，但高仲舒也明白那是血。这血从马头上淌下，阿白那一缕白色鬃毛也已染得看不出来了。

阿白摔伤了？他呆了呆，正要走过去看看，一边忽地响起一个阴恻恻的声音：“高仲舒么？”

高仲舒大吃一惊，手一下按住了腰间的剑柄，喝道：“是谁？”

长安豪客，杀人如游戏，这种事他也听得多了，平时也说起那些刺客的手段，来去无踪，大是神异。但作为一个弘文馆学生，这些事仿佛发生在另一个世界，他怎么也想不到居然会撞到自己头上来。他抓住剑柄，低声道：“快出来！你是什么人？”

这人“哧”地一笑，道：“高先生，你不敬鬼神，阎罗王遣我前来捉你。”

阎罗王？高仲舒呆了呆，一时记不起有这么个人，马上才意识到这人的话是什么意思。他怒不可遏，喝道：“少装神弄鬼，你到底是谁？”

“阎王注定三更死，哪敢留人到五更。高仲舒，你认命吧。”

黑暗中的街头，突然涌起一团雾气。这团雾气不停地翻涌，如一个大球，渐渐向高仲舒靠近。到了他跟前十余步，忽然停住了。

这是一团黑色的雾，在他跟前不远处慢慢凝聚，成形，已能看出那是个人。突然，那人猛地抬起头，紧盯着高仲舒，双眼如两盏灯一般放出毫光。

高仲舒吓得呆了，只觉牙齿也在不住打战。这人现身的情形太怪了，哪里还像个活人，倒似寺院中所绘的地狱变相中跳出来的鬼怪。他喃喃道：“岂有此理，怪由心生，怪由心生……”

那个人却完全不似由他心中所生，忽地一跃而起，如同一头巨大的猛犬，向他当头扑来。高仲舒呆了呆，但他的手比脑子所想更快，“呛”一声，二尺余的剑已脱鞘而出，划了一道弧线。

这一剑十分迅捷，那人正扑在空中，剑已拦腰划过，但却如划过一道黑烟，竟然毫无阻隔。高仲舒呆了呆，那人却一把按住他的肩头。五指如钩，一搭上他的肩，高仲舒只觉一阵钻心似的疼痛。此人不受剑斩，直如烟气，但此时却完全不像是假的。

“高先生，你若还不肯认罪，便随我去拔舌地狱吧。”

那人扼住了高仲舒的脖子，忽然咧开嘴笑了笑。这人的嘴唇红得异样，牙齿却白得耀眼，却又尖利如刀。高仲舒打了个寒战，心里一阵发毛，想道：“不会这么邪门吧？难道真有鬼神？”

他不信鬼神，但此时实在由不得他不信了。眼前这个人手无寸铁，但浑身上下都散发着一股叫人不舒服的锋利。难道真是鬼卒么？鬼怕人唾。高仲舒想起以前听过的那个宋定伯捉鬼的故事了。宋定伯夜行遇鬼，假装自己也是鬼，骗得鬼说出自己怕人唾。可是他只觉得嘴里又干又苦，唾液一时间都似干了，根本吐不出来，一时涨红了脸，只是干咳，可是脖子又被那人掐住了，连气都快喘不上了。

若是苏合功见了，准会说我“满面红光”。到了这时候，高仲舒想到的居然是这个。也许马上就会死了，可是他却感觉不到什么害怕，能够想的，也仅仅是“我要死了吧”这一句话。

这个人的五指阴寒如冰，已经陷入高仲舒脖子上的皮肉里，高仲舒正觉得眼前金星乱冒，马上就要昏过去的时候，却听得那个妖怪“咦”了一声，似乎极是诧异，而耳边突然又响起了一个人的声音：“我是天目，与天相逐。”

这声音十分清亮，念得却很急，随着这声音，高仲舒只觉扼住自己咽喉的那只手突然一下松了下来，他定睛看去，却见这人的身影突然间又缩得成为细细一团烟雾。

高仲舒大感诧异，也想不通到底发生了什么事，回头看了看，却见身后丈许远，不知何时又站了个人。

面前那个怪人忽大忽小，忽而又化作黑烟，高仲舒总觉得身后这人也一定是个怪模怪样的异人，可是一看到那人的脸，却不禁吃了一惊。那是个年轻的男子，只怕尚未及冠，确切地说，应该是个少年。皮肤极是白皙，白得几乎要在黑暗中放出光来。高仲舒长得气宇轩昂，平时也颇有美男子的风评，可是这个少年的长相几乎可以用“精致”二字来形容，只是在这个少年秀气的嘴角上，总是带着一丝若有若无的笑意，而这笑意背后，却仿佛隐藏着一点什么。

少年的双手举在胸前，做了个奇异的手势，口中仍在喃喃地念着：“……睛如雷电，光耀八极。彻见表里，无物不伏。急急如律令。”随着他的念诵，那团黑烟已越缩越小，当他念完最后一个字时，黑烟中突然发出一声哀鸣，戛然而止。

“咳，咳咳……”直到此时，高仲舒才觉得被那人扼住的喉咙极是难受，气也喘不过来，他大大地咳嗽着，人也弯了下来，半蹲在地上。那个男子快步走到高仲舒身边，伸手在他背后一按。说也奇怪，随着他这一按，高仲舒一下觉得胸腹间舒服了许多。他长长喘了口气，揉了揉脖子，被那怪人扼过的地方仍然有些隐隐作痛。他干咳了两下，方才拱手道：“多谢兄台救命之恩，在下高仲舒，不知兄台尊姓大名。”

少年迟疑了一下，方才道：“明崇俨。”

这是个陌生的名字，姓也十分稀见，京中并无什么显贵姓明，显然，这个名叫明崇俨的少年出身十分平常。高仲舒又拱了拱手道：“原来是明兄，多谢。舍下便在前方义宁坊，如蒙明兄不弃，还请兄台移玉……”话刚说完，眼角看到一边倒在地上的阿白，顿时僵住了。

阿白的伤势看来颇重，离家却还有好几里路。但如果把阿白扔在路上不管顾自回家，他也实在不愿。明崇俨走到阿白跟前，跟下来摸了摸。阿白的头顶受了伤，流出的血连眼都糊住了。明崇俨看了看，伸手从袖中取出一张黄表纸迎风一抖，纸登时烧了起来。他将这团燃着的纸往阿白头上一按，高仲舒吃了一惊，道：“明兄你……”

话音未落，阿白的身体忽然抽动了一下，打了个响鼻，挣扎着要爬起来。明崇俨皱起了眉，手托住马鞍。他看上去颇为文弱，没想到力量甚大，阿白居然被他信手一托便站了起来，只是还有些摇晃。高仲舒又惊又喜，只是见他皱了皱眉，担忧道：“明兄，这马伤得很重么？”

明崇俨道：“不是，马的伤很轻，没什么大碍。”

听得明崇俨说马伤甚轻，高仲舒不禁大为欣喜，道：“真的？”他紧了紧马鞍，正待跳上去，明崇俨却伸过一只手来搭在他肩头道：“高兄，在下正要前往会昌寺，高兄不如随我一同去，也好让马歇歇。”

会昌寺在金城坊南门西，是长安有数的大寺院，离这儿很近，高仲舒回家，每天都要从会昌寺门口走过，只是他是持无鬼神灭论的，自然不会去寺中。如今天色已晚，若是阿白走不快，只怕金吾卫禁夜了还不曾走到。高仲舒想了想，点了点头道：“好吧。只是，我冒昧打扰可好么？”

明崇俨微微一笑，道：“佛门广大，得入者即入。”

高仲舒道：“是么？那也好。”他对阿白爱若性命，见马儿受了伤，也实在不忍再骑着它走远路。他梳理了一下阿白的鬃毛，道：“走吧。对了，明兄，方才那妖物到底是什么东西？”

“木魅。”

听得木魅两字，高仲舒不禁一呆，道：“什么是木魅？山精木魅的木魅？真有这东西？”

明崇俨迟疑了一下，从袖中拿出个东西，在高仲舒眼前摊了开来。那是一根长长的头发，一头绑了一只土灰色的蚱蜢。这蚱蜢还在挣扎，但被发丝绑住，根本挣不脱。高仲舒迷惑地看着明崇俨手中这小虫，道："这不是虫子么？"

"这便是木魅所化。"

高仲舒仍是不敢相信，又看了看这小虫，嘴里嘟囔着道："世上怎么会有妖怪？岂有此理。"

"怪由心生。所谓山精木魅，本无是物，只是人心叵测，卉木狐兔凭之，便有了妖物。"明崇俨手一扬，将发丝收回掌心，嘴角那丝淡淡的笑意似乎更浓了些："高兄，你似乎被术士盯上了。不过不用担心，这术士好像和你没什么深仇大恨，手下留情了。"

会昌寺离此间已不到半里地，明崇俨走在前面，高仲舒牵着马紧跟在后，也没多久便已走到。

在这个时候，会昌寺自然早已关门了。明崇俨敲了敲门，会昌寺的偏门"呀"一声开了，有个人朗声道："明兄，你来晚了，贫僧只道明兄要爽约呢。"

此人的声音极为清朗，在暮色中直如一颗颗白瓷的珠子滚落。开门的是一个身着月白袈裟的僧人。虽然是个出家人，但此人长身玉立，风度翩翩，纵是王孙公子，亦无此人气度。高仲舒暗自喝了声彩，心道："原来出家人也有这等人物。"

明崇俨上前行了一礼，道："大师，这位高仲舒先生坐骑受伤，想借宝刹为高先生爱马疗治一番，还望大师首肯。"

和尚也已看到明崇俨身后牵着马的高仲舒，他一合十道："原来是高施主。禅房煮茗清谈，尚非无趣，不知高施主赏光否？"

这时，夜空中远远传来了鼓声，那是金吾卫开始禁夜了。不知为何，高仲舒此时已没有急着回家的意思了，这和尚谈吐风雅，使人油然而生好感。他作了个揖道："如此，多谢大师了。只是不知大师如何称呼？"

和尚淡淡一笑："贫僧辩机。"

唐人之茶，后来在陆羽《茶经》中分为粗、散、末、饼四种，最常见的是饼茶，今日云南沱茶尚存唐时形制。辩机所饮只是散茶，却比龙团凤团之类更有清气。而辩机虽是僧人，见识却极是广博，谈锋甚健。他尤精梵文，与高仲舒对坐而谈，天南地北，口若悬河，却又不让人觉得饶舌，高仲舒听来如沐春风，一边饮茶，一边听辩机谈笑风生，真个不知今夕何夕。只是他惊魂未定，平时与人交谈滔滔不绝，此时却说不出多少。

虽然茗须品，最忌牛饮，高氏一族本是官宦世家，好茶也喝过不少，可是这等好茶他实在从来不曾尝到过，一杯杯地喝得口滑，喝完了一杯还待再倒，却倒了个空。

辩机见高仲舒一副尴尬相，微笑道："高施主，这蒙顶石花轻清淡薄，适尊口否？"

高仲舒吃了一惊，道："蒙顶石花？"

"正是。"

剑南道蒙顶石花，乃是天下第一名茶，向为贡品，高仲舒与苏合功闲聊时也说起过，不过他们都未曾尝过，也不知这号称仙茶的名品究竟是什么滋味。此时听辩机说现在所饮便是蒙顶石花，他也不禁有些怔忡，看了看饮空了的杯子，道："果然不负仙茶之名。”

“前汉吴理真于蒙山植茶七株，这七株茶便为后人称为仙茶。前朝炀帝使人贡蒙顶，因嫌人指爪污茶叶，故以二八处子斋戒一月，以舌采之，号称西子舌，也算是想人所不敢想。饮茶使人不寐，世人以此为憾，方外之人看中的却正是此点，呵呵，高施主今日听贫僧饶舌，想必也不耐烦了。”

辩机说着这些香艳典故，谈吐仍与往常不异。高仲舒与他说笑着，肚里寻思道：“以前听人说大德高僧，点尘不染，这位辩机大师想必已到如是境界。”

正在暗自钦佩，忽然觉得一阵阴寒袭来，高仲舒不由打了个寒战。他突然觉得，外面似乎太静了一些，明崇俨在外面给马敷药，照理也该到了，只是不知为何还不曾进来。他抬起头向外看去，门窗紧掩，什么都看不到，不由站起身，想开门看看。

见他站起身，辩机忽道：“高施主，请再饮一杯吧。”

高仲舒道：“明兄怎么还不进来？我去看看。”

他伸手要去拉门，哪知那扇薄薄的门却如铜铸铁打的一般，竟是纹丝不动。高仲舒大吃一惊，正想用些力，却觉一只手搭在他肩上，他扭头一看，是辩机。辩机脸上已没了方才的笑意，一脸凝重，低声道：“善哉善哉，高施主，冤家宜解不宜结，且安坐吃杯茶去。”

高仲舒莫名其妙，道：“什么？大师你说什么？我怎么听不懂。”

“高施主，此时门外已被明兄用符咒封住，不到天亮是开不了的。”

高仲舒突然觉得有些发毛，呆呆道：“到底发生什么事了？大师，你是故意陪我说话，要我留在这儿的吧？”

辩机垂下头，也不回答。高仲舒有些急了，叫道：“大师，你是有道高僧，不打诳语，到底是为什么要留我在这里？”

辩机抬起头，叹了口气，道：“高施主，方才明兄说，有术士找上了你。这些人一击不中，说不定还会再来，他已代你应劫，还请高施主安坐。”

高仲舒怔住了，道：“明兄代我应劫？他到底是什么人？”

辩机微笑道：“和尚识人无多，但明兄古道热肠，虽非我佛门中人，却大有我佛慈悲之心，高施主请放心。此间已为明兄禁咒加持，绝不会被人发现的。”

他的话音刚落，窗纸上忽然传出一个尖尖的声音：“这海口夸得太早了吧。”

明崇俨骑在马上，慢慢地沿着顺义街而行。前方又是一个十字路口了，那是光化门街与顺义街的交叉，也马上就要走出金城坊，抵达义宁坊了。

高氏宅第，是在义宁坊东南，化度寺的隔壁，也就说马上就要到高宅了，阿白轻声打了个响鼻，似乎也有些兴奋起来。黑暗中，隐隐可以见到化度寺的大门，马虽走得慢，但马上便可以到了。明崇俨心里不禁有些诧异，心道：“十二金楼子难道一击不中，便已放手？”

十二金楼子。这是一本书的名字，也是一个组织。金楼子，本是当年梁元帝所撰书名。后来西魏攻入江陵，元帝绝望之下，尽焚藏书，谓：“文武之道，今日尽矣。”《金楼子》一书也已散佚。长安有一个以秘术杀人取利的组织，不知为何自称“十二金楼子”，极其神秘，明崇俨偶尔发现，他们的秘术与自己颇有渊源，有望在他们身上解开自己一个谜团。只是十二金楼子行踪诡秘，难以追查。今日偶遇高仲舒，突然发现高仲舒的马所受之伤正是十二金楼子的独门秘术。这等秘术能让人晕厥半日，却于人身体无伤。高仲舒只是寻常儒士，实在不知十二金楼子是何居心，也不知他们为何要手下留情。但既然难得发现十二金楼子行踪，这机会实不可错过。他让辩机将高仲舒稳在会昌寺，自己骑在马上沿路而行。他虽比高仲舒矮半个头，但坐在马上看不出来，何况两人穿的都是一般的儒服，黑暗中自然发现不了异样。

可是快到高家了，仍然不曾出现拦路之人。顺义街虽然算是条窄街，但此时街上空空荡荡，也显得甚是宽大。现在是一夜中最黑暗的时刻，住户也都睡了，路上没半点光，连月亮也已隐在云后，偶尔才洒下一片淡淡的惨白，明崇俨的马蹄在路上敲出“的的”轻响，平添了一分凄清。

明崇俨抬起头看了看天空。月亮在云后时隐时现，淡淡的银光照在他脸上，仿佛有一阵阴寒。突然，他的嘴角抽了抽，眼里也闪过一丝惊惧，想到了一件事。

如果真个如此，那自己就想错了，本要救高仲舒，只怕反倒害了他。明崇俨低下头，抚了一把阿白的鬃毛，低声道：“马儿啊马儿，要辛苦你一趟了。”

阿白仿佛听得懂明崇俨的话，自行转过头，四蹄在地上踏了踏，猛地向后跑去。

声音是从贴在窗纸上的一个小纸片上发出来的。

高仲舒也曾去西市玩过，见过眩目戏艺人的演出，有一出便是纸傀儡，是用纸剪成小人，在一片挂起来的白布上移动自如，还会说话唱歌。那时与苏合功大为惊叹，说虽是小术，实是神奇，但高仲舒以神灭无鬼论的眼光来看，一口咬定是有人在白幕后控制，只不过借灯影巧妙布置，让人看不出来而已。当时他们打了个赌，他说定是有人在后面控制，并非纸人真个活了过来，结果他也赢了，那艺人其实是用一根细线连在纸傀儡上，再用腹语说话。

眼前这个纸片，多半也是如此。他喝道："装神弄鬼做什么！"上前一把捏住纸片，只道马上便可拉断上面连着的线，可是那纸片应手即起，手指上只觉一阵微微刺痛，却哪里连着线了。高仲舒吓了一跳，手指一松，那个小纸片登时斜斜飘落，刚一落到地上，立时消失无迹，地上却出现了一片水渍。

高仲舒见此情形，吓得脸都白了。道："大师，这是什么？"他只道辩机定然能有办法，哪知扭头看去，辩机眼中也满是茫然，道："这是什么？"

"是片冰！"

那是一片极薄的冰。太薄了，在灯下看去便如纸片。可是现在这个季节虽有寒意，却不至于结冰，而窗纸上更不是结冰的所在。他平时胆子大，此时却没来由地感到害怕。

地上的水渍如同一个活物，正在慢慢蠕动，到了墙根，竟然沿着墙而上，而且越来越大，不知不觉已经成了个影子。这影子也不太浓，只是在不住扩大。高仲舒大气都不敢出，目不转睛地盯着这影子，低声道："大师，这到底是什么东西？"

此时这影子已经有碗口大了，如果再大起来，只怕会涂满整堵墙壁。辩机苦笑了一下，道："贫僧也不知道。"

这等情形，已经超出了他们的想象。高仲舒向来不信鬼神，可是眼前这东西实在无法用他的知识去解释。他喃喃道：“是鬼么？”

也许，只能说那是鬼了。高仲舒壮起胆子走上前，伸出手指想去摸一摸。这个影子在墙上也没厚度，似乎摸一摸也没什么大碍。哪知他的手指刚一触到，却觉影子有一种极大的黏力，指尖立被粘住，动弹不得，而且这股力量竟然还在不住将他吸入，力量大得难以阻挡，只不过一瞬间，半只手已没入了影子中。他大吃一惊，叫道：“大师，它粘住我了！”

辩机忽然站了起来，喝道：“精进相者，身心不息！”

《智度论》有谓，释迦文佛前世曾是个商人，某次至一险处，遇一罗刹鬼拉住他去路，商人以右拳击之，拳即着鬼，挽不可离，再以左拳击之，亦不可离。以右足蹴之，足亦黏着，复以左足蹴之，亦复如是。以头冲之，头即复着。于是罗刹鬼问道：“你已如此，还想做什么，心休息未？”商人答道：“纵然五体被系，我心终不为汝伏。”罗刹鬼无奈，便道：“汝精进力大，必不休息，放汝令去。”

辩机是禅宗，不修神通，这段经文却是知道的。高仲舒本已心慌意乱，辩机的喝声直如当头棒喝，心头一凛，道：“是！”他原本心乱如麻，被辩机一喝，神智立时清明，只觉那影子的吸力登时减弱了许多，已足可对抗，可是想要拔出来，却也无法。高仲舒试了试，只觉一只手如被牢牢嵌在墙里，根本动不了分毫，只是不住将他往里吸。他苦着脸道：“大师，快将墙凿了吧，要不我要被封在墙里了。”

居然会被吸到墙里去，这等事当真闻所未闻。辩机也似有些惊慌，叫道："来人啊！来人！"但他也知道，明崇俨所加禁咒能隔绝内外声音，而一道符可让门窗坚如铜墙铁壁。只是如今那些妖人却已经突破了明崇俨的禁持，反倒成了瓮中捉鳖。不要说房中没有拆墙的工具，就算有，单凭辩机一人哪里能凿得开的。

他心神一乱，高仲舒被那黑影吸得越来越深了，右手已没到肘部。他急道："大师，辩大师！你快想想办法啊！再不想法，我就要被封在墙里，到时成了个干尸，看你怕不怕！"方才他见辩机只念了两句经文，便止住了自己被吸入之势，只觉辩机定然还有办法。但一想到若真个被封到墙里成了个干尸，自己倒先吓了一跳。

辩机也不知该如何回答，这时门忽然"砰"一声开了，却是明崇俨大踏步进来。他脸上大是惊惶，头上也满是汗珠，一张脸绷得紧紧的。辩机见是他，松了口气道："明兄，你总算来了。"

他知道明崇俨年纪虽轻，却身怀异术，大是不凡。自己是禅宗，不修神通，对这些异人的秘术没什么办法，但明崇俨定然有办法解决。

明崇俨也没说话，急急走到高仲舒身边，伸手从怀里摸出一支笔和一个小竹筒。这竹筒上有一个铜帽，他将铜帽拧开，毛笔伸进去蘸了蘸，毫端登时殷红一片。高仲舒此时一手已有大半陷入墙中，人也要贴到墙上了。再被吸下去，整个人当真都要进了墙壁。他眼睛一眨也不眨地看着明崇俨，见明崇俨拿出一支笔头满是红色的笔，脱口道："啊，那是什么？血么？"

"朱砂。"

明崇俨只说了两个字，毛笔已在墙上游走。高仲舒急道："明兄，你还有兴致题壁一首……"话刚说了半截，马上闭住了嘴。

明崇俨在墙上写的，并不是字，而是一道符。

那块黑影有盆口一般大了，高仲舒的手深陷其中，已到了手腕处。虽然不痛不痒，但这般惊恐却更让人受不了。他见明崇俨笔走龙蛇，好整以暇地画着符，心中惊惧，嘴却硬生生闭住，不敢多问。

明崇俨画得很快，最后一笔一勾，那些符字已围成一个大圈，将黑影围在当中。他一画完，将笔往怀中一插，左手掌贴在高仲舒臂上，顺着他的手臂滑下，道："抽出手来！"

明崇俨的手指一触到黑影，高仲舒只觉黑影的吸力大减。他用力一抽，手贴着明崇俨的掌心一下滑了出来。这手陷入墙中半日，但一抽出来，却毫无损伤，连油皮都不曾擦破一块。一抽出手，他长吁一口气，道："明兄，多谢了。"转眼一看，却见明崇俨面色凝重，他的手已陷入影中。高仲舒大觉过意不去，道："明兄，你该怎么办？"

明崇俨的左手捻了个诀，道："高兄，退后一步。"

高仲舒刚退了一步，明崇俨盯着墙壁，长吸一口气，猛地向黑影吐去。

黑影被符字围住，已不能扩大，此时符字中已满是黑色，便如一个红盆盛满了黑水，竟然已高出墙面。明崇俨这口气一吐，黑影上登时燃起一片火光，便如同那是一摊火油。高仲舒吓了一跳，叫道："明兄，这是怎么回事？快快拿出手来，不然要烧伤的！"他本就有"铁嘴"的诨号，话很多，方才因为惊吓一直未能一展其长，此时自己已无危险，却又要喋喋不休了。

火燃得很大，但并不光亮，反是明崇俨画在墙上的符字被火一映，放出光亮来。但这火似乎并不能燃物，明崇俨的衣袖也在火中，却不曾烧起来。他抿着嘴，将手一翻一覆，左手捻个诀，喝道：“律令律令，四纵五横。万鬼潜形，吾去千里者回，万里者归。呵吾者死，恶吾者自受其殃。临兵斗者皆阵列前行，急急如律令。疾！”

他的手指往黑影上划了四纵五横九道，火光如遭火泼，立时湮灭，黑影也如受同受了伤一样急速缩小，形状不住变幻，趁这机会，明崇俨的手一下抽出。

这是九字真言咒。那团火光如冰澌向火，眨眼间便已熄灭，黑影也消失无迹。明崇俨伸手在墙上一抹，画着的赤红符字化作粉末，收拢在他掌心。他伸手一吹，微笑道：“高兄，总算渡过此劫。”

墙上方才又是符字又是火光，但此时却仍是一片平整粉壁。高仲舒看得大为惊奇，凑上前道：“明兄，原来你是个术士啊。”

明崇俨掩上门，盘腿坐了下来，拿了个干净杯子倒了杯茶，啜了一口，道：“高兄，让你受惊了。”

高仲舒仍是莫名其妙，道：“这到底是怎么回事？这些东西是什么，做什么盯住我？”

明崇俨摇了摇头，道：“眼下我也不知。只是，你身上定有什么不净之物，可否让我一观？”

高仲舒呆了呆，也坐下来道：“我身上？好像也没什么东西。”他伸手到怀里摸了一阵，将怀中之物都掏了出来。他还是个弘文馆学生，身边东西也不多，除了几个零碎银锞子和铜钱，只有一册薄薄的书。明崇俨一见这书册，眼睛一亮，拿起来翻了翻，眼中闪过一丝失望之色，道：“这是什么？”

高仲舒道：“这是《古镜记》啊，明兄不曾看过么？嘿嘿，很好看的，王度得古镜，除妖降魔，精彩！”

明崇俨对这些除妖降魔的故事似乎没半分兴趣，盯着高仲舒道：“你身上还有什么东西？”

高仲舒翻了翻袖子，道：“没有了啊，我身上就带这些，除非是这身衣服。”

“脱下来。”

高仲舒吃了一惊，道：“什……什么？有什么好看？”他自幼家规甚严，从不行走花街柳巷，要他在人前脱衣，可是破题儿第一遭。

明崇俨叹了口气，道：“高兄，你不想天天如今晚一样担惊受怕，就解开衣服让我查个仔细。”

高仲舒想了想，看了看一边的辩机，咬了咬牙道：“也是，你又不是什么姑娘，辩机大师六根清净，何况父母遗我清白之体，有何不可见人。”

他一边嘟囔着，一边解开腰带，刚将外衣脱下来，明崇俨忽道：“这是什么？”

明崇俨指着高仲舒腰间的一缕丝穗。这丝穗原本在衣下，穿着衣服看不出来，他低下头看了看，道：“这个啊，是个玉带钩，于阗美玉碾的，怎么了？”

明崇俨皱了皱眉，道：“是上面的那个缀子。”

高仲舒撩起小衣，将那缀子解下，道：“这个啊，就是个琉璃子，不值钱的。”

琉璃在商周时就有，到了唐时更是到处都是，甚至连瓦片也有用琉璃制的。高仲舒这琉璃子有拇指一般大，暗褐色，虽然通透，也值不了几个钱，当中有个小孔，一条丝穗穿过。明崇俨接在手中看了半天，神情凝重，半晌不语。高仲舒站得有点不耐烦，道：“明兄，还要不要脱？好冷的。”

明崇俨抬起头道：“穿上吧。这琉璃子你是从哪里得来？”

高仲舒心里一沉，将外套穿上，一边系着衣带，一边道：“家里找到的，一直扔在箱子里。我看它好看，拿来拴在衣带上有好几年了，也不知是哪儿来的。这个是不净之物么？”

明崇俨将琉璃珠举到灯前照了照，也没回答，高仲舒正待再问一句，却见明崇俨猛地喝道：“快闪开！”他本是盘腿坐着，左手食中二指在地上一按，人如离弦之箭，一下移开了三尺。也就是在他闪开的一刹那，从屋顶有团黑影猛扑而下，堪堪扑到明崇俨头顶。这团黑影扑在案上，案上的灯火立时熄灭，屋里登时陷入一片黑暗。

高仲舒还不知怎么回事，叫道：“出什么事了？”他话音刚落，却觉得一条冰冷的手臂又扼住了他的咽喉，与方才在街上时一般无二。他吓得魂飞魄散，喊已喊不出来了，眼前更是一片漆黑，什么都看不到，正在惊慌，却觉得扼住他脖子那人忽地一震，“噗”的一声响，从他背心处却涌来一股大力，险些要把他打得呕血，疼得叫道：“啊呀！”

明崇俨觉察到头顶有异样，待闪开这一击，人还不曾站起，左手两根手指又在地上一捺，人贴着地面翻了个身，双足一蹬，人已扑了上去，一拳打向那黑影。这一拳出手极快，那个黑影显然也根本闪不开，一拳中的，却觉得入手软软的，倒似击中了一团棉花，随之却听到高仲舒惨叫起来。他左手已摸出了腰间的短剑，只消这一拳将来者击倒，左手短剑马上便可刺出，但一听得居然是高仲舒呼痛，心知此人定是将自己的拳劲都移到高仲舒身上了，再这样打下去，恐怕先要把高仲舒打死。他的短剑硬生生止住，双腿一屈，化去了前冲之势，稳稳站在地上，道：“是什么人？”

屋里，已是暗得丝毫不能见。过了一会儿，黑暗中有个声音低低道：“原来还有个术士，怪不得能破我的魅影大法。”

这声音极是怪异，连男女都听不出来。此时屋中暗得异乎寻常，那是此人以土魅术封住了这间屋子，明崇俨暗自后悔，心道：“我真是无用！破了此人的魅影术后，居然没发现他已欺入屋中了。”他紧了紧手中短剑，沉声道：“十二金楼子的五魅术，果然名不虚传。”

黑暗中，那人“哧”地低低一笑，道：“知道我们十二金楼子的名字，居然还敢出头，阁下也算胆大包天。只是我也算看走了眼，居然未曾发现长安城里有你这般一个好手。”

明崇俨压低了声音道：“你们到底意欲何为？”

那人又是“哧”地一笑，道：“受人钱财，替人消灾。我们也不想杀人，与阁下井水不犯河水，还请阁下将那负心子给我。”

果然就是那颗琉璃子啊。明崇俨沉吟了一下，道：“你们要这来做什么？”

他知道十二金楼子定然不会说的，但此时也没别的主意，只有先东拉西扯一番。果然，那人道：“少知道点，还能多活几年。”

这人刚说完，高仲舒又呻吟了一声，想必是那人扼住他咽喉的手臂又收紧了一圈。明崇俨叹了口气，道：“好，你将这东西拿走，别伤了高兄。”

他伸出手去，将琉璃子托在手上。手一伸出，便觉微微一轻，琉璃子已被那人取走，那人低低笑道：“明兄诚识时务者，好，我答应你。”

屋子里突然间一亮。其实此时天色未曙，外面仍然很是黑暗，但方才屋里仿佛被浸在墨水中一般，什么都看不到，此时虽然还很暗，但已可模糊看到屋中的景象。高仲舒只觉喉咙口一松，方才扼住他的那条冰冷的手臂在眨眼间便已消失，他又惊又惧，一被那人松开，竟然连站都站不稳，一屁股坐在地上，摸了摸咽喉处，长长地吁了口气。黑暗中又听得“啪”的一声，却是明崇俨点着了油灯。他惊魂未定，看了看四周，却见辩机坐在后面，一般地脸色苍白，倒是明崇俨嘴角带着一丝莫测的笑意。他道：“明兄，这到底是个什么人？十二金楼子到底是什么？”

明崇俨点着油灯，捻灭了手中的火绒，又看了看掌心，微笑道：“十二金楼子，探丸夜杀人，此番居然未取人性命，当真意外。”

高仲舒打了个寒战。他原先牛皮震天地说什么“真个遇上鬼物，我有利剑在侧”，但今夜所遇之人都诡秘异常，此时这份豪气已荡然无存。他坐了下来，道：“那我该怎么办？”

明崇俨抬起头，微笑道：“高兄不必惊慌，十二金楼子虽然出手狠毒，但一诺千金，你应该不会有事了。”

高仲舒听得自己没事了，这才长长舒了一口气，拍拍胸口道：“那就好，真吓死我了。对了，明兄，这些人真是鬼怪么？”

明崇俨从怀里摸出个罗盘放在案上，微笑道：“怪力乱神，存而不论，敬而远之。”

这本是《论语》中的话，高仲舒自然读得熟而又熟。听明崇俨这般说，他也不好再说什么，垂头想了想，道：“那么此事就算完了？”

此时明崇俨摸出一张图来，道：“还不曾。高兄，我们来看看，到底是谁请动这十二金楼子的。”

那是张长安城细图，画得极其精细，长安城东西二十里，南北十八里，是个长方之形，这张图除了皇城未画，其余诸坊都画得极为细致。他将这图往地上一摊，平平展开，照着罗盘调了调方向，右手拇指在诸个指节上掐了一遍，喝道："疾！"手指缝里，一颗小小的绿豆蹦跳着落到地图上。

绿豆也不是什么稀奇之物，高仲舒正想问问明崇俨在做什么，却听得一阵细细的摩擦之声。他定睛看去，却见那颗绿豆正在纸上慢慢滚动。若是撒下时绿豆趁势滚动，原也不奇，但这颗绿豆滚得这般慢法，几乎像是个小虫子。他呆了呆，道："明兄，这是……"

辩机在一边突然插嘴道："明兄秘术，当真让人叹为观止，这绿豆指的，便是方才那妖人的行踪吧。佛门六神通，明兄此术想必与天眼通殊途同归。"

高仲舒恍然大悟，道："原来你在那人身上下了什么咒吧？哈，这样便可知道他去哪里了。明兄，你可真是了得，真个厉害。"

他二人一唱一和，明崇俨也有些得意，微微一笑道："岂敢。"辩机与高仲舒的马屁固然让他受用，而从那人顺藤摸瓜，一直可以追查到十二金楼子的最高首领处。一念及此，明崇俨心里也暗暗有些激动。

多年之惑，也许终于可以解决了。

他正想着，高仲舒突然"啊"了一声，叫道："什么！居然是苏合功这王八蛋！"他也呆了呆，道："高兄，怎么了？"

高仲舒指着地图上那颗绿豆停住的所在，道："修真坊，那是苏合功家啊！怪不得这小子还咒我说出门碰上不干净东西，准是他搞的鬼！"

他本就多嘴，此时明白了那些异人是谁叫出来的，大为气愤，指手画脚地大说起来。在弘文馆时就因为有鬼无鬼，他与苏合功吵得热闹，这种吵架对于他们来说也是家常便饭，自然不奇，让高仲舒没料到的是苏合功居然会叫术士来吓自己。别个也罢了，最叫他着恼的是阿白受了伤，虽然这伤极轻微。

他口若悬河，滔滔不绝，明崇俨与辩机二人都听得呆了。高仲舒说得兴起，指着地图上那颗绿豆的所在，叫道："你看……"

辩机和明崇俨不由自主地顺着他的手指看去，也就是这时，那颗绿豆忽地发出"啪"一声，竟然一下成了一小团火。高仲舒吓了一跳，马上又喜不自胜，心道："啊呀，我怎么也会法术了？我以前还不知道。"还来不及高兴，明崇俨右手极快地一展，一下将那团小火捉到了手中。辩机也吓了一跳，道："明兄，怎么了？"

明崇俨的脸上又大是凝重，低声道："我的踏影术被他们破了。"

长安城一百一十坊，因为东南角有曲江池，二坊划入，实则一百单八坊。这一百单八坊中，房屋密布，又有无数的小巷将每个坊分隔开来，若是初来乍到之人，只怕一到长安城便晕头转向，根本不辨路径了。

每天夜晚，长安便如一头沉睡的巨兽，一片死寂。但只要晨钟响起，这座巨大的城市便会从每个坊巷中吐出海潮一般的人流，又变得生机勃勃。

只是此时刚交丑时，天还未亮，长安城里仍是死气沉沉，尤其是西北角的修真坊，由于人流相对而言不多，店铺稀少，更是冷清。

修真坊东北角，靠近光化门的一个庭院里，在一座三层的楼上，有两个人正相对而坐。这两人一动不动，仿佛两尊雕像，当中刚放着一个小香炉，插着一支香。

烟气笔直升起，几乎如同铁丝。这两人脸上也毫无表情，只是默然坐着。

当第一丝曙色穿破云层，将院子映上一层淡白的时候，这支香也已燃到了头。左边那人忽道："老九回来了。"

这是个中年人的声音。坐在右边的那人本来如同入定一般坐着，听得他的声音，抬起头，耳朵抽动了一下，道："还在半里以外，片刻即到。"这人的喉咙仿佛受过重伤，声音十分沙哑，也十分苍老。"他被人下了踏影咒！"

中年人一阵愕然，沉声道："那个公子哥居然也有术士护卫？当真走了眼。弥光也真不成器，居然还不知道，我去拦下他。"

他站得虽急，却是无声无息，连袍子都没有带起一丝风声。刚一站起，右边的老者忽道："不必了，到了此处，便是拦住老九也已没用。"

中年人沉吟了一下，道："那么，只有让苏公子忘了此事了。"

他们是受苏合功之托，给那个名叫高仲舒的弘文馆学生一点苦头尝尝。这不过是两个公子哥之间闹着玩的事，他们与苏合功的父亲有联系，也不好推托这位少爷一点小要求，便答应下来了。没想到那个高仲舒竟然有意料之外的强援，行事的九弟弥光居然会中了人踏影咒，被人跟踪至此。他们这组织极为隐秘，不能被人发觉，弥光的踏影咒现在破除已是晚了，亡羊补牢，还是让苏合功忘了此事才是正理。老人点了点头，看着泛出一丝白色的窗纸，轻声道："只是长安城中居然有能给九弟下踏影咒之人，着实意外。"

左边那人似是想起了什么，低低道："大哥，你是说……"

“极玄子只怕还有传人……”老者伸手在香头上一招，那支香还剩最后一段，忽地火头大亮，燃得快了许多，烟也登时浓了许多。只是这烟被老者一招，如活物一般聚向他掌心。说到“极玄子”三字时，他的手不自觉地颤了颤，似乎有种难以遏止的惧意。他将手在膝上一抹，再翻过来摊开，烟气已凝成一个小球，在他掌心不住滚动。

也就是这时，楼板上发出“咚”一声轻响，隔着纸门，有个人伏在外面。那人兴冲冲地道：“大哥，二哥，负心子竟在那人身上！”

中年人走到门前，拉开了门。伏在门外的是个浑身黑衣的男子，连脸都蒙着布，只露出一双眼睛。见这人出来，蒙面男子眼中露出喜色，摊开手，手上正是那颗琉璃子，道：“二哥，你看……”

他话未说完，屋中坐着的那老者忽地手一扬，手中的烟球忽地激射而出，向这男子掌心打来，正击在琉璃子上。本来就只是一团烟气，击中后烟气将琉璃子裹在一处，竟似要被这琉璃子吸进去一般，这男子只觉掌心疼得如同刀绞，但他根本不敢动弹，只是咬牙强忍。半晌，那颗琉璃子却一下跳到半空，还不等落地，开门那人手一招，已将琉璃子抓在手中。而就在这时，从这男子身体里，一个黑影激射而出。

这影子如同活物，似乎极其痛苦，正在不住挣扎。黑暗中，那老者忽然喃喃念了两句什么，猛然喝道：“叱！”影子仿佛一张被钉子钉住的皮革一般，立时动弹不得，如烈日下的冰雪，极快地消失。

男子本在强自忍受这阵剧痛，影子一脱出他的身体，痛楚突然消失，他反倒支撑不住了，登时摔倒在地。他并没有看到自己的影子被老者钉住，心中只是不住打转，暗道："大哥做什么要责罚我？我做错了什么？"正想着，耳边却听得一个沙哑的声音道："九弟，你中了人的踏影咒，难得的是居然到现在还不知道。"

听到这个声音，男子虽然脸上蒙着布，但露出来的那些皮肉一下失去了血色，眼中也露出恐惧之意。他膝行几步，重重磕了个头，道："是，是，大哥，弥光不才，还望大哥恕罪。"

十二金楼子，顾名思义，原先便有十二个人，但眼下却只有他们三个了。剩下九个人，有五人是在与仇敌对决时丧生，倒有四人是动了异心，被这大哥处死。自己此番虽然夺到了负心子，但却让大哥的行踪也暴露了，只怕功不抵过，大哥要责罚自己。蒙面男子越想越怕，虽是伏在地上，身体也在不住颤抖，心中只是寻思："大哥到底要如何处置我？"

正在担心，却听得那老者叹了口气，道："弥光，起来吧，你未能识破那人的踏影咒，也不能全怪你，你拿到了负心子，倒是一功。与你动手之人是谁？"

听得大哥不再责罚自己，这男子如蒙大赦，脸上也不禁露出喜色。听得大哥问自己，他先磕了个头，方道："回大哥的话，那人是个未冠的少年，叫明崇俨。"

"明崇俨？"老者也怔了怔。这名字十分陌生，明姓也是个稀见姓氏，未曾听过自然不奇。他挥了挥手，道："去休息吧。"

等那男子退下，中年汉子走到老者对面重新坐下，低声说道："大哥，现在怎么办？"先前他说话镇定自若，此时却有些惊慌。

老者也不看他，只是道："负心子呢？是不是真的？"

"是真的。"中年人沉吟了一下，道，"想必是那个姓明的未曾发现负心子的奥秘，所以轻易让弥光带来了。"他顿了顿，又轻声道："大哥，我去除掉那姓明的少年术士吧？"

老者嘴角浮起一丝笑意，点了点头，道："那就按原先计划的办吧，不要去管他。"

汉子点了点头，道："好，我知道了。"他看了一眼老者，又有些疑惑地道："只是，大哥，你为什么如此怕那个明崇俨？"

老者身上猛地一颤，喝道："胡说！"他声音本就沙哑，这般呼喝，更是沙哑了。那汉子吓了一跳，慌忙跪下道："是，是，小弟知罪。"心中却寻思道："果然，师兄真的是怕那个明崇俨！那人真如此厉害？"

告辞了老者，这汉子走下楼来。此时天色已明，星月渐隐。这汉子看了看天，忽然冷冷笑了笑，也不知在想些什么。

辩机与明崇俨二人相对而坐，两人都是眼观鼻鼻观心，半日都不动弹。

高仲舒刚走。今天他一过来气鼓鼓的，因为今天他到了弘文馆便找苏合功吹嘘，说自己看破了苏合功的小计谋，哪知苏合功竟然矢口否认，说根本没做过这事。他们两人斗嘴赌气也多了，但从来没有这等事后赖账的道理，让他大为恼怒。好在他没受伤，阿白的伤口也很小，那颗琉璃子又不是什么值钱东西，丢了也就丢了，事情过后就算了，就是这口气咽不下去。

等高仲舒告辞离去，屋中重归寂静，两人相对无言，只是默默打坐。释道虽属两家，打坐却一般无二。

"明兄，原来是虚惊一场啊。"

过了好一阵，辩机才打破了沉寂。明崇俨睁开眼，只是微微笑了笑，道：“是。”

他站起身，掸了掸衣上灰尘，道：“辩大师，今天我也该回去了。”高仲舒昨夜急了这般叫辩机，便叫上了口，方才一直都是这般称呼辩机，明崇俨在一边听得甚是好笑。

辩机抱怨道：“你别这么叫我好不好。这是那高施主顺口乱叫，你叫我辩机便可。”

明崇俨笑道：“哈哈，辩大师，佛门清净，你只为一个名字便动了嗔念，可大不似高僧啊。其实你也该感谢高兄嘴下留情，若是他一时兴起叫你大辩师、小辩师之类，你又该如何抱怨了。”

辩机一怔，忽然微笑道：“山河大千，梦幻泡影，何况一名一姓。多谢明兄指教。”

走出会昌寺，明崇俨抬起头看了看天空，嘴角浮起一丝笑意。

高仲舒并没有发觉，苏合功是中了异术以至于忘光了前事。如果以前只是猜测，那现在就可以断定，十二金楼子确实还存在于世上。

终于找到你们的行踪了。

他想着。

这又是一个黄昏了，晚风吹过长安，落叶纷飞，不时将他的衣袖也吹得飘起，一场暴雨正在云中酝酿，时时刻刻都会落下。

四

听完一卷经，辩机指了指案头的壶道："明兄，且饮。"

明崇俨正襟危坐，双手托着一个杯子送到嘴边，便是喝一杯茶也如临大敌，一丝不苟。辩机不禁微微一笑，道："明兄，所谓心有执念，便是你这样子吧。"

明崇俨将杯中的茶水一饮而尽，道："让大师取笑了，我在想个事。"

辩机眯起眼，道："又是那十二金楼子吧？"

明崇俨沉吟了一下，点了点头，道："大师法眼如炬，是。"

上一次在高仲舒遇鬼之事背后，他发现了一直在追查的十二金楼子的行踪。传说十二金楼子已烟消云散，成员尽都不存，但这群术士与他心中一个大谜团有关，他一直都在寻找。那些人定然是高仲舒的同学苏合功请来吓他的，但事后苏合功却中了秘术，把这事忘个干净。他想不通的便是此点，如果十二金楼子不愿行事，完全可以马上对苏合功施法让他记不起此事，为什么事情做成了，反而又让苏合功忘却此事？而且此事过后，十二金楼子又不见踪影。他也曾去苏宅查探过，当时苏合功父亲办寿辰，家中请了不少唱曲演眩目戏的来助兴，难道十二金楼子当时就藏身在这批人中？可那些跑江湖的来去无踪，现在也不知这些人到了哪里，明崇俨本以为找到十二金楼子后马上就可以解开心中谜团，但十二金楼子却如消失在风中一般，竟然再也找不到，自是有些焦躁。

辩机道："世间万事，皆有因缘，强求不得。明兄，有缘自能相见，躲也躲不过的。"他顿了顿，双手合十，喃喃道："烦恼是昏烦之法，恼乱心神，又与心作烦，令心得恼，即是见思利钝。"

明崇俨呆了呆，垂下头道："谢大师教诲。只是，人总有烦恼，又岂能消除？"

辩机尚不曾回答，门外忽然传来一个响亮的声音："辩大师，明兄，你们在么？"

说话的正是高仲舒。他家在义宁坊，回家时要路过会昌寺，认识了明崇俨和辩机两人后，便天天都来坐一会。他甚是健谈，开始时明崇俨还觉得他有点烦，但来过几次，发现他性格爽朗，读书也多，精于史事，是个难得的谈伴。一听到他的声音，明崇俨站起来拉开门，微笑道："高兄，散学了么？"

高仲舒看来过来得有些急，头上也已有些汗水。他抹了抹，道："明兄，听说西市新到了一个波斯眩目戏班，不知道会不会是你要找的人，一块儿去看看么？"

所谓眩目戏，也就是后世所称的魔术，长安市上演这些的人并不多，一般人不容易见到。十二金楼子当日很可能是以演眩目戏艺人的身份被苏合功请来的，明崇俨曾请高仲舒向苏合功打听这几个眩目戏艺人下落，没想到却出来个波斯眩目戏班。

不管有没有关系，看看也好。他想着，站起身道："也好，我看看去。"便向门外走去。刚走到门边，辩机忽然道："欲除烦恼，终须无我。"

这八字念得很轻，若非明崇俨耳朵灵便，只怕还听不清了，高仲舒便只道辩机只是在寻常念经。明崇俨却是怔了怔，回头看去，辩机正在饮茶，大大的僧袍袖子挡住了脸，袖面却如湖水一般泛起几丝衣纹。

波斯人的眩目戏倒是正经的魔术，吞剑、烟术、大变活人，高仲舒看得目瞪口呆，不时拿他神灭无鬼论的观点猜猜背后的秘密，像吞剑肯定是那把长剑有机关，可以缩拢，烟术则是用秘药发烟，凝在空中不散之类。明崇俨却看得没精打采。

这些胡人的技艺虽精，但并不是术法，看来这眩目戏班与十二金楼子并无瓜葛。他站起来正想跟高仲舒说先走了，眼睛忽然觉得有一阵微微的刺痛。

这里有十二金楼子的人！他呆了呆，扫视了四周。但戏园子里人山人海，少说也有上百人，根本看不清哪个才是。这时高仲舒见明崇俨站了起来，扭过头道："明兄，你先别走啊，好看的来了！"说着扬了扬手中一个小小的木偶。凡是来这园子里看戏的，一进场就有这么个木偶。这木偶是波斯装束，虽然做得十分简洁，却颇有神韵。

明崇俨诧道："什么来了？"话还没说完，周围的看客已大声怪叫起来，欢呼不已。高仲舒道："这是这班子里最出名的天魔胡旋舞，嘿嘿。"

这时响起了一阵急促的鼓声，有四个人旋转着出了后台。那是四个女子，脸上还蒙着红黄蓝白四色面纱，身上披着有横纹的披风，也是红黄蓝白四色。这四个女子舞技高超，全身只以足尖着地支撑，便如陀螺一般极快地转动。披风也随着转动之势飘舞，因为有横纹，给人一种眩目之感。

明崇俨也吃了一惊。不仅仅是这四个女子高超的舞技，这种以强烈色彩搭配的舞衣，加上衣上转动的横纹，正与幻术施术时一般。看来，波斯的眩目戏，其实也是吸收了一些幻术的手法，怪不得这些看客如此亢奋。他本想走了，此时倒开始有了兴趣，又坐了下来。

那些女子在台上穿插交错，此时已站在了四个角上，这时台中心突然冒起一团白烟，将台上一切都遮去了。待烟散去，却见中间多了一个穿着纯黑舞衣的女子，另外四个身上的披风也不知何时扔到了一边。这些女子的舞衣其实只是些布条，如果平常穿成这样，自给人一种褴褛之感，但现在看来，却有一种异样的华丽。

“咚”的又是一声鼓响，五个女子又开始转动舞蹈，但这一次由于没有了披风，身上的布条随着转动飘起来，便如身边围上了一个个彩色的圈，露出雪白的肉体，台下的看客又是轰雷也似一声叫好。尤其是当中新出来的那个女子，由于布条是纯黑色的，一旦转动，露出里面羊脂玉般的身体，更有一种迷离妖异，说不出的冶艳。而她的动作也最为纯熟，那些布条飘动得最高，看起来便如一个全裸的女子单足立在一个黑色大瓶之中。

真是美妙。明崇俨也不禁暗自赞叹，却听得一边喘声如牛，扭头一看，却是高仲舒张大了嘴，盯着正中那女子不放。他恍然大悟，这才知道高仲舒实是自己想来看，不由暗自好笑。

这个舞也并不是太长，一曲已毕，声音越来越小，那五个女子转动得也越来越慢。当曲终之时，当中又是一阵白烟升腾而起，待烟散尽，台上又已空空一片，方才那五个跳着不可思议舞步的胡女便如融化在空中，重又消失。

这个舞结束后，戏班子里静了片刻，方才发出叫好声。高仲舒也高声怪叫了两声，道：“明兄，如何？这几个胡姬都相当不错吧。”

“是啊……”明崇俨沉吟着。虽然没能真正发现十二金楼子的行踪，但至少知道了一点，眩目戏看来的确与幻术有关。

这时那个胡旋舞已经下去了，照理该上下一个节目，但半日都不见人影，周围的人开始喧哗起来。这时布帘一动，从后台走出一个人，却是个身穿金吾卫军服的军官。见这军官上台，明崇俨呆了呆，道：“还有这么一出戏？”

“我也不知道，”高仲舒也甚是诧异，“我上回没见有这个。是禁夜了？”

东市和西市因为店铺林立，闲杂人等也多，因此禁夜比另外地方早一些，除非是节日金吾不禁，才可以通宵达旦地玩乐。只是现在还不算晚，西市就算禁夜也至少还有一个时辰，不知这些军人来这儿做什么。

正想着，那军官走到台中，高声道：“列位，敬请安坐，不必惊慌，我们是金吾卫，前来捉拿可疑人犯。”

这军官极其年轻，长得颇为俊秀文雅，但声音沉着老练，站在台上，身材虽然不高，却虎虎生威，那些看客登时被他镇住了，纷纷坐下。明崇俨见这少年军官年纪虽轻，目光如鹰隼，老到之极，暗自赞道：“好一个小将！”却听高仲舒喃喃道：“这不是守约么？他怎么成了金吾卫？”

班子里这一通乱，表演自然持续不下去了，看客们纷纷向外走去。高仲舒看看周围，道：“明兄，运气真糟，我们也走吧。”

明崇俨此时倒不动了，道：“再等一等。”

这时一群人已走过来了，其中一个想必是这园子的园主，唠唠叨叨地说着什么，但那少年军官却板着脸，理都不去理他。跟在后面的，是两个军人押着的一个波斯人，这波斯人满面于思，看不出脸色，眼中却闪烁着惊惶。明崇俨低声道："高兄，你认识这人么？"

高仲舒也低声道："他姓裴，名叫行俭，字守约。他是将门之子，去年刚离开弘文馆，没想到当了金吾卫了。"

"原来他就是裴行俭啊。"明崇俨喃喃说道。裴行俭这名字他也听到过，此人的曾祖裴伯凤是北周的骠骑大将军，祖父裴定高、父亲裴仁基也都是当世名将，他自已年纪虽轻，更是文武全才，是当今苏定方大将军的得意弟子。明崇俨也听说过，大唐宿将子孙，像秦叔宝之子秦怀玉、程名振之子程务挺，皆是一时翘楚，但最出色的便是这裴行俭。

高仲舒道："是啊，我武功不凡，不过他的武功说不定比我还好。当初在弘文馆时和他比过剑术，我怎么也赢不过他。"

明崇俨终于忍不住笑了起来。若说高仲舒的史学比裴行俭高，那他绝对信。但高仲舒明明是文士，偏偏尚武，老爱吹嘘自己武功不凡。他只看了裴行俭一眼，已知此人英华内敛，大有根柢，真个动起手来，十个高仲舒绑在一起也未必是裴行俭单手之敌。只是他见高仲舒吹得兴起，也不好扫他的兴，便低声道："他来捉这波斯人做甚？"

波斯人以豪富知名，俗传波斯人碧睛识宝，因此"穷波斯"一语便是长安人取笑人的话。正因为波斯人豪富，因此颇招人忌，长安恶少劫掠杀人，不少便是针对波斯人。但这个波斯人只是开了个搭班演一出眩目戏，似乎算不得什么豪客富商。高仲舒听明崇俨这么一说，也怔了怔，道：“说不定，这波斯人犯了什么事，我去问问他。”

这时从后面突然有个哭叫声：“爸爸！”一个人冲了出来拉住那波斯人的衣服，正是方才跳胡旋舞的那个穿黑色舞衣的少女。她身上仍穿着舞衣，已是泪流满面。“爸爸”二字，天下通用，人人都听得懂，场中诸人见到这个明眸皓齿的少女哭得如梨花带雨，大为不平，有个人叫道：“他犯了什么事，当兵的要将他抓走？说出来啊！”这人一喊，边上诸人登时随声附和，有些胆大的甚至过来要拦住裴行俭，裴行俭厉声喝道：“我等奉命行事，谁敢拦阻！”他说着，将腰刀一抽一退，铿然一声，那些想拦的登时唬得退到一边。裴行俭冷冷扫了一眼，又道：“律法不枉平人，也绝不放过有罪之人。”

他转身走到那波斯人跟前，低声说了两句话，那波斯人大吃一惊，也说了几句，那个少女却睁大了眼，眼中大为惊异，站起来对裴行俭说了两句什么，裴行俭点了点头。他的话高仲舒一句也听不懂，诧道：“守约在说什么？”

明崇俨道：“波斯话。”

当今波斯人遍及天下，但都是波斯人学华语，学波斯话的除了舌人通事一类便没几个了。高仲舒道：“他会说波斯话？还真没想到。他跟那个姑娘说什么了？怎的一说那姑娘便眉花眼笑。”

其实那少女也并不是眉花眼笑，只是听得裴行俭的回答，登时露出欣慰之色。明崇俨道：“她说她叫明月奴，愿以身为质，代父亲顶罪。裴将军告诉她说定不会冤枉平人。”说完，又叹道：“原来胡姬之中也有缇萦。”

缇萦本是汉文帝时名医淳于意幼女。淳于意因事下狱，将受肉刑，缇萦为父求情，终于感动文帝，废除了肉刑。他正在感叹，高仲舒忽然道："明兄，你会波斯话么？"

"波斯话叫吐火罗语，我只会说一点，怎么了？"

高仲舒迟疑了一下，道："你跟明月奴姑娘说，我高氏虽非权势熏天的望族，在朝中也说得上几句话，请她放心，我定要救她父亲出来。"

高仲舒要解救这个被裴行俭捉去的波斯人，只能要祖父发话了。当初高仲舒的曾祖高颎被隋炀帝诛杀，他祖父高表仁有鉴于此，对子孙管教极严，虽说自己受封为剡国公，却从不敢恃权势欺人。高仲舒一眼见到这个叫明月奴的波斯女子，便觉神魂颠倒，只觉纵然被祖父责打也在所不惜。明崇俨吓了一跳，道："你真的要这么做？"

高仲舒挺了挺胸，道："自然！"转念一想，也觉得这实在太不可能了，祖父绝不会贸然给一个波斯人去求情，登时泄了气。见那个波斯少女哀伤欲绝的神情，他只觉心头也有些疼痛。

押着那个波斯人上了车，裴行俭看了看车后这个名叫石龙师的波斯人，仍是满腹疑云。自己进入金吾卫也不过数月，如果说因为自己懂波斯话，所以让自己来捉拿这波斯人，倒也可以理解，只是他想不通为什么要趁夜前来拿人。不过公文就是公文，自己照章办事便是。

马车缓缓而行，他也越想越是狐疑。现在离禁夜已不到半个时辰，街上已是空空荡荡，不见人影，只有马车辚辚之声。裴行俭正低头想着，车忽地停了下来。他怔了怔，在车上站起身，却见前面有几个人立马拦住去路。他暗吃一惊，伸手握住腰刀刀柄，喝道："什么人，敢挡住金吾卫的去路！"

周围几个同来的士兵也都持刀持枪，一下围住了车。长安城自古便多豪客，任侠使气，挥刀杀人，那是家常便饭，若是碰上几个不开眼的居然敢打劫金吾卫，又被他们劫成了，那当真是个笑话了。

那些人中有一个越众而出，扬声道："是金吾卫裴街使么？"

裴行俭见他一口叫得出自己名字，又是一怔，道："正是在下。阁下是谁？"

"我是元从军长史胡鼎，奉命接收波斯犯人石龙师，这是我的腰牌，请过目。石龙师可在你处？"

去年（贞观十年），天子将长安府兵一分为二，以十二卫与东宫六率为南衙，元从军则称北衙，裴行俭便是在这时进入金吾卫，担任街使之职的。当年高祖定天下，以太原初起之兵三万人留宿卫，号元从禁军。这支禁军老不任事后便以其子弟代，因此又称父子军，号称禁军中的禁军，最受陛下信任。只是金吾卫属南衙，裴行俭是个右街使，掌京城巡警之事，北衙却是守卫皇城，与南衙井水不犯河水，元从军长史居然要在半路上从南衙提走一个波斯嫌犯，此事当真可疑。

裴行俭接过腰牌扫了一眼，又交还给胡鼎，道："胡长史，抱歉，石龙师不能交给你。"

胡鼎面色一变，喝道："你难道怀疑我这腰牌有假不成？可知抗命不遵，乃是死罪。"

裴行俭仍是面无表情，沉声道："腰牌确是不假，但我奉命捉拿此人归案，非本官之命，末将绝不敢听从。"

南衙由东宫太子及亲王编率，裴行俭所说的“本官”便是太子承乾与汉王元昌二人。胡鼎脸上阴晴不定，也不知在想些什么，沉默了半晌，方道：“你定要南衙长官之命方可听从么？”

裴行俭只听胡鼎的声音突然多了阴森之气，心头一凛，心道：“这人难道要动手不成？”右手往肩头一伸，已握住七截枪的枪柄，迎风一抖，这七截枪如灵蛇出穴，连成了一根。他是苏定方之徒，当年幽州总管罗艺擅使八尺铁稍，号称天下无双，最终败在苏定方手上。苏定方所用乃是九尺龙吟枪，因为裴行俭个子不算高，苏定方因材施教，给了他这柄七截枪，枪分七截，长短随心，正适合裴行俭所用。

一握住七截枪枪柄，裴行俭眼中登时放出寒光，道：“正是。我官职虽微，却只听将令，不问其他。”

胡鼎只觉眼前这少年军官一枪在手，立如变了个人，也不由得打了个寒战，喝道：“大胆！”他身为北衙长史，官也不小，平时一言既出，旁人定然唯唯诺诺，哪有裴行俭这般软硬不吃，居然还想动手的。他有心想拔刀立威，但见裴行俭手提长枪，一看便知不好惹，因此嘴上说得虽凶，却是色厉内荏，带着马退了一步。

裴行俭放声道：“我奉命捉拿此人，便只能交到南衙，快快让开了！”说罢，七截枪在掌中如活物般一转，带起一阵风声，又忽地一声指向胡鼎，这意思已十分明了，若胡鼎再加拦阻，裴行俭已不惜一战。胡鼎没想到碰到这么个硬头，已有手足无措之意，不由扭头看了看身后。这时，在他身后那几人中，忽然响起了一个声音：“裴将军。”

一个人打马上前。这人遍身黑衣，身材也极是矮小，骑在马上大是不称。这人走到裴行俭跟前，一直低着头，裴行俭枪一指，喝道：“什么人？”那人忽地抬起头，眼中精光一闪，伸出手来道：“裴将军，这是铜马契，请将军过目。”

这人虽然矮小得不像样，人也黑黑瘦瘦，但眼中神光如电，裴行俭一碰到这人的目光，浑身只觉异样。铜马契是禁军兵符，此令由天子专发，不论南衙北衙，皆受节制。裴行俭见他伸出的手空空如也，但又仿佛在那人手中确是有一个铜马契，伸手作势去接。此时边上几个金吾卫士卒都已跪倒在地，他的手一伸出，忽觉掌心一凉，似乎有重物入手。铜马契还是隋时留下来的，据说是炀帝继位之年，天降陨星，从中取铜铸契，比一般精铜要沉重许多，但此时明明掌心无物，却有这种感觉，裴行俭心知不妙，但目光却已茫然。那黑衣人仍在低低道：“裴将军，铜马契已在你手，可将人交给我们么？”

这人的声音忽高忽低，幽渺不定，裴行俭只觉头昏沉沉一片，只有灵台深处尚余一点清明，这黑衣人此时说来，他再也无法反抗，挣扎着想抬起头，但前额却如灌了铅一般沉重之极。他强自支撑了片刻，只觉一颗头越来越重，终于慢慢垂下头，低声道：“是。”手一抖，七截枪已收回背上。

五

明崇俨从屋中出来时，高仲舒正在外面探头探脑，急得如热锅上的蚂蚁。见明崇俨走出来，他马上迎上来道："如何？明月奴姑娘知道了么？"

他逼着明崇俨去向明月奴说自己会帮她父亲脱难，说是"一笔写不出两个明字"，其实却是不好意思见那个波斯少女。此时见明崇俨出来，却又急不可耐。明崇俨道："先回去吧，快禁夜了。"

明崇俨并无脚力，但走得却不比骑马的高仲舒慢。沿着景耀门街向北而行，边上便是永安渠，流水汤汤，更显得幽静。明崇俨走到河边，背着手立着，似是在想什么心事，高仲舒连问了两句都不见明崇俨答应，急得抓耳挠腮，道："明兄，你行行好，到底和明姑娘说了没？"

明崇俨道："你叫她全名成不成，她可不姓明。"

高仲舒道："好，好，可是你跟我说，你说了不曾？"

明崇俨道："当然说了。"他抬起头，喃喃道："原来那石龙师也的确不是常人，是伊嗣侯的宫中傀儡师啊，因为去年大食国兵临波斯国都，他为避兵方来这里。"

高仲舒诧道："伊嗣侯？明姑娘的父亲是波斯王的属下啊。只是那大食是什么国？我还不曾听说过有这个国。"

伊嗣俟便是当今波斯王，王号伊嗣俟三世。他是贞观六年即位的，只是如今波斯国运不济，边上有个大食国，国力日强，波斯年年皆受侵攻，去年波斯一场大败，迫得伊嗣俟也离都避兵，这石龙师便是那时东来大唐的。高仲舒熟读史书，只闻波斯乃是极西强国，却不闻还有一个大食。

明崇俨道：“大食立国应该还没几年，只怕与大唐相去无几。听说此国本是波斯属国，这些年国势日隆，此间却几乎无人知晓。”

高仲舒听他这么说，心头也是一凛。在遥远的波斯以西，居然还有如此一个不为人知的强国在，这个消息在两个年轻人心中掀起了万丈波澜，不禁思之骇然。他们还不知道，是年（贞观十一年）大食已攻破波斯王都泰西封，波斯王伊嗣俟三世也已东逃入木鹿，波斯一国其实可以说已经灭亡，仅是名义上在苟延残喘而已。

高仲舒想了想，道：“明姑娘的父亲到底做了什么，金吾卫凭什么捉拿他？”

明崇俨转过头看了看高仲舒，道：“高兄，你真喜欢那明月奴么？”

高仲舒脸“腾”一下红了，支支吾吾道：“这个……仁者之心，解人危难，那个……”他这个那个了一通，其实也承认实是喜欢那个波斯少女的。支吾了半天，见明崇俨嘴角挂着一丝淡淡的笑意，不禁恼羞成怒，道：“你帮是不帮？”

明崇俨摇了摇头，道：“你不会喜欢明月奴的，她大概……”高仲舒却一下打断了他的话，道：“明姑娘是波斯人，我知道我多半娶不了她，她也嫁不了我，我只希望她能开开心心的，能让她父亲平安回来，让她有点笑容，我便心满意足了。”

高仲舒这两句话说得情真意切，明崇俨也不禁有些感动。他笑了笑，道：“高兄，没想到你倒是个情种。”他又叹了一声，道：“不过这是金吾卫出头的，恐怕石龙师已经被送到刑部。只是我实在想不通，石龙师只是个傀儡师，抓他到底是什么用意？”

一支点燃的香在石龙师鼻下晃了晃，双目紧闭的石龙师吸进烟气，忽然打了个大大的喷嚏，睁开了眼。见石龙师醒过来，那矮小的老者将香掐灭了，道：“石君，别来无恙。”

老者说的是波斯语。石龙师揉了揉眼，道：“你是……”

“十五年前，在泰西封城曾与石君有一面之交，石君忘了么？”

石龙师呆了呆，道：“啊，你便是成圆化先生！”

十五年前，曾有一支唐人商队抵达波斯泰西封，当时商队中有一个名叫成圆化的人，也是个傀儡师。唐土傀儡与波斯傀儡大不相同，那时石龙师与成圆化曾见过一次面，没想到十五年后重逢。石龙师来长安未久，莫名其妙被金吾卫捉来，心中正自忐忑不安，此时才算安心一些，坐了坐正，道：“成先生，十五年不见，你可变了许多。”他向周围看了一眼，道：“成先生，这是哪里？为什么要把我捉来？”

成圆化嘴角浮出一丝高深莫测的笑意，道：“石君，十五年前与令师萨君晤谈甚欢，令师过世后，想必波斯傀儡门便是石君执牛耳了。在下当年得见石君神技，佩服不已，昨日在西市得见，更是令在下心折。敝上屡请石君未成，方才命我行此下策，冒昧请石君过来，是想借重石君妙术。石君，随我来吧。”

他转身向前走去。这是座相当大的宅院，树木繁茂。虽然已是秋深，但这院中的树仍是郁郁葱葱，几乎将一切都盖了起来。成圆化沿着一条石子路向前走去，前面便是一道九曲长廊，石龙师心中仍存疑窦，但还是跟着他向前走去。

院子修得极是清雅精致，但这长廊却不知为何，极其朴素，两边树着些木板。石龙师一踏进长廊，便觉一阵彻骨的阴寒之气。他向两边看了看，这些木板上想必是绘着些仕女图，但由于周围太过昏暗，根本看不清楚。不知为何，他突然一阵心悸，在廊外停住了脚步。成圆化见他没跟上来，也停下来道："石君，此处是敝上优游的所在，名谓花影廊。呵呵，花影幢幢，想必惊扰了石君。"

石龙师急走了两步，道："成先生，我能不能先回去一趟，安顿一下再说？"

成圆化头也没转，只是低低道："不必了。"

成圆化的声音一下子变得极为阴沉，石龙师不由得又打了个寒战，心道："难道真逃不脱此劫？该如何是好？"

这道长廊大约有百余步，尽头是一间小屋，里面也极是朴素。石龙师正在诧异，成圆化拿起一个挂在墙上的小金锤在墙上一块铜板上轻敲数下，地上铺着的一块石板忽地无声无息地移开了。成圆化道："石君，请进。"

这石洞有如一头巨兽张开的大口，石龙师看了看，道："成先生，我只是个傀儡师，到底要做什么？"虽然仍是一头雾水，他还是已隐隐觉得此事有些不妙。

成圆化淡淡一笑，正要开口，面色忽地一变，手忽地一挥，一道寒光已从他指缝间射去，"托"一声插在墙上，是把半尺长的小刀。小刀插入墙壁足有寸许，刀柄犹在颤动。石龙师吓了一大跳，道："成先生……"成圆化却道："石君，你进去吧。"

石龙师见他面色阴晴不定，不由凛然生惧，不敢再说什么，走了下去。成圆化一步跃到墙边，拔下小刀，凑到鼻前嗅了嗅，又扫视了周围一圈，嘴角冷冷一笑，伸手拉了拉边上一根线。

这是唤人铃的线。几乎是同时，几个人已出现在门口，领头的正是那北衙元从军长史胡鼎。胡鼎手上还握着一柄刀，冲到门前，见屋里只有成圆化一个，怔了怔，道："成先生……"

成圆化不等他说完，已抢道："没发现有人么？"

"禀成先生，不曾发现。"

成圆化看着那把小刀，也不知在想些什么，顿了顿，方道："加紧戒备，若是出了意外，王爷的脾气你也知道。"

胡鼎听到"王爷"二字，眼中闪过一丝惧意，道："末将明白。"他壮了壮胆，道："难道，有什么人来过此处？"

成圆化若有所思地将小刀在指间转了几圈，道："此事事关重大，胡将军，事成你我都为元勋，事败则都难逃凌迟之罪，你可不要轻看了。"

胡鼎怔了怔，道："是，是。"话语却已在发抖。

成圆化又扫视了周围，道："再细细搜一遍，连一只老鼠也别放过，知道么？"

胡鼎已是汗出如浆，道："是，是。"似乎除了这几个字便什么都说不上来了。他壮了壮胆，道："成先生，方才有什么异样么？"

真的有人在用魅影术么？成圆化扫视着四周，一言不发。如果不是自己的错觉，那此间定已被十二金楼子盯上了。

他打量着屋中，却不曾看到窗外有一团阴影正沿着墙壁挤出了窗缝。这团黑影一出了窗，便活物一般沿着墙下了地忽速而行，到了大门边，无声无息地从门缝中挤了出去。

外墙刚粉过一遍，这团影子虽淡，在外墙上却要清楚许多。这影子闪到一个暗处，忽然变大。原本是团没有形状的影子，此时变大了，却是个人形。这影子贴在墙上，还在不住地发抖，忽然黑影一下凸起，一个人从这团黑影中脱了出来。

如果有人看到这情景，定会吓得惊声尖叫。但这儿十分偏僻，周围亦无人家，又已是禁夜，自是谁都不曾看到。这人浑身穿着黑衣黑裤，连脸都蒙住了，只露出双眼，一手捂住左臂。他一脱出墙来，墙上的影子登时消失不见。这人踉跄了两步，方才站稳，回头看了看那幢隐没在夜色中的院子，转身向前奔去，轻捷如风，声息皆无。

“石龙师是谁？”

看着裴行俭一脸诧异的样子，高仲舒怒道：“你……你……守约，你别说也不认得我了。”

裴行俭笑道：“你铁嘴高讷言的英名，我哪会不记得。”高仲舒字讷言，偏生是个多嘴的，“铁嘴高讷言”在弘文馆可说人人皆知，也与“穷波斯”一般是句名实不符的玩笑话。裴行俭入弘文馆时，与高仲舒虽然交情不深，但这个外号却是如雷贯耳。他顿了顿，道：“只是我真的不知石龙师是谁。”

高仲舒见裴行俭竟然红口白牙地抵赖，气得满面通红，叫道：“那你昨晚去哪里了？”

“昨晚？我与同僚巡街后，便回屋睡觉了。讷言，你做梦了吧？”

“你才做白日梦！”高仲舒气得险些要爆破肚皮，“裴守约，在弘文馆时你一向老实，没想到居然一当兵就满嘴瞎话，难道我昨晚眼花了不成？你昨天明明将明姑娘的父亲带走，当面还要抵赖！”

高仲舒打定主意，为了明月奴，定要救出石龙师来。他今日一大早便去向刑部打听昨日捉来的波斯人关在何处，没想到金吾卫昨日倒真捉了个波斯人，却只是东市抓来的一个小窃。波斯人大多豪富，那波斯人却真是个穷波斯，与石龙师毫无关系，高仲舒去看他时他还摸不着头脑。高仲舒吃惊之下，才发现昨日刑部根本不曾发过捉拿石龙师的文书，也没人将石龙师押来。他心知不妙，马上来见裴行俭，想问他到底将石龙师带到哪里去了，哪知裴行俭居然矢口否认，说是昨晚根本不曾到西市拿人，将高仲舒气了个半死。若不是顾及士人脸面，他当真要指着裴行俭鼻子破口大骂了。

裴行俭道：“我昨晚真不曾去过西市。讷言，你是不是记错了？”

高仲舒忽地跳了起来，叫道：“好！好！我记错了，那被你搅了场子的戏园子老板定不会记错，被你抓走父亲的明姑娘也一定不会记错，你有胆子，就随我一同去看看。”

他也是一句气话，裴行俭却皱起了眉头，道：“好吧，我们走。”

高仲舒不由一怔，道：“真要去？”他见裴行俭不认账，心中正自着恼，却不曾想到裴行俭真的愿去西市看看。裴行俭叹了口气道：“我虽然不记得昨天去过西市，但总有些奇怪，袖中多了这个东西。”

他探手出袖，掌心是一个小小的偶人。高仲舒一把抢过，叫道：

“哈哈，你还要赖，你明明去过西市！这偶人便是石龙师与明姑娘手制的。”

他自觉抓着了裴行俭把柄，大是得意。这种偶人是石龙师与明月奴搭班表演后送的，而他们在西市一共只演了两天而已，偶人也只送了两天。裴行俭若是有这种偶人，那这两天里必定曾去过西市。

裴行俭脸上却仍是一片茫然，喃喃道：“也许真去过？奇怪，我怎么一点都记不起来。”

到了西市，那园子里正在表演飞镖，当中一个女子站在靶前，一个男人正向靶上投掷飞镖，看客也稀稀疏疏的。裴行俭和高仲舒进门时，门口的园主还招呼道：“两位公子，进来看看来，五个钱一场，精彩！包你看了还想看……”待看见裴行俭的样子，脸登时现出一副苦样，道：“裴将军，是你啊。”

裴行俭见这人居然认得自己，怔了怔道：“你认得我？”

“裴将军昨晚不刚来将那石龙师先生带走么？”昨天裴行俭把一场表演都给搅了，害他白辛苦一晚，这园主自然记得真切。只是裴行俭是金吾卫军官，他也不敢有什么怨言。

高仲舒得意道：“守约，难道我和园主都看花眼了么？”他看了看台上，又道：“园主，那明月奴姑娘住在何处，今天登台没有？”

园主苦着脸道：“昨晚裴将军来过后，明月奴姑娘连夜就搬走了。”

高仲舒大吃一惊，叫道：“搬走了？去哪里了？你为什么不拦着她！”石龙师还不曾放回来，明月奴居然会搬走，他当真始料未及。那园主道：“我也不知道。石先生和明月奴姑娘就只是来搭班的，昨天出了这事，明月奴姑娘将自己的东西都搬走了，我也不好多问。”他不敢抱怨裴行俭，但话中却大有微词。

高仲舒头上登时冒出了汗水。他原本打算得甚是周详，心想将石龙师救回来，那这位明月奴姑娘对自己感恩戴德，多半容自己一亲香泽，这是何等的美事，谁知竹篮打水一场空。他叫道：“明姑娘没说去哪儿了么？”

那园主斩钉截铁地道：“没说。”

高仲舒还待再问，边上忽然走过一人，道：“是裴街使么？”裴行俭扭头看去，却见边上立着一个中年汉子，身上也是金吾卫的军袍。

六

这是个小小的宅院，一个院子，一幢小屋，门窗紧闭。这样的宅院在长安这个大城市中何止数千家，毫不起眼。

虽然是大白天，但屋子里还是十分昏暗。一个胡人少年正将一个布袋从壁橱里抱出来。这少年相貌秀丽，解开了束口的绳子，里面赫然是一个女子。

并不是真人，只是一个傀儡而已。只是这傀儡做得极其精致，与真人一般无二，甚至雪白的肌肤都让人有种柔软的错觉。这少年眉目如画，正是那失踪了的明月奴。那个傀儡还穿着黄色舞衣，也就是昨晚在台上跳舞的一个。

明月奴将这傀儡表面蒙着的皮肤仔细剥下，露出内材，又拿了把小刀细细修整。这般一个男装丽人怀中抱了一个与真人一般无二的傀儡，若有人见了，只怕会以为这是个噩梦了。

她正在专心修整，忽然，眼前有个小虫子飞过。这是只小小的蜻蜓，她伸出手，那蜻蜓停在她掌中，不再动了。这蜻蜓做得极其逼真，但身体是用软木削就，翅膀也是四片薄纱。她眉头一扬，左手五指忽然极快地屈了两下，手刚一动，一边的壁橱门忽地一下被推开，一道红影如离弦之箭直冲出来。

这也是个傀儡，身上穿的还是红色舞衣。昨夜这个傀儡在台上时千娇百媚，此时却动若脱兔，手中握着一柄短短的弯刀。波斯弯刀用起来别具一格，便是真人，若不是专门练习过一阵，也用不好弯刀，但这傀儡运刀如风，便是浸淫此道十余年的也不过如此，便如真人一般一跃而起，举刀向横梁上砍去。弯刀甫出，忽然“叮”一声，这傀儡的弯刀忽地转向一边，一刀斫在横梁上，将横梁砍了一条印子，身体重重摔下。

这傀儡一落到地上，忽地跳了起来，还待挥刀，但动作却一下变慢了，仿佛被浸入一大摊胶水之中。明月奴双眉一扬，右手的小刀已隐入袖中，五指正待屈起，却听得有人道：“波斯傀儡秘术，当真名不虚传。”

一个少年从梁上飘然而落。明月奴男装打扮多少有点怪异，这少年唇红齿白，温文秀雅，却更多几分英挺之气。一见这少年，明月奴不禁失声道:“明公子！”她一出声,那个傀儡登时委顿在地，倒下不动了。

这少年正是明崇俨。他走到桌前，清俊秀朗的嘴角边挂着一丝若有若无的笑意。这是家小客栈，但长安因为各处胡人来得多，连这小客栈也配了几张凳子。明崇俨拖出一张凳子坐了下来，道：“该叫你什么？石龙师是不是才是你真正的名字？”

这是用大唐话说的。明月奴沉默不语，明崇俨却笑了笑道：“你并不是不懂大唐话。昨日我用波斯话与你交谈时，高兄在外说的话你分明句句都懂。方才你叫的三字，也分明就是大唐话。”

明月奴终于不再装了，垂下头道：“明公子真是聪明绝顶，我也瞒不过你。不过我的名字，在你们大唐话里真是叫明月奴。”她的大唐话说得虽不甚好，但已相当流利了。

明崇俨抬起头，看了看她道：“那昨日被捉走的石龙师，自然也不是你父亲。”

明月奴点了点头，道：“他是我师兄。只是我真想不通，你是如何猜到的？”

明崇俨微微一笑，道：“波斯傀儡术，我也久有耳闻。昨日这四个傀儡一起上台，我便知以石龙师的手指定造不出这等细腻精巧的傀儡。而你们发的这些小傀儡上，刻制的刀法明显是两人手笔，其中之一刀法细腻，毫无棱角，另一种却要粗糙些，显然那些粗糙些的便是石龙师所制。当时我还不敢确认，方才见你动手刻削，才敢断定石龙师绝非你父亲。”

明月奴叹道：“是，明公子说得极是。”话语中大有后悔之意，想必是本以为瞒得极好，谁知其间破绽实在太大。

明崇俨道：“我想不通的只有一点，你们远在波斯，为什么一到长安便有人找你们的麻烦？”

明月奴沉默了半晌，道：“明公子，有些事你一旦知道，便摆脱不掉了。”

明崇俨微笑道：“自然。不过我也有私心在，何况石龙师对你忠心耿耿，不惜为你顶罪，你弃他而走，于心何忍。”

明月奴沉默不语，明崇俨看了看她手边那个傀儡，道：“带走石龙师的到底是谁？”

明月奴仍然垂着头，低低道：“因为肉傀儡。”她这话低得有如耳语，几不可辨，明崇俨的嘴角微微抽动了一下，道：“我师父西行到过波斯，当初与我说起过波斯傀儡与中原傀儡大相径庭，可不用细线控制，除不会说话外，傀儡与真人一般无二，想必便是肉傀儡了吧。是不是有人想知道肉傀儡的秘密，才带走了石龙师？”

明月奴见这少年眼中忽地神光四射，已带有一丝杀气，心中也是一颤，忖道："这明崇俨究竟是什么人？"昨夜明崇俨与高仲舒两人来安慰她，她只道这两人是惑于自己美色的纨绔子弟，但明崇俨身怀异术，自己发动了两具刀傀儡都奈何不了他，而他刨根问底地追问，似乎也是别有用心，心中生疑之下，更不敢多说，道："肉傀儡么……明公子，你究竟是如何查探到我的影踪的？本事可真大，我这两个刀傀儡也奈何不了你。"

明月奴连夜出逃，自觉做得极是隐秘，不该被人发现，但明崇俨却马上便找上门来，实在让她吃惊。明崇俨被她奉承了一句，也大是受用，笑了笑道："昨晚与你说话时，我给你下了踏影咒，所以你不用想逃过我。只是你的本领也不小，我破了你三重警戒，但还是被你发现了。"

明月奴低下头，喃喃道："原来是这样啊。"她垂头不语，明崇俨见她这副样子，更是得意，道："明月奴兄……"

明月奴浑身一震，抬头看着明崇俨，道："你叫我什么？"

明崇俨得意地一笑，道："我师父说过，波斯傀儡术因为极其劳心费神，此道宗师有自宫以绝万欲的。明月奴兄，你定然便是如此，因此本领才在石龙师之上。"

这隐事也是明崇俨师父当年顺口说的，因为当初明崇俨不知"自宫"之意，还追问了几句。他见明月奴神情有异，心知自己所料不差，不禁得意至极。高仲舒惑于美色，若知道明月奴竟是个阉人，不知会怎么想。他一想到高仲舒对明月奴神魂颠倒的样子，不禁想笑。哪知还不曾笑出来，明月奴的脸忽然一变，喝道："死吧！"

她手指忽地一弹，面前那傀儡猛地跳了起来，一把抓住了明崇俨的脖子。傀儡的样子原本是个美貌女子，但此时蒙着的外皮已被剥了一半，双手也硬得如同精铁，又突然跳起，真个有如尸变。明崇俨不曾料到明月奴会突然动手，但他仍是镇定非常，右手五指一屈一伸，也就在那傀儡双手合拢的一刹那，他的身影忽地一淡，明月奴只觉眼前一花，明崇俨的身影已消失不见，背后却是微微一痛，一把短剑已顶住了她背心，明崇俨在她身后道："居然还想杀我，看来真信不得你。"

明月奴面如死灰，叫道："杀了我吧，你们偃师门也永远别想知道肉傀儡的秘密。"

偃师门？明崇俨皱了皱眉。这名字他也隐约听到过，似乎也是个精擅傀儡术的门派。他在暗中追踪明月奴到了这个偏僻的小宅院里来，便想看她究竟与谁联系，本以为多半便是十二金楼子，没想到却又冒出个偃师门。

他正想问偃师门究竟是什么，窗子突然发出一声响，有个东西破窗而入。这东西长着四根长长的足，一进屋，便极快地向明月奴爬来。明月奴看到这东西，脸色登时一变。她被明崇俨的短剑顶住了背心，闪也闪不开，五指极快一错，地上那个傀儡忽然跳了起来，与这黑影撞在一处，"喀"一声，重重摔倒在地。

这东西进来得极快，进来后与明月奴的傀儡相撞，只是一瞬间的事，摔倒在地时明崇俨才看仔细，那是一个蜘蛛一般的怪物，只是只有四只脚，用木头和钢条制成的。此时四足合拢，正抱住那傀儡肩头，便如上了一道铁枷。明崇俨看得心头发毛，道："这是什么东西？"

"是偃师门的天傀儡木蜘蛛。"明月奴眼中已露出惧意，"明尊在上，不要连地傀儡也来了。"

明崇俨来时也查看过周围，并未发现异样。确实别无埋伏方才放心进来。只是明月奴的傀儡术当真匪夷所思，做出来的东西叫人不敢相信，威力却并不甚大，那刀傀儡动作虽然流畅，毕竟与人尚有距离。因为听明月奴说偃师门有求于她，明崇俨只道偃师门会的也是这些奇技淫巧，并不足惧。但见到这只四脚木蜘蛛如此精巧可怖，直如用符咒唤出的妖兽，心头也不由暗暗发毛。听明月奴在说什么“天傀儡”“地傀儡”，心道：“是了，想必偃师门擅长的是这种长于格斗的傀儡，与波斯傀儡术颇有不同。”他道：“地傀儡很厉害么？”

偃师门傀儡术，分天、地、人三种，天傀儡即是小傀儡，大多是些飞禽走兽，能飞能跳的，人傀儡则都是些人形。这两种傀儡各家傀儡术都有，本不出奇，唯有地傀儡是偃师门独得之秘。也正如明崇俨所料，偃师门的傀儡一味在威力上下功夫，在形制上便落了下乘，做出来的人形多半不太像人，而波斯傀儡术恰好反其道而行，威力并不算大，但做得精巧之极，让人稍远些甚至看不出是真是假。明月奴本是波斯傀儡师的宗师，为到长安来，对这些同行自是查了个一清二楚，反是明崇俨不明其详。

明月奴还在说话，门外忽然一阵乱响。她面色大变，五指急速交错，几如琵琶中的轮指，那个红衣刀傀儡忽地翻身跳起，但动作却是甚慢。明月奴扭头向明崇俨喝道：“快解开你的法术！”

这个傀儡中了明崇俨的蛛缚术。如果是人的话，早就不能动弹了，但傀儡与人不同，只是动作慢了许多。明崇俨也知事情不妙，他将左手摊开，手心向上，右手握拳在左掌上一敲，喝道：“解！”才解开蛛缚术，从窗子的破洞中又有两个木蜘蛛飞了进来。这红衣刀傀儡飞身挡住，手中弯刀极快地画了个圈，“嚓”一声，弯刀削去前面那木蜘蛛的两条腿。第二刀正待砍出，后面那木蜘蛛忽地扑上，一把将这个刀傀儡抱住。

这两个木蜘蛛配合得极是巧妙，当真有如活物。明崇俨看得呆了，他印象中的傀儡都是动作僵硬，行动迟缓的，但刀傀儡和木蜘蛛都显然与寻常傀儡大不相同。这刀傀儡共有四个，是明月奴呕心沥血制成，精巧绝伦。她与石龙师两人一路东行，曾靠着这四个刀傀儡击退了不少剪径强人，哪知木蜘蛛虽然简单，却是刀傀儡的克星，先前一个失手还可说是措手不及，方才这个却是有备而来，却仍然被木蜘蛛击倒。

那个被削去两条前腿的木蜘蛛仍在地上团团乱转，便如猛兽搜寻猎物一般，一个头转来转去，明崇俨看得发毛，不觉退了一步，哪知他刚一动，这两腿木蜘蛛忽地向他又扑了过来，他吃了一惊，抄起身边一张凳子向那木蜘蛛压去。这木蜘蛛只剩了两腿，转动已是大为不灵，被这一凳子压在下面，仅剩的两条腿却仍在舞动，明崇俨短剑一掠，将这两条腿也削去了。虽然还能动，但只剩了个身体，已毫无威胁。

他的额头也淌出了汗水。伸手抹了把汗，道："明月奴，这是……"这木蜘蛛实在太过怪异，如果四脚完好，恐怕根本逃不脱。可是他一抬头，从窗子的破洞看出去，却见外面不知何时，已密密麻麻地排了十几个木蜘蛛，看样子随时都会进来。明崇俨看得发毛，道："这东西怎么会认准我的？"

明月奴嘴角还带着一丝笑意，道："木蜘蛛其实很笨，只会攻击移动之物，你站着不动就不用怕。"

但站着不动，岂不是束手就擒。明崇俨皱起了眉头，道："从屋顶走！"

偃师门不惜血本将门口封住，那窗外定然也有埋伏。明崇俨心思机敏，现在唯一可走的便是从屋顶出去了。他将身一纵，已跳上了横梁，却见明月奴仍是呆呆地站着，蹲下来道：“快上来，我拉你！”

明月奴傀儡术高明，但显然并不会武功，这横梁离地近丈，她定然没这个本事一跃而上的。明崇俨弯下腰，正待拉明月奴上来，却见明月奴抬头看着屋顶，眼中露出惊惶之色。明崇俨心忖道：“又有什么了？”还不曾回过神来，身后忽地一声响，眼前却是一亮，屋顶破了个大洞，灰土碎瓦劈头盖脸落了下来。他大吃一惊，身形一纵，已跳到明月奴身边。头顶却有个人用波斯语厉声喝道：“明月奴，你还不出来么？”

七

从破洞之中伸下了两只巨掌。这两只手掌形状虽与人手无异，却足足有人手的三四倍大，关节处用钢索缠绕，一把便掀开了半个屋顶，屋中登时明亮了许多。从破口看出去，外面竟是一个足有一丈多高的木人。说书人口中古之豪杰大多过丈，其实一般也顶多长到六至七尺而已，但眼前这木人却真有一丈多高，站在窗外，头都超过屋顶。明崇俨吓了一大跳，明月奴喃喃道："真的出动了地傀儡。"此时前后都已被封住，她手一动，一边的橱门又是"砰"一声响，又有一个刀傀儡冲了出来。

这刀傀儡手中弯刀一闪，劈向那探进屋来的巨掌之上。地傀儡的动作远不及刀傀儡那么快，本也闪不开，刀正斫在那巨掌的五指之上，却发出"当当"的声响，斫之不入，那巨掌竟是包满了钢片。才斫了两刀，巨掌忽地一探，已将刀傀儡一把抓在掌中。

刀傀儡的样子是个美貌胡姬，被地傀儡抓在掌中，几乎是种异样的妖艳。明月奴"啊"了一声，却见那巨掌已一下收紧，"啪"一声，这刀傀儡被握得粉碎，碎片撒得满地，里面那些齿轮钢片也四处乱滚。想必是机括之力未竭，弯刀仍不住斫在掌背。

明崇俨听明月奴说偃师门有求于她，只道偃师门的傀儡术定然逊色，只不过倚多为胜。亲眼所见之下，方知偃师门的真正实力。

如果单以威力论，这地傀儡远远超过了明月奴的刀傀儡。刀傀儡华而不实，在台上跳胡旋舞时人皆不辨真伪，用于打斗，却与地傀儡判若云泥。看到地傀儡将刀傀儡捏得粉碎，他心头一凛，不由得看了一眼明月奴，仿佛捏碎的不是一个傀儡，而是明月奴本人，心中忖道："偃师门的傀儡威力如此之大，他们还要明月奴帮什么忙？他们到底是什么居心？"

他原本不过想查探明月奴究竟与十二金楼子有无联系，却没想到卷进了波斯傀儡门与偃师门的争斗。地傀儡太大了，除非将屋子全拆光，否则是进不来的。但地傀儡守在窗外，大门口又有十多个木蜘蛛守着，腹背受敌，同样逃不出去了。他打量了一下四周，低声道："地傀儡是用什么控制的？"

寻常傀儡一般都用细线控制，若是傀儡小，线可以细到看不见，若是将线砍断，地傀儡再大也仅是个人偶而已。哪知明月奴只是摇了摇头，低低道："没有线。"

波斯傀儡术别有一功，不需细线，眼前这个地傀儡如果要用线控制的话，多半要用缆绳了，但在这地傀儡身上却看不到有线牵引。明崇俨诧道："用法术控制？"

波斯傀儡便是以秘术控制，方可不用线。地傀儡如果也是用法术的话，倒说不定真与十二金楼子脱不了干系。明月奴却叹了口气，道："不是的，有人藏在里面。"

明崇俨这才恍然大悟，心道："怪不得。"明月奴的刀傀儡中装的是机括，而这地傀儡中居然是人直接控制，难怪不必用线了。他道："怎么才能打倒他？"

明月奴忽地一笑，道："你愿意帮我了？"

她笑起来极是明艳，明崇俨只觉眼前一亮，头也一晕，道："自不能让你被他们抓去。”不知为什么，就算明知明月奴是个阉人，但一看到她的笑容，明崇俨仍然心中一动。他心中暗骂道：“明崇俨，你也真是蠢，这可是个阉人。”

这时又是“哗”的一声，这小屋有半边屋顶都被掀开了，那人喝道：“明月奴，你再不出来，休要怪我手下无情！”以地傀儡的力量，将这屋子拆成白地也不在话下，此人倒不是虚声恫吓。屋顶被掀开后，瓦片也纷纷掉下，明月奴拉着明崇俨的手向墙根靠了靠，小声道：“我也不知道太多，不过地傀儡力量太大，关节便是弱点，你……”

她尚未说话，明崇俨点了点头，道：“我知道了，你站到我身后。”他踏上一步，双手在胸前极快地变幻手印，喃喃道：“临兵斗者皆阵列前行！”

这是九字真言咒。随着他口中的咒文，十指尖开始隐隐发亮。东晋葛洪《抱朴子》中有谓，祝此九字，“无所不辟”。那地傀儡正从屋顶破口处探下头来，明崇俨双手一送，喝道：“疾！”从他双掌中忽地射出一道电光，正中那地傀儡的脖颈处。

“当”一声，仿佛有一把无形的飞刀刺出，那地傀儡的头也晃了晃，却不曾断开，一只巨掌却如泰山压顶，猛地向他盖来。这手掌比明崇俨的头还大，若是被压个正着，定然成了一滩肉饼，明崇俨见九字真言咒居然无功，正自吃惊，只听得明月奴惊叫道：“当心！”他动作极快，猛地向后一闪，一掌压了个空，“砰”一声，将屋中的桌子压得粉碎，余力不竭，重重击在地上，地面虽是厚厚的青砖铺就，却也压出了一个大大的掌印。

明崇俨心中骇然，却听得地傀儡中有人骂道：“妖女，居然还召了个护法。”话音未落，又有一掌压下。好在那人也顾忌明月奴的性命，不敢靠得太近，这一掌离他尚有三四尺之距，力量也远不及方才那一掌，但仍是震得地面都颤了颤，想必是为了立威。

在操纵地傀儡之人定然也会异术。明崇俨心如乱麻，一时也不知该如何是好。自己的异术原本对傀儡用处不大，明月奴的刀傀儡尚可用武功对付，但这地傀儡无坚不摧，武功再好也不是这等怪物的对手，究竟该如何是好？他正自沉吟，明月奴忽然凑到他耳边低低道："明公子，这人叫成圆化，他的傀儡术你是对付不了的，快走吧，他要的是我，你逃出去，是不会追你的。"

她吐字虽不甚清晰，却更有一种柔腻娇媚，明崇俨心神一荡，抬起头，见明月奴正看着他。明月奴身上穿的虽是男装，但这副样子仍是个女子，他怔了怔，忖道："这波斯阉人可真是怪物。"但明月奴让他逃走，明崇俨也不无所感，他心一横，道："放心，我一定不会让他抓走你。"

明月奴见明崇俨居然不走，微微怔了怔，露齿一笑道："明公子，你真是个好人。"

她笑起来更显得风情万种，明崇俨只觉脸颊有些发热，心中暗自叹道："罢了，怪不得高仲舒对她神魂颠倒呢。"昨夜与明月奴说了半日，都是正襟危坐，也不觉如何，现在命在顷刻，明月奴的声音听来却越发柔媚娇懒，便觉与真正的女子没什么分别。虽然知道她是个阉人，但心底却总是不自觉地把她当成个女子。眼前这地傀儡几乎无法抵挡，但这小宅子虽然偏僻，偃师门大白天便在这儿拆屋掀瓦，不必多久金吾卫便会听到消息过来的。就算地傀儡有翻天覆地之能，也不敢正面与金吾卫为敌。

他正在寻思，那人忽道："明月奴，你若再不出来，休要怪我无情了。"

这话已是第二次说了，明月奴也知道这人只是嘴上说得凶，并不敢真要自己性命，笑道：“成先生，我就是不出来，有人会保护我的，你要无情便无情好了。”她的声音娇脆，汉话并不很流利，听起来倒像是在撒娇一般。

石龙师他们一来，成圆化便婉言招揽，却遭到拒绝，因此昨天借金吾卫将石龙师截走。他只道所谋之事已成，哪知那石龙师竟然根本不知肉傀儡的秘密。开始只道石龙师嘴巴紧，不肯说，但好说歹说，石龙师只说并不知道，终于将成圆化惹翻了，将石龙师拷问一番，快打死了方才知道原来那个名为女儿的明月奴才是当今波斯傀儡门的宗门，石龙师只是她的手下。肉傀儡是他眼下所谋之事成败的关键，偃师门虽然精擅傀儡术，但他们的傀儡术并不是以酷肖生人见长，因此非借助肉傀儡不可，而此事又迫在眉睫，耽搁不得，逼得他将本钱都用了出来。木蜘蛛只能困人，若是齐齐冲入，反而掣肘。虽然已将明月奴困在屋中，却没想到她还会有个帮手，而这帮手也着实不弱，不是容易对付的。他心一横，骂道：“好，我将你这护法大卸八块，看你出不出来。”

地傀儡的力量，绝非人力能敌，要把一个活人大卸八块也是轻而易举。明月奴虽然杀不得，但杀了这护法，却定能杀鸡给猴子看。何况成圆化人在地傀儡中，明月奴的护法再厉害，他也已立于不败之地。因为事已燃眉，必须尽快借助明月奴的力量，因此他不惜事后受王爷责罚，私发胡鼎的元从军，以捉拿逃犯为名将周围人等尽皆清空，暂时也不必担心旁人。但若是大张旗鼓地斗下去，金吾卫闻讯便会赶到，再想神不知鬼不觉地将明月奴擒走便难于上青天了。他对明月奴的傀儡术不无忌惮，又有求于她，原本不敢真个用强，只想以木蜘蛛和地傀儡发动攻击一举得胜，镇住明月奴，让她乖乖自行出来，只是现在已是势成骑虎，反而弄巧成拙，再不速战速决，事情闹大后，便是王爷也无法在天子跟前交代。主意想定，他一咬牙，地傀儡左掌一抬，忽地猛力拍下。

这一掌势若泰山压顶，血肉之躯自然根本无法阻挡。明崇俨身体灵便，长吸一口气，人已疾退数步，紧贴在墙上。哪知他刚一退后，明月奴竟然抢上前去，正立在那巨掌之下。这一下把明崇俨吓得失魂落魄，惊叫道："明月奴！"

一掌已经拍下。这一掌震得灰尘纷纷扬起，明月奴正被压在掌下。以这一掌之力，便是铸铁，只怕也被拍得粉碎了，不消说只是一个肉身。明崇俨心中已是怒火万丈，顾不得自己安危，一跃而起，已立在地傀儡左掌掌背上，喝道："成圆化，拿命来！"

也许明月奴心知无幸，所以早已萌生死志。不知为什么，明崇俨心头只如刀绞一般疼痛。虽然方才他还与明月奴交过手，也知道明月奴是个阉人，但她这般死了，却不知为何让他只觉心疼。

一定要将这成圆化杀了，给明月奴报仇！他手腕一抖，短剑在左臂上割了一道浅浅的伤口，剑尖登时沾上了些血，又极快地在地傀儡臂上画了四横五竖。

这是九字真言血咒，比一般的九字真言咒更深一层。虽然九字真言血咒对他自己的身体也颇有损伤，但此时明崇俨满脑子都已发热，也顾不得了。他双手疾翻，连变了数个手印，喝道："疾！"随着他的喝声，那四横五竖九道血痕忽地开始发亮。

此时地傀儡的左掌正抬了起来。成圆化已知掌背站了一人，也听到此人的咒声。他挥起地傀儡右掌，猛地向左掌背拍去。明崇俨只觉一股厉风扑面而来，他身形一矮，口中喝道："破！"脚尖却是一发力，人如强弓射出的劲矢一般倒飞出去，地傀儡的右掌正拍在左掌背上。若是平常，地傀儡两掌相交自是两无损伤，但此时右掌一碰到左掌，却发出一阵“吱吱”的怪声，方才他画过四横五竖之处忽地裂开一条大缝。

这正是九字真言血咒之功。明崇俨使出这血咒，人也似大病初愈，落到地上时竟连站都站不稳了，一屁股坐在了地上。他本以为九字真言血咒定能让地傀儡的左掌彻底毁掉，却没想到只是裂开一条缝而已，登时一阵气苦。眼角却看到了方才地傀儡左掌所拍之处。

方才这一掌力量太大了，地上虽然铺满青砖，却也印出了一个掌印。只是这掌印中心处，一块青砖沉下了足有寸许，周围却不要说断骨碎肉了，连血迹破衣片都没半星。他怔了怔，只道是看错了，但定睛一看，那左掌掌印还在，地上确是干干净净，什么也没有。

明月奴逃了！直到此时他才算恍然大悟，不禁哭笑不得，心中也有三分佩服。明月奴表面上惊慌失措，其实是智珠在握，早就做好了打算吧，说不定自己在她身上下的踏影咒也早就在她算计中了，可笑自己全然被蒙在鼓里，居然还想着给明月奴报仇。

他只分了分神，忽觉身后又是一阵厉风扑来，却是地傀儡的右掌五指一分，一把将他握在掌中。明崇俨右手短剑下意识地向那手掌刺去，但短剑刺中时却如刺中了一块坚石，反倒是胸腹间一紧，便如被箍上了几道铁箍。地傀儡的手指比木蜘蛛的四足更粗，明崇俨只觉眼前金星乱冒，气也喘不过来，脑子里却是一片空明，已明白了明月奴的图谋。

明月奴在这屋中早有打算，只怕也早就发现自己在跟踪她了。也许，她就是想要找一个能对付偃师门之人，好趁乱脱身，自己却一头撞了上来，还以为是踏影术见功。现在明月奴自己早已走了，成圆化却只道她还在屋里，仍要与自己这个护法斗个天翻地覆。等分出胜负来，明月奴自是早去得远了。

明崇俨又是后悔，又是恼怒。悔的是不该不加考虑，贸然现身，结果一头撞进明月奴的圈套；怒的是自己明明有一身道术，偏生对地傀儡效用不大，便是威力最大的九字真言血咒，也只能让地傀儡的左手废了而已。

此时他觉得那只手的力量越来越大，再加一把力，自己的身体也多半会和方才被抓住的刀傀儡一样四分五裂吧。他仍不死心，挥剑向这巨掌的指关节处猛斫。短剑极是锋利，手指上包的钢片也被他斫得遍布划痕，但根本斫不断。

要死了么？明崇俨只觉眼前金星乱冒，地傀儡的力量实在太大了。正在迷糊一片的当口，却听得头顶有个人大喝一声："妖怪，吃我一枪！"一柄长枪如神龙夭矫，直刺地傀儡的头部。

这一枪势若风雷，地傀儡纵然包着钢甲也抵不住，当一声响，地傀儡也被刺得一个趔趄，手一松，明崇俨已被摔了下来。他翻身跳起，却见那地傀儡头上插了一支长枪，一时也不知哪里来的援手，正在诧异，却见屋顶破口处探出高仲舒的头来，叫道："明兄！明兄！你在下面么？"他大吃一惊，心道："高仲舒的武功竟然如此强悍！"这一枪疾如飞电，力量极强，地傀儡的身躯极硬，长枪竟能硬生生扎入，他实在没想到高仲舒竟会有如此厉害的枪术。哪知高仲舒刚探出头，正好地傀儡将左手也抽了回去，一带之下，屋顶又被碰松了一片，高仲舒惨叫一声，连同碎瓦一起直直摔了下来。

这屋子虽不甚高，但摔下来也着实不好受，何况高仲舒又是大头朝下。他吓得魂不附体，心道：“完了……”却觉背后有人一托，人斜着滑了下来，双足已然落地。虽然摔得浑身一震，但还受得了，正是明崇俨扶住了他。

高仲舒站稳了，仍然惊魂未定，一见面前正是明崇俨，叫道：“明兄，你果然在这儿，没有骗我。啊，明姑娘没事吧？”他和明崇俨说话，眼珠却往边上晃去，想找明月奴站在何处。此间没有，他一心以为定在隔壁，也顾不得双足酸麻，拔腿便要向门口奔去。明崇俨一把拉住他，道：“高兄，你们怎么找到这里来的？”

高仲舒道：“是一位金吾卫的纥干承基大人告诉我们的，金吾卫大队人马马上就到。明姑娘呢？明姑娘，你别怕。”昨天在戏园中，他都不敢和明月奴搭话，此时已迫不及待，顾不得害羞了，还没看到人便乱叫起来。

明崇俨闻言一怔，道：“纥干承基大人？这是什么人？他怎么知道我们在这里？”

高仲舒道：“这妖人叫成圆化，纥干大人早就盯上他了，知道他要对明姑娘不利。我和守约去找明姑娘，正好他也来了，叫我们马上赶来，他去调集人马增援，还好不曾错过。明姑娘，你在哪儿？咦，明兄，明姑娘哪里去了？”

原来是裴行俭。明崇俨也听说过裴行俭之名，知道这少年将军文武兼备，是当世不可多得的将才，怪不得有如此高明的枪术。虽然看不到裴行俭的人影，却也看得到枪如游龙，正在屋顶与地傀儡恶斗。现在他也帮不上手，索性不看，走上一步查看地上那个掌印，听到高仲舒最后几句，抬起头苦笑了一下道：“明月奴方才还在，不过姑娘就没有了。”

高仲舒怔了怔，一眼已见地上有些残破的舞衣，眼里突然露出愤愤之色，骂道：“明崇俨，我当你是正人君子，没想到你却是个衣冠禽兽！这么短工夫就坏人贞节……”

明崇俨一怔，方才想到高仲舒居然会想歪了，急道：“你胡说什么，明月奴不是女人！”

“明姑娘不是女人，难道是男人不成？”高仲舒还待再说，却见明崇俨若有所思地看着地上，也不反驳，心中一动，暗上前道：“真是男人？”

他总算明白明崇俨话中之意了。哪知他刚踏上一步，正走上那块陷下寸许的石板，这块石板也不见如何，只一眨眼，高仲舒便如眩目戏中的大变活人一样一下消失不见。

这一下把明崇俨吓惨了，他敲了敲这块异样青砖，却听得下面隐隐传来高仲舒的惨叫：“救命哪！”依稀还有些水声。他心中一急，猛地一掌拍在青砖之上，这块青砖立时碎裂，露出一个小洞，下面却是漆黑一片，什么都看不清，高仲舒的声音倒越发清晰了，水声也响了许多，显然他正在水里扑腾。

这屋子下竟有暗河！明崇俨大为吃惊，叫道：“高兄，我马上来救你。”

他解开腰带，向下抛去。好在虽然看下去黑乎乎的一片，原来并不太深，他只觉手上一重，用力一拉，才算把摔成个落汤鸡样的高仲舒救上来。见高仲舒满头头发根根贴在头皮上，虽然现在不该是说笑的时候，明崇俨还是笑道：“高兄，头儿光光，你今夜真该做个新郎。”

高仲舒没好气地道：“明兄，这时候你还开玩笑，明姑娘真是男人么？”

明崇俨伸手将地上的几块木板揽在一处，用衣带捆了起来，往这洞中一扔，点了点头道：“是个阉人。你若有断袖余桃之好，只怕更开心。”

这话真如晴天霹雳，高仲舒一下呆住了，张了张嘴还想说什么，这时从屋顶忽地传来一声长啸。

八

那是裴行俭斗发了性，长啸以助胸中杀气。他的七截枪，枪枪不离地傀儡的头部。虽然地傀儡力量大得非凡人所能及，一旦被抓住，七截枪立断无疑，但裴行俭的枪尖稍纵即逝，在地傀儡的掌影中穿梭自如。地傀儡头部也包着钢片，但七截枪每一枪都刺在同一个地方，纵然地傀儡是浑铁铸就，也经不起这般无休无止的刺击，此时一颗斗大的头已裂开一条大缝，在裴行俭长枪刺击之下越裂越大。

虽然地傀儡的头裂开无碍成圆化安危，但机括总枢便装在头部，裴行俭的长枪如惊雷掣电般的轰击已将机括击伤大半，成圆化只觉地傀儡越来越不受控制。昨夜裴行俭未曾动手便被他以炼魂大法慑住，却没想到这少年军官的武功竟然如此了得。此时不能双目相对，又是白天，炼魂大法用不出来，就算想逃，在七截枪暴雨般的攻击下也根本逃不出去。他只觉有苦说不出，人在地傀儡中，汗水已将衣服都湿透了。

裴氏一门，代出名将，裴行俭早年丧于王世充之手的大哥裴行俨便是号称万人敌的勇将，后世传说中的隋唐之交天下第三条好汉裴元庆，指的便是裴行俨。裴行俭年纪虽轻，人也生得温文秀雅，但勇力不逊大哥当年，又有名师指点。平时练枪，终究有所顾忌，此时交手的是个金铁之躯的庞然大物，他也根本不必留手，人似流星，枪如飞火，这路“蟠蛇九变”越使越是得心应手，此时使到九变中的“潜虬裂天”。这招潜虬裂天乃是蟠蛇九变枪的极意，苏定方当年以九尺龙吟枪会战幽州罗艺的八尺铁矟，也是以这招潜虬裂天取胜。裴行俭个子虽然不高，膂力较乃师更强，这式枪法使出，当真气吞山河。他大喝一声，七截枪极快地转动，直直刺去，成圆化刚举起一掌想要阻挡，枪尖已触到掌心。地傀儡的手掌上护甲早已被裴行俭刺得松动了，此时哪里还挡得了，刚触到枪尖，便被旋得四分五裂，手掌各关节处的螺丝钢圈尽皆四散崩飞，七截枪透过这一掌，正中地傀儡头颅。“当”一声响，一颗斗大头颅被这一枪刺得四分五裂，那地傀儡也如中了定身法一般僵直。

裴行俭一枪击毁地傀儡的头部，仍然不敢相信这个巨物竟然已经毁了。他手持七截枪指着地傀儡的残躯喝道：“妖人，快出来！”

成圆化躲在地傀儡中，已是汗出如浆。眼前这少年军官的气势森严如刀，几乎有种逼人的寒气，竟是他生平所未见。他躲在地傀儡中不敢出来，这地傀儡的头已毁了，他能看到的也不过周围一小片而已。此番前来，胡鼎带着一些元从军清场，若是他们能及时增援，说不定还能反败为胜，但看来看去，却只见这小军官正站在破损的屋顶呼喝，哪见胡鼎的人影，心中更是大急，心道：“胡鼎到哪里去了？难道元从军也失手了么？”

裴行俭见地傀儡纹丝不动，心头火起，喝道：“好，再不出来，我将你从中劈开！”手中七截枪在头顶舞了个花，大喝一声，一跃而起，长枪便如大斧一般当头劈下。七截枪的枪头极是锋利，但地傀儡如此大法，想要劈开也是绝无可能，只是裴行俭平生第一次实战得胜，胸中豪气已如风雷激荡，也顾不得做不做得到了。

成圆化见裴行俭当头扑来，吓得魂不附体，只道这一枪下来，自己真个要和地傀儡一同被劈为两半。他用力一扳面前的一个机括，立刻推开地傀儡背后的暗门，人翻滚而出。那机括是控制木蜘蛛的，一扳下，那些木蜘蛛便会自行飞回。地傀儡与木蜘蛛实是一套，地傀儡威力虽强，但转动毕竟不灵，因此是先用木蜘蛛将人束住，地傀儡再当头打下，这样才让人无可阻挡。但眼下地傀儡已毁，他只能借木蜘蛛来拼一拼，换得逃生之机了。

裴行俭人刚跃起，见从地傀儡背后跳出一个人来，心知控制地傀儡之人终于出来了，正待追去，却听得有个人叫道："守约，小心！"

喊话的正是高仲舒。他看不到成圆化逃走，却已看到守在门外的那十几个木蜘蛛忽然一起登上了屋顶，心知不妙，提醒了一声。也亏得高仲舒提醒了一声，裴行俭眼角已见身后有异，他也不回头，一脚跳上地傀儡肩头，右手一抖，七截枪已一下成了七段，登时长了一大半，如软鞭一般甩出。这是苏定方传他七截枪的妙用，裴行俭因为身材不够高，太长的枪他用不了，因此用这七截枪取长补短。他五岁练枪，在这七截枪上已苦下了十余载寒暑之功，闭眼都能击中。一枪甩出，当先一个木蜘蛛被枪头击中，立时转了方向斜飞出去，与后面飞来的一个木蜘蛛撞在一处。两个木蜘蛛一撞之下，八条铁腿交缠在一处，从屋顶滚下来。那十几个木蜘蛛来势虽急，但裴行俭枪势圆转如意，那些木蜘蛛不等飞到近前便毁的毁落的落，连一个都到不了他跟前。

这一鞭扫过，裴行俭也觉得有些气喘。先前与地傀儡一场恶斗，时间虽然不长，却也耗尽了他的心力，此时停下来，手足也有些发软，只是那个从地傀儡中出来之人若趁此机会逃得远了，再追不上。这时却听得高仲舒叫道：“守约，你好厉害！”当初还在弘文馆时，高仲舒大不以自己的武功为然，还拖着要比剑，自己练枪时他时常来指摘自己枪法不对，可是现在这句话却说得心悦诚服，看来铁嘴高讷言总算衷心承认自己武功比他强了。想到此处，裴行俭一笑，正想说什么，气息却是一滞，岂但说不出话来，脚下一滑，竟然直直摔了下去。他心知不妙，勉力想要站稳，但还是重重一屁股坐在了地上，大是疼痛，此时高仲舒还在大叫道：“好轻功！”这三个字说得更是诚心诚意，想必是觉得裴行俭下来如此之快，姿势如此之奇，定然又是在卖弄天下一等一的轻功了。

裴行俭爬起来，从断壁处翻进屋来时，还颇为高仲舒担忧，裴行俭虽不曾看见屋中曾发生了什么事，但高仲舒方才的惨叫他也听在耳中，只道高仲舒恐怕受了重伤。哪知他刚跨过那堵断壁，却见高仲舒身上湿淋淋的，并不像受伤的样子，虽然自己得胜，但高仲舒却没有欣喜之色，只是屋里却只有他一个人。裴行俭自不明白高仲舒因为知道自己喜欢上的居然是个阉人而伤心，大声道：“讷言，你那朋友呢？怎么没人？”

高仲舒抬起头，长叹一口气，指了指地上那个洞道：“他追下去了。”

裴行俭抢到那洞口，向下看了看，道：“这里有条暗河啊，真没想到。”

这宅子位于昌明坊。昌明坊西侧有清明渠流过，这条暗河引来的定是清明渠水。只是要在这屋下挖一条暗河，绝非一朝半日之功。他皱了皱眉，心道：“这屋子到底是谁建的？”

这种小宅子在长安城中不下数千家，十分普通，而这小宅子更是陈旧不堪，也不知有多少年没人住了，如果只看外观，谁也想不到竟然还有这等秘密。他正看着，这时几个金吾卫出现在断壁口。金吾卫负责长安治安，颇为精锐，来得也甚快。他们见屋外是一个丈许高的傀儡，屋里又是一片狼藉，都是一怔，也不知到底发生了什么事。一个金吾卫已看到了裴行俭，踩着残砖碎瓦过来行了个军礼道："裴街使，你果然在这里。"

裴行俭喘息了两口，道："你们来了。"

那金吾卫士兵道："是。裴街使，这儿到底出什么事了？"

裴行俭道："纥干承基大人没跟你们说，你们就冒冒失失过来啊？"

那士兵却道："什么纥干承基大人，不是你向将军请令，要求来此处增援么？"

"是我？"裴行俭呆了呆，道，"不是纥干承基大人？"

"是你。"那士兵回答得也甚是干脆，"街使你让一个人带信给将军，说此处要出事，速派人来。这信我还看到过。"他想了想，又道："纥干是胡姓啊，我们金吾卫似乎没这个人的。"

坐在小船上，明月奴就不禁想笑。

先代祖师果然深谋远虑，在长安这小宅子也已布置了这么个逃生的所在。按照先师所说，在长安这样的宅子应该还有三处。

现在偃师门大概正与明崇俨斗得热火朝天吧。她想着。偃师门为什么想得到肉傀儡的秘密？这事也不必多管了，在这儿一无所获，那么先师遗藏定然藏在另三处宅院中的一处。偃师门定然不甘心失手，仍会纠缠不休，也只能走一步看一步。

小船沿着这暗河缓缓而行。这条暗河可以直通清明渠。即使偃师门得到空船沿河追来，她早就出了洞口不知去向了。她微微笑着，伸手将身上的衣服拉了两下。这衣服本是青色，一拉之下，面料忽地翻了过来，颜色已然大变。眩目戏中有一路衣彩戏，便是衣服上暗藏机关，眨眼间便与先前大相径庭，明月奴现在穿的其实正是一套戏服，只是不在台上，用不着如此手忙脚乱。她一翻圆领，又拉了拉袖子，折进一段衣襟，只是片刻，便如换了一身衣服一般。

她一边整理衣服，眼前却又浮现起明崇俨的面容。这个清秀少年有时又像一头豹子一样凶狠，如果发现自己是故意引他来与偃师门相斗的话，会不会暴跳如雷？不过以明崇俨的本领，要全身而退应该不难，可是明崇俨万一不敌地傀儡，被拍成肉饼还是大有可能的。

她回头看了看，不知为什么，竟有些盼望明崇俨能追上来，但也知道这绝无可能。那儿附近根本没有河，要找到一条小船放进暗河再追上来，不是一两个时辰做得好的。只盼明崇俨吉人天相，不要出什么意外吧。虽然与明崇俨并不能算是朋友，可是对这个少年，她总有种异样的感觉，也不希望他受伤。

受伤也受点小伤吧，别伤在脸上。她咬了咬牙。谁让他说自己是个阉人。可即使这样想，她仍是叹了口气，伸手按到船后的橹上，正要摇动，前面的黑暗中忽然响起了一个声音：“明月奴姑娘。”

这个声音十分苍老，仿佛受过伤，声音十分沙哑低沉，明月奴却如遭雷击，手登时僵住了。这条暗河不应该被人发现，眼前这老人究竟是谁？她睁大眼，努力看着前面，喝道：“是谁？”

仿佛古壁上久已漶漫的壁画又突然凸现出来，黑暗中出现了一个身影，依稀可辨那个老者坐在一艘小船的船头，一手摇着一把桨，也不见他如何用力，这小船行得却极是快捷，只不过一眨眼便到了明月奴船前。相距不过五尺许时，那老者方停下桨，微笑道：“明月奴姑娘，敝上有请，老朽已等候多时了。”

老者的笑容十分和蔼，但明月奴却觉得身上一阵阵发凉，心中大是惶惑。她自负智计，明崇俨和成圆化也都堕入她的算计而不觉，但眼前这老者的出现同样出乎她意料之外。她定了定神，脸上浮起一丝笑容，道：“老先生居然在这儿等我，当真不曾想到。”

老者手中的桨忽地用力一划，他的小船前霎时多了一道白色的水痕。水痕中一个小小的黑影在白波中一翻，“叮”一声，钉在了老者的木桨上。

那是一条木头削成的小鱼，只是鱼嘴处装着一把锋利的小刀。这小刀满是锯齿，此时钉在桨上，身体仍在不停地摆动。老者看了看，叹道：“久闻波斯傀儡秘术妙绝天下，中原偃师门和墨氏子弟虽然都精擅竹木之术，但在精巧一道上，较诸波斯巧匠尚有不及之处。今日得见，果然如此。”

这条木制小鱼是明月奴的水傀儡，鱼身已漆成了黑灰色，在黑暗中根本看不清。方才她被这老者拦住去路，便已偷偷放出水傀儡。水傀儡隐身于水中，便与真鱼一般无二，腹中则有一柄小刀。水傀儡若有人一般大，足可将人腰斩，明月奴这个水傀儡甚小，杀人是杀不了的，但鱼腹中小刀极其锋利，不需多时便能将那老者的小船割出一个破洞。她故意与老者搭话，只为掩去水傀儡游动时的微微水声，却没想到即便如此，老者还是一下便发现了。

她轻轻叹了口气，这口气那老者也听到了，仍是微笑道：“明月奴姑娘不必失望，你的傀儡术确是天下无双。”

明月奴道：“就算天下无双，却谁也杀不了。”

老者嘴角仍带着一丝微笑，道：“那是因为明月奴姑娘你心中并无杀气。心无杀气，又如何杀人？”

明月奴抿了抿嘴，忽道：“老先生，你到底是谁？”

老者捋了捋胡子，道：“贱名不足辱清听，老朽奉敝上之命在此等候，明月奴姑娘只消去了便可得知。”他的声音虽然沙哑低沉，谈吐却颇为风雅不俗。

明月奴道：“若我不高兴和你去呢？”

老者摇了摇头，道：“你若不随我前去，只怕会后悔一世的。明月奴姑娘，你风尘仆仆东来长安，不就是为了找回先师萨西亭留下的呼影么？”

“啪”一声，明月奴手中有个东西掉在了水里。那是她正在手中暗暗组合的一件暗器，但这老者的话却让她大吃一惊，竟然失手落到了水里。她不自觉地站起身，向前一步站到了船头上，低声道：“你是怎么知道呼影的？”

老者淡淡一笑，道：“数十年前令师萨西亭东行至大唐，老朽与他也有交往，杯酒言欢，相知莫逆，他也将呼影的秘密告诉给我了。明月奴姑娘，你本领不下令师，呼影亦当璧还。”

明月奴低头不语，半晌，方才抬头道：“好吧……”

她话音未落，老者忽地抬头，道：“居然还有人能追上来。”

有人追上来？明月奴回头看了看。这暗河里极其昏暗，隔得一丈便什么都看不清了，自然什么都看不到。

九

成圆化边走，心中暗自臭骂。因为王爷定下的期限马上就要到了，他迫不得及，只得私发元从军过来助阵。此事若是被天子知晓，那连王爷都要被拖累了，因此胡鼎也说好元从军只以禁军的身份帮他清场子，绝不出手，但自己一败涂地，胡鼎居然还是不动手，以致前功尽弃。

他正在肚里骂着，却见前面站了两个士兵，身上正是禁军的军服，边上还有一辆大车。他心中一喜，正待招呼他们快快出手，当先一个中年军官却微笑道："成先生，将欲何往？"

眼前这军官和颜悦色，但成圆化的眼神一下闪过一丝惧意，如同见到了一条毒蛇，结结巴巴地道："纥……纥干……"

这军官仍是淡淡笑道："正是承基。成先生，我家主人久闻先生大名，请先生移玉一叙，成先生万勿推辞方好。"

他说得十分和缓，成圆化却猛地向后一跃，双手一并，不待他念咒，纥干承基的手已极快地一挥，两手一合，成圆化只觉嘴唇仿佛被一种极黏的胶水粘住了，竟然张不开，咒语自不敢念出来了。

纥干承基走到成圆化身前，看着成圆化眼中的惧意，微笑道："成先生请。弥光，带成先生回去。"

边上一个青年军官上前，一把搀起成圆化向前走去。成圆化已是吓得浑身瘫软，但那青年军官如提小儿，几乎是将成圆化提着走的。纥干承基拍了拍成圆化的肩，微笑道：“古之慎言人也，戒之哉。”

这是《金人铭》中的话。《孔子家语》之“观周”篇有谓，孔子观周，入太祖后稷之庙，见堂右阶前有金人之背有铭文，曰“古之慎言人也，戒之哉！无多言，多言多败”云云。纥干虽是鲜卑姓，但纥干承基读书甚多，方才用在成圆化身上这“金人三缄术”正取自这典故，因此才引了这段话来取笑。成圆化气得半死，可是被他封住了口，想骂也骂不出来。

那青年军官将成圆化扔进车里，又走过来小声道：“二哥，那些人中，正有那个姓明的，是不是……”

纥干承基若有所思地看了看天空，喃喃道：“这时候，大哥也该得手了吧。”他转过头，微笑道：“弥光，大哥好像很害怕这小子，你呢？”

那叫弥光的愤愤道：“这小子本事不错，但也比我强不了多少，绝不是二哥你的对手，我怕他何来。”

纥干承基淡淡一笑，道：“只是大哥怕他，肯定是有原因的。弥光，先留着他吧，否则郡王该找谁出气？”

说到这儿，他嘴角的笑意越发浓了。那个弥光这才恍然大悟，道：“原来如此，二哥你真是深谋远虑。”

他们早就想要对付成圆化了，但成圆化深居简出，偶尔出来，身边也跟着一大帮元从军，他们屡次想动手都找不到机会。现在终于找到机会将这个心腹大患擒住，而郡王要追查，也只会查到那些刚与成圆化恶斗一场的少年人头上，根本想不到自己。他道：

“走吧，我们也该回去了。”

这时不断有金吾卫赶到。这儿出了这般一场大事，负责长安治安的金吾卫赶到得极快，此时又有一波人赶到，当先一人骑着高头大马，厉声道：“前面出什么事了？”

看这人衣着是个金吾卫街使，想必正在附近巡逻。纥干承基车上挂着金吾卫的牌子，他和弥光身上穿的又是军服，站定了道：“禀将军，昌明坊有宅中出现妖人。”

那金吾卫吃了一惊，道：“妖人？你们为何不赶去？”

“我等奉命在此埋伏，以防妖人同伙逃窜。”

纥干承基说得极是坦荡，便是真的金吾卫只怕都没他这么镇定。长安城中出了大事，金吾卫也的确要在附近清场，以防事态扩大，那街使显然没起疑心，道：“有可疑人等经过么？”

“眼下尚无。”

那街使也不再多问，只说了一句“着意查探”，便领着一伙人打马向昌明坊而去。等他们走了，纥干承基跳上车，弥光正待扬鞭，纥干承基脸色忽地一变，低声道：“等等！”

他身形一闪，人极快地闪到车厢里。弥光不知出了什么事，刚扭过头，却见纥干承基又钻了出来，面色阴沉之极，道：“弥光，你真将成圆化扔在里面了么？”

弥光怔了怔，道：“当然，不会有错啊。出什么事了么？”

纥干承基忽地笑了起来：“好个成圆化，嘿嘿，终日打雁，到头来却让雁啗了眼，我居然看走了眼，元从军里原来还有这等高手。”

弥光吓了一跳，道：“他怎么了？”探头向车厢里看去。方才成圆化已被他封住穴道，扔在车中，但此时车中却已空空如也，哪里还有人了。他不由一呆，失声道：“方才那些人是元从军？”

纥干承基点了点头。弥光见他嘴角还带了点笑意，看似毫不在意，眼中却似有怒火喷出。他身上一寒，再不敢吭声了。

明崇俨发现地下竟是一条暗河，已知明月奴定从这暗河逃了。他气恼明月奴骗了自己，边上碎木倒有不少，当即扎了一捆，编了个筏子扔了下去，人一跃而下，拿块木板划动。明月奴中了他的踏影术，此时依然有效，他一边划着木板，一边循踪而来。只是这种简单的筏子定然追不上明月奴的，他也是一时气急，根本不去多想，哪知越赶越觉奇怪，明月奴竟似停住不动了。

踏影咒时间一长，自然消散，但他是昨晚给明月奴下的咒，七天之内都有痕迹可寻。按理，明月奴脱身之后，应该马上就逃得无影无踪，却不知为何居然停了下来。

难道是受伤太重，以至于昏死过去？他心头忽地一颤，手上木板又加紧划了两下。明月奴是个阉人，这等人他避之唯恐不及，高仲舒听得自己喜欢的是个阉人也恶心了半天，可是与明月奴一番相斗，明崇俨却觉自己对这人也似有种莫名的好感。

怪事，自己总不会也喜欢一个阉人吧。他只觉脊背一阵发毛，摇了摇头，想把这念头扔到脑后。明月奴骗得他与成圆化的地傀儡一番恶斗，若非裴行俭及时赶到，自己险些被地傀儡捏死，照理该恨死她才对，可是明崇俨眼前来来去去，总是明月奴那张娇艳如少女的脸，又恨不起来，甚至连知道明月奴骗了他，他都没怎么恼怒。

真是疯了。明崇俨狠狠抓了抓头皮，骂道：“死人妖，你便是逃到天涯海角，我也追得到你！”可是骂归骂，如果真捉到了明月奴，又该将她如何？

踏影咒失效前，中咒之人不论躲到哪里，的确都能发现，但追不追得到却又另当别论了。虽然看不见，明月奴现在并不曾移动，他也感觉得到。只是他对明月奴已颇存忌惮，那些奇奇怪怪的傀儡术不易对付，更不易对付的是明月奴的心机。说不定，这也是她自知逃不脱明崇俨的追踪，故意设下的一条计策？

木筏做得十分粗糙，在水面上行得也不快，明崇俨划得甚是费劲。明月奴应该就在眼前。他一手拨弄着掌中的一颗绿豆，睁大了眼盯着四周。暗河中光线极其暗淡，运足目力能看到的也不过丈许而已。突然，他隐约看到前面停着一艘小船，手中划水的木板也停住了。

这小船一动不动，随着水波微微起伏。明崇俨将左手探入怀中，摸出了一道符纸，右手则将短剑紧了紧，一长身，大声道：“明月奴！”

在暗河中，声音也十分空洞，但并没有回答。明崇俨皱了皱眉，伸指一弹，薄薄的符纸如同木片一般飞了出去，打着旋到了那小船顶上，猛然间冒出一抹火光。就着这道火光，明崇俨隐约看到似有个人伏在船底，却还是一动不动，他心中一凛，脚尖在木筏上一点，人高高跃起，跳向船头。

“明月奴姑娘，请吧。”

前面是一道石门，现在却已是虚掩着了。这便是暗河的出口，老者轻轻一推，石门一下开了，外面的阳光登时涌了进来。

这儿便是先师留下的第二处宅院吧。明月奴想着，跨出了石门。这是一个园子，大概也久无人居，到处杂草丛生。老者走在前面，微笑道：“五年前这宅院被一个豪客强占，因为受萨兄留下的机关惊吓，找到老朽禳解，老朽方才偶然发现这个秘密。”

明月奴叹了口气。师傅纵然布置得天衣无缝，但事隔多年，对这等变故也是无能为力了。她道：“是因为呼影么？”

老者摇了摇头，道：“令师心思细密，不会如此大意，他自然也料到事隔多年会有变故，他将呼影封在兴庆宫一座袄庙门外的翁仲之中，原本只怕再无人能发现。偏生去年长安城突遇地震，兴庆宫中别无损毁，封有呼影的翁仲却因地震而中裂，真是人算不如天算。”

他说得感慨万千。将呼影藏在翁仲之中，只怕谁也想不到。翁仲足有上万斤的分量，又是在兴庆宫中，自然谁都不会想到其中另有乾坤。去年这场地震并不算大，长安城连房子也不曾倒塌一间，独独那座翁仲为地震震裂，冥冥中只怕真有天意。明月奴叹了口气，道：“原来如此，怪不得我将那院子挖遍了也不见异样。”

她说着，却又回头看了看。老者此时正将石门掩上，见她有些心神不定，道：“明月奴姑娘还在担心追上来那人么？放心吧，现在那人只怕正在疲于应付老朽布下的水魅术吧。”说到最后，老者的嘴角已浮上一丝冷笑。

明月奴低声道：“那人会死么？”

她的声音微微有些发颤，老者却并没在意，只是叹了口气，道：“恐怕伤不了他。只是姑娘放心，老朽的水魅术也够他应付一阵，你身上的踏影咒我已解了，他就算追上来也找不到你的行踪了。”他抬起头，看看天，微笑道：“姑娘伶俐聪明，我家尊主见到你时定然欢喜，嘿嘿。”

脚尖刚触到船板时，明崇俨便觉得不妙。虽然看不清，但他也听到船头处发出一声水响，便如冒出一个极大的气泡，脚尖在船板上一点，人又向上拔起了五尺许。这暗河顶离水面也就是丈把高，他的头发已触到了顶上石层。刚感到头顶有物，明崇俨手一扬，左手五指已一把抓住一块凸起的石块，人便挂在了顶上。若是再高一点，脑袋非在顶上撞个七荤八素不可。

也就是他跳起的那一瞬，船边上有个长长的东西忽地冲出水面，堪堪擦过他的脚底，一下将小船也卷住了，只听“喀”一声，那艘小船竟然被拦腰卷断。

那是条白鳝。

寻常白鳝最长也可长到三四尺，但这条白鳝足足有一丈开外，显然不是真的，而是十二金楼子五魅术中的水魅术。

虽然人如吊钟一般挂在洞顶，但明崇俨心中却是一阵欣喜。明月奴口中什么话都不能信，但这水魅术却不折不扣是中原咒术，绝不会与波斯秘术相混，看来明月奴果然与十二金楼子有关。此人的水魅术如此精湛，比那天在会昌寺所见之人的五魅术强得多，定是十二金楼子的首要人物。此时他不禁后悔不曾早点追上来，如果能与此人照面，那他心中纠结不去的疑团定可得释。

白鳝绞断了小船，身影在水中一晃，又扭曲着从水中探出头来，竟咬向明崇俨的双腿。明崇俨将腿一缩，右手短剑在身前一挥，剑光划出一道弧线，那白鳝刚触到剑气，忽然化成一团烟雾散开，从这烟雾中一条半尺长的白鳝“扑通”一声落到水中。

这便是水魅术的本体。明崇俨先前见那水魅如此庞大，只道甚难对付，哪知如汤泼雪，须臾即化，连他自己也不由一怔。只是现在那艘小船已被水魅卷得尽成木片，方才坐来的木筏也已不知漂到了什么地方。他收好了短剑，右手也摸索着找了个能扳住的地方。现在双手有物，凭血气之勇还能再坚持一阵，但人力终有尽时，时间一长定然抓不住。

居然落到了这种地步。明崇俨不禁有种啼笑皆非之感。水魅虽已破去，但知道对手正是以五魅术见长的十二金楼子，安知水中还会不会有什么别的玄虚。当务之急，定要快点找到能落脚之处，再想办法出去。

正想着，忽听得身后远远地传来一个声音。暗河中声音传得远，但那声音太远了，也听不清。明崇俨正待侧耳听个仔细，却听得另一个人高声道："明崇俨兄，你在哪里？"

这声音中气十足，也不甚响，但听得甚是清楚，是内功颇有火候之人喊出的。那正是裴行俭的声音，明崇俨大喜过望，深吸一口气，扬声道："我在这里。"

那是一艘小船。高仲舒见明崇俨下了暗河便再无消息，下面黑漆漆的甚是怕人，正不知该如何是好。有心弄艘船来，但此间附近并没有河，要找船要去二里以外的清明渠上找。扛艘船跑二里路，高仲舒自觉也没这个本事，正在手足无措，裴行俭却想了个主意，说边上不远处有个胜冗园，是个致仕的林下钜公退养优游之处，家中花园里倒有一艘采莲小船，应该塞得进这小洞，而那钜公与裴氏乃是世交，借来应该不难。等裴行俭扛着小船回来，果然能塞入洞口，只是这船太小了，坐两个人都有点勉强。高仲舒此时倒定要与裴行俭一同下去，说明崇俨是受自己所托才卷入此事，自己不能置身事外。他们两人下了暗河，划了一段仍不见人影，高仲舒心里有点发毛，喊了一阵也不见回答，正在担心明崇俨会不会出事，裴行俭忽地扬声发话。他内息浑厚，与高仲舒这般嘶声怪叫不可同日而语，声音虽也不甚响，却如利箭破空，远远传出去。高仲舒听得都呆住了，心道："守约的武功原来真的这么好！我还一直以为他只比我好一点点呢。"其实他以前一直以为自己的武功比裴行俭还好一点点，只是方才见裴行俭击毁了地傀儡，自认没这等本事，才算甘拜下风。他听得明崇俨的声音，叫道："谢天谢地，明兄没被那人妖干掉。守约，快点划。"

裴行俭手中一紧，两把桨上下翻动，激浪扬波，小船又快了许多。高仲舒睁大了眼，只觉眼前越来越黑，什么都看不清，心头发毛，叫道："明兄，你到底在哪儿啊？"

裴行俭忽道："在那儿！"他自幼习武，目如鹰隼，虽然暗河中昏暗无比，他还是隐约看到了前面有个人。见这人居然吊在顶上，裴行俭纵然胆大也有点发毛，心道："难道是吊死了？那回话的是谁？"只是他胆大包天，就算是厉鬼也不怕，仍是划上前去。

高仲舒此时也见到前面的明崇俨了，见他居然吊在顶上，吓得怪叫道："明兄！明兄！你别吓我，你是人是鬼？"

明崇俨此时只觉手指酸麻，已是勉力支撑，听得高仲舒的怪叫，又是好气又是好笑，骂道："你才是鬼呢……"他话一出口，一口真气泄了，登时已握不住石块，人登时摔了下来，"啪"一声，溅起了一片水花。

高仲舒见此，更是害怕，叫道："明兄……我可不曾害过你啊，你别来害我！"裴行俭却扔过一把桨来，叫道："快救人，他没死呢！”

高仲舒定睛一看，却见明崇俨正在水中扑腾，水花四溅，若说是鬼，那这鬼也笨得紧了，不由得哈哈笑道：“明兄，你嫌天热么？”

裴行俭喝道：“讷言，人家不会水，你还说风凉话，快点！”他连划两桨，小船向明崇俨靠拢，高仲舒伸出桨去，叫道：“明兄，快抓住！”

明崇俨此时已喝了两口水，正在晕头转向，见木桨伸来，一把抓住。高仲舒将他拉上船来，见他浑身湿淋淋的，比自己还狼狈，笑道：“明兄，原来你不会水还敢追，胆子也算是大的了。”

明崇俨长长喘息了两下，仍是心有余悸。十二金楼子的水魅术不足为惧，但如果高仲舒晚来片刻，自己只怕要活活淹死。他长吁一口气，站起来深深一躬道：“高兄，裴兄，救命之恩，崇俨没齿难忘。”

裴行俭见明崇俨就算浑身湿淋淋的，仍是气度闲雅，不由大是心折，还了一礼道：“还是先回去吧，过后再探查究竟。”

明崇俨叹了口气，没再说什么。他回头看了看，暗河黑黝黝的也不知伊于胡底，明月奴去了哪里，只怕神仙也找不到了。此番功亏一篑，以后不知还能不能找到明月奴的踪迹了。

十

“成先生，阁下真是个废物。”

说话之人坐在竹帘之后，声音也极是闲雅，听不出有不快之意，成圆化却是毛骨悚然，忙磕了个头道：“小人不敢。”

“我方才出关，才听说你私发元从军，又动用地傀儡，弄出这么大一个乱子，一无所获，还说不敢？还被十二金楼子擒去，若不是胡长史救你出来，你便只能乖乖地被送到金吾卫去了。”

竹帘后，那个声音中已带着怒意。成圆化一下伏倒在地，又连磕了三四个头，连头也不敢抬，只是道：“是，是，圆化知罪。余先生，还请网开一面，再给圆化一个机会。”

竹帘后，那人长叹一声，道：“肉傀儡的秘密你还是不知道么？”

成圆化道：“尚未知晓。”他的牙齿都在打战。他也明白，自己能够说得上话，纯因自己是个傀儡师。但肉傀儡至今仍是不知其秘，自己的地位定会一落千丈。他年纪也已不轻，心性偏生又是个热衷功名的，听那人之意，似乎自己不知道肉傀儡的秘密便要赶走自己，不禁大为惊恐。他抬起头，正待再求句情，“嗤”一声，一把银刀穿透竹帘，正刺在他的咽喉处。银刀质软，只是用作餐具，但这把银刀刺入成圆化咽喉，却如中腐木，成圆化浑身一震，似乎还想说什么，刚半坐起来，身子一软，便瘫倒在地，血从伤口处流了出来。

等成圆化不再滚动，竹帘后忽然传来一个声音道：“明月奴果然已被南衙带走了。”

这人的声音十分沉稳，却又有种渴睡的倦意。那余先生沉默了一下，道：“多半便是。只是臣下尚有一事不明，尹师兄心细如发，怎的胡长史这般轻易便能将成圆化救回来？”

这人也沉默了一下，道：“我也不知元昌葫芦里卖的是什么药。也许，只是十二金楼子盛名之下，其实难副。”他顿了顿，道：“你与你尹师兄谁本领更强？”

那余先生似是想了一下，道：“本门术法，尹师兄有伤在身，只怕较我稍有不如，但他比我坚忍百倍，功力只怕我尚有不及。”

这人笑了一下，道：“也便是说，除了张三郎以外，你当世不惧任何人了？”

那余先生道：“天地君亲师，王爷之威，仅在天地之下，臣岂能不惧。”

余先生与成圆化说话时，语气阴冷，此时却大见谄媚之意。这人却只是淡淡一笑，道：“余兄，这些话说来为时过早，还是先收回吧。你可知道，张三郎已在长安了？”

余先生想必大吃一惊，道：“什……什么？他怎么还会回来？”

这人叹了口气，道：“我便在担心此事。前一阵你在入关，我又为此事分不得心，没想到成圆化会如此不识大体，唉，你的炼魂术成了么？”

余先生忽地跪下，道：“王爷英明神武，臣已将三魂炼成，七魄中尚有容贼魄未曾归位。”

三魂七魄，乃是道家说法。三魂即是天地人三魂，古称“胎光”“爽灵”“幽情”，七魄则有分称“尸狗”“伏矢”“雀阴”“容贼”“非毒”“除秽”“臭肺”，即是喜、怒、哀、惧、爱、恶、欲七情，容贼魄即是惧。这人沉思了一下，道：“张三郎一到，只怕也炼不全了。好在三魂六魄已成，便这样吧。”

他说得轻描淡写，此时一阵风吹过，吹得那竹帘微微摆动。竹帘上的破口如同一只眼睛，与地上成圆化的尸身相对，越发阴气恻恻，寒意逼人。

第二章

蛟與龍之卷

一

八月的长安，秋雨连绵，落叶满街。在这种天气，曲江一带便冷冷清清，少见人影了。

曲江，又叫芙蓉池，一直到后来的玄宗时才建起芙蓉苑，成为皇家禁苑，在崇尚节俭，不喜繁华的贞观时期，前朝建起的园林大多荒废，只是长安人春日踏青游玩的所在。而每年的这个季节，草木凋零，长安人便围炉而坐，吃着牛羊肉，享受天伦之乐，很少有人会到这儿来，不用说是这等雨天。

湖波浩渺。在湖边一个小亭之中，两个人正相对而坐。坐在下手的是个老者，一身黑袍，上手则是个青衣大汉。这大汉满面虬髯，一手拿了个酒葫芦正大口喝酒，神情怡然自得。

喝了一口酒，大汉忽道："道法，来一口么？"

老者双手扶地，恭恭敬敬地行了一礼，道："主公在上，小臣不敢。"

大汉笑了笑，眼神中带着三分戏谑："二十年了，你仍是这般拘谨。"这大汉的目光极其锐利，气度非凡，身材也并不极其高大，却让人觉得此人伟岸无比。

老者低下头，道："是，二十年了。"

大汉喝了口酒，忽地站起身来。高声吟道："俯降千仞，仰登天阻。风飘蓬飞，载离寒暑。千仞易陟，天阻可越。昔我同袍，今永乖别。”

这是三国时曹子建的《朔风》诗，乃是曹植追念故友所作，这大汉衣着朴素，但虎踞龙行，一派王者之风，吟来更是苍凉无比。老者心中一动，心知这大汉是为己吟此诗的，他抬起头道：“主公……”

大汉道：“二十多年前，我亦尝于此饮酒，吟的却是魏武《观沧海》，唉的是不义人之心肝。转眼二十年，已让李家儿着先鞭，故友也凋零殆尽，唉，木犹如此，人何以堪。”

老者身子一颤，道：“其实，主公……”他说了半句又吞了回去。大汉转过头，微笑道：“道法，你有什么话，但说无妨。”

老者顿了顿，道：“主公，依小臣之见，如今天下已定……”他话未说完，见那大汉眼中神光一闪，吓得一下伏倒在地，磕了个头道：“主公，恕小臣妄言。”老者对这大汉敬畏无比，见他此时神情，正是当年手握重兵，麾师杀伐时的样子，惊得气息一滞，连说完这句话的勇气都没有了。

大汉忽然又叹了口气，眼神转和，道：“道法，你说的也并非无理。当年在太原汾阳桥边，我见李家小儿，便知他非池中物。你师兄与他手谈一局，便心灰若死。二十年，嘿嘿。‘此世界非公世界。他方可也。’极玄子当年之言犹在耳边，只是我还是不服。李家小儿确是真龙，张三郎亦是沧海之蛟，二十年后头角峥嵘，难道还不堪为敌么？”

这大汉张三郎眼中先前还有三分落拓之意，此时却是目光炯炯，神采飞扬，竟有气吞山河的气概。老者只觉背后如遭千钧巨石所压，几乎喘不过气来。

天子英武绝伦，扫荡群雄，开大唐基业，确是不世英雄。武德九年，玄武门之变过后不久，突厥颉利可汗以为大唐突生大变，定然有机可乘，领兵杀至长安附近，长安人心惶惶，只道兵灾定难逃过。天子单骑与颉利隔渭河相望，严词相斥。

“中原天子，自古无此神武者。”这是颉利当时对身边人所说的话。果然，四年后的贞观四年，大唐便以六总管统十万兵，西伐突厥，生擒颉利，一举解决了边患，这一年，诸胡向天子上天可汗尊号。这等武功，秦汉以来未有，大唐国势，也如旭日东升，光照万里。

如果说有人能与天子匹敌，大概也唯有眼前这张三郎了。但他自比为蛟，喻人以龙，气势上已逊色一筹，显然自己也知道自己尚有不及，一旦真个刀兵相见，此人多半会一败涂地。但这些话老者自不敢说，只是伏在地上，不住喘息。

张三郎又喝了一口酒，道：“道法，你以为我所言是螳臂当车么？”

“不敢，主公英雄盖世，譬如日月。”老者咽了口唾沫，吞吞吐吐地道，“然天无二日，望主公三思。”

张三郎的眼中突然现出一丝杀意，老者见到这等目光，更是遍体生凉，心道：“我说错了什么话么？当初……当初主公可是从谏如流的，不然也不会如此轻易就远走海外了。”他一身法术武功皆是不凡，寻常人畏之如虎，但在张三郎跟前，他却连大气都不敢出。见张三郎已动杀机，也只有惊惶之意，连反抗的念头都没有。

他正在惴惴不安，却听那张三郎突然喝道：“何方小子，出来！”声音并不大，老者却觉入耳有若惊雷，震得耳朵也嗡嗡作响。

他呆了呆，心道：“主公是跟我说的么？”

他一念方起，亭前湖水忽地翻了个花。湖畔长满了芦苇莲荷，此时秋深，芦花已白，莲荷枯槁，一副破败景象。在那些枯枝败叶间，一团水花正在冒出，汩汩有声，刹那间水中跃出一个黑影，手中是一把雪亮的短刀，正刺向张三郎咽喉。

这黑影动作极快，又是从水中冲出，事前绝无预兆。老者吃了一惊，一手极快地在地上画了一个圈，喝道：“疾！”随着他的喝声，水中忽地跃起一道白影，一下挡住了这黑影去路。两个影子极快地撞在一起，“啪”一声，白影被击得粉碎，纷纷坠落，竟是无数小虾，那黑影去势不减，手中短刀仍是刺向张三郎的喉头。

这刺客来势之快，直如电光石火，张三郎也眯起了眼，一手盖在葫芦口。那黑影手中的刀距他咽喉已唯有半尺许，他忽地喝道：“呔！”

舌绽春雷，直如平地起了个霹雳，张三郎盖在葫芦口的手猛地一扬。从葫芦口处突然冒出一道弧形白光，拦腰截向那黑影。此时那黑影已在半空，但这道白光封死了各个退路，哪里还挡得开，只听裂帛一声，黑影登时裂为两段，直直坠入水中。

老者此时才站起来，抢到张三郎身前，道：“主公，小心！”

张三郎手中捻着的，是一把长长的弧形弯刀。这弧形弯刀是从葫芦中抽出来的，却比葫芦要长得三四倍。他将刀身凑到鼻下闻了闻，道：“好厉害的驭尸术！废了我小半葫芦美酒。”

他手一扬，那柄弯刀忽地无火自燃，眨眼间便已燃得一点不剩，原来竟是葫芦中的美酒化成的。老者看得惊心动魄，又是敬佩，又是畏惧。

张三郎晃了晃葫芦，道：“道法，驭尸术是你门中不传之秘，除了你，还有谁会？”

老者心中一寒，道：“禀主公，本门驭尸术，唯有最早的师兄弟三人得到传授，后来几个师弟都不曾修过此术，委实想不出究竟是谁。”

张三郎沉吟了一下，道：“难道是你师兄？他还在世间么？”

老者的嘴唇翕动一下，犹豫了半晌方道：“小臣不知，只是，极玄师兄似乎还有传人在世。”

张三郎眉头一扬，道：“果真？极玄子居然也会有传人，嘿嘿。”他笑得甚是意外，似乎那极玄子有传人大大叫人意想不到。老者点了点头，道：“多半便是。不过那人是个弱冠少年，似乎不该有这等功底……”

张三郎叹了口气，道：“果然人一走，茶就凉。道法，你如今是李元昌的属下，自然对我不会有真话了，嘿嘿。”

这两声笑让老者遍体生凉，他忽地又伏在地上，磕了个头道：“食君之禄，忠君之事，但道法绝不敢忘主公之恩，这驭尸术绝非小臣所为。”老者心知张三郎已开始怀疑自己，若不能分辩清楚，只怕自己一条性命便要交代了。

张三郎又抿了口酒，走到栏边，若有所思地看着湖上。细雨蒙蒙，水汽弥漫，芙蓉池上时时吹过一阵晚风，将雨点洒进来，更显得静谧安祥，方才电光石火般的恶斗便如从来不曾发生。半晌，张三郎方轻声道：“起来吧。一诺千金尹道法，这名号也不是白来的。”

这老者尹道法如今是十二金楼子首领，专干杀人越货的买卖，许多年前却是个江湖上颇有名望的青年英侠，外号便叫“一诺千金”，是说他极重然诺，一言既出，驷马难追。尹道法听得张三郎叫他当初的外号，心头忽地一疼，道：“主公，当年的一诺千金尹道法早就在倚风亭一战中死了……”

“昨日之死，譬如今日之生。”张三郎又坐到了尹道法对面，眼中已和缓了许多，“从今夜起，你又是当初随我东征西讨的尹道法。”

尹道法抬起头，慢慢道：“是，主公。”

殿下，抱歉了。他想着。虽蒙殿下知遇之恩，但主公既已复归，我尹道法就只能是主公之臣。

他久已枯干的眼中也已开始湿润，许多年前的少年热血，仿佛又在胸中燃烧。他忽然想起了什么，道：“对了，主公，还有一件事。”

“什么？”

“您还记得当初的萨西亭先生么？”

天将黄昏时，明崇俨刚走到明月奴藏身的小院门口时，天突然下起雨来。细细的雨丝仿佛带有黏性，让人感到又冷又难受。

门开着，明崇俨背着手，看着院子里的一切。院中仍是一片狼藉，不成样子，几个木蜘蛛已被拆得七零八落。先前裴行俭召了南衙士兵前来收拾残局时，几个不曾完全破损的木蜘蛛忽然扑了上来。一旦被木蜘蛛抱住，便如上了重铐，根本挣不开，无奈之下，南衙士兵只得将这些木蜘蛛尽数打得粉碎。

偃师门的傀儡术如此神奇，他们究竟为什么要找上明月奴？明月奴曾说过，是因为肉傀儡，可是肉傀儡到底是什么东西？他抚了下前额，将额上沾着的一些雨丝拭去，心头却是一片茫然。

明月奴也不知下落了，十二金楼子同样行踪不明，唯一的一丝线索也已断了。

他轻轻叹了口气，正要走进去，却听得有人高声道："明兄，你过来了？我正想找你去呢。"

那是裴行俭正从屋中走了出来。昨日这里天翻地覆地一通恶斗，虽然没死人，也把周围的住户吓个半死。他是金吾卫街使，有巡街之责，出了这事，也要向兵曹参军禀报。昨天他与高仲舒赶到此间，是听一个自称是金吾卫军官的纥干承基所传消息，但前来增援的金吾卫却说是裴行俭自己让人前来求援，金吾卫中也并无姓纥干之人。裴行俭直到现在还是莫名其妙，不知该如何禀报法，因为明崇俨当时便在现场，正要去找他问个究竟，没想到明崇俨自己便过来了。

明崇俨行了一礼，道："裴兄，原来你在此处，可曾发现什么？"

裴行俭推开门，道："我想再来看看，找找是不是有不曾发现的东西。先前曾找本坊里司查看过此屋房契，见这屋子的屋主名叫萨文礼，二十多年前买下此屋，只是这人后来便销声匿迹，平时只有一个老者每月来打扫一次。"

明崇俨眉头一扬，道："问过这老者么？"

裴行俭道："当然问过了。他说这还是二十多年前的事了，有个波斯客人买下这屋，付了他三十年佣金，要他每月前来打扫，不让闲杂人等入内。"

明崇俨一怔，道："他真的便打扫了二十多年？"

裴行俭也咋了咋舌，道："正是。我也吓了一跳，未承想一介市井小民，也有一诺千金之风。他说当初那波斯客人给他一个铜钥，说日后若有人拿出一般无二的铜钥出来，便是这屋子的主人。若三十年仍无人前来，房子便归他了。他扫了这二十多年，只道这屋子一多半便归他了，不料前些天有个波斯少年突然过来，拿出的正是这般一个铜钥。”

明崇俨不由低低呻吟了一下。他原先也没想到居然会有这等内情，看到屋子下竟然有条暗河，已有些怀疑，却做梦都想不到这屋子居然远在二十多年前便已布置好了。他低低道：“明月奴来长安，到底有什么目的？”

裴行俭道：“我也在想。有人如此深谋远虑，实是可畏。”他看了看院中那些残破的木蜘蛛，眼中闪过一丝忧色，又道：“明兄，你知道这波斯少年的下落么？”

明崇俨摇了摇头，道：“我也不知道了。只是，这人定然与十二金楼子颇有关联。”

裴行俭忽地倒吸一口凉气，道：“十二金楼子？”

明崇俨道：“咦，裴兄，你也听说过十二金楼子？”

裴行俭点了点头。十二金楼子极其神秘，偶尔一现形踪，便是做下大案，裴行俭虽不曾见过，也听金吾卫前辈说起，只消十二金楼子插了一脚的案子，定是无头大案。他喃喃道：“原来还有这些旁门左道的妖人插了一手。”

声音虽轻，眼中却是神光四射，颇有跃跃欲试之意。明崇俨道：“裴兄，你不怕他们么？”

裴行俭嘿嘿一笑，道：“怕有何用。陛下养兵，正为用于危难。这些妖人就算再厉害，我大唐律法即是天条。”

他相貌儒雅俊秀，谈吐却大有豪气。明崇俨颇为心折，道：“裴兄英风，果然不凡。”他还待再说几句拍马的话，却听得边上传来“喀”一声。

这声音虽然不响，但此时周围也没有旁人。明崇俨一惊，看了看裴行俭，却见裴行俭也有惊愕之色。明崇俨小声道：“裴兄，你有同伴在么？”

裴行俭将手按在腰刀柄上，也小声道：“没有。我向参军大人禀报此事，参军大人说不曾伤人，也不能立案，今天我也只是独自前来的。”

这时又是“喀”一声响，他两人已是全神贯注，循声看去，那声音是从一边的壁橱里传出来的，似乎里面有个人正要推开橱门出来。这屋子的房顶已塌了大半，那壁橱门前堆满了残砖碎瓦，自是推不开。但若说里面还藏着一个人，实在有些匪夷所思。裴行俭一把抽出腰刀，喝道：“是什么人？”

明崇俨道：“当心，里面应该是个刀傀儡。”

裴行俭一呆，道：“刀傀儡？傀儡还能动？”

裴行俭看了看地上。这里还不曾收拾过，金吾卫只是将破损的地傀儡带走，地上还有一堆花花绿绿的碎片，正是明月奴的刀傀儡被地傀儡踏碎后的残片。明崇俨喃喃道：“是啊，明月奴只用了三个，应该还有一个。”

昨日明月奴只动用了三具刀傀儡，而她共有四具，还有一具完好。那几具刀傀儡都是从壁橱中出来的，这第四具刀傀儡应该还在橱内。明月奴控制刀傀儡，靠的是幻术，不须细线。只是隔那么远居然还能控制，也让明崇俨大为佩服。

裴行俭喝道：“管他是不是，看个究竟便知端的。”他手中腰刀在掌中一转，刀尖在橱门上一划，橱门木板如软泥一般被划了开来，裂成数片，掉在地上。橱门一开，裴行俭只觉眼前一花，一道白影直冲出来。他虽然听得明崇俨说起刀傀儡之事，也有准备，却也不曾料到那刀傀儡动作如此快法，惊叫一声，手中刀已向那白影斫去。哪知手刚举起，明崇俨一把抓住他的手腕，道：“裴兄，等等！”

裴行俭怔了怔，道：“怎么？”

明崇俨道：“这刀傀儡似乎有什么话要说。”

裴行俭看了看那刀傀儡，刀傀儡并不能传声，自然不会说话，但看这副样子，却当真似乎要说话一般。他收刀入鞘，道：“难道是要传什么消息？”

这刀傀儡直直走来，走到墙边，被墙壁一撞，忽地停住，伸出一手向前摸索着，在墙上划动。这刀傀儡与人一般无二，模样也极似明月奴，只是动作有些僵硬，远不如在台上舞蹈时那般圆熟。裴行俭看得莫名其妙，看向明崇俨道：“它到底要做什么？”

明崇俨忽然叫了起来：“是要写字！”他从怀中摸出一支笔和一个小竹筒，拧开了竹筒上的铜帽，将笔在筒中蘸了蘸，沿着那傀儡的手指划动，墙上登时出现一条红色印迹。这傀儡力量甚轻，手指在墙上划动也划不出痕迹，用笔画过，这般一来便可以看出这傀儡写的是什么了。裴行俭苦笑道：“惭愧，明兄心思当真灵敏，我就没想到。”

明崇俨沿着那傀儡的手指在墙上画着，才画了几笔便暗暗叫苦。画出来全如鬼画符一般，他一个都不懂，哪里是字了。他扭头道：“裴兄……”正想说自己想岔了，只是刀傀儡在胡乱比画，却听裴行俭喝道：“快写下去！”满脸俱是郑重，他心中一动，道：“你看得懂？”

裴行俭紧盯墙壁，道：“这是波斯文！”

明崇俨虽然会说一点波斯话，却不懂波斯文字，此时才恍然大悟。他心神一定，笔下更是流利，顺着那刀傀儡的手指画下去，心道：“万幸裴兄懂波斯文。”若不是恰好裴行俭也在此处，就算自己把字全写下来也想不到这傀儡居然写的是波斯文。

刀傀儡画得也并不多，画出了十多个字符，手指忽地颤动，“啪”一声，整个身体都倒了下来。明崇俨一怔，收起了笔，蹲下来拉了拉那傀儡的手。这傀儡方才还如真人一般活动，此时却当真只是个傀儡了，再也不动。

明月奴无法再远距控制这刀傀儡了吧。以幻术远程控制刀傀儡，定然极为伤神，难怪这刀傀儡动作远不及平时流畅。他站起身，正想问问裴行俭，一见裴行俭的脸，却吓了一跳。裴行俭向来镇定自若，此时却如看到了什么可怖的东西，额头已满是汗水，身体都有些发抖。明崇俨道：“裴兄，你怎么了？”

听得明崇俨的声音，裴行俭这才回过神来，道：“啊，啊，没什么。”他忽地拔出腰刀，在墙上一刮。明崇俨写字用的是朱砂，此时还不曾全干，裴行俭的手法却极是轻巧，刀锋过处，已将朱砂刮得干干净净。明崇俨未曾料到裴行俭会这么干，待要阻止，字迹已被刮得一个不剩了，他急道：“裴兄，你为什么要刮掉？这上面写的到底是什么？”

裴行俭收好刀，正色道：“我也看不懂了，只是些不相干的鬼画符而已。明兄，我还要回衙回禀参军大人，告辞了。”他方才还与明崇俨称兄道弟，颇为投机，此时却形同陌路，几乎是在打官腔。

二

雨仍在细细密密地下着。长安的秋天并不多雨，但下过一场雨，天就冷了一层，离冬天也更近了。

李玄通背着手走在花影廊正中，双眼若开若合，正在调匀呼吸。雨天，这条长廊越发昏暗，影影绰绰似有一些白色的人影浮动。

那是些女子的身影，苗条曼妙，如同白烟，李玄通走过时，那些白烟登时被冲断，尽被他吸入体内，又随鼻息吐出，重又幻成人形。虽是白烟，却又仿似生人，当李玄通靠近时便向两边闪去，只是花影廊两边似有无形的屏障，这些人影根本逃不出去。当它们被李玄通吸入时，似乎还在微微抖动，似乎极其痛苦，却又无路可逃。

走完了这条长廊，李玄通的脸上登时神采奕奕。他已是个年过五旬的老人了，但一张脸白皙如玉，几如少年。站在花影廊的尽头，回身看了看方才走过的这条长廊，他脸上突然浮起了淡淡的笑意，只是在夜色与雨声中，这笑容也诡异如鬼魅。

已有五个，看来还应该多一些。

他想着，深深地吐了一口气，走进了尽头的一间小屋。屋中胡鼎正站在一边，见李玄通进来，他连忙跪下道："王爷。"

李玄通摆了摆手，道："开门吧。"

胡鼎面如死灰。他虽是李玄通亲信，却从来不敢走这条花影廊。他起身拿出一个小小金锤，在墙上一块铜片上敲了两下，地上一块石板无声无息地开了，露出一个洞口。李玄通正待走进去，胡鼎却凑上来，小声道："王爷，余先生方才刚回来。"

李玄通的双眉一扬，道："他出去了？"

胡鼎好像被人打了一拳，苦着脸，小声道："余先生似乎还受了点伤。"

李玄通的手正扶着墙,此时五指忽然一颤,沉吟了一下,道:"好生看守,别再出乱子。"他走进了这洞里,石板又无声无息地关上了。等李玄通一走进去，胡鼎这才如释重负，长吁了一口气。

余七与成圆化，这两人是王爷的得力助手，王爷倚若长城，但成圆化一着不慎，以至失手，结果当场便被除去。自己只是王爷麾下一个小官，想取自己而代之的人大有人在，虽然成圆化之事王爷并不曾怪罪自己，可安知以后会如何。他越想越怕，立在黑暗中，浑身都在微微颤抖。

李玄通正走在地下一条甬道之中，自然不知胡鼎的脸色。这下面别是一番天地，两边整整齐齐都是青砖砌成的小屋，便似一个小小客栈。此间离地面足有两丈许,地上的一切声音都传不进来,四周一片死寂，因为没有风，挂在壁上的几盏小灯的灯火也连跳都不跳。他走到这甬道尽头，轻轻推开门，低声道："余先生。"

门开了。里面也十分昏暗，只点了一支蜡烛。一个人正坐在壁前，打了个赤膊，身上绘满了符字。随着呼吸吐纳，他背上的符字也似活物一般爬动，渐渐聚拢，成为一团。李玄通知道余七正在运功疗伤，不再说什么，坐到了一边。好半晌，那团符字越聚越拢，终于成为一点，便如溶化在他身体里一般消失了。

符字一消失，余七这才长吁一声，拉过边上的长衫披上了，行了一礼道：“王爷在上，恕小人无礼。”

李玄通道：“你与张三郎会过面了？”

余七的嘴唇颤了颤，方道：“是。险死还生。”他夜袭张三郎，本就是孤注一掷，本不想让李玄通知道，但李玄通还是立刻得到消息，他也不再否认。

李玄通打量了他一下，道：“看来，你仍然不是张三郎对手。”

余七默然不语。二十年前他就不相信这一点，结果险些丧命，若非张三郎远赴海外，自己这条命也留不到现在了。隐姓埋名了二十年，自觉功力大进，当不逊于当年的张三郎，没想到仍是不堪一击。与这大胡子的差距，难道越来越远了么？余七心中也在呻吟。他不想承认，但又不得不承认。

李玄通微微一笑，道：“余兄，尺有所短，寸有所长。张三郎术剑天下无双，但你的炼魂大法他也不会。不必事事皆与人争短长。”

余七叹了口气，道：“多谢王爷青眼。只是臣廿载苦修，只道纵然不能取胜，起码也该能够与之抗衡，孰料我的驭尸术竟然不敌张三郎一击，唉。”

李玄通知道余七心底一直以张三郎为平生劲敌，但相隔二十年两番交手，都是一败涂地，已是意气顿消，雄心懒尽。他也不想再说这些，看了看四周，道：“那石龙师关在何处？”

余七道：“成圆化将他关在七号房中。此人还有用处么？”

李玄通道：“那明月奴既然已在元昌手中了，那不妨一用。虽是一着闲棋，未必不能收奇兵之效。”

余七沉吟了一下，道：“只是，连张三郎也在汉王手下了，我怕……”他向来胆大到狂妄，此时谈吐却似乎已有惧意。李玄通道：“张三郎岂是池中物，纵然在柙，元昌定在惧他反啮，哪会信之如股肱，嘿嘿，怕他何来。”

余七道：“王爷的意思是……”他约略已猜到了李玄通的主意，但也知道李玄通向来不喜心腹对自己猜得太透，有时不妨装装傻。

李玄通道：“这条计策，便是要借重余兄的炼魂大法了。”他眼中忽然闪过一丝杀气，道：“元昌这小子步步紧逼，也不能让他自以为得计。”

雨仍在细细密密地下着，远处传来禁夜的鼓声也如沾上了雨水，湿重不起，带着重浊之气。禁鼓八百声后，城门关闭，当最后一声鼓消失在暮色中，也是金吾卫巡街之时了。裴行俭看了看天色，手不自觉地摸了摸背后的七截枪柄。边上一个叫魏方的金吾卫士兵眼快，见裴行俭一副心神不定的样子，道：“裴街使，你有什么事么？若有事先走好了，反正再走一圈我们也要回去，这鬼天气，想必也不会有人禁夜后乱走了。”

裴行俭勉强笑了笑，道：“没什么，走吧。”

他说得轻巧，心中却沉重之极，脑海中尽是明月奴那刀傀儡在墙上写下的字迹。明崇俨会说不会读，不知写下的是什么，他却是识得波斯文字的。一见到那几行字时，他险些要惊叫出来，几乎不敢相信。

食君之禄，忠君之事。自幼叔父便如此告诫自己。但叔父同样说过，王子犯法与庶民同罪，天子亦屡有言及。鄂国公在诸将中功居第一，贞观八年，因为酒后失态，被贬归故里，天子便以此言告诫群臣。只是这话到底是真是假，实在也让人捉摸不透。

真有这样的阴谋么？他的身体都在微微发抖。如果这是真的，将是一件撼动大唐国本的事了，究竟如何告知陛下？自己只是一个小小的金吾卫街使，而主谋的一方却是那种身份，这种话说出来，有谁会信？

巡视了一圈，虽然打着伞，夜雨还是把衣服打湿了。他们此时已走到了兴化坊与崇德坊之间，这里平时就不太热闹，此时更是冷清。魏方道："裴行使，照旧，再往前走吧？"

裴行俭看了看幽暗的街道，略略想了想，道："不，还是巡一趟。"

兴化坊有好几家宗室王公的外宅，若是巡街遇到禁夜后还在夜行的王府家人，金吾卫也甚是不好办，因此大多时候到了这地方便装聋作哑，索性绕过去算了。魏方略略吃了一惊，道："可是，裴街使，若是碰上王府中人，那怎么办？"

"秉公执法。"

裴行俭把手中的伞往上提了提，冷冷说着，率先向兴化坊和崇德坊间的大道走去。看着他的背影，魏方心道："裴街使吃错什么药了？这般给人脸色看。"但他没有官职，纵然年长于裴行俭，也只能听他的，伸手招了招身后三个金吾卫，道："跟上了。"

这条路本不甚宽，因为住的大多是达官贵人，两边的院墙总在丈许以外，显得这条路更窄了。魏方只觉雨点不住扑向伞下，沾在身上，湿冷难挨，却不似雨水，倒像是些粉尘。他拍了拍衣服上的雨珠，小声道："裴街使，是不是有什么风声？"

裴行俭忽地转过头，道："魏兄，你听到什么了？"

魏方见他眼中竟然隐隐有些杀气，吓了一跳，道："倒也没听到什么。裴街使，你没事吧？"

裴行俭大概也发觉自己有些失态，捋了把脸，道："没事。"

没事才怪，看你一副心神不定的样。魏方肚里寻思着，却也不敢多嘴，道："那，快些走吧。"心中却有些惴惴不安。平常巡夜，也不过走了一圈便是。唐时禁夜令极严，违禁犯夜者都被送到附近武候铺严惩，有些狂妄之徒在金吾卫巡夜时与之发生冲突，甚至会被当场处死。武候铺是唐代金吾卫在城门和各坊设有的一种士兵驻扎处，属金吾卫左右翊府管辖，驻扎士兵人数也都不同，大城门有一百人，小城门则设二十人。而大坊武候铺有三十人，小坊则只有五人。兴化坊和崇德坊都是三十六小坊之一，都是五人武候铺。

这些小坊东西长约一里，坊中也只开东西两门。兴化坊崇德坊一带因为大多是宗室和贵官的外宅，平时走的人就少，这种雨天走在街上，更显得死寂一片。魏方越走越是心寒，心道："这些王爷真喜欢住这地方么？鬼气森森，是人呆的地方么。"他想着，嘴里道："裴街使，这儿可不会有人吧……"却见裴行俭忽然站住了，他呆了呆，还不曾说话，却听裴行俭道："魏兄，前面有人！"

裴行俭的手已握住七截枪枪柄，把枪从背后扳到了腰间。魏方见他竟有动手的意思，急道："街使，在这儿还是不要动手为好。"他自己枪法练得不算佳，见识却也不少，知道这个年轻街使是大将军苏定方之徒，苏将军九尺龙吟枪名震天下，裴行俭的七截枪在军中也很有点小名气，枪法颇为高明，若是一时兴起与人动起手来，别处还好，这儿却尽是些宗室王爷的宅第，万一犯夜之人是哪个宗室子弟，只怕连京兆尹和长安县令也要惹上一身祸事——唐时长安设京兆府，下辖长安、万年两县，长安县管辖朱雀街以西，万年县管理朱雀街以东，裴行俭这支金吾卫巡视的是长安县所辖之地。

魏方说得已经很委婉了，裴行俭却似充耳不闻，已快步向前走去。魏方暗暗叫苦，向后摆摆手，道："弟兄们，快跟上。"自己脚下一快，赶到了裴行俭头里，一边喝道："金吾卫禁夜，前面是什么人？"他生怕裴行俭年轻气盛，惹出事来，索性先喊上一嗓子，让那边之人听到，快快回避了也就是。金吾卫禁夜，虽说犯夜者严惩不贷，但多一事终究不如少一事。

魏方武功远不及裴行俭，但他当了七八年兵了，脚力大为不弱，走得倒是很快，已抢在裴行俭之前，正与那人打了个照面。暮色沉沉，兴化坊一带因为街较窄一些，更加昏暗，也看不清那人是谁，只知道那是三个人，都戴着一个大大的斗笠。当先一个个子也不高，他身后两人倒是又高又壮，比他要高出大半个头去。

听得魏方的声音，当先那人抬起头来看了魏方一眼。魏方只觉那人斗笠下忽地射过两道目光，便如两柄细细的利刃，让他不由自主地打了个寒战。他当兵已久，虽然没有真个上过阵，但也自觉不至于被人两道目光就看怕了的道理，可是这人的目光却真个让他觉得心寒，下面本来还要再呼喝几句，竟似咽住了似的喝不出来。

那人只扫了魏方一眼，忽然冷冷道："瞎了眼的王八蛋！"

这人的声音竟然有些稚气，年纪看来还甚轻，只是这话却阴森森的，说不出的可怖。听到这声音，魏方只觉背上像是有条毛虫在爬，心中也大为气恼，暗道："我好意提醒你，你这小子还不领情，惹恼了我，送你去武候铺过夜。"可是他毕竟要老成得多，见这少年说得如此嚣张，出口伤人，终究怕他是什么皇亲国戚，陪下笑脸来道："公子，我们是金吾卫，正在巡夜，公子还是速速回府才是……”

他话未说完，眼前只觉一黑，一股厉风扑面而来。他还不曾回过眼神，便听得裴行俭喝道：“住手！”耳边忽地爆豆一般响亮，眼前只见火星飞溅，正是铁器相撞发出的。细雨蒙蒙，火花在雨水中仍是四散，借这火星闪过的微光，他看见那少年手中握着的是一个黑黑的铁锤，正作势要击向他脑门，而裴行俭手中的枪正抵住了那铁锤，还不曾连为一体，想是那少年出手太快，连裴行俭都来不及出枪。魏方吓得魂飞魄散，脚一软，一屁股坐倒在地，嘴里却仍然威风凛凛地喝道：“你到底是什么人？竟敢……竟敢……”但想到那少年居然出手便要杀人，还有什么事不敢的，说这也是白说。

此时跟在后面的几个金吾卫也抢了上来。他们还不知到底出了什么事，伸手扶起魏方，叫道：“老魏，怎么了？”魏方道：“这人居然要杀我……喂，公子，我们可是金吾卫，陛下御笔朱批，钦点的巡夜之职。”他仍然怕那少年是什么高爵巨公的世家公子，被娇纵得脾气太坏，因此就算那少年竟然要杀他，仍不敢出言不逊。

裴行俭以枪抵住那柄铁锤，只觉枪上受力也不轻，但与自己比起来仍是颇有差距，此人只是借铁锤的重量方能与自己相持，再过片刻，定然会被自己崩出。他也不动声色，左手仍是打着伞，慢慢道：“公子，你到底是什么人？”

那少年平素与下人比试，从未遇过对手，人人说他本领高强，更是目空一切，自恃勇力绝伦，却见裴行俭以单手之力与自己的铁锤相抗，仍是从容不迫，行有余力，不禁涨红了脸，怒道：“混账！”

裴行俭脸一沉，道：“若不是我认错了，公子之锤乃是昔年赵王所用之物。”

听得裴行俭说出“赵王”两字，魏方他们几个都是一震。赵王李玄霸，后来因为要避康熙帝之讳，民间改称李元霸。太原李氏诸子，每个都是英武绝伦之辈，玄霸更是以勇力闻名，号称天下第一条好汉，所用之锤名谓“雷鼓瓮金锤”。玄霸早逝，十六岁上便已夭折，高祖对这四子爱若珍宝，自赵王夭折后，命人将这一对锤收入内府，后来将其中一个赐予汉王李元昌，而李元昌正是南衙左金吾上将军，金吾卫的两个统领之一。如果裴行俭所言不虚，那这个少年难道便是他们的本官汉王李元昌么？

魏方没见过李元昌，只听人说李元昌年纪甚轻，与这少年倒是相仿。他只觉背后冷汗直流，越想越觉不对。裴行俭却似根本没想到这些，冷冷道：“公子，此锤乃是英雄之物，不知伤过多少英杰，杀气极重，公子恐不能伏之。”

话中之意，自然说这少年不是什么英雄了。少年脸上如同噀血，忽然喝道：“张师政，朱灵感，你们这两个混蛋还在一边做什么？”

这少年向来狂傲，因此这两人也不敢出手，此时听得少年的声音大有惶急之意，知道少年已是恼羞成怒，当下一个箭步冲了上来，其中一个喝道：“住手！”右手握成凤嘴拳，啄向裴行俭颈弯。

裴行俭自然无意真个将那少年杀了，他只是见少年手中竟是李玄霸用过的雷鼓瓮金锤，心中大为不忿。当初裴行俭的大哥裴行俨号称万人敌，也是用锤的，曾与李玄霸有过一战，结果仍是不敌。裴行俭也听家中人说起，大哥用的铜锤，右手锤重达四十三斤，左手锤也有三十八斤，两个便有八十一斤，上阵冲杀，当者披靡。而赵王所用之锤单个只有三十斤，个头却比大哥的铜锤要小一半以上。四平山一战，二人曾以锤较力，结果裴行俨的铜锤竟被震飞，一条左臂也被震伤，以至于后来只能使用单锤，最终失机与父亲一同遇难与此事也不无关系。见李玄霸这少年英雄用过的锤竟然在这个狂傲少年手中，裴行俭隐隐中觉得正是许多年前大哥与李玄霸一战的再现。见那大汉向自己出手，这人的本领与那少年自不可同日而语，裴行俭眉头皱了皱，也不硬接，右手五指一拂，七截枪在掌中一阵响，人已如行云流水般退到一边，道：“好厉害的拳力。你们犯禁夜行，还要拒捕不成？”

随着他五指拂动，七截枪在他手中如活物一般一晃，已连成一根长枪。魏方知道裴行俭是准备大打出手了，心中大急，正想拦住他，却听得边上有人惊叫道：“住手，快住手！”

三

那是一个华服年轻人，看样子不到三十，一脸的惊慌，连伞也没打，衣服上已被雨打湿了一片，大概冲过来时太急了。魏方还不曾看清，裴行俭却将枪搁到身后，行了一礼道："上将军。"

是汉王！魏方猛然间想了起来。这年轻人正是汉王李元昌！他伸手向后晃了晃，示意几个士兵跟着自己的样子，躬身道："大王，小人等是金吾卫卫士，依例在此巡街。"

李元昌是高祖皇帝第七个儿子。因为年纪与当今天子差了许多，也不曾上阵打过仗，虽然身为左金吾上将军，却有工书善画之名，颇显文弱，但双眼却与他擅长画的鹰隼一般，即使此时大为惊惶，仍是极其凌厉。他抹了抹额头，道："好，好，你们走吧，此间没事了。"

李元昌是金吾卫上将军，正是裴行俭和魏方他们的最高上司，有他发话，裴行俭和魏方他们自然没话好说。裴行俭面不改色，只是行了一礼，道："遵命。"那少年似乎还要说什么，李元昌却走到他跟前，低低说了句什么，那少年抬起头瞟了裴行俭一眼，不再说话，转身跟着李元昌走去。

待这一行人消失在门里，魏方这才松了口气。他见裴行俭仍呆呆地看着李元昌和那少年走进的屋子里，也不知在想什么，便凑上去道：“裴兄，快走吧，我们可是碰上不好惹的人物了。”

裴行俭叹了一声，将长枪收好，道：“魏兄，我真对不住你，把你也卷进来了。”

魏方苦笑一下，道：“自家兄弟，客气什么。这少年也不知是哪家的少王爷，真够嚣张，只望他别记仇就好。”只是自己一介小卒，这种少王爷想来也事过即忘，不会屈尊来记这种小事的。

裴行俭忽道：“魏兄，你方才见那少年人走路时的样子了么？”

魏方一怔，道：“对了，他脚都有些跛，你是不是把他打伤了？”他想起那少年后来走时有些不稳，似乎有点一瘸一拐，只怕方才不知怎么被裴行俭打伤了。如果裴行俭真伤了他，那就头痛了，只怕裴行俭这街使之职也要保不住。

听魏方这般说，裴行俭脸色突然变得极是难看，喃喃道：“果然是他……”他抬起头，道：“魏兄，你快带兄弟们离开此间，今晚的事谁也别说。”

魏方奇道：“咦，裴兄，你认得那人不成？那人到底是谁？”

裴行俭没说什么，只是抿着嘴，又看了那屋子一眼。魏方见他不愿说，也不再追问，心道：“多一事不如少一事，裴街使只怕知道什么，我还是别去搅这趟浑水，有事让他独自担当便是。”裴行俭执意要到此间巡街，而李元昌和那个奇怪少年突然在禁夜后的街上出现，这些事都大不寻常，他实在不愿牵涉进去，掉头便走，省得裴行俭又要去巡视这条街。出了这事，他也无心仔细巡街了。照例还有通义坊和太平坊两个坊要看，他也只想快点走完，好回去睡觉，睡一觉便把这些都忘了。

一边走，魏方一边想着方才那少年。这少年用的锤吓人，本身本领倒没什么了不起，可是那两个保镖却大不寻常，那个不知叫张师政还是朱灵感的汉子一招凤嘴拳，便不是寻常武师使得出的。有这等人物做保镖，绝非寻常人物，最好还是别去搅这趟浑水。

他闷着头向前走着，头也不回，刚走出这条街，忽听得身后一个士兵道："老魏，裴街使不见了！"他怔了怔，不由站住了，回头看了看，身后却只有那几个金吾卫跟着，不见裴行俭的身影。他道："裴街使没跟来？"

"他一直没来。刚才我回头看了看，连他人影都不见了。"

魏方心头一阵凉，咬了咬牙道："别管了，裴街使也不是小孩，大概有事先走，我们再走一圈便回去吧。"

一进门，那朱灵感转身将门掩上，少年便摘下头上的斗笠。张师政连忙走上几步，将斗笠接在手中。

斗笠摘下，露出的是一张阴鸷森冷的脸。这少年年纪不大，眼神却出奇的阴冷，相貌竟有三分似是胡人。他也没看张师政，低声道："那小军官是谁？"

张师政一呆，道："这个……小人也不认得。"

裴行俭只是一个小小街使，他自然也不认识。但在这少年积威之下，他竟是不寒而栗，李元昌听得少年的声音，也站住了，凑过来小声道："殿下，别想这个了，巡街本是金吾卫之责，也怪不得他。"

少年怒道："那小子居然敢如此无礼，查清了他是谁，便诛他九族！"

李元昌吓了一跳，知道这少年不是说说而已，说不定真会做出来。他年纪比这少年大得有限，却远比这少年老成，知道这少年极其任性，今日落败，恼羞成怒之下，万一驴脾气发作，真个去和金吾卫纠缠不休。虽然杀个把金吾卫小军官不在话下，但现在自己做的可不是什么光明正大的事，这些细枝末节的事要是纠缠下去闹大了，只怕会因小失大。

真是不识轻重。他想着，但仍是微笑道："殿下，别想这不开心的事，称心这些天服侍殿下还好么？"

一说到这个叫"称心"之人，少年脸上忽现霁色，道："哈，七叔，你是不是又给我找到一个了？"

那称心本是李元昌府中歌伎，生得艳冶异常，这少年上次一见便大为倾倒，向李元昌硬要了去。李元昌暗自苦笑，心道："二哥一世之雄，怎么生下这么个好色成瘾的宝贝出来？"但他脸上仍是一副谄媚的模样道："殿下，称心这般可人儿，譬如随侯之珠，连城之璧，岂是易得之物。"

听李元昌这般说，少年脸上倒也正经了些，道："那七叔你夤夜唤我过来，有什么事么？"

李元昌看了看他身后的张师政、朱灵感二人，忽道："秦道长与韦道长不曾过来么？"

少年道："他们在我府中另有要事。非要他们过来么？"

李元昌微微叹了口气，道："这个倒也不必了，方才我见你这两个扈从本领不错，想来就算秦道长与韦道长在此也不过如此。"

少年有些着急，道："七叔，到底你找我有什么事？"

李元昌顿了顿，道："殿下，我向您引荐一个人。"

"是什么人？"

李元昌脸上浮起一丝苦笑，道："此人若肯助一臂之力，事成无疑。但他若是另有图谋，那我们只怕是引狼入室了。"

少年见李元昌说得郑重，哼了一声，道：“什么人这般厉害？我不信他能胜得过秦英与韦灵符两人。对了，七叔，你手下不也有个什么……什么纥干承基么？他本事似乎也不错。那个人叫什么？”

李元昌道：“此人叫张三郎。”

少年脸上纹丝不动，道：“是么？他是太常歌童么？”

歌童名中称“郎”者甚多，少年也不曾听过这名字，首先想到的便是歌童了。李元昌还未及答话，却听得一边传来“咯咯”两声，眼角瞟去，却是从那个叫朱灵感的扈从嘴里发出来的。朱灵感脸上也有些异样，想必是听得这名字，不由自主地害怕。李元昌暗自冷笑，心道：“虬髯客之名果然了得，居然能让人闻风丧胆。”他也不禁有些沮丧。这朱灵感方才虽未动手，但能当这少年的保镖，定非弱者，居然听得名字便吓得牙齿打战，此番与这人联手，到底对不对，他也顿时没了底。自己到底是在与虎谋皮，还是能借此人一臂之力，现在都不得而知。

不管别的了，至少此人现在有求于我。李元昌暗暗咬咬牙，手一伸，道：“自然不是，是个老人。殿下，请随我上留仙阁。”

裴行俭轻身一跃，人如一片被疾风卷起的落叶，已轻轻落在留仙阁的第二层飞檐之上，只发出一声极其轻微的细响，比猫踩在瓦面上的声音更轻。

这等声息，在这种雨夜里自然根本不会有人觉察的。虽然夜探汉王别宅，实是不赦之罪，但他还是不由得淡淡一笑，心中颇有几分得意。

留仙阁共分三层，已是甚高，每一层铺的都是琉璃瓦。琉璃瓦本来就十分光滑，雨水打湿后，更是难以立足，裴行俭纵然本领高强，也要小心翼翼才不至于摔下去。

当看到明月奴用刀傀儡在壁上留字说自己被禁于兴化坊留仙阁，裴行俭险些当时就要失声叫起来。旁人还不太知晓，他作为将门后起的英杰，又是金吾卫成员，曾过来此间一次，知道这是汉王别宅中的一座小阁。若是别的地方，他还可借金吾卫的头衔前去查探，但李元昌乃是金吾卫本官，纵然铁证如山，也没办法搜查汉王的宅院。人人都说他曾在西市将明月奴之父捉走，偏生自己根本记不得了，而明月奴又不知所踪。他实是极想找出这女子来，好一解自己疑虑，又兼年轻气盛，正在初生之犊不畏虎的年纪，根本不管一旦败露是不是会以图谋不轨之名治罪，一知道明月奴下落，便独自来探个究竟。幸好汉王别宅中看来守御并不森严，加上这般一个无星无月的雨夜，一直上了留仙阁也没被人发觉。

这是第二层。他不知明月奴被关在第几层，但想来定是最上一层了。不知为什么，他总觉得似乎有人在边上窥测自己。裴行俭明知周围并没有旁人，还是扭头看了看。他耳聪目明，方圆丈许，就算有只蚊子飞过也逃不脱他的耳目，但看去仍然见不到什么。

做贼心虚。裴行俭暗自好笑，解嘲地想着。正待推窗进去，忽然听得下面传来一阵扶梯响动之声，手还不曾触到窗子便又缩了回去。

有人上来了！他心中暗暗叫苦，哪知里面有个人忽道：“外面有声音！”

这人的声音响起得极是突然，听声音与他隔着木板窗不过数尺而已，随之便听得窗闩被拔起之声。裴行俭万万想不到竟然会出这种漏子，打定主意前来查探时他还踌躇满志，只觉凭自己本事，纵然查不到什么也不会被人发现，哪想到还未出手便已败露行迹。到了这时候也没别的法子好想，正准备不顾一切逃出去，暗道：“若是明日查起来，我就咬定巡完街回家了。只消不动用七截枪，他们也看不到我面目，便死无对证。”心中一急，胸中提起的一口真气也是一浊，脚下登时踩不住琉璃瓦了，脚尖一滑，整个人便向下滑去。他吓得魂飞魄散，心道：“死定了！死定了！”

这回连逃命的办法也没有。留仙阁第二层，离地面足有三丈许，从这里摔下去虽不至于摔死，但也会摔个七荤八素，而一摔下去，谋刺汉王之罪便坐实了，何况还有那人在，更得罪加一等。

他正在暗暗叫苦，却觉手臂忽地被人一把抓住。裴行俭已是草木皆兵，被人这般抓住，三万六千个毛孔齐齐冒出了冷汗。他心思转得极快，心道：“要动手么？”可是此人能在这种地方一把抓住他，本事也大为不小，若一下料理不掉，那连分辩的余地都丝毫不剩。

他只这般顿得一顿，却听耳边有个人低低道：“裴兄，别说话。”

那是明崇俨的声音！

在这里居然听到明崇俨的声音，裴行俭几乎不敢相信自己的耳朵。他张了张嘴，险些便要脱口大叫，但总算悬崖勒马，不曾出声。抬眼望去，却见明崇俨人紧贴着留仙阁的一边墙壁，一手抓住他的手臂。裴行俭大为惊奇，心道：“他离我这般之近，我居然不曾发觉！难道……难道我的本事没我想得那么好么？”

正在胡思乱想，却听得耳边又传来明崇俨的声音：“裴兄，千千万万不要动，能不能逃过就在此一举了。”

暮色昏暗，明崇俨的人几乎要溶化在黑暗之中，但裴行俭眼光极利，隐约也看得到明崇俨脸上是一副惊恐之极的样子。裴行俭心一横，忖道："就信他一次吧，反正就算被定为刺客，要斩首也有明兄陪我。嘿嘿，虽则刚认识，倒也有缘。"他武功不凡，得了明崇俨助力，身体立时一动不动，只剩眼珠子瞟向明崇俨。

此时明崇俨也是心急如焚。他见过裴行俭与成圆化的地傀儡一场恶斗，知道他枪法非凡，但今夜在裴行俭背后跟踪，见裴行俭飞檐走壁，更是暗自咋舌，心道："这裴行俭果然好本领！"却未承想最后出了这般一个乱子。裴行俭若被捉住，只怕自己也隐不了行踪了，现在唯一的生路便只有靠自己的隐身术渡过这个难关。只是隐身术虽然听来神奇，实际却只是些借助外物掩人耳目的幻术而已，若是对方灯火通明地搜起来，仍是无所遁其形。

不管了。他想着，又看了一眼裴行俭。只见裴行俭抿着嘴，倒是镇定自若，一动不动地立在他身边，便如一根柱子。

也正是这时，"啪"一声，裴行俭身边的窗子被推开了一扇。

四

窗子打开了，一阵风夹着雨丝吹了进来。李元昌身边那个少年打了个寒战，道：“张师政，外面有人么？”

张师政看了看窗外。窗外暮色沉沉，将近中夜，整个长安城都已一片昏暗死寂。虽然看不出什么来，但他心底仍然有些不安。

难道是自己听错了？他心中有些惴惴，又仔细扫视了四周。留仙阁是周围一带最高的建筑，站在窗前，周遭景致尽收眼底，如果有人的话定然看得到。但望去仍是空荡荡一片，并不见人迹。他有些不安，向那少年身边的朱灵感道：“朱兄，你来看看吧。”

朱灵感一直都有些心不在焉，眼睛不时向上瞟着，听得张师政的话，才大梦初醒一般，“啊”了一声，走到窗前，伸出右手拇指到唇边沾了些唾液，便要抹到眼皮上。他以前当过道士，眼下虽已还俗，但一身道术还在，这一路“秋毫辨”练得极其精湛。秋毫辨能看破世间一切鬼物幻术，只是使出来颇伤元气，但为了看个究竟，他还是决定一用。

手指刚要沾到眼皮上，从楼梯上忽地传来一个男子的声道：“汉王玉趾相顾，某家实是受宠若惊。”声音爽朗，可是嘴上虽说是受宠若惊，却根本没半分受宠若惊的意思，倒似李元昌与那少年是来谒见一般。

听得这男人的声音，张师政一惊，忽地转过身，却见楼梯上有个满面虬髯的汉子正拾级而下。这汉子身材也不是如何高法，但看起来却显得无比伟岸，每下楼梯一步，张师政便觉迎面有千钧之力压上来。他大为惊异，心道："这人……这人便是张三郎？"他以前听说过虬髯客张三郎之名，因为后来此人销声匿迹，也不觉如何了，此时一见，虽隔得丈许，恍惚间却有不由自主便要下跪的意思。正想着，忽听得身边朱灵感嘴里发出一种奇怪的声音，扭头看去，只见朱灵感手指僵直着一动不动，嘴唇只是不住地发抖，这声音竟是牙齿打战发出的，仿佛突然间中了邪，一个头更是似要扭过来，又似铁被焊住了动弹不得。张师政大为诧异，心道："老朱本领不弱，法术也高强，秦真人和韦真人对他都客气三分，怎么会这般不济？"

张三郎已经走了下来，朗声道："汉王殿下，今夜前来，不知有何见教？"

李元昌也觉背上一阵寒意，低声道："小王前来打搅张先生，实是想问一下，那位明月奴姑娘可是答应了不曾？"

张三郎微微一笑，却不回答，看向朱灵感的背影，道："朱兄也来了。一别二十余载，原来朱兄尚存于世间。"

朱灵感忽地转过头，李元昌暗暗皱了皱眉，心中一沉，心道："不妙。"他知道朱灵感极是傲气，本领也极其高强，张三郎此话实不啻挑衅，若朱灵感恼怒之下，二人火拼，实在不妙。正想说几句圆场的话，哪知"扑通"一声，却是朱灵感跪倒在地，道："髯……髯公，灵感昔年得髯公教诲，便不再修习血婴咒了。"

朱灵感出自道家灵宝派。灵宝派传自葛玄、葛洪从祖孙，因此也称葛家道。葛氏祖孙栖修于阁皂山，灵宝派传到后世，便成为符箓三宗之一的阁皂宗。灵宝派也是道家名门，最重礼仪，但朱灵感少年时心高气傲，只觉灵宝派太过拘束，终于破门而出。灵宝派恨他欺师灭祖，派人追杀，但朱灵感本就本领高强，破门之后，多涉旁门邪术，本领更是大进，那些本门师兄弟居然没一个是他对手。总算他尚存香火之念，对落败的师兄弟并不下杀手。灵宝派长老无奈之下，也只好忍下这一时之气，当没这个门下弟子。朱灵感下山后，正值隋大业五年，炀帝开大运河，他投到了开河都护麻叔谋麾下。当时他从西域学得一门叫血婴咒的邪术，要取三十六个足月胎儿练符，投到麻叔谋麾下正是为练此术方便。哪知正好虬髯客云游天下路过此地，得知当地竟然发生数起孕妇被杀之事，出手与朱灵感斗法，结果朱灵感不敌虬髯客水火刀，一败涂地之下，跪地苦苦哀求，赌咒发誓说要痛改前非。虬髯客虽恨他行邪法伤平人性命，但也爱惜他一身本领，加上虬髯客自己虽然出身剑术名门，但少日因为多涉猎旁门杂学，将道术融入剑法，创出“术剑”一门，以至于受前辈侧目，与朱灵感经历也有相似处，心一软，便放了他。朱灵感经此一役，已成惊弓之鸟，也不敢在麻叔谋手下呆着了，后来倒因祸得福，麻叔谋因罪被斩杀，他倒得脱大难。但二十多年过去，他对虬髯客之惧却是与日俱增，尽管日日苦修，总觉仍比不了虬髯客的万一。好在易代之后，虬髯客已绝迹中原，听说是远居海外，他才算放下心来，这才重新出山。哪知出山未久，却又碰到了这个平生最惧之人，见虬髯客还记得自己，登时便跪下来，求饶的话险些便冲口而出。

那少年见朱灵感居然如此胆怯，鼻子里轻轻哼了一声。李元昌知道这少年心中定然已有怒气，忙道：“张先生，那明月奴姑娘已答应了么？”

他已是第二次问了，张三郎却仍是不答，只是对朱灵感道：“朱兄，起来吧，我知道你已废了血婴咒，否则你哪里还能在此说话。”

他的口气听起来便如对晚辈说的一般，其实朱灵感年纪与他相去无几，大概朱灵感还要大得几岁。但朱灵感抬起头，眼里已是如蒙大赦的欣喜，道：“多谢髯公。”好像虬髯客不杀他已是天大的恩典。那少年越来越怒，一张脸已沉了下来，李元昌怕他发作，忙上前一步道：“张先生，此间寒气中人，不妨前去暖阁相谈吧。”肚里却寻思道：“真是糟糕，不要请神容易送神难，这大胡子原来如此威风，这些礼聘来的好手竟然都是银样镴枪头。若是被他反客为主，可不好办。事过之后，定要想个办法除了他！”他心中已动杀机，脸上却仍是笑容满面，殷勤备至。

张三郎这才转过脸，道：“汉王殿下，那位明月奴姑娘的先师与某家有旧，某家要将她带走，代她谢过殿下恩典了。”

他也不问李元昌肯不肯，只说谢过李元昌恩典。李元昌费尽心机方才将明月奴擒来，所谋之事，都着落在明月奴身上，哪知张三郎竟公然说要带她走，心中怒火勃发，但他涵养深厚，脸上一如寻常，正要开口，那少年却耐不住了，右手插入左袖中，在一边喝道：“张师政！”

张师政闻言一凛，上前一躬身道：“小人在。”

“你将这个给这位张先生看看。”

少年从袖中取出的，正是那个雷鼓瓮金锤。当初李玄霸恃此横行天下，以至于后世说书人越传越神，说是每个锤重达八百斤。其实战场所用之锤，绝不能超过体重之半，否则纵然人有舞动之力，双脚也根本站不住地面了。李玄霸体重不过百余斤，这雷鼓瓮金锤个头并不大，却重达三十斤，寻常人根本舞不动，少年自恃膂力过人，手下也只有张师政力量沉雄，本领出众，方能使用。

张师政接过锤来，心中不禁有些踌躇。雷鼓瓮金锤是武德天子亲笔所封的镇国神锤，持此锤者杀人勿论。少年平时将这锤交到他手中，便是要他将人打死。现在将锤交给他，难道是要打死虬髯客么？

他心思还在转着，却觉身边一阵微风掠过，手上便是一轻。定睛一看，手中竟然空了。他大吃一惊，抬头看去，却见那锤正在虬髯客手中，也不知他是如何过来将锤从自己手中取走的。身法极快之人，力量多半不大，使出这等鬼魅般的身法，取走的又是一个三十斤重的铁锤，这等举重若轻的本事，张师政自认远远比不上。他以前只略略听过虬髯客之名，毕竟不曾见过，并不觉得害怕，此时却大生惧意。

他呆在那儿，张三郎却将雷鼓瓮金锤在手中掂了掂，道："原来是雷鼓瓮金锤，小哥，你也是李家子弟么？"

那少年见张师政才将锤接到手中，却不知如何一来便到了张三郎手里，险些要气破肚皮，喝道："张师政！你是吃屎的么？"

张师政被骂得狗血喷头，不由一凛，心知再不出手，只怕先要被这少年砍了。他打点精神，道："张先生，请将神锤赐还。"说着，先束了束腰带，脚下不丁不八，左手放到腰后，右手向前一伸。

张三郎又掂了掂雷鼓瓮金锤，道："原来你是岱宗派高足，这一式'五大夫'也有二十多年的火候了，不错。"

他伸手将雷鼓瓮金锤向张师政一抛，张师政一凛，猛一提气，左手也一下伸出来，准备硬接。岱宗派以拳沉力猛著称，这一式"五大夫"也是他练得最为得意的，确有二十多年的功底。他见虬髯客将铁锤抛来，锤本身有三十斤，加上一抛之力，只道此锤掷来定有千钧之力，单手恐怕接不住，便将浑身力量都运在臂上。哪知锤一入手，却并不觉得沉重，反而觉得轻飘飘只有十来斤而已，浑身力量全然落空。他武功高强，心知这等发力无着，最是大忌，连臂骨都有可能被自己这力量震断。可是此时力量已然发出，收也收不回来了，他已听得手臂骨节发出的轻微鸣响，马上就有断臂之厄，心中正在暗暗叫苦，却觉雷鼓瓮金锤忽地一沉，竟然重了好几倍，已将他上托之力消去，这才松了口气，看向虬髯客的目光已极是佩服。这自是虬髯客手下留情，否则方才便已废了自己一条手臂了。

张三郎掷出锤去，也不再理睬张师政，道："汉王殿下，昔贤有云，时无英雄，竖子成名。如今李二郎龙飞在天，某家还劝殿下葆素养贞，息心火，绝万欲，方为正理，还望殿下三思。"

李元昌知道这少年手下，单论武功便数这张师政最为不俗，但张三郎却如戏小儿，张师政根本没半分还手之力，心头更是惊恐，正在想着究竟该让何人牵制张三郎，却不料张三郎说出这等话来。他张口结舌，还未说话，那少年却已勃然大怒，指着张三郎喝道："张三，你若不愿帮忙，何不早说！若想吃里扒外，老子饶不了你！"这少年虽听李元昌说面前此人名叫张三郎，但这人一脸大胡子，实在与"郎"不沾边。

张三郎斜眼看了他一眼，道："小兄弟，张三郎既然受人所托，自当忠人之事。"

少年喝道："你知道此理，为何事到临头却又推三阻四？难道怕了不成？"

张三郎淡淡道："正为忠人之事，某家才不忍见尔等身首异处。你们以为自己策划周详，万无一失么？太小看世民小儿了。"

少年还待斥骂，李元昌已踏上一步，走到张三郎跟前，道：“张先生所言之意是……”

张三郎眼中忽地射出两道寒光，道：“你们的计策，早在世民小儿预料之中。可知袁天纲、李淳风二人明日也会去会昌寺么？”

李元昌只觉如同浸在冰水之中，周身都是寒意，道：“张先生是说，陛下早已觉察了？”

“岂但觉察，会昌寺礼佛，正是世民小儿抛下的香饵。李玄通自以为得计，其实他的性命，明天便会到头了。”

明日陛下微服造访会昌寺，那是李元昌设在内监里的眼线传出的消息。袁天纲与李淳风二人都以善法术而知名于世，眼下正奉命巡察各处，李元昌正因为此二人不在长安，才觉得是行事的大好时机，但听张三郎所言，此行是陛下设下的圈套。袁天纲工相术，李淳风工天文，二人也是道术之士，当初陛下领兵与王世充战于洛阳，王世充手下有个胡僧伽罗婆帝，精擅西域秘咒，以咒术杀人，例无虚发。那次陛下曾中了伽罗婆帝咒术，多亏袁天纲、李淳风二人守护在侧，以六道圆轮大法护佑陛下魂魄不散，又以道家咒术破西域咒术，咒杀伽罗婆帝。袁天纲、李淳风二人生性恬淡，不喜夸耀己功，此事少有人知，但李元昌幼日当故事听也听得多了，自然知道此事。一想到袁天纲、李淳风二人的本领，李元昌心底已生寒意，道：“陛下……陛下他知道我们的举动么？”

陛下虽是自己兄长，但李元昌自幼对这个二哥痛恨之极。他城府极深，表面上滴水不漏，看样子陛下也并不曾发觉。可是如果自己的形迹早为陛下所察，那么自己，连同这少年，只怕早已落入陛下圈套而不自觉，这是他最为害怕的事了。

张三郎微微一笑，道：“汉王殿下也不必妄自菲薄，便是李玄通，多半也不知殿下真实用意，这个倒不必慌张。世民小儿心狠手辣，明日不惜以身涉险，正是因为尚不知究竟起意之人是谁。既有李玄通出头，殿下按兵不动，方为上策。虫来啮桃根，李树代桃僵，殿下，你命不该绝。”

李元昌只觉背后汗出如浆，身上也越来越凉。他自觉设计天衣无缝，明日实是十拿九稳，但听张三郎所说，那自己险些便要堕入二哥的引蛇出洞之计了。张三郎见他沉思不语，附到李元昌耳边说了句什么。

那少年见李元昌只不说话，心中焦躁。李元昌是他长辈，二人年纪虽然相差无几，他对李元昌却极是服膺，觉得李元昌此计实是万无一失，绝无失手之虞。李元昌说要借助这张三郎之力，他原本就大为不服，见张三郎三言两语，李元昌竟有打退堂鼓之意，更是恼怒，喝道：“呔！”他也知道凭自己本事，不是这张三郎对手，但集张师政、朱灵感二人之力，给这张三郎一点厉害尝尝，好叫他再不胡言乱语。哪知还不曾骂出，张三郎忽地抬起头，看了他一眼。

这也只是寻常一瞥，这少年却觉张三郎眼光如刀，直直刺入自己眉心，登时遍体生凉，哪里还骂得出来，只是张着口，连动都动弹不得，耳中却是“嗡嗡”作响，连呼吸一时间都透不过来了，整个人都如泥塑木雕。

李元昌听得这少年刚骂了一声便戛然而止，扭头一看，已知不妙，忙躬身道：“张先生，请手下留情。”

张三郎听得李元昌求情，这才伸手在眉头一抹，道：“汉王殿下，某家告辞了。明月奴姑娘，走吧。”

明月奴从楼上款款拾级而下。她脸色也颇为奇怪，无喜无嗔，一张脸倒似刷了一层浆糊。朱灵感和张师政二人都吃过张三郎苦头，见他与明月奴二人下楼而去，也不敢拦阻，只是让到一边。

等他们刚走下楼，那少年忽地跳了起来，叫道：“七叔！你为什么放他走？妈的，我马上便去调集南衙，非将他捉回来不可。”

他正要向楼下冲去，李元昌却一把抓住他的手臂，道：“殿下，千万莫要打这个主意了。”

“那波斯女子便这般让他带走算了？他妈的，我们可是费了这许多力气才捉来的。你放走了她，那个傀儡就等若废物。”

李元昌眼中却隐然犹有惧意，轻声道：“殿下，我们未到之时，张三郎若是要走，谁留得住他？他当面告辞，那是有始有终之意。何况就算那波斯女子不走，张三郎不让她为我们办事，那傀儡还不就是个废物。”

这少年也不再跳着脚骂了，想了想，道：“是啊，那他为何不早走？”

李元昌道：“张三郎自视极高，他本是一国之主，又受我千金礼聘，自占身份，不能拂袖一走了之，他也要为我办一件事。”说到这儿，李元昌嘴角浮起一丝笑意，道：“殿下，此番定下之计已不能行，但是失之东隅，收之桑榆，此番我们也不是劳而无功。”

少年道：“七叔，你是说……”

“欲对陛下不利者，南昭郡王也。”

李元昌嘴角的笑意更浓。他长相秀气，也以善书闻名，时人有“汉王乃右军后身”之评，但此时他哪里还有羽扇鹤氅的王右军风姿，倒似一条在洞口窥测外面的毒蛇。那少年道：“可是，万一他不知道陛下明天私访会昌寺之事，那该如何？”

李元昌轻声道：“他知道，当然知道。”

说着，嘴角的笑意越发阴险。那少年看着他的笑容，忽然打了个寒战，心道："这是七叔么？"

李元昌在他面前，向来殷勤备至，但现在面前这个人却似忽然变了个人似的。他越看越陌生，也越看越害怕，不由看向张师政捧着的那个雷鼓瓮金锤。

这时，从巷子里传来车轮转动之声，那正是张三郎带着明月奴上了车离去的声音。

五

“那少年到底是什么人？”

明崇俨看着裴行俭，低声问道。等汉王一行离开留仙阁，他们也赶紧落下地来，追寻张三郎的马车而去。明崇俨的隐身术乃是一门幻术，并非真个能让人无影无踪，只是将身形气息隐于周围土木竹石泥瓦之间，因此只消一动身形，幻术马上失效。他二人在细雨中一动不动地呆了许久，满头都已被雨水淋湿，但留仙阁中张三郎与李元昌一行人的一席话，却都已听在耳中。听得明月奴竟被张三郎带走，他们马上便追了下来。但就算追上了，他们自觉也不太会是那大胡子张三郎的对手，远远跟在那车后不敢欺近。明崇俨越想越觉得那少年奇怪，说他是王孙吧，谈吐低俗，举止粗鲁；说他是朝中哪位大将子孙吧，又不该身怀李玄霸用过的雷鼓瓮金锤。他见裴行俭低头疾行，也不说话，终于按捺不住心头疑惑，问了出来。

裴行俭也不抬头，只是道：“明兄，你是怎么会来的？”

刀傀儡所写之字，他没有向明崇俨说，照理他并不会知道明月奴关在这里。明崇俨却是一笑道：“跟着你来的。”

裴行俭暗自苦笑。他本来根本看不起术士，但这些日子来来去去老碰到这些术士，几乎每见必败。他哼了一声道：“有些事你知道得越少越好。”

听裴行俭又这般说，明崇俨不禁有些恼怒，心道：“我救了你一命，你还不肯说。”他心知裴行俭性情沉稳，不似高仲舒那般听几句好话便会忘乎所以，裴行俭自己不肯说，那是绝对不会说的，索性也不问，暗自寻思道：“反正我跟着你。明月奴定然知道那少年来历，只是，这张三郎又要带她去什么地方？”

“明月奴姑娘，你真个不愿意做这事么？”

此时的车中，明月奴与张三郎正相对而坐。明月奴低着头若有所思的样子，半晌方才抬起头，道：“张先生，小女并不知呼影该如何用法，实难从命，还望张先生海涵。”

张三郎看了看她，忽然微笑道：“明月奴姑娘，某家虽与故人一别二十余年，但萨兄的奇术，某家向来佩服。萨兄之女，岂有不会使用呼影之理。”

明月奴头忽地抬起来，道：“张先生此话何意？”

张三郎见她脸色平静如常，只是这也太过平静了，反倒露出破绽。他大马金刀地将身体向后一靠，道：“想必，某家不曾和你说过萨西亭兄当初与我有过一面之缘吧。某家也学过点相术，你的相貌，与萨兄分明一脉相传。”

波斯萨西亭，是当初波斯王御用巧匠，曾远游中原。张三郎少有大志，正值隋末大乱，见识萨西亭的傀儡术后大为赞叹，便想将他收归麾下。但萨西亭远游中原，正是不愿听从波斯王之命，将傀儡用于军中。张三郎风度虽让他叹服，但张三郎要他归顺自己，他也不愿。当时张三郎赞叹这波斯胡人大有闲云野鹤之致，便不强求，但对萨西亭这人已牢记在心了。虽然事隔二十余年，但明月奴的相貌，分明有萨西亭的影子，张三郎一看便知。明月奴却大是心惊，道："原来……原来你早就知道了……"

张三郎仰起头，慢慢道："只是有一事我甚是不明。你既是萨兄之女，为何竟然要毁去令尊大人的心血？"

呼影是萨西亭平生至高之作，他不愿自己的心血被波斯王滥用，将此物藏到了中原，现在已被汉王李元昌所得。但这呼影太过神奇，李元昌虽然听过传说，根本不知该如何使用，当他查探到石龙师是波斯傀儡门门下，为掩人耳目，因此密令金吾卫的一个小小街使将石龙师捉来，谁知半道上竟然被人截走，连是谁干的都不知道，而那个自称石龙师之女的明月奴也突然不知所踪。好在尹道法终于将明月奴带回，但明月奴却不愿听从李元昌之命，李元昌正在手足无措，打着是不是该对明月奴用刑的心思，张三郎却已到了长安。

张三郎一到，便点名要见明月奴。张三郎是李元昌望眼欲穿的强援，只觉他一至，万事必然如汤泼火，应手而灭，自然一口答应。张三郎却是听尹道法说起，将一个波斯傀儡门的少女带到汉王府中，此人乃是主公旧交萨西亭的弟子。他一见明月奴，便知她是萨西亭之女，但她当时竟是准备毁去呼影，却让他想不通了。萨西亭珍爱自己的心血，虽然此物极其危险，他也不忍将其毁去，只把它藏在了中原，难道他女儿万里前来，就是要毁去他二十年前的珍藏么？

明月奴的嘴唇动了动，道："张先生，你应是要问我这句话，才将我从那里带出来吧？只是你不怕我随便说点什么骗你么？"

若明月奴当真将呼影毁去，李元昌恼羞成怒，定然将她碎尸万段。明月奴固然有必死之命，张三郎却不忍见故人之女死于异乡，因此不惜忤了李元昌，将她带了出来。他笑了笑道：“此世未有能骗得张三郎之人。”

这话说得极是狂妄，但明月奴知道，世上恐怕也只有此人能说这句话。她低下头，缓缓道：“明月奴是奉了父亲遗命。”

张三郎眉头一场：“萨兄去世了么？他为何要你这么做？”

原来萨西亭是波斯人，当时大食与波斯争战，波斯屡战屡败，波斯王无奈之下，便准备孤注一掷，刺杀大食王以挽回败局，但刺杀屡屡失败，此时有人献策，说昔年的大匠萨西亭已回波斯，他有一种奇妙之极的傀儡名谓“呼影”，以此刺杀，大食王定然难逃性命。波斯王听得这个消息，当真像捞到了一根救命稻草，但萨西亭此时年事已高，不愿自己的心血沾上血腥，推说已无能为力，波斯王便让他的弟子石龙师来大唐搜寻呼影。萨西亭心知一旦呼影遭到滥用，事态不可收拾，便让晚年所得的小女明月奴随石龙师齐来，却要明月奴得到呼影后即刻毁去，不能带回波斯来。

明月奴的中原话并不流利，这一段也说了有半天。张三郎正色听完，拿过身边的酒葫芦喝了一口，半晌才长吁一口气道：“萨公诚是忠厚人。”

萨西亭虽是波斯人，当初张三郎就觉此人妙术惊人，头脑却大是冬烘，身怀如此异术，当真拾富贵如草芥，却一生都没有野心。此等人本不为张三郎所喜，但这等特立独行的性格，饶是张三郎也要敬重三分。听得萨西亭直到死前仍是担忧自己的心血会被人滥用，他口中不说，心里却大为佩服。“忠厚人”三字在张三郎看来不算什么褒词，但此时却是三分嘲讽，倒有七分赞叹。

明月奴抬起头，正色道：“明月奴所说之话，已尽于此。张先生若也想要呼影，还是请你死了心吧。”

她知道张三郎这人不是善男信女，也不是大唐忠臣，虽说与父亲有旧，但安知他心里打的不也是要得到呼影的主意。这话说出，说不定会让他大发雷霆，但这是父亲遗愿，就算自己死了，波斯傀儡术一门从此断绝，也不能让他如愿。只是她话音刚落，张三郎却笑了笑道：“明月奴姑娘取笑了，张三郎纵然不材，也不会打故人遗物的主意。”

他刚说完，车子忽地一晃。明月奴全没防备，身体登时向一边倒去。眼看要撞到车门了，张三郎一长身，轻轻一抵明月奴的手臂，道：“小心了。”明月奴只觉一股柔和的力道涌来，正好抵消了那股力量，人重又坐直了，心道：“这个大胡子本事好大。”

此时车已停了下来，张三郎撩开车帘，低声道：“道法，有人过来了。”

赶车之人穿着一件大蓑衣，戴了个大斗笠，也根本看不出样貌。听得张三郎询问，这人转过头，道：“是，主公，有两个人。”

这人居然是十二金楼子的尹道法。他的声音极是沙哑，在这等雨夜里听来，更是苍凉无比，极不中听。明月奴听得是尹道法的声音，大是惊异，嘴唇动了动，仍是不曾出声，一双大眼睛只目不转睛地盯着张三郎。

张三郎脸上也微微露出诧意，伸指在耳边太阳穴轻轻一弹，他耳音绝佳，这招“鸣天鼓”使来，方围十丈，就算墙根鼠啼，砖缝虫鸣，都逃不过他的耳朵。他侧耳听了听，道：“是有两人，本领都大为不俗。李元昌手下还有这等人物，了不起，当真了不起。道法，你认得这两人么？”朱灵感、张师政二人已可算得一流好手，一身本事颇为难得，张三郎听得追来两人与朱张二人相去无几，也不知李元昌从何处找来这许多奇材异能之士。

尹道法摇了摇头道：“不是汉王属下，多半是太子所遣。”他耳力远不及张三郎，但半生东躲西藏，隐匿行迹的本事已是天下少有。那两人仍能追踪到自己，只怕是从汉王别邸出来时便已在追了。

张三郎眉头一扬，道：“太子？那跛脚小儿是世民的儿子么？我想李元昌总还应该识点好坏。”

尹道法道：“那正是承乾太子。主公，要杀了他们么？”

张三郎想了想，微笑道：“道法，你别出手了。杀了他们，你就没办法再回你新主人身边。”

尹道法道：“禀主公，道法已决心追随主公，不愿再回汉王麾下了。”

张三郎眼中闪过一丝狡黠，道：“是么？”他人生得豪迈，但这神情倒似一只老奸巨猾的狐狸。他道：“你那两个义弟似乎根本没心思追随我的。”

尹道法叹了口气，道：“人各有志，以前十二金楼子结义，共有十二人，一般有人身怀二心，那也是没办法的事。”

张三郎意若有所动，点点头道：“也好。不过，还是我来出手吧，这两人本领不俗，实是让我技痒。”他眼中闪烁着一种异样的光芒，尹道法不敢多说，只是低声道：“是。”

此时那两人已追到了车后三四丈许，见车停下，忽地顿住身形。那两人原本如风驰电掣，停下来时却干脆利落，双手在身前连变数个手印，一步步向前走来。这两人手势一般无二，倒如一母同胞的孪生兄弟。张三郎皱了皱眉，道：“原来是《太上洞渊神咒经》，想必是西京西华观的传承了。”

他轻轻一推车门，明月奴几乎不曾见到车门打开，张三郎的人已闪到车下，扬声道："两位真人，遣鬼品奈何不了张三郎，请回吧。"

《太上洞渊神咒经》为西晋金坛马迹山道士王纂所编，共有二十卷，有誓鬼、遣鬼、缚鬼、杀鬼、禁鬼、斩鬼诸品。能修到遣鬼品者，都已是此道有数的高手。那两人是西华观观主秦英的弟子，已得乃师真传，这《太上洞渊神咒经》也唯有誓鬼品未曾修成，用的正是遣鬼品。李承乾在留仙阁被张三郎以禁神术定住，虽然身体毫无所损，李元昌也劝他忍下这口气，但李承乾的脾气哪里是忍得住的。他手下以西华观秦英、会圣观韦灵符二人为最强，当即发羽书调这二人出手。只是他没说要对付的乃是昔年的虬髯客，秦英向来看不起朱灵感，更兼自己正在修习的紧要关头，便让自己的两个弟子出手。这两人已有秦英七八成本领，只是年纪甚轻，也不曾听说过张三郎这等名号。两人见张三郎一语叫破《太上洞渊神咒经》的名目，心中有些诧异，倒也没想别的，当先一个喝道："管你叫三郎还是四郎，死吧！"

这人是秦英大弟子，遣鬼品修得比师弟更胜半筹，此时离张三郎的车还有丈许，他忽地一弯腰，五指分开，一掌拍在地面。地上还有些积水，他一掌拍下，积水登时如水银一般聚拢，却成了黑色，正是遣鬼品的鬼杀咒。

照理鬼杀咒一出，地面便有一团黑气涌出，奔到敌人脚下，立刻便能将敌人击毙。此时借积水发出，威力更大。但此人才发出鬼杀咒，却觉积水如同凝胶，连催了两下真气，黑水竟然纹丝不动，便如凝在他掌底一般，倒有反吸入他掌心之势，正是鬼杀咒反噬的迹象。此人大惊失色，一张脸登时也黑了下来。他师弟比他慢得一拍，此时见师兄失机，也来不及多想，一掌拍到师兄掌边，喝道："疾！"

他本想合师兄弟二人之力将鬼杀咒发出，但手掌一贴到地面，却觉这地面如同一层极黏的胶水，再移不开，一股阴寒之气直透掌心，一眨眼工夫，两人的两条右臂都已黑了半截。

张三郎看了看他二人，摇了摇头道："西华观式微如此，唉，我本来还想留你二人之命。"其实这二人道术高强，原也不至于如此不济，只是他们有个名声赫赫的师父，自己出手还未曾一败，向来狂傲之极，此番前来，本以为手到擒来，哪想得到对手的本领远超出他们的预想，甫出手便双双失手，本来的十分本领，连七分都未能发挥出来便已受制，心慌之下，更是显得无能。听张三郎话中大有轻视之意，他二人心中更慌，鬼杀咒更是循臂而上，两人的右臂都已变黑。此时纵然张三郎解救他二人，也救不回他们的手臂了。张三郎本就动了杀机，更觉无趣，伸手一拍腰间的葫芦，喝道："疾！"

一道白光闪过。那两人的右臂已被封在地面上，动弹不得，见白光过来，惊得睁大了双眼，这白光在他们脖颈间一掠而过，两人的咽喉同时被斩开。

张三郎杀了这两人，看了看手中的水火刀，叹道："英雄之血，犹可令我陶然一醉，猪狗之血，只是污我美酒。"水火刀带着一股极寒之气，一刀砍开两人咽喉，便已将血管冻住，连血都没流出半滴，刀上也不见半分血丝。他伸手摸出一个银筒，从中往两具尸身上撒了些粉，那两具尸首登时化成一摊血水。张三郎将手中水火刀往血水中一插，水火刀立化火焰。火焰来得快，烧得也快，只一瞬间便已将血水烧干，而雨水仍在细细下着，转瞬间，两个活人便连渣都不剩了。

尹道法见虬髯客只出一招，便将这两个颇为不弱的西华观弟子斩杀，再以化尸粉将尸首化尽，出手之狠辣，犹如昔日。他心中一沉，忖道：“主公仍是当年的性子，只怕……只怕……”虽然知道张三郎定然不甘雌伏，犹有逐鹿天下的雄心，但他仍然不敢想象一旦刀兵四起，天下纷乱的景象。

张三郎杀了那二人，却仍是看着黑暗中。暗夜里，雨细细地洒落，带着一股阴寒之气。尹道法见他仍是站着，低声道：“主公，走了吧。”

张三郎“嗯”了一声，却是倒退到车前，道：“道法，再没外人了？”

尹道法呆了呆，道：“主公，你觉得还有人么？”

此时已经禁夜，街上再无人迹，周围也是一片寂静。张三郎扫视了一眼四周，道：“我总觉得似乎有人。不过连你也觉察不到，想必是我多心了，走吧。”

尹道法迟疑了一下，道：“主公，你真要去会昌寺？”

张三郎道：“二十年不见世民小儿，他的底，我终究要探一探的。”他见尹道法的声音也有些颤，心知这个心雄万夫的老下属终于还是怕了，微微一笑道：“放心吧，你师兄的话，我总记在心里。只是世民小儿有这等不长进的儿子，想来也已今非昔比，此世界，未必非我张三郎囊中之物。”

他仰天一笑，拉开车门，重又坐回车厢中。明月奴见他身形一晃便又坐回车中，心中也是一沉，道：“张先生，你回来了。”

张三郎脸上仍带着一丝笑意，道：“本来我也想将你带出长安，一刀两断便一了百了，只是眼下改了主意。明月奴姑娘，你随我去一趟会昌寺吧。”

明月奴听张三郎坦然直承本想要杀自己，心一沉，道：“张先生，你要……”

张三郎道：“李元昌这小子，倒是远远在那小瘸子之上，这计谋颇为精细。只是以他的实力，尚扳不倒袁天纲和李淳风两人，才想借助某家之力。有李玄通做替死鬼，我也想看看世民小儿到底还有几分能耐。”

明月奴迟疑了一下，道：“只是呼影……”

张三郎嘿嘿一笑，道：“呼影么？便在你座位下面。”

明月奴吃了一惊，像被蛇咬了一口，一下站起，翻起了座位的盖子。座位下，整整齐齐放了一些木制的人形零件。这种傀儡是萨西亭秘制，极为精致，拆开后只是一个水桶大小。张三郎嘴角浮起一丝笑意，道：“萨西亭当初与某家也曾有一面之缘，我虽然不懂傀儡术，这些拆卸的法门却也略知一二。张三郎既然答应了李元昌的事，就不能食言。明月奴姑娘，此事了结，我答应你将呼影毁去，此后世间就再无此物。”他嘴角抽了抽，冷笑道：“张三郎平生，这还是第一次求人。”

明月奴心头一沉。张三郎对李元昌其实也很看不起，方才也已与李元昌闹翻，只是她没想到张三郎仍然要为李元昌办事，此人行事，当真人所莫测。本来她暗自在打主意，要暗中做些手脚，让这呼影再不能使用。但张三郎懂得如何拆卸，那么定已动不了手脚了。而他说这话，自然在警告自己别出花样。

难道，真的只能听这大胡子的话了？她心乱如麻，饶是足智多谋，一个个念头走马灯一般转来转去，却总是打不定主意。正在思前想后，张三郎忽然将手按到了腰间，低哼了一声道：“道法，那第三个人终于出来了。”她一怔，心道：“他来了？”

在李元昌府中，明月奴已经做好了死的打算。当她发现有人又发现了刀傀儡，心知定是明崇俨。虽然认得了没几天，她对这个少年又是忌惮，又是信任。明崇俨上了自己一回当，但她不知道为什么总觉得一旦明崇俨知道自己陷入困境，定会来救自己，因此借刀傀儡向他说了自己所在之处。听得张三郎的声音，明月奴率先想到的便是明崇俨终于追来了，但抬头一看张三郎的样子，心头却是一凉，知道还是不可能。张三郎一副如临大敌的样子，以明崇俨的本事，还不足以让张三郎如此看重。

究竟是谁？她正自想着，耳边忽然听得一阵急促的脚步声。每个步子都似乎连在了一起，直如天风海雨逼人，那简直不是人在奔跑所发出的，几如飞鸟掠过。

张三郎的手已按在腰间葫芦口上。方才来的这两人虽说本领不错，但却远远不在他眼里，现在来的这人才是真正的对手。张三郎一想到此人居然能瞒过尹道法，心中也有些激动。

水火刀饱饮的，该是此等人物的鲜血才对。

他的右掌盖在葫芦口，五指关节都因为用力而有些发白。明月奴在车中也觉得周围突然冷了许多，她肤色本白，此时更是白得再无血色，也不说话，心道：“来的究竟是什么人？”

尹道法听得张三郎说有人出来了，他仍是不敢相信。他的五魅术修为不浅，方才秦英那两个弟子虽然隐去行踪，但他还是马上便已发觉，可是现在不论如何察探，仍是觉察不出周围还有旁人。只是他更不信张三郎所言有差，那定是自己觉察不出而已。

觉察不出……

尹道法心底也在低低呻吟着。也许，正是那个叫明崇俨的少年追来了吧。也只有这个同出一门的少年，自己才会觉察不到。这个少年实是他最不愿面对之人。他想起师弟曾经问自己为什么要怕这少年，自己也怒斥了一句，只是他也知道，自己确实是害怕这少年。

如果这少年真是极玄师兄的弟子，那么借主公的手杀了他，大概是最好不过的事了。他将身体缩了缩，只觉得有些想笑。而此时，他终于听到了脚步声。

脚步声又细又急，几如一条长线，那是武功极其高强之人才会如此，每个脚步几乎都与上一个步子紧接在一处。武功与法术，修为虽是两途，却也不易评判高下。习武之人不修法术者大有人在，但术士不习武功的却百无其一。尹道法精修法术，自己武功一道不算如何了得，但眼光却也是一等一的。听到这脚步自远而近，来得极快，心头一凛，心道："那明崇俨武功这么出色？"

他还不曾回过神，却听张三郎低喝一声，接着又是一声木板裂开的声音。那是马车的后壁被来人撕裂，想必已与张三郎过了一招。只是这人身形之快，当真令人叹为观止，待尹道法扭头看去，却见两个人影已在车边绞作一团，动作实在太快，根本看不清哪个是来人，哪个是张三郎。他正想站起来施法助张三郎一臂之力，哪知刚要站起，双腿却是一酸，身体竟是粘在座位上一般动弹不得，耳边听得有个少年人低低道："别乱动！"听声音，却只有三分得意，倒有四分的惶恐。尹道法心中一凉，暗道："果然！他果然是极玄师兄的弟子！"

那正是明崇俨的声音。他与裴行俭跟踪着这车子，眼见有两人追上车子，眨眼间便让车中那个大胡子料理了，两人都大为震惊。只是他们都是年少气盛，生就不服输的性子，虽然见张三郎武功卓绝，却更想斗一斗。只是如果正面上前，明崇俨也知道自己与裴行俭二人还比不上方才这两个，贸然冲上，定要做张三郎刀下之鬼。他心思灵敏，心知自己武功不及裴行俭，便从怀中摸出纸笔来画了两道甲马符放在裴行俭脚底。这路风火轮咒神行法虽然不能持久，但裴行俭本身轻功出色，有这风火轮助阵，短时间内更是快得不可思议，只消能将张三郎引开，便足以解救车里的明月奴了。只是主意虽然打定，明崇俨心中仍是没底，只怕那赶车的也是个好手，却不曾想到一出手，那老者竟是毫无察觉，被他一招得手。他却不知尹道法与他同出一门，尹道法所学处处都被他克制，才会如此轻易地被他制住，只道这老者没什么本事，只是个寻常赶车的而已。

尹道法受制，明崇俨伸指在他前心封住了穴道，不让他发出声响。此时张三郎与裴行俭斗在一处，已经被裴行俭引得离开大车足有十余丈，趁这机会，明崇俨翻身进了车中。刚一进车，便见明月奴坐在车中。明月奴见他进来，一下站起来，脸上露出喜色，明崇俨也是心头一喜，但马上正色道：“明月奴，快跟我走！”

明月奴微微一笑，道：“明公子，我知道你会来救我的。”

明月奴的笑容如春花乍放，明崇俨便觉心中一荡，忖道：“该死，见到这阉人，我乐什么乐。”但想归想，心中却仍是大大欣慰，道：“没事就好，快走吧。”

明月奴听他的话中大有关切之意，抿嘴一笑，正要上前，忽见明崇俨的脸一下拉长了，像是刷上一层浆糊。她一怔，心道：“他又换了主意？”自己骗了明崇俨几次，在那暗河中，明崇俨大概还差点淹死，心中总觉得有些对他不住，也怕他会记恨在心。正想柔声说句软话，却听得明崇俨身后忽然响起了张三郎的声音：

“明月奴姑娘，现在想必你该答应了吧？”

明崇俨心中已是暗暗叫苦。他见裴行俭将张三郎引开，只道以裴行俭武功无论如何总能支撑片刻，可是张三郎回来得也太快了，自己钻进车来，反倒是被他瓮中捉鳖。他身不能动，心道：“裴兄如何了？被他杀了么？”但想想裴行俭居然一声不吭便被杀了，也实在有些不可思议。

六

裴行俭脚不点地，去势如风。风火轮咒能将速度增强许多倍，此时的他当真如电闪雷鸣。

他闪电一击，与张三郎对了一刀，便知道自己不是这大胡子对手。虽然全力进攻，定然还能再对上几招，但自己的任务是引他出来，因此也不恋战，一枪刺出，转身便跑。他脚底有那风火轮神行咒在，速度之快当真有若鬼魅，连自己都吓了一大跳，但身后总是紧紧跟了个张三郎，距离居然丝毫不减。他心慌之下，只是拼命奔逃。

太快了，身上都已冒出了热气。裴行俭也记得明崇俨说过，这风火轮咒虽然神奇，但速度太快，人不能长时间承受这等速度，否则会周身起火，焚身而死。现在他就觉得浑身都已烫得像淋上了滚水，汗水刚一沁出毛孔就立刻被蒸为蒸汽，整个人都笼在一片白雾之中。

不行了。裴行俭心中叫苦，但他武功不凡，索性长吸一口气，身形一沉，稳稳站住，长枪在地上一支，枪尖正对准冲来的张三郎。

张三郎冲来的速度极快。以这速度冲过来，比长枪发出全力一击的力道更大。裴行俭武功精强，这招千斤坠使得漂亮之极，一眨眼间便已定住，张三郎收不住脚猛冲过来，枪尖登时没入他前心。

正当裴行俭以为要看到血花四溅的样子时，张三郎的身影忽地一阵模糊，整个人化作一团烟气消散了。见到这幅情景，裴行俭像被蛇咬了一口一般，不由一怔。张三郎不管使出什么武功，便是突然间也疾停，或者以刀破开自己的七截枪，都不能让裴行俭诧异，眼前这样子，着实让人吓了一跳。半晌，他伸手在枪尖之前晃了晃，还以为张三郎突然成了个隐形人，但手到之处，什么也没有，张三郎这人便如突然间融化在周围的夜色之中了。

又是个术士。裴行俭想着，抬起了头看向后面。他与明崇俨见这大胡子杀人若草芥，而方才那两人本领大为不俗，在张三郎刀下却直如鱼肉，心知不好对付，才定下这条计策，自己将他引开，由明崇俨救出车中的明月奴。主意打得周详，直到方才也觉得每一步皆如愿以偿，却想不到还会出这等乱子，自己傻乎乎地被一个幻影追着跑了这许多路，而留在车边的明崇俨……

他心中大急，顾不得害怕，转身便向回冲去。他身法虽然不弱，现在脚下已没了风火轮，已不能如方才一般快如鬼魅，只是嫌慢，也恨方才逃得太远了。七拐八拐，回到方才那地方，却见那辆车已不见，只有明崇俨一个人呆呆地站在路中心。裴行俭心下大为慌乱，三四步便已冲到明崇俨跟前，心中不住价念道："南无阿弥陀佛，可别出事。"待到了明崇俨跟前，见他两眼明亮，并不是一具僵尸，这才放下心来，道："明兄，你没事吧？"

明崇俨的头发已被雨水打湿了，一副茫然的样子，喃喃道："明天，他要去会昌寺。"

裴行俭在一边却变了脸色，道："真要去会昌寺？"

明崇俨点了点头，道："陛下明日也要去会昌寺。明姑娘借刀傀儡所传之信，就是这个吧？”

裴行俭终于点了点头。明月奴说自己被关在汉王别府留仙阁中，汉王要行刺陛下。这事已直通至尊，而裴行俭所在南衙本官正是李元昌，想要报信，越过李元昌是不可能的，就算可行，怕也没人会相信。他年轻气盛，只盼能在暗中阻止李元昌的阴谋，可现在才知道，李元昌竟然聘请了张三郎做刺客。他一向自诩武功，可是只与张三郎对了一招便气为之沮。

现在的自己，绝对不是张三郎的对手。他喃喃道：“明天陛下有袁天纲、李淳风两位大人陪同，应该不会有事……”

袁天纲与李淳风两人，在民间已被传得神乎其神，几同半仙，只是裴行俭也不知道这两人是不是盛名之下，其实难副，当不当得成张三郎的对手。如果明天张三郎行刺成功，那这个正在走向昌盛的大唐，转瞬间就又要成为分崩离析的乱世了。他们明明知道了这个大秘密，可就是投报无门，心中更是惶惑。裴行俭打了个寒战，强笑道：“对了，明兄，那大胡子怎么会放过了你？”

明崇俨的眼里闪过一丝痛楚，低声道：“我也没想到，明姑娘居然会救我。”他先前在背后总是称明月奴为“阉人阉人”的，但方才张三郎要杀自己时，明月奴却说只要放过自己，便答应照张三郎所说的话去做，张三郎这才饶了自己一命。他感念明月奴这份人情，终于也改了口。

裴行俭皱起眉头，将七截枪收好，想着方才张三郎的身外化身之术，亦是心寒。张三郎的武功法术，两臻绝顶，就算自己和师傅联手也不见得斗得过他。他咬了咬牙，道：“不成，就算拼得一死，也不能让他得手。”

明崇俨忽然道：“不，不用去拼一死，其实我们仍然有一个机会。”

“去南昭郡王府？”

尹道法头上忽地有汗流下来。张三郎微微一蹙眉，道：“正是。”心中却有些不悦，忖道：“道法向来不弱，怎么突然间像是退步了许多，会被那少年莫名其妙制住？现在居然连李玄通都要怕了。”

尹道法抹了把头上的冷汗，强笑了笑，道：“主公见笑了。”他一抖缰绳，马车重又开动，心中却大是忐忑不安。

张三郎固然是天下无双的奇士，却也不知他师门所传的绝顶秘密。极玄子、他，加上师弟余七，分沾师门三宗，三人的本事恰恰互相克制。余七正是知道自己所学能制住他，才会反出师门，刻意采别派法术来补己之短，如今自己已不能再制住他了。但他只道极玄师兄早已身故，从来没想到还会有人能克制自己的本领，现在师门所传三支，反倒以自己这一支最弱了吧。想到方才明崇俨毫不费力就制住自己，他越想越是害怕。

也许，重新跟随张三郎，才是自己唯一的求生之路。他咬了咬牙，又抖了下缰绳，马车的速度也更快了些。

车中，明月奴和张三郎相对坐着。车外，细雨如织，后门方才被裴行俭一枪劈破，此时不时有雨丝飘进来，洒到她身上。明月奴向一边闪了闪，张三郎已见，道：“明月奴姑娘，再忍一时吧，马上便能到了。”

明月奴抬起头，道：“张先生，你为什么要去南昭郡王府？”

张三郎眼中闪过一丝嘲讽，道：“明月奴姑娘，虽说女子太过慧黠不是件好事，可老是装傻却更是不好。你应该知道，萨西亭的呼影为什么叫呼影吧。”他见明月奴眼神仍是游移不定，叹了口气，道：“我听你的话，已放过那小子了，明姑娘，也请你别想对我耍手腕。实话跟你说吧，呼影的意思便是如影随形，呼之即来，那还是我帮萨兄取的名字。”

明月奴心头猛地一跳，道：“是。”心底却已凉透了，忖道：“原来他真个知道，什么都别想瞒过他了。”她道：“张先生，你是想呼南昭郡王之影么？”

张三郎微微一笑，道：“若是李玄通亲自充当刺客，世民小儿不是呆子，不会信的，我要找的是另外一个人。”他见明月奴眨了眨眼，一副茫然的样子，道：“算了，这事你想必真个不知，也不是骗我的。实话对你说，我要呼的是余七之影。”

明月奴道：“那，你怎么找到他？”

张三郎眼中又闪过一丝狡黠。他满面于思，本该是个极粗豪的相貌，但此时的样子，却狡狯如狐：“还有一事，肉傀儡到底是什么？”

明月奴的身子一颤，厉声道：“张先生，我只答应帮你使用呼影，没有答应你用肉傀儡！”

张三郎的笑意更是高深莫测：“明姑娘放心，其实我也猜得到，所谓肉傀儡，便是夺去一个活人的心魄，以人为傀儡，是吧？”

明月奴的眼里已满是敬佩。张三郎武功高强，法术精深，计谋亦是深远，实是她平生仅见。她终于点了点头，道：“正是。”

张三郎的手指在车壁上轻轻一敲，喃喃道：“李玄通这么想要肉傀儡，到底打什么主意？”

“怎么样了？”

余七满头是汗，道：“禀王爷，余七幸不辱命，三魂六魄都已到他体内。”他看了看闭目坐在胡床上，等如死尸的石龙师，叹了口气道：“可惜他不是肉傀儡，否则先太子便已复生了。”

李玄通冷笑了一下，道：“就算他是肉傀儡，仍然只是暂居的躯壳而已。”他捻了捻颔下短须，道：“既然他是胡人，那借口就要另找一个，以波斯奇士的身份引荐给天可汗陛下了，嘿嘿。”

他正待上前，余七忽然拦阻道：“王爷，碰不得！”

李玄通一惊，道：“怎么碰不得？”

余七正待说话，眉头忽地一扬道：“有人下来了！”

这地下密室是极机密的所在，李玄通明令旁人不得入内。他也听得洞口有被打开的声音，怒道：“胡鼎这王八蛋，居然敢如此大胆！”却见余七的脸色忽然颓败如土，心中一动，道：“是谁？”

他只是轻声说了一句，从那洞口处有人已跌跌撞撞跑了过来，正是胡鼎。李玄通暗骂了一句，迎上前去，低喝道：“混账！谁叫你下来的？”

胡鼎的脸也已如土色，嘴唇也在哆嗦，道：“王……王爷，是个大胡子，已经在花影廊前了。”

是虬髯客？李玄通也吓了一大跳，看了看余七，余七轻轻点了点头。李玄通却微微一笑，道：“想不到这胡子胆大包天，难道真是三头六臂不成？”

他转身便向外走去，余七跟上一步，小声道：“王爷……”

李玄通淡淡道：“虬髯客纵然本领再大，到得此地又能如何？花影廊中，除非他是十殿阎罗，罗酆鬼帝。”

余七也不再说话。他知道李玄通虽然贵为南昭郡王，却也是个极强的术士，这道花影廊看似木板石条搭成，不遮风雨，但只消是在花影廊里，自己也不会是李玄通的对手。他定了定神，道：“王爷，我去助你一臂之力。”

李玄通已走到洞口，道：“先不要出来，待我会过虬髯客再说。”

他脚下一错，人走得更快了，三两步便已到了洞口。甫出洞口，便听得有人低低地“啊”了一声，有个士兵跌跌撞撞地退了回来，到了门口，一屁股坐下。张三郎要杀进来，那人受命守护，死也不退后，但终究挡不住张三郎刀势。李玄通也不理他，跨过这士兵的身体走出了小屋，扬声道：“小王李玄通在此，可是虬髯公张先生来访么？”

夜还很深，细雨疏疏地打过。花影廊也不算长，但一眼望去，却深邃无比，如一口横过来的古井。黑暗中，却听得那一头有个男人缓缓道：“某家远道而来，郡王杜门不纳，实在非待客之道。”

这男人的话也不甚响，声音里也有三分慵懒，但每个字都清晰无比，如在耳边说出的一般。李玄通心中一沉，心道：“果然好本领。”扭头看了看倒地的那士兵。那士兵身上并无伤痕，却只张着嘴喘气，动弹不得，竟是受张三郎刀气所伤。他生怕张三郎会走出花影廊，忙踏上一步，道：“髯公见责，小王知罪，还请髯公海涵。”

李玄通长吸一口气，双手五指一错，已成外狮子印，口中无声地念道：“缚曰啰萨怛缚摩诃萨怛缚。”花影廊中原本也是黑暗一片，但随着李玄通走入，两壁忽然发出一阵淡淡的微光。只是这种微光带了七分鬼气，花影廊中未见明亮，反倒更幽暗了些。黑暗中有些更黑的东西如流萤飞扑，似想躲开李玄通的身形，但李玄通身上却散发出一股妖异之气，那些淡淡的微光如无数极细的飞虫，不住被他吸入。

虬髯客就在五丈以外。

五丈，若是平地上，只是短短一段路而已。但花影廊弯弯曲曲，五丈之遥，已若天涯。李玄通已将浑身劲力催动，只觉双臂也似膨胀起来。他脚下一错，人如融入黑暗之中，极快地向前。这条长廊他走得熟而又熟，闭着眼也不会走错，五丈距离，只是一瞬。黑暗中，忽觉眼前刀光一闪，他一咬牙，举臂挡去，“当”一声响，李玄通只觉一股极寒的大力涌来，一条手臂几乎要冻僵了，人也几乎要闭气而死。他心下大骇，知道自己也不是张三郎对手，猛地向后退去，口中已长呼一口气，那些细细的萤光从他口鼻间吐出，比先前已黯淡了许多，借吐出这口气息，李玄通才算化去张三郎刀上之力。人刚一站定，“叮叮”数声，却是几段断开的钢环落到地上。李玄通双臂都套有几个钢环，未脱为护臂，脱手即为暗器。与虬髯客刀气一抵，右臂钢环裂了一个。

黑暗中，却听得虬髯客道：“郡王原来学过西域释门奇术，某家失敬了。”

李玄通身为郡王，不足让他尊敬，而学过西域奇术倒让他佩服。若是旁人说这话，李玄通定会嗤之以鼻，但虬髯客说来，李玄通虽然心神未定，仍是有些得意，道：“小王杂学，让髯公见笑了。”

李玄通所学，乃是金刚萨埵法身咒。所谓金刚萨埵，又云金刚手、秘密主，即是普贤之意。李玄通昔年与李靖麾师西进，在西域学得此术。这路金刚萨埵法身咒本是姑臧高僧昙无谶所传，昙无谶本中天竺人，精咒术，西域号之为“大神咒师”，北凉玄始十年，河西王沮渠蒙逊迎之入姑臧译经。后来北魏太武帝拓跋焘闻听昙无谶之能，派人至北凉迎索昙无谶，沮渠蒙逊惧北魏之强，又怕昙无谶入魏后对己不利，命人刺杀昙无谶于途。昙无谶虽死，一身咒术却传了下来，至今已有两百余年。昙无谶所传，属密宗一脉，但此时中原尚无密宗，密宗一派，一直要到后来开元年间金刚智、不空、善无畏这开元三大士方才成形，而昙无谶的咒术也因为年代久远，辗转流传，已混入诸多西域左道邪术，李玄通学到的也是此术，其实并非正宗密宗咒术。

张三郎慢慢踱上前来，道："郡王既然也是术门中人，某家也不多说什么了。某家波斯小友明月奴姑娘，有位师兄叫石龙师的，听说为郡王所召，还请郡王网开一面，让某家带走。"

李玄通听他步子沉稳，一步步向前，心中已如乱麻。他也根本没想到张三郎竟会如此杀上门来要人，本来石龙师此人不通肉傀儡，已是无用，但眼下余七所炼三魂六魄已到了石龙师身上，哪里还能把人交出来？他哼了声道："髯公威名，如雷贯耳。但髯公谅非无耳者，你如此欺人，真不将大唐律法看在眼里么？"

张三郎笑了笑，道："郡王原来要与某家说律法。郡王手握北衙重兵，若雄兵在侧，某家自然遵崇律法。只是此间唯有郡王在此，匹夫一怒，血流五步。某家利刃在手，大唐律法于我何加哉？"

李玄通沉默不语，心中只是不住叫苦。张三郎所说，自然并非虚言，他也知道此中厉害。但他的计划都着落在石龙师身上了，若石龙师被他带走，自己所谋全盘落空，自然万万不能。他咬了咬牙道："若小王不从，髯公便要杀我么？"

话刚出口，他忽地深深吸了口气，花影廊中猛然间又暗了下来，周围似有暗潮涌动，隐隐竟有鬼哭之声。他虽知自己的功力较虬髯客仍有上下床之别，但事已燃眉，仍然不惜一战。他练有一门鬼哭阵，唯有花影廊中方能施行，还从来不曾用过，现在靠这鬼哭阵，未必挡不住虬髯客。

他刚要发动鬼哭阵，张三郎忽然长叹一声，道："诸侯之剑，以知勇士为锋，以清廉士为锷，以贤良士为脊，以忠圣士为镡，以豪杰士为夹。此剑直之亦无前，举之亦无上，案之亦无下，运之亦无旁。上法圆天，以顺三光；下法方地，以顺四时；中和民意，以安四乡。此剑一用，如雷霆之震也，四封之内，无不宾服而听从君命者矣。郡王，你废诸侯之剑，而取左道邪术，不免本末倒置。"

张三郎所念，乃是《庄子》杂篇《说剑》章中一段。李唐奉老聃为先祖，尊崇道门，《庄子》亦是必读之书，李玄通自然读过。他听张三郎话中有讥刺之意，心中不服，反唇相讥道："庶人之剑，蓬头突鬓，垂冠曼胡之缨，短后之衣，瞋目而语难，相击于前，上斩颈领，下决肝肺。此庶人之剑，无异于斗鸡，一旦命已绝矣，无所用于国事。髯公所修，乃庶人之剑乎？"

黑暗中，只听张三郎森然道："庶人有剑，天子亦有剑。"

他的声音忽地又响了一层，人也向前走了一步。张三郎步子甚大，此时距李玄通只有丈许了，李玄通隐约已能看见他的身影，见他手中握着一柄二尺许的短刀，纵然隔得一丈，李玄通仍觉一股彻骨阴寒逼来。他一咬牙，正要发动鬼哭咒，哪知张三郎手忽地向上一托，那柄刀如同揉烂了的面团一般突然间变长，呼的一声，竟是燃了起来。火舌似是一条长蛇，将张三郎裹在当中。他大吃一惊，失声道："火化刀！"

张三郎手中之刀，乃是美酒化成，可以为冰为火。但这一柄刀也不过二三两酒化成，照理一下子便已燃尽，但张三郎手中这条火蛇却一直在燃烧，竟似烧不完一般。听得李玄通的声音，张三郎笑了笑，道："郡王，某家火化刀能辟使鬼之咒，勿谓言之不预也。”

李玄通已是进退两难。虬髯客之名，他也早有耳闻，但也不相信真如传说中那般神通广大。他修成鬼哭咒和金刚萨埵法身咒，自觉当不输于虬髯客。但一交手下，功力已有不如，咒术竟然也被张三郎火化刀克制，实是毫无胜算。现在已是箭在弦上，不得不发，他狠狠一咬牙，正待将鬼哭咒发出，身后忽然有个人道：“且慢，髯公。”

雨已渐止。花影廊四周，胡鼎将几个北衙士兵扶着靠到檐下，推血过宫地医治。张三郎出手虽狠，却也颇存忠厚，竟然未伤一人，只是以刀气封住各人气机。

看着横七竖八躺了一地的属下，李玄通不觉颓然。这些士兵都是李玄通自元从军中精挑细选出来的，每个人都颇为不弱，但在张三郎刀下，竟是如此不堪一击。他也不看身边的余七，转身回屋向地道中走去，余七紧随在后。一进地道，门刚关上，李玄通便低声道：“余先生，你为何将石龙师送出？”

余七看了看那些士兵，只是低声道：“王爷，张三郎术剑天下无双，却正如王爷所言，他根本不懂臣这门炼魂大法。”

李玄通眼中忽地一亮，道：“你是说……”

余七眼中也闪过一丝得意，极轻地道：“臣之炼魂大法，虽然不如波斯肉傀儡一般随心所欲，却另有一功，中术之人受我暗示，可以听我吩咐行事。虬髯客定会带石龙师去见李元昌，到那时……”

他话说到半截，脸上已露出得意的笑容。李玄通恍然大悟，道：“那石龙师身上的三魂六魄就会到李元昌身上了？”

余七更是得意，躬身施了一礼道：“王爷明鉴。李元昌乃陛下之弟，他去见陛下，自然名正而言顺，到时由李元昌再转到陛下身上……”

李玄通皱了皱眉道：“可是，张三郎定然会碰到这石龙师，万一魂魄到了张三郎身上又该如何？”

余七摇了摇头道：“我的炼魂术说另有一功也好，其实该说是有个大毛病，便是不能随意附在任何人身上，必要施法取得那人身上发甲之类方可，旁人接触仍无异样。”

李玄通眉头忽地展开了，笑道：“怪不得你要我买通宫中的修面待诏，弄来世民的头发屑。”

余七的脸上露出一丝笑意，道：“这也是炼魂大法的特效或者是大毛病。用了此术后，本人自然能被魂魄依附，但与他血脉相连之人一样会遭夺舍。”

李玄通大吃一惊，道：“那我方才若是碰了他，我就变成故太子了？”

“正是。”

李玄通怔了怔，展颜笑道：“余兄，你真不愧是本王心腹之人。”

此计若成，不但陛下的身体要被故太子夺舍，顺便还除去了李元昌，实可谓一石二鸟。李玄通仰天笑着，余七已在磕头谢恩，却不曾看见李玄通眼中闪过了一丝杀气。

七

此时，在长安最宽的朱雀街上，一辆马车快而无声地疾行。

马车驶去的方向，正是金城坊的会昌寺。在马车上，明月奴与张三郎正并排而坐，他们对面却多了两个人。一个是面目呆滞的石龙师，身边另一个，赫然正是余七。石龙师虽然不动，终究还是个活人，可这个余七面无表情，人也一动不动，分明只是个傀儡。

余七之影已然呼来，接下来就看看世民小儿如何应付了。张三郎的嘴角笑意若有若无，眼中那种睥睨万夫的豪迈却直如狂潮涌动。

“萨兄说过，呼影有三法，分别是形影不离、如影随形、移形换影，你会哪几种？”

明月奴看了一眼坐在边上的张三郎，马上又垂下眼睑，低声道：“只会两种。”她虽然有心不说实话，但张三郎的目光锐利如刀，不自觉地便说了出来。

张三郎嘴角浮起一丝微笑，道：“噢，那就是不会移形换影了。”他手指在案上轻轻敲了敲，叹道：“萨兄当初向我演此三法，我便对他说此术渐入魔道，因此他将呼影封存。现在想来，我这些冠冕堂皇的话中，只怕不无妒忌之心，可惜了萨兄一生心血。”

明月奴听他坦承当初妒忌萨西亭，心中更是佩服，道："张先生，你既然知道已无成功之机，为何还要做？"

张三郎拧开酒葫芦盖喝了一口，道："知其不可为而为之，勇者也。"他站起身，走到窗前，道："天马上就要亮了，明月奴姑娘，这最后的胜负便要揭晓。"

明月奴想了想，道："张先生此计若成，天可汗定会以为是南昭郡王行刺。但万一行刺竟然成功，岂不弄巧成拙？"

张三郎低低一笑，也不回头，看着窗外的天空，眼里忽地闪出一丝阴森，低低道："李世民若破不了此计，天可汗之号，便归张三郎所有了。"他看了看明月奴，脸上却又浮起淡淡的笑意，道："明月奴姑娘，那小子究竟是你什么人？"

他问的，自然便是明崇俨了。明月奴没料到他会问起这个，措手不及，道："他？他也是我的敌人。"说得轻描淡写，但脸颊却浮起一丝红晕。她肤色极白，虽是灯下，红晕也很是明显，显是方寸大乱。张三郎见她方才还镇定自若地与自己讨价还价，一说起那少年便乱了心绪，暗觉好笑，心道："果然，情之为物，扰乱心神如此。"他只作没看见，正色道："既然是你敌人，明日他多半还会到会昌寺来，到时我一刀斩了他便是。"

明月奴明知张三郎说的多半是假，但见他没半点玩笑的意思，先前杀那两个追上来的术士时毫不留情，心头一颤，脱口道："不要！"话一出口，却见张三郎眼里已满是讥嘲之色，不禁又羞又气，叹道："张先生，我会按你所说去做的，你不要再胡乱杀人。"

张三郎终于忍耐不住，笑道："某家水火刀下，不曾妄诛一人，呵呵。明月奴姑娘，你那个敌人倒也有情有义得紧，居然敢追到李元昌府中来救你。"

明月奴叹了口气，心道："他也不是来救我……只是他若不是来救我，何必又甘冒这奇险？"

她看了车窗。窗纸上已是淡白一片，第一线曙色已经降临。对面，石龙师正静静地坐着，一动也不动。张三郎将他从李玄通府中带回，石龙师便一直如此，张三郎也不知他中了什么邪术。要让石龙师复原，只怕得另想办法了。她正想着，却听张三郎道："只是你这般对他，他好像对你并不十分领情，甚至还有些说不出来的味道，到底为什么？"

张三郎察言观色，只觉那个叫明崇俨的少年对明月奴实是有种说不清道不明的感觉，似乎既有感激，也有点厌恶。他自诩胸罗万有，就是这件事怎么也想不通，哽在心中当真不舒服。虽然根本不是什么要紧的事，仍然忍不住要向明月奴问个清楚。

明月奴脸又是微微一红，道："他……他一直以为我是阉人。"

"噗！"

饶是张三郎这一张令人望而生畏的脸，终于也憋不住笑了起来。

尹道法团身缩在车里。凌晨的长安，像是一头大梦初醒的巨兽，渐渐又有了生气，但他身上却越来越冷。在他心里仍然想着那个少年。

极玄师兄果然有传人。只是自己年纪老大，已不能如余七一般卧薪尝胆，博采众家之长来补己之短。师门三派，现在倒是以自己这一派最弱了，良禽择木而栖，也难怪纥干承基与弥光不愿再追随自己。

他少年时颇有修身齐家，治国平天下的雄心，出道时也是江湖上后起的少年英侠，可是造化弄人，如今却成了十二金楼子这个刺客团的首领，有时想起少年时的热血，便有些悲哀。

不要想了。他摇了摇头。蒙主公不弃，从此就跟随主公吧，就算下半生庸庸碌碌，也算颐养天年了。

他想着，却觉周身骨节有些酸痛。中了那少年的定身术后，似乎自己的功力也急剧减退了许多。以前只听说过师门三鼎足，互相克制，但他从来不曾和师兄交过手，难道遭到克制便是如此么？

现在主公已经动手，成与不成，只在两三个时辰后便见分晓。他想伸展一下因为久坐而酸痛的腰，哪知刚要长身，这身体却如不属于自己一般，浑身都动弹不得。他大吃一惊，提了口气，但内息空空荡荡，根本提不起来。

“师兄。”

黑暗中，身后传来一个人阴恻恻的声音。听得这声音，尹道法心头忽地一沉。

这是纥干承基的声音！

如果是那个叫明崇俨的少年或是余七，他顶多只有吃惊，不至于有万念俱灰之感。他想要怒喝一声，但嘴唇也似有千钧之重，只是嘴唇翕动了一下，根本发不出半点声音。

一个人影出现在他面前。虽然一身黑衣黑裤，但尹道法自然知道眼前这人是谁，便是这一路魅影大法，也是自己所传。但是他用尽浑身力气，仍然说不出半个字来。

纥干承基垂下头，低低笑了一声，道：“师兄，你不是一向教我们，受人钱财，替人消灾么？为何受了汉王殿下礼聘，却又转投他人？唉，小弟不才，却不敢如此不讲信义，只得奉命大义灭亲了，还望师兄恕我。”

尹道法心中已是乱成一片，他拼命想要调匀呼吸，但此时就算指尖脚跟都已麻了，唯一能动的也只是一双眼睛而已。他盯着面前这人，想要怒骂，但怒火仅仅是从眼中喷出而已。

纥干承基也看到了尹道法的眼神，又是低低一笑，道：“师兄，你老了，这门西京西华观的缚鬼品不是你能解得开的，不用白费力气了。”

西京西华观的法术，以《太上洞渊神咒经》为本，属道家法术，与十二金楼子也是同源异派。只是十二金楼子与旁人无涉，西华观观主秦英却早为太子笼络，纥干承基能学到西华观法术，自是已托身太子门下了。尹道法心头又是一惊，心神一乱，更难抵御缚鬼品的威力，周身一颤，竟连眼睛也动不了，只能呆呆睁着。

纥干承基似是极其得意，又笑了一声，道：“师兄，你授我技艺，我们终有师兄弟之谊，请走好吧。”他凑到尹道法耳边，又低低道：“不要以为虬髯客就能庇护你，他也是泥菩萨过江，自身难保。”

纥干承基的手在尹道法胸前轻轻一拍，尹道法只觉胸口似有一块巨石压下，脚上登时涨得通红，根根血管都要爆裂。但这一层红也不过一瞬，马上血色褪去，他的脸又变得铁青，再无生机。

纥干承基见尹道法已死，又试了试尹道法的鼻息，这才下了车。一下车，从一边闪过一个人来，正是弥光。弥光低声道：“二哥……”

纥干承基看了看他，道：“弥光，走吧。”

弥光仍有些不安，望望车子道：“大哥他……”不等他说完，纥干承基道：“生死由命。弥光，你是不是也想步大哥的后尘？”

弥光心头猛地一跳，也顾不得地面因为有积水还有点潮湿，一下跪倒在地，道：“弥光不敢。”

“走吧。”纥干承基脸上露出一丝淡淡的微笑，又看了看天空。曙色渐明，东边的天空已现出一片鱼肚白。

张三郎确是不世出的人杰，但这样的英豪往往就会有个自大的罩门。张三郎这个罩门现在已被自己击中，圈套也已布下，就看网罗能不能网住这一条大鱼。

盈盈一水间，脉脉不得语。

在油灯前，辩机看着自己刚才无意识在纸上写下的两行字，怔忡了半晌。他不知道自己怎么会写上这两句听明崇俨念过的诗，自幼出家，青灯古佛前十余载，难道反而动了心魔么？他将那张纸揉作一团，正想放到嘴里嚼烂了吃下去，门“砰”的一声被推开了。

这样进来的，除了高仲舒就没别人了。高仲舒急匆匆地进门，眼睛向屋中一转，口中叫道：“辩大师辩大师，你见了明崇俨不曾？”他如同热锅上的蚂蚁，在屋里团团转了两圈，似乎想在桌底屋角找到明崇俨的身影，辩机将那纸团捏在掌心，道：“明兄从昨晚起就不曾来过。怎么了？”

高仲舒抬起头道：“昨晚我就找不到他了。”

辩机道：“你找他有什么急事么？”

辩机见他吞吞吐吐，欲言又止，也不知他到底有什么要紧的事。哪知高仲舒脸上突地一红，支支吾吾地道：“没什么，只不过问个小事。”

原来高仲舒对明月奴一见钟情，但听明崇俨说明月奴本是个波斯阉人，大失所望，只是心中仍是难以忘情。他也没有龙阳之好，对自己这般念念不忘明月奴实在大为恼怒，可是想忘却总又忘不了。昨天在家想了一天，突然想起在西市看明月奴跳舞时，当时她身上只是些布条，明显看得到明月奴胸脯高耸，完全是个女人样。高氏本是望族，宫中太监他也见得多了，阉人固然声音尖脆，皮肤细腻，但从来没有连身体都和女子一样的。昨天乍闻之下，也没想到，回去却越想越不对，登时对明崇俨的居心大大生疑，心想明崇俨是不是想自己去讨好明月奴，故意用这话来骗自己。他是个急性子，只想当面问个清楚，却总也找不到明崇俨，而这些话又不好跟这个少年高僧说，憋在心里当真难受。

辩机见他不肯说，也不好多说，心里却忖道："他是不是看到我写的这张纸了？"但这话一样不好问，可是两人都想不出有什么好话说，也只好干晾着。正在尴尬之际，外面忽然响起了一声钟。

钟声洪亮圆润，平常是会昌寺开饭时的钟声。常人一日三餐，但寺中僧侣清心寡欲，一顿早饭是省了，都是一日两餐。但此时天还早，根本没到吃饭的时候，辩机也不知敲钟是何意。他呆了呆，推开门一看，却见外面呼啦啦涌入十多个人来。这些人都是寻常打扮，但一个个精神抖擞，身材高大，一进来便两边排开，一见辩机开门，一个最近的喝道："和尚，快回房去，不要出来，封寺了。"

高仲舒从辩机背后冒出头来，喝道："封寺？做什么？和尚难道还会做不公不法的事不成？"

那人对辩机不甚客气，见高仲舒是弘文馆学生打扮，知道弘文馆都是贵戚勋臣之后，得罪不得，声音放缓了道："自然不是，是有人要来还愿进香。”

高官还愿，倒确有封寺之举，不让闲杂人等出入。但有这等权势的，除了那些王公以外，也没旁人了。高仲舒道：“是哪一家公爷？鄂国公么？”开国诸臣中，鄂国公当初脾气最坏，遭贬后却潜心向佛，他来寺中还愿倒也寻常。

那人冷笑一声，道：“鄂国公不算什么。”

高仲舒吓了一跳，道：“不是鄂国公，难道……”

鄂国公已是位极人臣，比他更高的，已没几个人。听那人说鄂国公都不算什么，高仲舒心头一震，道：“大哥，能让我先出去么？在下是弘文馆生徒，今天是趁早课之前来寺中走走的。”

那人板着脸道：“这个我也不敢通融，此间已然封寺，再有妄动，视若叛逆。公子，好在封寺不久的，顶多一个时辰，你就安心待着吧。”

高仲舒心里已是不住价叫苦，见那人说得凶，自己硬要出去，只怕真要被当叛逆了。高氏一族在隋时就因谗言而罹大祸，他爷爷高表圣屡次要高氏子孙谨言慎行，万万不可再出乱子，高仲舒在弘文馆里有铁嘴的名号，其实胆子也不大，更不敢胡乱动作。他缩回头来，坐到蒲团上，嘟囔道：“辩大师，没法子了，又来扰大师的好茶。”

高仲舒来会昌寺不止一次，每次都是与辩机、明崇俨两人饮茶闲聊。今日莫名其妙碰上个封寺，也只得如此了。可是辩机却似神不守舍一般，动都不动，只是若有所思地看着窗外。此时窗子已经掩上了，能看到的只是一张涂满曙色的窗纸。高仲舒道：“辩大师，快点一壶茶吧。”

辩机这才回过神来，道：“好，好。”转身去橱中取茶叶，烧水。

只是，他的心思已浑在窗外了，做这些事时也毫不上心。

她真的会来么？

这个少年僧人心中，像是被针刺过一般，隐隐地疼。

“止儿，你为什么想看会昌寺？”

李世民慈爱地看着站在身边的高阳公主。今年，这个十七公主正好年满十三。每当看到这个小小少女，就让他想起她那个因难产而死去的母亲。因为出生时身体极弱，御医说是不太救得活，才会取了这般一个小名。总说红颜薄命，看着高阳公主与她母亲几乎一般无二，便是气冲霄汉的天可汗也不禁有了一丝柔情。

“阿爹，我就想看看。”

李世民微笑着。高阳似乎总与佛寺有缘，前几年上巳日嬷嬷带她去永阳坊踏青，结果走散了，这个小女孩一个人跑到大总持寺里。现在这个女孩子已经长大了许多，不再是那个天真烂漫的小女孩了，眉目间多出的那一丝愁意却更让人怜惜，以至于声威能让四夷宾服的贞观天子也无从拒绝这个小女儿的一个任性要求。他捻了一下胡须，道：“会昌寺本是前朝海陵公贺若谊宅第。当初，我领兵入京，便驻扎于此，次年贺氏后人才舍宅为寺，到现在也有……也有十七年了。”他笑了笑，眯起眼看着殿上。岁月如流，当真流去了太多，当年那个不可一世的二十七岁少年将军，也已经是虎视六合的天子了。他遥指着殿上，道：“止儿，你看见那个大佛了么？当初会昌寺有金像二躯，各长丈许，九年前京师大旱，沙门法素碎其一粜米赈灾，所以现在只剩了一尊了。”

他侃侃而谈，高阳公主却只是皱了皱眉，道：“阿爹，这寺中怎么没有僧人？”

李世民看了看左右，道：“因为今日我来这里，所以禁军先让僧人都回避了吧。”

“让他们都出来吧，阿爹，你不是说过天子出行，亦不可扰民么？”

李世民怔了怔，摸了摸高阳公主的头，叹道：“你一个小女孩子，倒也颇有亲民之心。”他看了一下身后，道：“承乾，让禁军退出寺去吧。”

远远站在他身后的，是个有几分胡人相貌的少年，正是太子承乾。承乾闻声走上前来，道：“陛下，此间人等混杂不一，还请陛下三思。”

李世民摇了摇头，道：“百姓皆我大唐赤子，不必加意提防，我身边随几个随从足矣。”

李世民身后站着几个人，都是亲随打扮。承乾不敢再说，道：“那，儿臣遵命。”忖道：“那张三郎说是袁天纲李淳风二人会随侍在侧，便是在这几人中么？”

太子兼管南衙金吾卫，虽然不做实事，也算这些金吾卫的上司。他退到后面，向边上随从说了几句，自有人去传达。南衙禁军向称精锐，退出去时也井井有条，连声音都几乎没有。看着禁军退出去，承乾几乎要笑出声来。李元昌昨日说张三郎今日会依计而行，本来还怕陛下戒备森严，张三郎行事会出差错，没想到居然会如此顺利。若不是父亲和妹妹都在跟前，他几乎要哼起刚从称心那里学来的一支俚曲了。

张三郎究竟会如何动作？李元昌语焉不详，他也没心思听，但他也知道，李玄通马上便要背上这个黑锅了。李玄通虽然是他爷爷辈，但这个南昭郡王不知为何对自己和李元昌都有种刻骨的仇恨。鉴于父皇屡次告诫自己不可嚣张跋扈，而李玄通本人也颇不好惹，因此一直都不敢动手。这一回，却要扳倒他了。

承乾暗自想着，不禁连手指都有些颤动，那条幼时因为骑马摔跛的腿也因为激动而越发地跛。他只顾暗自高兴，却不知神情都落在了李世民身后的一个随从眼里。

这随从正是袁天纲。袁天纲以风鉴知名，长于相术，承乾又不是那种城府极深之人，哪里逃得过袁天纲的眼睛。看着承乾的身影，袁天纲眼里闪过一丝忧色。

李世民倒不曾发觉承乾的模样有异，柔声对高阳公主道："止儿，如此可好？"

此时会昌寺的僧侣都已走了出来。他们也不知来者究竟是什么人，只知道定是个大大的官，都已受过告诫，叫他们不得任意张望，因此一个个有意地不看过来。除了这些有点不自然，一切倒与平常无异。高阳公主看着那些鱼贯步入大殿的僧侣，低低道："这样好。"

李世民听她说得心不在焉，眼睛直盯着那队和尚，心中暗笑道："一队和尚有什么好看，小女孩儿就是小女孩儿。"但看到她小小的脸上有一丝忧伤之色，李世民心头忽然像被针刺了一下，有种说不明白的痛楚。

这个小女儿是因为要嫁给房遗爱了，想趁这时候多见识一下吧。

房遗爱是大臣房玄龄次子。房玄龄是文臣之首，听说这次子却不太像他，更似个粗鲁无文的武人，让这个如一穗兰花一样的小公主嫁给他，大概是有点委屈吧。只是君无戏言，话已说出，房家大小也都因为此事而欣喜若狂，覆水难收，无论如何都不能食言了。

在僧侣队中，辩机缓步而行。会昌寺是长安有数的大寺，僧侣不下数百人，与他年纪相仿的也有三四十个，只是辩机风神俊朗，走在队中仿佛比别人更为明亮耀眼。

从他的禅房到大殿，有数十步。原本从回廊里也能走到大殿上，但他却还是选择了院中这条路。短短数十步，虽然他一步步走得甚慢，却仍然觉得太快了。

院中，长了一棵大树，此时已是木叶尽脱。今天因为没有人扫地，地上尽是焦黄的落叶，踩上去时窸窣作响。辩机走到树下时，不自觉地站住了。

身后，有一双温柔而多情的眼睛正看着自己。他知道，这目光如有千钧之重，让他迈不开步子。只是，他更知道，这目光并不属于他。也许不过十余步之遥，但这十余步已不啻天涯。

烦恼是昏烦之法，恼乱心神，又与心作烦，令心得恼……

辩机不禁想笑。这些佛理他自是了然于胸，也用这话开导过明崇俨，但自己岂不也是如此？

终于，他向大殿走去，不再犹豫，即使知道身后有一双明亮而忧伤的眼睛。

八

陪着高阳公主在大殿转了一圈，李世民突然有种寂寞之感。身为天下一人，有时也如登临于绝高处，看不到别人的身影，因此这个如小鸟依人的小公主更让他珍惜。

直到现在，一切都没什么异样。也许只是捕风捉影而已，毕竟只是毫无根据的传言，说是有人要趁今日动手，而且还是身居王公之位。

“止儿，回去吧。”在院中那棵大树下，他轻轻拍了拍高阳公主的肩，柔声道。高阳公主垂下头，没有看父亲，转过身，低低道：“阿爹，我还想再看看。”

李世民把宽大的手掌放到高阳公主肩上，微笑道：“你喜欢佛寺，以后我给你多立几座便是。”

大唐国姓为李，尊老子为祖，以道教为尊，但李世民自己更尊崇佛教，因此武德、贞观年间立庙甚多。长寿坊崇义寺，晋昌坊楚国寺，通义坊兴圣寺，皆是此时立成，便是太子承乾，也在颁政坊立并光寺。

高阳公主没有抬头，沉默了一会，低低道：“那，走吧，阿爹，回去了。”

李世民不知这个小女儿为什么一下子又不开心了，只道她是想到出嫁在即，心里不快活。正想再劝说两句，忽然觉得背心隐隐似有一阵刺痛。

有人向自己扑来！

居然在这种戒备森严的所在也会出现刺客，当令出乎他意料之外。这人头上蒙着灰布，直直向他冲来，身体已是笔直，几乎要贴着地面，整个人便如一支强弓硬弩射出的利箭。李世民是马上天子，身经百战，本身便是能上阵冲杀的武将，厮杀也见得多了，以他的本领，只消一闪身便可让过。但此时他挡住了高阳公主，若是自己闪身避开，这刺客一掌便可能击中高阳公主，这一瞬间，他已握紧了拳，浑身肌肉刹那间也已绷紧得有如生硬，身体却没有动，反而站得更直了些。

那人来势极快，已堪堪触到李世民的背心，忽然有个人如鬼魅一般闪到李世民身后。

这是个四十余岁的男子，正是李世民那几个随从中的一个。这人生得貌不惊人，看似普通，但身法却是神乎其技，那刺客的掌眼看要触到李世民背心，这人一掌后发先至，硬生生插进。

“啪”的一声，两掌相交。这人接了一掌，周身骨节忽然发出“噼啪”的声响，脸色也一下蒙上一股黑气，而五脏六腑也似乎被震得颠倒过来，说不出的难受。

这人本领，当世已少有匹敌之人，但这刺客掌力沉雄诡奇兼而有之，竟是他生平未见，其中竟然还有奇门异术，自己护体气劲也被这刺客一掌震散，若是这刺客再发一掌，仓促之下，他已无把握能够接住，心下不由大骇，脚下更是立足不稳，马上便要摔倒。他心中一沉，只道此番一败涂地，哪知背后忽然有人一扶，一股柔和的力量传来，他借这力量一下扎住马步，左手忽地在右肩重重一拍，右掌借势一翻一覆，忽地掠向那刺客面门。

这一招“手挥五弦”极是挥洒如意，虽是无可奈何之举，却丝毫不露败象，直如行云流水。这人五指指甲留得甚长，此时劲力已贯通指尖，五指直如五柄利刃。刺客来势正急，方才对了一掌，他的身法也为之一挫，但只一矮身，马上又向前冲去，而这时李世民连身子都不曾转过来。此时这人一掌发出，那刺客正要作势前冲，五指在刺客面前一掠而过，便如五柄极锋利的小刀，那刺客蒙面的灰布忽地片片碎裂，身体却是向后一掠，人在空中连着翻了两个空心跟斗，已翻上一根树枝。“嚓”一声，树枝忽地断裂，那刺客却如同能腾云驾雾一般，一下倒翻上大殿檐角。这人一招“手挥五弦”也才使了上半招，下半招已发不出去了，不由愣在当场。这刺客来得快，去得更快，交手数招更是如电光石火，旁人眼慢的甚至都不知发生了什么事。

李世民这时才转过身来。他只看到那刺客的背影，哼了一声，道：“李先生，袁先生，那是什么人？”

与刺客交手之人正是李淳风，后来扶了李淳风一下的则是袁天纲。袁天纲轻身功夫较李淳风略有不如，因此迟了片刻。他见那刺客去势极快，在瓦面上一个起落，便已隐没在檐牙屋角间，想追也已追不上，心头不禁愕然。他与李淳风是多年至交，李淳风的本领他也知之甚详，单以轻身功夫而论，李淳风当可数得上天下五人之数，但这刺客的轻身功夫竟似较李淳风还要高出一筹。而李淳风更是呆呆地站着，竟然有惊愕之意。他知道李淳风向来镇定自若，号称泰山崩于前而面不改色，看他这副模样，心中不觉诧异。听得李世民问话，李淳风仍然没有回头之意，他转过身行了一礼，道：“回陛下，臣见那刺客，似乎是……似乎……”

李世民见他吞吞吐吐，道：“袁先生，你说吧，那是什么人？”

袁天纲看了眼李淳风，道：“此人似乎是余七，只是微臣看得也不准。”

李淳风忽地转过身，叹道：“此人正是余七，袁兄。你的眼光绝没看错之理。”

余七是南昭郡王李玄通属下，与李淳风也是旧识，算李淳风不记名的弟子，两人还算有些交情，但与袁天纲却没什么交往了。不过他们身负重责，向来对朝中显贵高爵豢养的好手极为关注，余七这等高手中的高手自然早就着意关注了。

李世民诧道：“余七是什么人？”

袁天纲也有些犹豫。李玄通是李世民的长辈，也是一家郡王，但此事事关重大，只怕牵连甚广。他略一犹豫，李淳风却似下定决心，道：“回陛下，此人是南昭郡王手下，袁兄既然也看清了，看来不会是我看错。”袁天纲长于相术，他说是余七，李淳风最后一点怀疑也被打消了。

李世民沉吟了一下，道：“果真是他么……”他只听得说今日在会昌寺会有王公贵戚对己不利，因此连夜将袁李二人招来护法，只是仍然想不出会是谁对自己不利。自玄武门之变，兄弟相残以来，王公贵戚中有对自己不满的，他也心知肚明，只是佯装不知而已。当年李玄通与李建成叔侄二人就非常亲近，玄武门之变，李玄通因为身在外地，不曾参与，后来又被自己解了兵权，表面上十分恭顺，看来仍是心怀不轨。

他正沉思着，承乾带同大批金吾卫又冲了进来。虽然余七行刺只不过片刻，但外面还是听到里面发生异变。只是等他们进来时，事情早已过了。承乾虽是跛子，动作却快，冲到李世民跟前，跪下道：

“爹，出什么事了？”

李世民看了一眼这个长子，淡淡道：“有人行刺，搜查会昌寺，每个和尚都不要放过！”他对这个太子总不甚喜欢。李氏一族有鲜卑人的血统，但承乾却不知为何总像个突厥人。虽然突厥已被彻底击溃，但他仍然忘不了那一年渭水边，隔河对峙的颉利那张傲慢不逊的脸。现在颉利已是恭顺得和一头骟过的羊没什么两样，让他想不到的是这副表情他居然在自己儿子脸上隐隐看到了。颉利若是早就死在承乾出生之前的话，他定会以为承乾就是颉利转世投胎。

承乾答应道：“是！”忽然伸出舌头舔了一下嘴唇。看到他这副恶狼一般的表情，李世民心头忽地一动，高阳公主忽然道：“阿爹，让他们一个个出来，由住持验过，不是更好么？”

李世民知道承乾嗜血成性，喜怒无常，平时就有过一怒将服侍不周的小黄门活活打死的事，若是让他搜检和尚，只怕会昌寺会被他翻个底朝天，这长安名刹要遇一大劫了。刺客虽是出在会昌寺，但与寺中僧众多半无关，他道：“止儿说得是，承乾，你带人护卫便是，不要惊扰寺中僧众。”

承乾眼中闪过一丝失望，道：“是，陛下。”

袁天纲忽然上前一步道：“陛下，臣已在寺中布下六道圆轮大法，刺客定然还在寺中，请陛下恩准臣等催动阵法，捉拿此人。”

李世民道：“好，两位请做法。承乾，让禁军左右护佑。”

会昌寺虽是佛寺，但贺若谊当年起建此宅，却是以道门八卦立基，因此在此寺布下六道圆轮大法，实是事半功倍。六道圆轮大法威力极大，要催动阵法，须两人合力方能驾驭。袁天纲与李淳风交情深厚，功力悉敌，正是布六道圆轮大法的绝佳人选。

李淳风与袁天纲一左一右站好，两人对视了一眼，双人同时捻诀，同时脚踏七星步，只是李淳风从贪狼踏入，过巨门，经禄存、文曲、廉贞、武曲，自破军踏出，而袁天纲踏的是反七星，两人七步踏完，恰好互换位置，也不说话，同时从袖中取出一张黄表纸，迎风一抖，便要贴上阵眼。

只消这阵眼贴上，陷入阵中之人未得禳解，再不能脱身。当初李世民与王世充相敌，王世充手下法师伽罗波帝以咒术刺杀李世民，李淳风与袁天纲二人正是以六道圆轮大法迎战，困住伽罗婆帝元神，使得李世民三魂七魄不散。伽罗婆帝号称“咒圣师”，功力实在李袁二人之上，却因破不了六道圆轮大法，最终被困得油枯灯尽。余七就算再厉害，绝不能厉害过当年的伽罗婆帝去。

他们正要将黄表纸贴上，边上那些如临大敌的禁军忽然惊呼一声，却是一个身影拔地而起，冲起足有三丈许。李淳风号称轻功天下第一，也不禁咋舌，失声道：“好本领！”余七向他求教时，他也知道余七轻功不弱，却万万料不到竟然已修到如此境界。

此时余七已冲出，催动六道圆轮大法已是无用。李淳风与袁天纲正待追出去，李世民忽然喝道：“且慢！布阵！”他二人一怔，但李世民既然如此说了，他们手一动，已将两道符贴到阵眼上。

承乾在一边看得莫名其妙，道：“爹，为什么不追？那人要逃了！”余七在瓦面上跃动极快，只不过一瞬，又翻过大殿屋顶，消失在檐角处了。李世民冷笑一声，道：“这人脚步虚浮，绝非方才之人，他逃不了的。”

李淳风恍然大悟，心道：“惭愧。”他方才见人一冲三丈，震惊之下，全然不曾想别的。现在想想方才那人逃走之势，虽然也极快，但与行刺时的形如鬼魅已大大不如。衣着身形一般，但多半已是另一个人了。

这时外面忽然传来一阵惊呼，也不知发生了什么事。今天李世民来此，会昌寺里里外外都已布下兵丁，多半是守在寺外的士兵擒住了逃跑之人。只不过片刻，门口有人直冲进来。

这是个军官，身材高大，右手中提着两根钢锏，左手中还提着一个人。一对钢锏有三四十斤重，加上一个人，这人却如提灯草，恍若无物，脚下也快极，虽然不似李淳风那般动若飘风，但每一步都沉重稳健，快捷非常。

到了李世民跟前，这人将左手那人往地下一扔，行了一礼。李世民对旁人都不假颜色，唯独对此人，居然还了一礼，道："如何？"

这人道："陛下，这妖物已被臣击破，确是出自南昭郡王府，请陛下过目。"他转身又走了出去，连正眼都不看旁人。承乾怒道："什么人胆敢如此无礼！"右手已伸到左手大袖中，李世民喝道："承乾，不要无礼，那是秦将军！"他看了看这军官扔在地上的那人，忽然动容道："原来用了呼影！"

承乾脑子里"嗡"的一下，背后已是冷汗直冒。他万万想不到父亲嘴里居然说出"呼影"二字。呼影是极机密的事，李元昌自祆庙外的翁仲中找到此物，原也是机缘巧合，而且不知呼影的只道那是些人偶零件而已。承乾只是听李元昌说过呼影有神异之处，到底哪里神异，李元昌说得不明不白，他也听得莫名其妙。只是父亲原来也知道呼影之事，承乾险些便要问他是哪里听来的。总算不是呆子，这话硬生生咽了下去没说出来，心中却是狐疑不定，不知父亲到底知道多少。

袁天纲看了看，道："是个傀儡！陛下，余七果然没走。"

他对李世民本就敬之若神明，此时更是五体投地。呼影是波斯傀儡门的绝顶之作，据说此道高手可以如影随形，心念一动便能让呼影幻成所想之人，低手也能让呼影与人相触便能幻成此人。袁天纲听得这种传闻便觉那也过于神乎其神了，如果真有这等事，用来行刺，还有谁能逃得了？但方才见这傀儡飞起，活脱脱正是个余七，若不是陛下目光如炬，自己和李淳风都要上了这个大当。真正的刺客仍在寺中，自己和李淳风没去追那傀儡还好，一旦追出去，刺客二番行刺，那还有谁能阻挡？他心念一转，已想到方才实是险些就上了大当，身上又冒出了一身冷汗。

当发现余七行刺时，袁天纲第一次出了一身冷汗。余七是南昭郡王李玄通手下第一大将，此人行刺陛下，定是受到李玄通指使。此事若是属实，必会引起一场大乱，袁天纲和李淳风其实都希望那余七是旁人假扮的。可是这呼影一出现，让他们这个希望也破灭了。呼影的神奇，还不在于能变幻成任何人的形象，这种傀儡已是超越了傀儡的境界，变成了谁，这傀儡的本事就仅比本体略逊一筹而已。现在的长安，余七算得上一等一的高手，李淳风与他甚是相知，更知道此人本领已到了极高层次，纵然太子手下的奇才异能之士更多，论单打独斗却仍是余七最强。余七这等人，一般人怎能用呼影碰得到他？这呼影是余七模样，就证明了此次行刺必是李玄通主使。李玄通是郡王，出了这事，说不定又要成第二个玄武门之变。他越想越惊，看了看李淳风，却见李淳风眼中已有些忧色。

李世民却没有他们那样多虑，看了眼大殿道："李先生，袁先生，你们随我进殿中看看吧。"

此时大殿已被六道圆轮大法困住，旁人无法入内，唯有袁天纲与李淳风领路，才不会受困。李世民举步要向大殿走去，见高阳公主也要跟自己进去，道："止儿，你在这里等等吧，别进去了。"

高阳公主抬头看着李世民，眼中带着一丝忧伤，低低道："阿爹，那你快些出来。"

李世民笑了笑，道："不必担心，有李先生与袁先生在侧，不会有事的。"他看了看站在身边，眼神闪烁不定的承乾，心里忽地有些酸涩。

这许多子女中，真个关心我的又有几个？

他厉声喝道："承乾！"

承乾仍在想着心事，被喝声一惊，一下跪倒在地，道："儿臣在。"虽然现在是在会昌寺中，父亲也说过不必如朝中之礼，但他在父亲积威之下，仍是一下跪倒。

李世民道："承乾，我命你前去收缴李玄通元从军兵符，将其拘押！"

承乾几乎不敢相信自己的耳朵，道："遵命！"这一句回答倒是又响又亮，忽地站起，学突厥人的样子扎在脑后的一堆辫子也甩了起来，当真神采飞扬。他转身刚要向寺外走去，马上又指着地上的傀儡，道："来人，将这个收拾了带走。"

呼影被那持锏军官打了一锏，装配的关节之类尽皆碎裂，已站不起来，只是一堆乱七八糟的废物而已。边上有人将呼影用块布包了起来，承乾一把抓过，几个亲随军官跟着他走了出去，全然不睬仍站在一边的高阳公主。

他是长孙皇后嫡出，而高阳公主只是庶出。在他眼里，高阳公主原本也与那些宫娥采女没什么两样。

大殿中，僧侣们正盘腿坐在蒲团上。这早课原本也早该结束了，今日因为陛下前来，一直拖到现在不曾散。

见李世民带着几个随从进来，住持通浩进来，向前施礼道：“陛下，老衲失敬了。”

李世民笑了笑，道：“沙门不敬王者，大师不必多礼。”

僧人见帝王，本不行跪拜礼，东晋时车骑将军庾冰始称沙门亦当敬王，自此后屡有争执，以至于宋大明六年诏有司参议令僧人跪拜帝王，不过此令数年后即废，沙门仍以不敬王为常。李世民也不拘泥这等小节，道：“诸位大师请鱼贯而出，通浩大师，请你查看有无面生之人。”

通浩忽地面有难色，道：“老衲老眼昏花，这个……只怕会看错了。”他在寺中已有数十年，当了住持后也少有走动，如今会昌寺共有僧人三百余，他其实已认不全了。

李世民道：“大师想必有些人不认得吧？那有谁是全都认得的？”

通浩见李世民话中有通融之意，这才吁了口气，道：“禀陛下，敝寺中有位沙门辩机，他是人人都认得的。辩机，过来。”辩机虽然年轻，但聪明绝顶，通浩向来倚若干城。

辩机听得，走了过来，行了一礼道：“贫僧辩机，见过陛下。”

李世民看了一眼辩机，心中暗暗喝彩，心道：“这和尚丰神俊朗，当真不凡。”他道：“辩机，你认得寺中所有人么？”

辩机道：“本寺三百十一人，贫僧个个认得。”

李世民点了点头，道：“既然如此，有劳辩机大师了。”

他背起手，站到一边，道："请各位大师退出大殿。"

僧众虽众，但辩机大有经济之才，一个个查点后出寺，走得甚快。待走了一半，李世民低声道："共有几人？"

袁天纲道："陛下，已出大殿者一百六十二人，殿中尚有一百五十人。"

一百六十二加一百五十，那是三百一十二了。这等数字小孩也会算，与辩机所说的"三百十一"之数恰多了一人，那刺客果然隐身在僧众之中。袁天纲与李淳风更是佩服，方才他们若是贸然冲出去追赶，这刺客便能脱身了。

李世民忽地走上一步，拣了个空蒲团坐下，道："袁先生，请诸位大师先回去一下吧。"

袁天纲见坐在李世民对面的是个老僧，身形佝偻，面目瘦削，实在不像余七，心中诧异，但也不敢多说。向通浩说了，重又站到李世民身后。李世民无动于衷，仍是坐着。

等大殿中的僧侣都退了出去，殿上登时变得寂静阴暗，只有几点烛火忽明忽暗。李世民忽然抬起头，看着面前的老僧，沉声道："髯兄，别来无恙。"

九

“秦真人，查出来了么？”

秦英看着面前那堆碎片，捻了捻胡须，道：“殿下，这东西怎么这么破法？”

承乾道：“被你那本家打了一锏。秦真人，能不能找到控制这东西的人？”

秦英脸上浮起一丝诡秘的笑意，道：“殿下放心，此人已在贫道掌中。”他虽是个道士，但眼里却带着残忍之意，喃喃道：“他杀我两个弟子，我要杀他两次。”

承乾急道：“秦真人，你杀他几次我不管，但先要让我问明白了再说。”

李元昌虽然已将一切都托付给了张三郎，不再插手，但承乾怎么都忍不下这口气。昨日情急之下，调度秦英两个弟子前去追击，结果那两人竟然不明不白失踪。张三郎死活原也不在他心中，但那明月奴，先前花了大力气总算擒到手中，怎么都不能再放她走。会昌寺中张三郎已被李淳风、袁天纲二人封住，实是千载难逢的反击机会。捉拿李玄通固然重要，但捉回明月奴来，却是更加重要。

秦英点了点头，道：“是，殿下，遵命。”

七叔手下的纥干承基和弥光都已归顺了自己，那个胆敢追随张三郎的尹道法已被自己命纥干承基出手诛杀。张三郎让尹道法做自己的接应，七叔不敢对付张三郎，张三郎却被自己摆了一道，现在定然被困在了会昌寺，让他与父亲手下的袁天纲与李淳风恶斗去吧，不论谁胜谁负，都是自己得利。等捉到了明月奴，把这呼影修复，就算七叔又如何。想到此处，承乾无声地笑了起来。

他对自己的智谋越发钦佩，只恨不能身外化身，自己对自己大大赞誉一番方能过瘾。

当呼影中了一锏时，明月奴也似被当胸打了一锏。她虽是坐着，仍是一个踉跄，摔倒在地，一口血直喷出口。

此处离会昌寺尚有两条街，张三郎在寺中以余七形象行刺，然后让呼影逃出。呼影能变得与人一般无二，不是极仔细察看，根本看不出那只是个傀儡，外面又有尹道法接应，定然不会被追上。呼影威力虽大，施法时却与施法人神魂合一，她的呼影三法只会两种，又是辗转学得，原本就不算精擅，此次还是第一次，呼影受伤，自己登时也受了伤。

张三郎在会昌寺中出了乱子了！虽然不知究竟发生了什么事，但张三郎自己一定也陷入困境，因此无法接应呼影，那个尹道法只怕已被干掉了。

张三郎定计时，她也觉得此计天衣无缝，以张三郎本领，没有不成功的道理，没想到实际施行还是出了乱子。看来，张三郎仍是把对手看得太简单了。

明月奴想着，伸手想要撑起来。但双臂一撑地，才发现自己居然没半分力量。那军官一锏虽然只是打在呼影身上，她却未能及时脱开，一半力道都加在了她身上。她看了看坐在屋角的石龙师，低低道：“石……石龙师，快过来！”

石龙师向来对师傅这个幼女极其尊崇，事事不敢违背，若是往常，早就飞跑过来扶住她了。自己不会移形换影，呼影只能借与旁人接触方能变幻，因此昨日张三郎借口讨还石龙师，先让呼影变成自己，引出了余七后再将呼影变成余七。石龙师被索回后总是表情呆滞，泥塑木雕一般坐着，张三郎说他定然中了魇魔法，只消办成此事，他会帮自己解开石龙师所中咒法，现在石龙师却仍是动都不动。

只能靠自己了。明月奴咬了咬牙，用尽力气，总算撑了起来。但仅仅这般一个动作，便已让她气喘吁吁，疲惫不堪。她坐起来，伸手抹去嘴角的血痕，心头却是一片茫然。

这般用尽力气方才坐起，想要离开，却已不可能了。石龙师也根本不对劲，如果张三郎回不来，自己岂不是要活活饿死？

她定了定神，正想再唤一声石龙师，看他是不是尚有神智，却听得外面有人道：“殿下，正是此处。”

这是个老者的声音。这声音刚落，一个少年人高声道：“张师政，你上去看看！”

这正是在李元昌府中见到的那少年的声音！明月奴的心一下抽紧了。张三郎将自己带出李元昌府中，李元昌虽然不愿，也已服输，没想到这少年居然会找上门来。如果自己身上无伤，尚可以傀儡术周旋一番，伺机脱身，但此时有伤在身，站都站不起来了。

楼梯上传来沉重的脚步声，定是那张师政拾级而上。张师政仍有忌惮，走得极是稳重，但这楼梯一共不过几十级，就算张师政走得再慢，也是转眼就到，还有什么办法可想？

突然，坐在墙角的石龙师猛地睁开眼，看向自己。明月奴一喜，正待让石龙师过来，但心马上又沉了下去。石龙师的目光分明并不是看着自己，而且这目光极是陌生，也完全不是自己认识的石龙师了，甚至，眼前这石龙师似乎比敌人更危险。

真的已到了山穷水尽的地步么？明月奴嘴角倒浮起一丝笑意。

正当万念俱灰时，一扇窗忽地打开了。明月奴看去，却不见有人。正在诧异，身子一轻，有人揽住她的腰，还不知所以，她的身体已平平升起，轻轻落到房梁之上。明月奴大吃一惊，定睛看去，眼前是一个少年清秀俊美的脸。

正是明崇俨。

明崇俨左手揽着她，右手在房梁上画了几道。见明月奴想要说话，他将手指按到嘴唇上，也不说话。

这时，楼板一声响，张师政终于走了上来。

老僧没说什么，仍是默默地坐着。李世民淡淡一笑，道："二十年之约，今日始践，髯兄不免小气了。"

那老僧身体一抖，忽地一长身。他原本佝偻着身子，样子十分矮小，但这般一抖，整个人像是被气吹胀了一般，忽地大了一圈，脸上也登时变了模样，竟是一张满是虬髯的脸。袁天纲与李淳风同时失声道："张三郎！"

当初在太原汾阳桥，李世民与张三郎一局手谈，张三郎自觉气势不及，黯然而退，当时侍立在侧的李袁二人也都还记得。但他们也没想到，事隔二十年，居然在会昌寺中再次见到，而且居然是这等场合。他们一见张三郎现身，两人不约而同抢到李世民跟前，作势护住。张三郎本领，他们也一清二楚，自认单打独斗都不是此人对手，但两人联手，张三郎就不是他们的对手了。

张三郎掸了掸身上的灰尘，看了他们一眼，道："果然不错。只是袁兄，李兄，你们这般模样，倒是将李家小儿看得小了。"

李淳风的脸登时涨得通红。他和袁天纲年纪也已不小，平时都是有道之士的模样，偏生在张三郎跟前却不由自主地打回原形。他哼了哼，正待反唇相讥，李世民叹了一口气，道："李兄，袁兄，髯兄说得是，你们先退下吧。"

李淳风道："可是他若对陛下不利，又该如何？"

李世民笑道："髯兄岂是下作小人，李兄，退下吧，我与髯兄还有几句话要说。"

他的话声音不算响，但不怒自威，自有一股让人不得不从的魔力。李淳风还待说什么，袁天纲已是淡然一笑，道："陛下圣明。李兄，退下吧。"他向张三郎行了一礼，道："髯公，请安坐，少歇天纲再来请教。"

袁天纲说得不卑不亢，张三郎颔首一笑，道："袁兄客气了，某家此时已为你二人的六道圆轮大法所困，原也翻不起什么浪来。"

袁天纲见他八面受困，却毫无惧意，不禁大为心折，又行了一礼，方才退下。等他们退到后面，李世民叹了口气，道："一别二十年，髯兄风采如昔，小王却是老了，让髯兄见笑。"

张三郎目光炯炯，道："世民兄，你已是胜券在握，又何必轻身犯险。"他向来称李世民为"李家小儿"，但李世民发现他后，竟然遣退左右，与自己相对而坐，他也不禁大为心折，称呼上终于客气了一些。

李世民道："所谓胜负，原本不过一翻覆而已。当初在渭水边，颉利迫我约盟，岁岁入贡，当时他自是胜者。过了几年，我大唐六军齐出，轮到我成了胜者了。”他抬起头，看向门外。大殿里虽然阴暗，但门外却阳光灿烂。他昂然道：“我来只为向髯兄转告此言。有这千百万慷慨好男儿，纵然李世民不在斯世，大唐亦是一辆滚滚向前的战车，无人可以阻挡。”

李世民的声音铿锵有力，张三郎也不禁动容，半晌，才叹道：“世民兄说得不错。”

二十年前，极玄子对他说“此世界非公世界”，张三郎一直耿耿于怀。雌伏二十年，在海外立国养兵，自觉当可逐鹿中原，一争天下，但李世民便如旭日当空，让他有种难以忍受的压力。他也知道李世民所言不虚，大唐已经如同一台构造精密的战车，纵然李世民不在世上，这辆战车也将一往无前。李世民不惜犯险，要对自己说的，就是这句话吧，让自己这个他也不无钦佩的敌手彻底放弃逐鹿中原的妄想。

终究非我世界……

李世民见张三郎沉默不语，又是微微一笑，道：“髯兄，二十年之约，今日已了。若髯兄有兴，不妨再订二十年。”

张三郎抬起头，脸上也露出笑意：“人生岂有下一个二十年哉。世民兄，我已没有了，你也应该不会再有，子孙的事，让子孙去做吧。”

他语中有些颓唐之意，但眼里仍是灼灼放光，带着桀骜不驯。李世民知道他说的是什么意思，沉默了半晌，才道：“不错。髯兄已有几位令郎？”

张三郎道：“唯有一个小犬。”他的神色霎时变得极是黯然，“可惜，犬子术剑练得不坏，但终其一世，恐怕只能是庶人之剑。”

他忽然道：“世民兄，我仍有一事不解。既然你早已猜出是我，为何还要对付李玄通？”

李世民嘴角浮起一丝高深莫测的笑意，道：“南昭郡王已有反意，苦于尚无把柄。髯兄既然助我这一臂之力，岂有不受之理。”

张三郎脸上也不知是什么神情，半晌方才一笑，道：“世民兄，你练的方是天子之剑，某家自不量力，委实可笑，哈哈。”

所谓天子之剑，《庄子》说剑篇有谓：“以燕溪石城为锋，齐岱为锷，晋魏为脊，周宋为镡，韩魏为夹，包以四夷，裹以四时，绕以渤海，带以常山，制以五行，论以刑德，开以阴阳，持以春夏，行以秋冬。此剑直之无前，举之无上，案之无下，运之无旁。上决浮云，下绝地纪。此剑一用，匡诸侯，天下服矣。”李世民心知张三郎争雄之心已死，笑了笑道：“髯兄此番前来，未能见到药师夫妇吧？”

李世民说的“药师夫妇”，便是大唐第一帅才李靖和夫人张出尘。张出尘是张三郎义妹，当初他三人合称“风尘三侠”，后来李靖夫妇却成为了李世民的属下。此时李靖正领兵西征，未在长安，张三郎叹道：“见面不如不见。”

李世民站了起来，点了点头道：“也是。海外三山，神仙所居，髯兄得与神仙比邻，就不该再履红尘了。”

说罢，站起身来，躬身一礼。以他帝王之尊，居然给张三郎行礼，实是难得之事。但他话虽说得温和，隐隐却有威胁之意，显然今番可以放过张三郎，但若有下次，他也不会再留情。

李世民一旦站起，便再不理睬张三郎，转身向外走去。李淳风和袁天纲跟在他身后，到了门口，李淳风小声道：“陛下，要不要拿下他？”

李世民也不看他，只是抬起头看着外面一碧如洗的青天，道：“虬龙养于沧海，得其所哉，缚之反而生变。淳风兄，走吧。”

外面，高阳公主被几个侍卫簇拥着，看到李世民出来，她赶紧迎上来，扶住李世民道：“阿爹。”

李世民慈爱地拍拍她的头，道：“走吧。”

日已渐至中天，筛下万道金线。李世民已率先走了出去，高阳公主出门时，又回过头看了一眼。远远地，只见一个长身玉立的少年僧侣正呆呆站在树下，秋风渐起，落叶满院，越显得那和尚出尘绝世。

张师政刚走上楼，却听得屋角有一声响，他吃了一惊，猛地拔出刀来护住面门。

昨天在李元昌府中，他被张三郎戏弄于股掌之上，心知武功与此人相差实在太远。虽然受命上来，仍是胆战心惊。但定睛一看，却见屋角坐了一个半死不活的胡人，屋子正中有一摊血迹，根本没有张三郎的影子，这才壮起胆子，喝道：“呔，你是何人？”

“是隐身术，张兄。”

秦英也走了上来。他连看也不看石龙师，只扫了周围一眼，道：“气机未散，此人还在屋中。哼，隐身术道行倒也不弱啊。”

他伸手从怀中取出几张符纸往地上一撒。张师政心知他是要作法破除禁咒，还没说什么，承乾忽地跳了上来，叫道：“秦真人，那波斯女子呢？躲到哪里去了？”

一直木然不动的石龙师听到承乾的声音，忽地睁开眼，似是一头见到猎物的猛兽，也不见他作势，已然一跃而起，直向承乾扑来。这一下当真突然，秦英正在行法，石龙师的身法竟是快得连他都挡不住，一下已掠过他身边，直冲向承乾。承乾见秦英与张师政两人都已上了楼，只觉不会再有意外，却不曾想到石龙师会有此惊人之举，吓得张大了嘴，竟是一个字都吐不出来。

张师政虽然不曾想到，但他出手极快，手中刀一下挥出，挡住石龙师去路。若是石龙师仍是冲上前来，便会被这一刀断为两截，但石龙师却如毫不在意，仍是疾冲过来。

“嚓”一声，张师政的刀已没入石龙师腰间，但石龙师去势丝毫不减，刀子在他腰间划了长长一道口，几乎要将他拦腰斩成两半。张师政根本没想到世上竟会有这等坚毅的人，听着刀尖划过石龙师体内断骨时发出的尖锐声响，一张脸也已吓得白了，手一软，再握不住利刀。石龙师腰间带着一柄快刀，一把将承乾抱住了。

秦英本在做法，也不曾想到这个死模死样的胡人竟会暴起，等他回过神来，石龙师已经抱住了承乾。他大吃一惊，手指疾动，在石龙师背后连敲了五处大穴，但石龙师却似毫无察觉。他呆了呆，心道：“原来又是个傀儡。”手指一拖一捺，已在石龙师背后画了一道符，喝道：“疾！”

这是西华观《太上洞渊神咒经》中的缚、杀、禁、斩四鬼品合而为一，石龙师只是抱住承乾，毫无还手之力，秦英在他背心拍了一掌，他的身体忽地如被吹胀了一般，一下变大，身体便如同烈日下的雪人一般极快地消融，鲜血直流。

一看到有血流出，秦英脸也吓得白了。他只以为这又是呼影一类的高明傀儡，咒术对傀儡用处不大，因此才会四咒合用，哪知竟会是个真人。虽然承乾性命已然无忧，但这般一来，石龙师体内流出的鲜血也淌满他全身，以承乾的脾气，只怕只有过，没半点功劳的。他一把拎起石龙师的残尸扔到一边，道：“殿下！殿下！”却见承乾满脸是血，倒也没受什么伤。他道术虽强，功名心重，不由忐忑不安，生怕承乾会大发雷霆。哪知承乾只是抹了一把脸上的血迹，茫然地看了周围一眼，却没说话。秦英急道：“殿下，你没事吧？”

承乾呆了呆，伸出手来看了看，似是在皱眉想着什么，忽然道：“走吧，去南昭郡王府。”

秦英一怔，但承乾也没有如平常一般破口大骂，他已是谢天谢地，也不再说什么，只是道：“是，是。快，来人，给殿下洗把脸。”只是承乾竟然再也不管这里，急匆匆便向楼下走去。

“太子没发现你们？”

裴行俭松了口气。会昌寺中的一切，他们无从插手，但既然张三郎是要明月奴做一件事，若能阻止明月奴，此事自然是釜底抽薪。他们商量好，明崇俨将明月奴捉出来，裴行俭则准备了马车在外接应。可是明崇俨刚进去，裴行俭便见太子带了一队随从也走了进去。太子手下，尽是些异人术士，裴行俭纵然武功高强也不敢闯进去，正急得抓耳挠腮，却见太子又带着人走了出来，过了一会，明崇俨抱着明月奴好端端地来了。一问之下，太子居然在那秦英马上就要破掉他法术时阻止了他，当真是幸运之至。

明崇俨道：“是，我也实在有些想不通。太子一直想要捉住明姑娘，却不知在那一刻竟会放弃。他杀了那石龙师后，似乎换了个人，想必是被石龙师忠心护主感动了。”

这虽然也是个理由，但明崇俨说出来连自己都不相信。方才等承乾一走，明崇俨还生怕这是欲擒故纵之计，在梁上又等了片刻，等确认没人了方才离去。他想不通承乾为什么会在最后一刻放过了明月奴。

明月奴已然昏厥过去，不知为何嘴角却有些笑容。裴行俭道："明兄，现在该将这阉人怎么办？"

明崇俨忽地有些不安，道："这个……裴兄，她也挺可怜的，真要将她送官法办么？她也没真做什么。"

的确，明月奴没杀过一个人，也没做什么不法之事。裴行俭虽知她是个阉人，但见到这个楚楚可怜的胡姬，不由英雄气短，叹道："好吧，你说怎么办便怎么办吧。虽然她是阉人……"

明月奴忽然动了动，小声骂道："啐！谁是阉人！"虽然她气息甚弱，这一声骂得也很轻，但话音中却也听得出恼怒来。明崇俨和裴行俭都是一怔，看向明月奴，却见她仍是昏迷不醒，只怕是昏迷中听得他们两个"阉人阉人"地说个不停，怒气勃发，才冒出一句来。

裴行俭看了眼明崇俨，明崇俨却大是慌乱，急道："她……我猜她是阉人，她一直没否认！"

裴行俭瞪了他一眼道："这等说来，怪不得她要恨你。若有人敢叫我阉人，我非把他身上多出来的东西全割掉不可！"

他话还未说完，脸色又是一变，忽地一把握住七截枪，不等他将枪抖开，外面忽地伸进一只手，一把按住他的手腕。这人手劲极大，裴行俭武功非凡，却敌不住这人一推之力，这人一只手顺势而上，已封住了裴行俭手臂穴道。

明崇俨吓了一大跳，伸手刚要结印，一个汉子已闪进车来，手中短刀压到明崇俨脖子上，微笑道：“果然便是极玄子的弟子。”

这人正是张三郎。明崇俨只觉他的刀阴寒彻骨，半边身子都麻木了，连气都快喘不上，话也说不出来。张三郎脸上虽带着笑容，眼里却满是痛恨，道：“你是故人之徒，原本该饶你一命，只是你杀了道法，便留不得你了。”

道法是什么人？明崇俨想问，但这把冰冷的刀压在他喉头，哪里说得出来。张三郎刀气森严，不可一世，根本不是他所能抵挡。若是在外面，裴行俭还能凭借身法与张三郎过上几招，但在这狭小的车里，张三郎的气势已将他们压制得毫无还手之力。

要死了么？明崇俨不由闭上了眼。张三郎的刀锋已触到他的皮肤，让他冷得窒息。会昌寺一战，张三郎计划周详，偏偏因为尹道法失机，未能及时会合，以至于一败涂地。等他发现尹道法竟然被杀，明月奴也被人劫走，更是恼怒异常。计划失败还是小事，尹道法对自己忠心耿耿，却被人杀了，这才让他怒火万丈。等发现明月奴与明崇俨在一处，只道尹道法也是他杀的。若不是知道明崇俨是极玄子之徒，尚存故人香火之情，水火刀马上就要剁下来。

正在这时，一直人事不知的明月奴忽然哼了一声，睁开眼。

十

胡鼎肩头中了一刀，跌跌撞撞地冲进来，面上已无血色。李玄通正在屋中练着字，见此情景，一把扶住他，道：“出什么事了？”但胡鼎已经气绝，根本说不出话来了。

这时门外有人喝道：“奉旨捉拿反贼李玄通，快快束手就擒，违者格杀勿论！”正是太子承乾的声音，却又有些不同。李玄通一怔，喝道：“殿下，你说我反叛，可有证据么？”

承乾在几人前簇后拥下大踏步上前，喝道：“李玄通，你可有个手下叫余七么？”

李玄通还不知所以，道：“有，那又如何？”

承乾冷笑道：“今日你唆使余七行刺天子，罪犯天条，还有什么话说，拿下了！”他话音刚落，身后已闪出两人，一把抓住他肩头。李玄通还待反抗，却觉这两人手掌间竟似有股吸力，不是寻常武士，竟是两个一等一的术士。他仍然不服，喝道：“胡说，余七便在此处，今日从未外出，我不信陛下跟前也讨不了公道！”

承乾冷笑一声，走上前来，一拳打在李玄通下颔。这一拳力量好大，李玄通被他打得七荤八素，心中更是诧异。承乾虽然傲慢无礼，但自己终究是他长辈，平时承乾见到自己向来不失礼数，今日却不知为何，似乎变了个人。

他被打了一拳，齿血也被打出来了，吐了口唾沫，忽道：“你到底是什么人？”

旁人只道他是被打晕了胡说，承乾也露齿一笑，凑到他跟前，道：“你不认识本王么？”他这话说得很响，却又极低地说了两个字。这两个字说得极轻，旁人自然听不出来，但李玄通的眼一下睁得极大，脸上竟然还露出一丝笑容。只是这笑容突然僵住了——承乾手中的一把小刀已捅进他前心。

张师政见李玄通竟被承乾杀了，吃了一惊，道：“殿下，陛下可是要捉拿他的啊。”承乾冷冷看了他一眼，道：“李玄通拒捕，因此被本王格毙。立刻捉拿余七，立斩不赦！”

张师政看着承乾的样子，忽然打了个寒战。李玄通死前问的那句话，到底是什么意思？眼前这个人真的是承乾太子么？虽然模样打扮一般无二，可是他总觉得眼前这人如此陌生。

天气也不算冷，他背后却是阴风阵阵，冷汗直冒。

第五次擦脸，一块汗巾也已明显感到湿淋淋时，高仲舒仍然想擦第六次。

辩机闭着眼呆呆地坐着，魂不守舍，也不知在想些什么，不论高仲舒问他什么都是不应，直如撞了邪一般。他想走又不敢走，正在坐立不安，门一下开了，进来的正是明崇俨。

见了明崇俨，高仲舒猛地站起来，叫道：“明兄，那明月奴……”正想问问有没有找到明月奴的下落，她究竟是不是阉人，却见明崇俨一张脸绷得铁青，面无人色，半句话也吞了回去不敢再说，但满肚子疑惑实在难受，在那儿不住地抓耳挠腮。

明崇俨拉过一张蒲团坐了下来，也不理高仲舒，道：“请问大师，如何得解脱？”

辩机忽地睁开眼，道：“顿除妄念，悟无所得，即得解脱。”

辩机说完，马上又闭上了眼。明崇俨心里一阵阵地酸楚，也闭上眼，眼前却又闪过那个美丽的波斯女子。虽然依旧不知她到底是什么身份，但总算知道她不是阉人，是个女子了。怪不得，那一次自己说她是阉人，她会恼羞成怒。

她又救了自己一次。

明崇俨想着。她对自己究竟是怎么想的？这句话他一直想问问，但张三郎已将她送走，只说相见无期，恐怕，这句话永远都得不到答案了。

顿除妄念，悟无所得么？他默默地想着，明月奴的身影和笑容不时浮现，又不时消失。

第三章

魔都妖異之卷

一

“长安真是一个魔都。”

一个身着狐裘的年轻人感慨地说着。这年轻人身材不算高，相貌英俊得叫人不敢逼视，服饰丽都，只是一张脸却带着刀削似的线条，总有种拒人于千里之外的神情。

“繁华为天下之冠的大唐国都，居然被你说成是魔都，呵呵，”边上一个袖手而立的中年人打了个哈哈，“若是为金吾卫所闻，岂不加你个妖言惑众的罪名。”

年轻人看了看眼前的景致。长安城已满是积雪，黑瓦红墙尽成一色。在一片苍茫无陆的白色之中，几条大街如刀削一般笔直。他叹了口气，道：“未至长安，不信人间竟有此都。已至长安，方知人的想象犹有穷尽，竟不能拟实际之万一。”

中年人没有说什么。他还记得自己初至长安，也曾为这个大到不可思议的都市震惊。如果不是亲眼所见，恐怕谁也不信世上竟会有如此之多鳞次栉比的房屋建造在一处。这时他听到轻轻的脚步声，转过头道：“我们等的人到了。”

此间是长安东南角的晋昌坊。晋昌坊靠近曲江，相当偏僻，这两人站的地方是一个六七丈高的土丘。现在虽是深夜，因为有雪，映得满天俱白，从这土丘上望下去，可以看到有个人从南边走过来。

这人身着劲装，身材高大，但动作却轻捷如猫，显然是个练家子。

年轻人的两手五指交错，人一动不动地站着。待那人走到土丘下，他忽然低声道："小心，这人呼吸不定，心跳不一，谨防有变。"

中年人扬起眉头："他难道心怀不轨么？"

"也许。"年轻人的十指忽地脱开，再又交叉，两手的拇指却在手背点动。叉了三次手，他低声道："行了。"

中年人脸上露出一丝笑意，长了长身，向前走去。此时那人已经走到土丘半当中，他扬声道："是谷公棠谷兄么？"

那汉子听得有声音，站定了抬头向上看去，沉声道："正是谷公棠。前面的可是苏大爷么？"

那中年人淡淡一笑，道："在下正是苏道纯。谷兄可是带来了陶先生的消息？"

谷公棠道："苏大爷说的是，我已经查到陶先生下落了。"

苏道纯又惊又喜，不由向前跨出一步，道："陶先生在什么地方？"

此时两人相隔已经只有丈许。月光映着雪光，四周一片通明。谷公棠盯着苏道纯，露齿一笑，道："自然自然，不过苏大爷答应的事不要忘了。"

他的长相憨厚端方，仿佛脸上生就了"童叟无欺"四个字，让人一见便有信任之心。苏道纯舒了口气，道："当然，三百贯，我答应的事当然不会忘。陶先生到底在哪里？"

谷公棠点了点头，手如同顺便一般往腰间一搭，嘴里嘟囔了句什么。苏道纯不曾听清，道："什么？"

谷公棠忽地抬起头。他一直都笑容可掬，此时眼中却寒光四射，直如换了个人一般，动作也快了好几倍。随着他一抬头，腰间刀已脱鞘而出，直指苏道纯咽喉，喝道：“问阎王爷吧。”

谷公棠出手又狠又快，他现在虽然也只是个地痞混混，当初却是正宗名门正派出身，本是洛阳君子刀谷家的传人，自幼便有神童之目，后来因为犯了门规被逐出家中。来长安混到个小小帮派的帮主，仗的就是这把刀。这一刀有个名字，是洛阳谷家刀法的一路“考叔挟辀”。

洛阳谷氏诗礼传家，故有“君子刀”之称，刀法也都是从《春秋》中取名。这一招出自《左传》隐公十一年章“郑伯将伐许”条，谓“郑伯将伐许，五月甲辰，授兵于大宫。公孙阏与颍考叔争车，颍考叔挟辀以走，子都拔棘以逐之，及大逵，弗及，子都怒。”说的是郑国大夫颍考叔勇力过人，能挟车辕而行，此人亦是有名的忠臣孝子。谷公棠自幼便不喜诗书，这些文绉绉的原文当然记不得，哪里知道颍考叔是男是女，只知这一刀从腋下出刀，令人防不胜防，正是高招。他只怕苏道纯武功高强，自己一刀制服不了他，那事必无成，因此这一刀暗地里已练了许久，务必要出刀又准又快方可。

他这招“考叔挟辀”使出，只见苏道纯一张脸霎时变得煞白。苏道纯也知道这谷公棠会几手拳脚，但自恃本领不俗，哪里怕他有异动。哪知谷公棠的刀法之佳，居然远超他的估计，苏道纯本以为自己早有准备，但谷公棠一刀劈出，竟是毫无还手之力。他袖手而立，此时两手忽地分开，手中各握了一柄短刀，但短刀还没来得及抽出袖筒，谷公棠的刀已架在了他的脖子上。

谷公棠此时哪里还有半分忠厚老实相，一张脸已变得狰狞可怖。他是长安天虎帮的帮主，天虎帮不是什么大帮，名字虽然威风，一共也才五六个人，在长安籍籍无名，无非是借地聚赌抽个头，向临近各坊做生意的店铺收点钱之类，一些市井混混而已。因为他是晋昌坊这一带的地头蛇，苏道纯为了寻找一个姓陶之人，只有找他帮忙，说好找到后以三百贯相谢。只是谷公棠虽然是地头蛇，找人的本事却不大，不过打闷棍下黑手的本事倒是有的，苏道纯不合先给他看了装赏钱的钱袋。那钱袋鼓鼓囊囊的不知有多少，对谷公棠来说，杀了这个来路不明的苏道纯夺下钱袋，比找到那个不知在天南地北的陶宗山再来拿赏金可是容易得太多了。他能白手起家，纠合起一帮小喽啰，靠的就是出手狠辣，一旦拿定主意，哪里还会留手。这一刀斩过，当真如疾风闪电。

眼看苏道纯的一颗大好头颅便要被谷公棠斩下，谷公棠嘴角已浮起一丝笑意，哪知他的手腕上忽地一阵剧痛。这阵剧痛来得古怪，竟然连刀子都快要握不住了。谷公棠大吃一惊，眼角一瞟之下，只见手腕上竟然出现一个血洞。

苏道纯是用什么伤了自己？此时苏道纯的两手还在袖子里不曾抽出，谷公棠根本想不通他究竟是怎么做到的。右手腕已伤，他倒是狠角色，左手一把抓住了右腕，还想再催一把力。但如此一来，刀势已绝，不等他发力，苏道纯的双刀已然出手，谷公棠只觉眼前一花，惊叫道："动手！"话音未落，苏道纯的双刀已到。

苏道纯的左手刀从他右眼下切入，右手刀切入他左眼角，两刀在他脸上一交叉，恰好从他鼻尖处交会，将他的脸分成四片。

鲜血飞溅而出。谷公棠再狠，也受不了这等重创，他仰天摔倒在地，双手抱住了脸，血却仍是汩汩而出，将他身周的一带积雪都染得红了。

小山脚下，忽地闪出了五六个人，正是谷公棠那天虎帮的帮众。这些人比不得谷公棠是名门正派出身，顶多拿把刀子吓唬人，谷公棠原也没打算让他们出手，只想自己将苏道纯杀了，手底下人能拦住另一个别让他跑掉。做这事不怕心狠手辣，只怕做得不干净。那些喽啰向来对自己这个帮主佩服之至，只道谷帮主刀法天下无敌，做这等杀人越货的小事还不是手到擒来，哪知谷公棠居然一刀便受重创，这些人自然树倒猢狲散，也不顾谷公棠死活，纷纷逃散。

苏道纯也不理那些逃命的喽啰，走到谷公棠身边，一脚踩住他的右臂。其实这时谷公棠纵然还有一战之力，也已有力无心了。他的脸被苏道纯划成四片，两手捂住了脸倒在地上不住打滚，哪里还敢反抗。

苏道纯看了看他，冷笑道："谷兄，想不到你居然起了个不良之心。陶宗山的下落你究竟打听到不曾？"

谷公棠双手捂脸，手腕上的痛楚倒是余事了。苏道纯这两刀霸道之极，入肉极深，鼻子也已经划成四片，鼻孔里都是血，他只能用嘴来呼吸。他大口喘着气，道："你……你到底是什么人？"

方才那一招"考叔挟辀"是他平生最为得意的招数，他根本想不到居然会出而无功。苏道纯冷笑了一下，还没说话，那个狐裘少年已经走上前来，低声道："谷先生，你是中了敝人的发切丸。"

发切丸是什么？谷公棠心中想着，但还没问出来，那少年已似知道他在想什么一般，伸出一手。他的拇指和食指之间夹了一团黄豆大的东西，其余三指拳在掌心，举到谷公棠眼前，道："谷先生，发切丸便是此物。"

狐裘少年的五指修长纤细，晶莹如玉，几如女子之手。在拇指和食指之间夹着的，却只是一团乱毛揉成的小球而已。这样一团小球居然能将自己的手腕打个血洞，谷公棠心中自是不信，道：

"不……不要骗我。"

狐裘少年抿嘴一笑，弯下腰来。他弯下腰的时候，拇指与食指之间夹着的已成了一根银针，往谷公棠右腕上刺去。谷公棠只觉手腕上一下刺痛，那少年已将银针举了起来，道："谷先生现在信了么？"

银针上挑着一个被血浸透的黑色小球，正与方才那少年指间揉着的那个一般无二。谷公棠呻吟了一声，道："这是什么？"

这个小球居然有偌大威力，谷公棠自认武功高强，但这等武功他实是闻所未闻。狐裘少年又是淡淡一笑，道："发切丸是以乍死女子之发炼成，利可断金。"

虽然眼下已被划出一条大伤，谷公棠的眼还是一下睁圆了，惊道："你们是术士！"

只有术士才使用这种古古怪怪的法术。术士在一般人的心目中，都是与"妖人"归为一类的，便是官府也向来严禁术士施法。谷公棠还记得很久以前听到过的那些异闻佚事，说什么善术者可卜人生死，又能识宝，多以死尸修炼秘术云云。这些恐怖故事虽然隔了许多年仍然记忆犹新，只是他想不到自己居然亲眼见到了一个。方才苏道纯以双刀破他面门，那是真实本领，但这少年用这种女尸身上的毛发炼成什么"发切丸"，明显就是妖术了。

他刚一喊出，抽动伤口，脸正疼痛得难以忍受。他虽是精壮，终究不是铁打的，登时晕了过去。

当他喊着"你们是术士"时，狐裘少年与苏道纯对视了一下，眼中有些诧异。苏道纯走到谷公棠跟前，伸手搭了搭他左手的脉搏，道："他没事。"他翻起谷公棠的左臂，右手短刀一划，已将谷公棠的袖子从中划开，却不伤皮肉，露出一条手臂来，再将短刀翻过来，以刀从谷公棠腕处向肘弯一刮。这是回血之法，可以让人暂时清醒。只是谷公棠失血甚多，苏道纯又不曾给他止血，直接便施回血之法，等如饮鸩止渴。只是在苏道纯心目中，谷公棠的死活根本及不上那陶宗山的下落重要。

他将刀背一刮，谷公棠果然又睁开了眼。少年正冷冷地看着他，见谷公棠醒了过来，道："陶宗山的下落你到底找到没有？"

谷公棠惨然一笑，道："此人本是通事，七年前曾受招募往倭国，此后便下落不明。若找得到他，我也不打这个主意了。"

他说的倒是实话。就是因为找不到那陶宗山，而苏道纯拿出来的赏格实在太过诱人，才铤而走险，想要杀人越货，没想到弄巧成拙，反而一败涂地。苏道纯知他说的是实话，抬头看了看那狐裘少年。那少年眼中也大是失望，但他仍不死心，道："难道你不曾找到一点踪迹么？"

谷公棠听这少年的口气，似有饶恕自己之意，登时又生了希望，道："当然也查到一点。"

苏道纯在边上一长身，喝道："是什么？快说！"他们为寻找那陶宗山下落，当真费尽心机，却漫无头绪。不管谷公棠找到什么，他都不能放过。

谷公棠道："此人……此人有过一个妻子叫王氏，后来因为陶宗山家徒四壁，改嫁给旁人了。"

苏道纯道："改嫁给什么人了？"他的手已不自觉地抓到谷公棠肩头。谷公棠见他如此心急，道："你们饶了我，我便说。"

苏道纯正待听一听那王氏的下落，见谷公棠说到关键处却打住了，心中着急，又不敢催他，看了看边上那少年。少年脸上仍然木无表情，只是点了点头，苏道纯道："好，你说了便饶了你。"

谷公棠道："那王氏嫁了个屠夫，听说搬到怀远坊去了。"

他原本以为这消息无关紧要，哪知刚一出口，苏道纯与那狐裘少年都长吁一口气。谷公棠见他们这般模样，不禁大大后悔。如果把这个消息卖给他们，纵然拿不到全部赏格，一半大概总有的。他命既保住，发财之心又起，道："虽然难找，不过西市我有不少朋友，两位爷放心，小人领两位前去，一准找到。"

苏道纯还不曾说话，那少年却森然道："不必了。"

谷公棠见他眼中目光森然，不由大骇，心道："他要做什么？"还不曾反应过来，那少年伸手在谷公棠面门上轻轻一弹。一道黑影从他指间射出，正击中谷公棠眉心，谷公棠身子一抖，便已不动。那是一个发切丸，一弹之下击穿额骨，破脑而入，谷公棠当即丢命。

狐裘少年杀了谷公棠，轻声道："托他的福，负心子总算有了点影子了。"

苏道纯沉默了一会，道："负心子真的是在大唐么？"

狐裘少年冷笑了一下，道："当初摩利势妄为，我父一直容他，便是因为这负心子，只望他能有朝一日进献出来。哪知此人冥顽不灵，结好旻上人，后来负心子便再无影踪。那时陶宗山便是唐使通事，摩利势与这等下人结交，所欲何为，自然昭然若揭。他是怕负心子落入我父之手，不惜将此物渡来大唐。却不知天道好还，吾家之物，迟早还归吾家。"

苏道纯看了看周围，小声道："听鞍作说道，镰足也在搜寻负心子。负心子是我族之物，他妄加窥测，其心可诛，千万要小心，万一他……"

少年的脸上又浮起一丝笑意，轻声道："鞍作是鞍作，我是我。鞍作总是顾及同门之谊，若镰足落到我手中，他就会求死不能了。"

少年脸上肤白如玉，但他笑起来却让人不寒而栗。苏道纯看了看这少年的笑容，背后没来由地冒出一丝寒意。少年却不理他，只是看着远处。长安的雪夜，黑白分明，却似乎弥漫着一股妖气。

“长安真是一个魔都。”

少年耳语般喃喃说着。

纥干承基走出兴化坊汉王李元昌的府第，跳上马，看着前面的车缓缓驶去，心中有种说不出的兴奋。

终于摆脱师兄的阴影了。许多年来，他们十二金楼子中的十一个人都像是大师兄尹道法的影子，只能由大师兄驱使。许多年了，十二金楼子虽然闯出好大的名头，损失也惨重之极，只剩了师兄、自己和弥光三人。到了这时，纥干承基再也不愿听从师兄的吩咐了，只是在师兄积威之下，他也不敢公然反叛——直到太子向自己示好。

会昌寺一战，尹道法听从旧主人虬髯客张三郎之召，决定离开李元昌，重归张三郎麾下，一同在会昌寺行刺天子。纥干承基在长安繁华富丽之地呆惯了，哪里耐得僻处海外的洗心岛，终于奉太子之命，将在会昌寺外接应的尹道法杀了。张三郎没了尹道法接应，定下计策全然不通，一败涂地，自己也为天子秘密召回的袁天纲、李淳风两人的六道圆轮大法所困，险些死在会昌寺。因为天子念及昔年之情，放了张三郎一条生路，换来了张三郎彻底打消争雄逐鹿之心。而尹道法一死，自己也终于名正言顺转到了太子麾下。

终于要飞黄腾达了。纥干承基一想起便有些想笑。太子年纪虽轻，手段却凌厉，对属下的赏赐也毫不吝啬。何况太子手下还有秦英、韦灵符、朱灵感诸人，个个法术不俗，自己有太子看重，便可多多切磋，也能如余七一般博采众家之长，日后再不必畏惧极玄子一门。

以前在李元昌门下，事事都由大师兄转达，这种仰人鼻息的滋味对于野心勃勃的纥干承基来说实在不好受。直到而今，终于有了扬眉吐气之感，他骑在马上也心神为之一爽。

与纥干承基的扬眉吐气不同，刚送走承乾太子，李元昌便坐在胡床上呆了半日。墙上挂着一幅墨鹰图，那是他的得意之作，也是自喻之作。但今日看起来，画上那头神俊无比的墨鹰却如斗败了的公鸡一般，毛羽散乱，双目无神。

刚来拜访过的那人是承乾么？

虽然谈吐举止一般无二，但承乾仿佛一下子成熟了许多。以前太子总是听从自己的安排，便如自己的一把得力的武器。但如今这把武器已经出鞘，仿佛一夜间有了自己的意识，只是短短几句话，李元昌便知道这个少年已不再是自己指挥得动了。

他身上究竟发生了什么？难道，真的是因为二哥的血脉么？李元昌自幼便不服气二哥，觉得自己只是晚生了许多年，以至于未能上阵博取战功，以本领而论，自己当有逐鹿中原之能。只是自己懂事起，天下便已承平，自己的纵论天下，只被看作是纸上谈兵。只有大哥，自幼便对这个七弟青眼有加，屡屡称赞，说是等自己长大以后，将要付与兵权，一展所长。

大哥是太子，这话的意思自是等将来大哥继位，便封自己为将帅。李元昌还记得自己那时便将大哥这话铭记于心，只盼这一日早点到来。可是等来等去，结果等来的却是十二年前玄武门外那一场手足相残的血战。大哥被二哥杀了，天子之位也被夺了。虽然二哥对自己也不算错，但李元昌知道领兵征讨，那是永没自己的份了。自己的书法丹青声誉越来越高，可是自幼就有的披甲执锐，征服天下的雄心却从不曾忘，不知有多少次李元昌做梦都梦到自己手握兵权，驰骋疆场。

都是父皇之子，凭什么尔为君，我为臣？

在李元昌的心里，也有过这样的想法。虽然不能为外人道也，但每当脑海里想到有朝一日自己也可能荣登大宝，李元昌就激动得浑身发抖。也正因为这样在想，所以承乾越胡作非为，对他来说便越为有利，二哥也越不会注意自己。只是令他意外的是，向来以自己为谋主，对自己言听计从的承乾，突然间变得如此睿智老道，以至于李元昌隐隐竟对承乾有了些惧意。

承乾身上到底发生了什么？他百思不得其解。因为震惊，承乾所说的一切他几乎都不曾听进去。直到承乾告辞离去，他的神智才算回到自己身上。回想方才的情形，他仍然如在梦寐。

二

会昌寺沙门辩机的禅房门忽然“砰”一声被推开了，一个人急匆匆地冲了进来。

在会昌寺里还如此冒失的，除了高仲舒就没旁人了。天很冷，高仲舒却也满头大汗，倒与明崇俨一般模样。他冲进屋来，一见盘腿而坐的辩机与明崇俨，叫道：“辩大师，明兄，你们果然在啊。”

辩机微微一笑，道：“高施主，请坐。”伸手从橱里取出个杯子，给高仲舒倒了杯茶。高仲舒来了许多次了，虽然人冒冒失失，但他史书读得极熟，谈锋亦健，每次来聊天，倒也是一桩乐事。

高仲舒接过杯子一饮而尽，道：“明兄，守约来过没有？”

他说的“守约”是金吾卫街使裴行俭的表字，也是明崇俨的好友。明崇俨眉头一扬，道：“没有啊。出什么事了？”

裴行俭是金吾卫军官，公务繁忙，很少来会昌寺闲坐。高仲舒道：“我想他也没空过来，现在他来一趟很不容易。”

明崇俨知道高仲舒说话半天绕不到正题，打断他的话头道：“出了什么事？”

高仲舒自己又去倒了杯茶，喝了一口，道：“是一桩怪事。”他将杯子放在桌上，嘿嘿一笑道：“他们金吾卫都要吵翻天了，我跟守约说你多半会知道，没想到他没来。”

明崇俨道："究竟是什么事？你直说吧。"

高仲舒抹了抹嘴，这才不紧不慢地道："西市南边有个怀远坊，且说那坊中人烟稠密，商户云集……"

怀远坊在西市南边，明崇俨当然知道。他见高仲舒还要卖关子，正待打断他，辩机突然插嘴道："怀远坊有法宝寺、光明寺、功德尼寺，都是古刹。到底出了什么事？"原来辩机见高仲舒说了半天仍不入正题，心中也有些着急。怀远坊紧贴西市，店铺自然极多，不过辩机知道的只是些寺院而已。

高仲舒本想将怀远坊再大大描述一番，听辩机这般说，便笑了笑道："怀远坊是那些贩夫走卒聚居的所在，在那里有个杀猪佬叫胡和炳，因为脸上有几颗麻子，诨名便叫麻胡。这麻胡杀猪为生，最是好赌……"

明崇俨再也忍不住，喝道："讷言，你再不入正题，我便要将你的嘴巴真个变成铁的了！"

高仲舒字讷言，外号高铁嘴，虽然满腹经史子集，多起嘴来实是叫人受不了。他见明崇俨有些不耐烦，吓了一跳，心知明崇俨法术精通，说不定真个封了自己的嘴。不吃饭尚可忍，说不了话那可受不了。他咽了口唾沫，道："你急什么，我说的正是正题。那麻胡因为好赌，三十五岁上方讨了一房妻室王氏。王氏虽是个再醮之妇，两口子倒也恩爱。只是今日麻胡的肉铺迟迟不开门，上门买肉的等了半日，有性急的就去敲门，才发觉门不曾关。推进去一看，乖乖不得了，麻胡两口子都死在里面。"

明崇俨听他说了半日，原来不过是件死人案子，不由大失所望，道："多半是那麻胡赌输了，债主追上门来出气杀人吧。"

高仲舒猛地一拍膝盖，道："哈哈，明兄，你这就不懂了。

欠债还钱，可不是要命的。人活着，多半还能还出一点，要死了，这笔债就要不回来了，所以债主是最不可能杀人的。再说，麻胡两口子死得太怪，那债主不会有这等本事。”

明崇俨诧道：“死得怎么怪法？”

“衣冠不整。”高仲舒见明崇俨眼里又有怒火，忙道，“当然他们多半是被人从被窝里拖出来，衣冠自然不整，最怪的是麻胡的伤口在咽喉处，只有豆粒大。”

明崇俨总算明白了前因后果，骂道：“高兄，你还是别读书了，当仵作去吧。那是用锥子刺杀的，咽喉被断，透不过气来，当然就死了。”

“更怪的是那王氏周身无伤，尸身双目圆睁，”高仲舒向前凑了凑，低低道，“似乎是被什么东西吓死的。”

明崇俨想了想，道：“咽喉处没有掐痕么？”

“没有。仵作以银针探喉，王氏也不是服毒而死的。”

明崇俨没有再说什么。杀人而身上无伤，有许多种方法，像武功高手可以一掌击碎内脏，尸身外表却看不出来。另外，就是以邪术杀人了，也可以周身无伤。他道：“有内伤么？”

高仲舒道：“怪就怪在这里，内脏无伤，倒是左太阳这儿，有三点小小的瘀青。”他伸手从怀里摸出一张纸，道：“样子很怪，就是这样的。我是照着画的，虽不中亦不远矣，大小也差不多。”

明崇俨接过那张纸看了看。纸上用毛笔点了三个小点，三点靠得很近，几乎连在一处。他伸出右手，将拇指、食指、中指并拢，往上一按，三根手指刚好罩住三点。他一怔，道：“是指力杀人？”马上又摇了摇头。

指功练得好，手指亦如铁锥。但王氏居然身上无伤，显然并不是用指力杀人的。高仲舒道：“守约说这绝不是致命伤，他想不通是怎么死的，我说你一定能猜得到，所以来找你问问看。”

“是法术。”

明崇俨低低说着。

高仲舒眼里一下亮了起来，道：“你能和上回那样，追查到施术之人么？”上一次明崇俨用撒豆之术查出偷袭他们之人的下落，他觉得这一次一定也行。

明崇俨摇了摇头，道：“不一样。我要在凶手身上施了禁咒，方才能撒豆查出他的下落。此事我连见都没见到，查不出来的。”

高仲舒有些失望，道：“那还有什么办法么？”

“也就是金吾卫武候铺追查询问的办法，别的法子哪里会有。”明崇俨笑了笑，道，“你今天过来，不会是也和裴兄一样要到金吾卫谋差事吧？”

高仲舒咂了咂嘴，道：“我才不要做这个！可惜！我只道你不费吹灰之力就能查出凶手。”

明崇俨道：“我又不是神仙。”他看着高仲舒，道：“这件事出在守约的辖区，所以你来找我的吧。”

高仲舒嘿嘿笑了笑，道：“倒不是，守约新近换防到曲江那边了，很远，这事是他来弘文馆为老师拜寿时跟我说起的，与他已经没关系了。他运气倒好，早走了两天，这事就扯不到他身上了，不然他这会子要焦头烂额，听说金吾卫上头要怀远坊武候铺限期破案呢。”

原本裴行俭的辖区就在会昌寺这一带，因此有空也常来坐坐，但最近一直没来。明崇俨点了点头，道：“怪不得他来得少了。”

高仲舒向前欠了欠身，道：“明兄，还有，我是想问问你，当初那个琉璃子还找不找得回来了。”

他与明崇俨结识，缘于当初他的同学苏合功让十二金楼子来捉弄他。那一次高仲舒身上有颗琉璃子被十二金楼子夺走，事后苏合功却矢口不认，说根本没这种事。琉璃子也不是什么值钱东西，高仲舒一直不曾放在心上，明崇俨不知道为什么过了大半年高仲舒又旧事重提。他诧道：“十二金楼子已经下落不明，现在多半已找不到了。怎么了？”

高仲舒道：“今天我看到有人贴了张告示，说要重价求购琉璃子。我看那琉璃子与我当初那颗非常相似，所以来问问你。”

高仲舒的祖父爵封郯国公，家里根本不缺钱。明崇俨奇道：“你居然想要那笔重价？一个琉璃子的重价能有多少。”

高仲舒道：“那可是一部沈休文的《晋书》啊！有钱也买不到。”

明崇俨道：“沈休文也写过《晋书》么？都不曾听说过。”

高仲舒嘿嘿一笑，道：“明兄，你读书没我多了吧。此书是沈休文少年起意，得明帝特许，费二十载寒暑之功始成，可惜失传已久。”

沈休文即是六朝名诗人沈约。沈约是齐梁间永明体的领袖，创“四声八病”之说，唐时盛行的近体诗便是以四声八病为圭臬定下的。沈约诗文俱精，当时有“江东之豪，莫强周沈”之说，其中的“沈”指的便是沈约。沈约少年时便动笔修《晋书》，二十年始成，只是此书后来散佚，再也找不到。高仲舒精于史，这部《晋书》对他的吸引力，自然比什么悬赏大多了。

明崇俨皱起了眉头，道：“怎么会是这种价钱？谁出的？”

“一个叫周山田的人。”高仲舒舔了舔嘴唇，道，“明兄，你能不能查出来？”

明崇俨站起身，道：“走吧。”

“去哪儿？”

“去看看那个周山田。”

周山田的宅第在醴泉坊。醴泉坊就在西市北面，因为这些生意人都有店铺在西市，又嫌西市太嘈杂，而西市南边的怀远坊大多是些市井小民，所以北边的醴泉坊便成了富翁定居的首选。

醴泉坊本名承明坊，隋开皇三年春正月，以承明坊出甘泉七所，饮者疾愈，故改此名。醴泉坊贴着最繁华的西市，闹中取静，有唐一代定居于此的宗室钜公甚多，当时就有辅国大将军段志玄宅，后来的太平公主、陕王李嗣升、申王李成义也都宅于此坊。

周山田的宅第门面并不甚大，不过这司阍架子甚大，显然这周山田甚是有钱。明崇俨与高仲舒到了周宅门前，将名刺送上。所谓名刺，就是后世的名片。名刺出现甚早，三国时祢衡至颍川，身怀名刺，却不欲见一人，以至名刺上的字都渐渐褪色，留下一个“怀刺漫灭”的典故，后来中唐的元稹《重酬乐天诗》中也有“最笑近来黄叔度，自投名刺占陂湖”之句。

那司阍按过名刺进去传话，才过了一会儿，便出来道：“二位公子，我家老爷有请。”语气已恭顺许多。

高仲舒见那司阍前倨后恭，暗自得意，心道：“这周山田也听说过我家的名头。”那周山田生意做得不小，该与官场有往来，他高氏乃是名门望族，名刺也大为华丽，不是寻常的一张白纸，周山田见了这名刺，自然知道来的不是寻常布衣了。

院中积雪已扫得干干净净，有个人正站在当中。他们一进院子，那人便深深一躬身道：“二位公子大驾枉顾，幸如之何。”

当时对商人都有重利忘义之评，商人虽富，却不太被人看得起。

像波斯商人大多豪富，但在参军戏、说话中的波斯胡商大多是取笑的对象。高仲舒见周山田降阶而迎，彬彬有礼，谈吐也大为不俗，登时大起好感，还了一礼道："晚生高仲舒，这位是吾友明崇俨，有劳周先生了。"

那人抬起头，微笑道："在下中臣镰足，周兄近日外出，唯有小弟在此，请。"

听得那人的名字，高仲舒与明崇俨都略略一怔。有些姓氏甚偏，明崇俨的"明"姓就不多，只是复姓"中臣"的他们都不曾听过。

进了厅堂坐下，高仲舒忍耐不住，道："中臣兄，恕晚生不学，不知郡望是何处？"他读书甚多，《汉书》有个中行说，那是姓中行的，只是搜遍腹笥，也记不起有姓"中臣"的。

中臣镰足微微一笑，道："高兄取笑了，在下高市人氏。"

高仲舒更是一阵头晕，心道："完了完了，我还在明兄跟前吹牛说读书极博呢，却不知这高市是什么地方。"只是他不肯露怯，点点头道："原来是此处。贵处文风颇盛，怪不得沈休文《晋书》尚有流传。"

中臣镰足又是一笑，道："高兄博闻。"他起身从后面的书架上取下一函书，道："高兄所言，是否是此书？"

那是四册一函的书，封皮是用蓝布做的，看上去极是精致。高仲舒抢也似拿过来，抽出一册翻开，惊叫道："果然是！明兄，你看，'吴兴沈休文'！"他方才还是一副温文尔雅的书生相，此时两眼发亮，几乎与上了瘾的赌徒一般。他翻了翻，道："中臣兄，你这书怎么卖？我问你买成不成？"看他的样子，若是中臣镰足不肯卖，他大概要动手抢了。

中臣镰足道："高兄既然喜欢，那此书便赠与高兄吧。"

高仲舒几乎不敢相信自己的耳朵，道：“什么？真的么？”沈约这部《晋书》已经失传，他在弘文馆与同窗闲聊时，便说传下来的晋史不可谓不多，单单《晋纪》，便有干宝、陆机、邓粲、徐广、曹嘉之、刘谦之、裴松之七家，还有习凿齿的《汉晋春秋》、孙盛的《晋阳秋》、檀道鸾的《续晋阳秋》，都是关于有晋一代的史书。只是这许多史书大多以讹传讹，若能得沈休文《晋书》与之钩稽校核，去伪存真，当可著成一部良史。他想要这部书已经许久了，没想到上门来还未曾开口，便这么容易便拿到手，当真喜出望外。

中臣镰足道：“宝剑赠与烈士，胭粉赠与佳人。高兄擅史，此书归于高兄，可谓宜矣。”

高仲舒已在爱不释手地翻着书，中臣镰足说什么也没听进去，没口子道：“是是是。”

明崇俨忽然道：“中臣兄，恕我冒昧，兄台恐怕不是中原人士。”

中臣镰足微笑道：“明兄神目如电，在下是大倭人士。”

日本之称为日本，是后来武后所颁诏命。贞观年间，不论是中国还是日本，都只知有个倭国。倭国与中原早有来往，只是真正有国交，始于推古天皇使小野妹子遣隋。倭国遣隋共有四次，隋灭之后，只有贞观四年曾有一次遣唐使，回使的便是高仲舒的祖父高表仁。只是当时因高表仁与倭国王子争礼，闹得不欢而散，其后便再无来往，第二次遣唐使一直要到二十三年以后了。在七年后的贞观十一年，长安的倭人极为少见，所以高仲舒与明崇俨都不曾想到。

高仲舒也未想其他，只是心道：“原来这中臣镰足是倭人，怪不得说什么高市，我听都没听过有这地方。听说倭国与百济极近。”明崇俨却皱起了眉，道：“中臣兄既然以此书作为赏格，为何马上便赠与高兄？在下鲁钝，实是不解。”

中臣镰足看了正在翻书的高仲舒一眼，道：“镰足不敢欺瞒，在下本来就有求于高公子，只是无由谒见，只得出此下策。”

高仲舒抬起头，道：“中臣兄有什么事么？是不是要学诗？”当时移居大唐的诸国人等如果是来求学的，第一件事便是学诗。高仲舒自己的诗作得不好，却好为人师。

中臣镰足摇了摇头，道：“我想请问一下高兄，当初令祖曾来我国，是不是曾有一位通事陶宗山向令祖献上一颗琉璃子？”

高仲舒的祖父高表仁在贞观五年奉命出使倭国，这事高仲舒也曾听祖父说起过。至于有什么通事陶宗山，那是闻所未闻。只是听得“琉璃子”三字，他道：“是不是一颗拇指般大，当中有个孔的琉璃子？”

中臣镰足欠了欠身，脸上已露出喜色，道：“如果放在日影之下，可以映出里边有个三头蛇形，高兄见过此物？”

高仲舒一拍大腿，道：“可惜，我没见过。”

中臣镰足一怔，还不曾说话，高仲舒道：“早知是这样，我就该看一看了。唉，身边放了几年，居然没去看一眼。”原来当初从家里找到那颗琉璃子，只以为是个寻常坠子，从来没在日影下看过。听中臣镰足这般说，他大起好奇之心。

中臣镰足这才知道高仲舒说的“没见过”是指没有看到里面有蛇形。他松了口气，道：“可是与此一般？”

他从怀中取出一个小小玉盒，伸手打开了盖子。才一揭开，高仲舒与明崇俨都“咦”了一声，玉盒中有一颗琉璃子，与高仲舒那颗一模一样。高仲舒呆呆道：“这是……”

“这是八岐负心左子。”中臣镰足拿过桌上的一支蜡烛，左手捻起那颗琉璃子，道，“请看。”

烛光一靠近这琉璃子，墙上赫然出现一个影子。现在天色还亮，烛光也并不如何明亮，雪白的粉壁上出现的影子却如墨涂一般。这影子如一个四头的巨蛇，便是墨笔精描的也没这般清晰。高仲舒和明崇俨都是身体一震，高仲舒道：“这……这是真的么？”

他几乎要以为是幻术了。烛光跳动，那四头的巨蛇也如活物一般摆动，当真栩栩如生。中臣镰足收到了那颗琉璃子，道：“这一对负心子乃我大倭皇家之物。舒明天皇四年，正值高兄令祖出使敝国，那颗负心右子为穿窬小窃所盗，不知下落。近来方才查明，原是当时有人将此物交付使团通事陶宗山，而陶宗山回到大唐后又将此物奉与高兄令祖。在下奉皇命赴大唐求取此物，还请高兄璧还，在下愿重价以求。”

高仲舒看了明崇俨一眼，长叹一口气，道：“可惜这东西不久前让我给丢了，唉。”他恋恋不舍地将那部《晋书》收回函中，递给中臣镰足。中臣镰足吃了一惊，道：“丢了？”

高仲舒道：“确实不在我手上了。让中臣兄失望，实在抱歉。”他看了一眼那部《晋书》，吞了口唾沫。

中臣镰足呆了一阵，才道：“高兄能否将详情告知？”

从周山田的宅第出来，高仲舒松了口气。方才中臣镰足得知那琉璃子已被十二金楼子取走，大失所望，只是那部《晋书》仍然送给了高仲舒。他小声道：“明兄，那倭人倒是很厚道啊。那个八岐大蛇、素戋鸣尊什么的，好像就是《搜神记》中的李寄。”

方才中臣镰足跟他们说了一通素戋鸣尊斩杀八岐大蛇之事，若不是看在中臣镰足送他一部书的面子上，高仲舒险些便要直说是抄袭《搜神记》了。

明崇俨道：“倭人无文，听说他们用的也是汉字，也是从百济渡来的，这部沈休文《晋书》只怕便是从百济转道过去。只是，这中臣镰足似乎未曾尽吐其实，他开那赏格，分明就是投你所好。”

他还记得高仲舒那颗琉璃子是从家里翻出来的，连他自己都不知来历，但中臣镰足显然已经确定琉璃子就在高仲舒手上，他究竟是如何得到这个消息？

正想着，只觉头上一凉，抬头看去，纷纷扬扬地又开始下雪了。高仲舒也抬头看了看，道：“下雪了。我们找个茶馆喝一杯。”他一心想找个地方细细读书，倭人是不是照抄了《搜神记》也已不在他关心之列。

明崇俨似乎想说什么话，但他顿了顿，只是道：“天也不早了，早点回去吧。”他从怀中摸出一张黄表纸，取出朱砂笔画了道符，道：“讷言兄，这道符你折好后放在发髻里。”

他的眼里已带着一丝忧虑，高仲舒却没有觉察，顺手接过来道：“是发财符么？嘿嘿，明天散了学，我请你喝酒。”他得到这部《晋书》，便如老饕面对一桌上等酒席，已是急不可耐。

看着高仲舒的背影，明崇俨眼里又浮起一丝忧虑。高仲舒毫无觉察，但他心底却隐隐觉得有些异样。那颗琉璃子真如中臣镰足所言，只是倭国皇家世代相传的信物么？他眼前那个四头巨蛇的影子不断地晃动，似乎越来越大，越来越狰狞可怖。

下雪了。他抬头看着天。长安的雪，纷纷扬扬。岁末的雪，寒冷彻骨，上一场雪还未化尽，便又下开了。上一场雪被人踩得遍地泥泞，污浊不堪，现在这一场雪便将一切的污浊都掩盖起来。

铅色的厚云布满天空，似乎要压下来，将这个人家百万的长安城也彻底压垮。

三

“公子，这里有负心子的下落么？”

苏道纯摘下腰间的酒葫芦，抿了一口酒，又舔了舔嘴唇。这里是晋昌坊的无漏寺。晋昌坊也称为进昌坊，是长安东南角朱雀门以东第二街，自北向南的第十一坊，相当偏僻。无漏寺为隋时所立，九年后高宗即位，在无漏寺址为文德皇后立寺，就是有名的大慈恩寺，此时却已荒废，寺中一片荒芜。他们从谷公棠嘴里得知胡氏夫妇下落，连夜赶去，却发现胡氏夫妇已然被杀，这条线索又已断了。那少年说要来无漏寺看看，苏道纯原本也不知无漏寺是什么，来了才知道原来是个废寺。

“恐怕，镰足已经到了大唐了。”

少年低声说着。大雪纷飞，在雪地上踩下的脚印马上又被掩盖，仍是白色一片。

“镰足？”苏道纯的眼中闪烁不定，“他真的会来大唐？”

少年抬头看着天空，冷笑道：“镰足性情坚忍。我还记得当初他与鞍作同在旻上人门下，有一次我见旻上人以易学提问，鞍作对以乾之卦九五，镰足对以九三，我便知此人之心还在鞍作之上。”

《周易》乾之卦九五为“飞龙在天，利见大人。”《文言》

谓此卦“同声相应，同气相求。水流湿，火就燥，云从龙，风从虎，圣人作而万物睹。本乎天者亲上，本乎地者亲下，则各从其类也”，有君王之气，故帝位亦称为“九五之尊”。而九三则是“君子终日乾乾，夕惕若，厉无咎”，说的是君子白天进德修业，晚上反省自己，事事防患于未然，故虽有危亦无害。那少年所称旻上人，即是倭国入唐求学的僧旻。僧旻虽然是佛门弟子，学的却是《易》学，当初便是与高仲舒的祖父高表仁一同东渡归国。

听这少年说起此事，苏道纯心头只觉有一阵寒意，心道：“这孩子竟然如此阴沉！只怕鞍作自己也还不曾想到吧。”苏道纯自己当初也曾在旻上人门下学过一阵，只是从来不曾注意这些事。当时那少年还是个跟从旁人听旻上人说《易》的十一二岁的小小孩儿，大家都觉得他年纪幼小，根本学不到什么，只不过充数而已，没想到这个小小少年当初便已经冷眼旁观，一切都洞察于心了。他咽了口唾沫，道：“鞍作知道么？”

少年忽然看了苏道纯一眼。这一眼寒意彻骨，苏道纯只觉得浑身都不自在，仿佛走在一条荆棘遍地的路上，被一条毒蛇窥视。他不由打了个寒战，没敢再开口。半晌，那少年道：“道纯，有件事我想问问你。”

苏道纯只觉心底突然间寒意大盛。暮雪纷纷，虽然身上寒冷，背上却已冒出一身的冷汗。第一次，他觉得这少年的眼神如利刃一般，几乎要不敢对视。他道：“公子，是什么事？”

“你被赐姓苏我，以前本姓是什么？”

苏道纯其实本名秦道纯。他的掌心已如握了一片寒冰一般，嘴唇也干得似乎要裂开。他干笑了一声，道：“公子问这个做什么？”

少年没说什么，只是将左手向前一伸。他的手掌洁白如玉，掌心升起一团黑烟。这团黑烟很淡，但在雪地里看来却很是显眼。

黑烟越来越大,依稀是个野兽模样。苏道纯失声道:“貘食术！”

少年的眼里露出一丝杀气。他盯着苏道纯，慢慢道：“镰足手下有个胜法师，他也会貘食术。那胡氏夫妇被杀，定是镰足使此人所为。只是我想不到镰足竟然能抢在我前面，他究竟是从哪里得来的消息？”

苏道纯的心猛地一震，他强作镇定，摘下葫芦来又喝了一口，道：“镰足若真到了大唐，只怕他已有耳目在了，能查到胡氏夫妇也不意外。”

少年的嘴角微微抽了一下,淡淡地笑了笑,道:“于我是很意外，于道纯你却不意外。”

苏道纯只觉一口酒都要咽在喉咙口了。他道：“公子，你这话是何意？”

“道纯，想必你还不曾觉察，我已对你用过貘食术了。”

倭国传说，貘是一种以梦为食的异兽，貘食术就是一种能探知旁人心底隐事的异术。苏道纯的手也僵住了,一句话都说不出来，那葫芦也放不下去。

少年把玩着掌上那黑烟凝成的异兽，低声道：“可惜貘食术只能探查出模糊情形，我只能依稀看到你向人密告胡氏夫妇下落的情形，方才我故意说起镰足，你的心神果然大起波动，却并不怀疑，我才敢断定。客栈中不好动手，这无漏寺中却无旁人，道纯，你不肯说出镰足下落么？”

苏道纯只觉浑身都已冰凉。他的名字其实叫苏我道纯，入唐后为掩人耳目，去一“我”字，便如唐人姓名一般。他得那少年之父赐姓苏我，视若义子，其实却是中臣镰足一党。此次与这少年一同入唐，暗中向中臣镰足密报进展，自觉做得极为隐秘，没想到这少年年纪虽小，却远比自己想的厉害，竟然这么快便看破自己心中隐密。他嗫嚅地道："公子……"

刚说了两个字，手指一勾，袖筒中两杯短刀也已握在手中。不等那少年反应，从他的嘴里忽地吐出一柄剑。

这是他的唾剑术。

唾剑术是倭国秦氏秘学，秦氏一族始皇后人，刘邦立汉，秦氏东渡避难，归化倭国，便以"秦"为姓，至今已有千年，已是倭国一个大族，后来在一九九四年当选的日本首相羽田孜，便是秦氏后裔。这唾剑术是以内息将口中酒水逼出，便如利刃，伤人于无形，乃是秦氏不传之秘，而苏我道纯的本姓正是姓秦。他知道这少年狠辣之极，对自己的剑术也了然于胸，但这唾剑术旁人极少知晓，只盼能一举成功。

寻常人等总在注意敌人双手动作，决想不到嘴中还会喷出剑来，因此所唾之剑虽然并非真剑，仍然可以伤人，秦氏一族以唾剑术杀人，从来无不中之理。也正因为寻常不得动用，知道唾剑术的人都少而又少。苏我道纯心知这少年异术厉害，自己唯有以唾剑术一拼才有胜机。他故意拔出隐于袖筒中的双月切，正是要将那少年的注意力引到手上，再以唾剑术一举见功。

无漏寺占地甚广，水竹森邃，冠于京都。他们站的地方是大雄宝殿前的空地，地上还倒伏着一些石香炉。此时雪越下越大，鹅毛大雪纷纷飘落，几如一张密密的大帐，要将人都淹没。苏我道纯的唾剑术使出，那柄酒液凝成的短剑穿破重重雪片，直取那少年面门。眼见要刺入少年眉宇间，突然如同击在一堵无形的墙上一般，"啪"一声，酒液纷飞，转眼已消失无迹。

苏我道纯的心已沉了下去。他只以为唾剑术能出其不意，打他个措手不及，没想到这少年竟然对唾剑术一样早有防备。他还不曾来得及反应，那少年的右手已举了起来，如拈花一般，中指与拇指扣在一处，向他一弹。苏我道纯只觉眼前一花，左右肩头一阵剧痛，双肩上已出现两个血洞，两道血柱直冲出来，他痛得惨呼一声，双月切已握不住了，从手中坠落，没入积雪，鲜血将积雪也染红了一片。苏我道纯只觉双肩痛得像是穿过两根烧红了的铁针，纵然还有一战之心，也已没了一战之力。

仅仅是昨天，谷公棠死在雪地上，只怕也是这样吧。

他想着，一片朦胧中，只见那少年的身影穿破漫天大雪，向他走近了。

“道纯，你果然是秦氏一族啊。”

少年的声音仍然平静如常，却也冷得像冰。

苏我道纯大口喘息着。躺在雪地中，伤口倒不那么痛了。他上气不接下气地道：“原……原来你都知道。”

少年的脸上纹丝不动，道：“貘食术虽然不能查得太清楚，但总能查出一些来的。”

少年举起了手，苏我道纯看到他的双指之间有一个黑黑的小球，正是发切丸。

“道纯，我的耐心并不好，如果你再不说的话……”

正在这时，有人在大门口厉声喝道：“什么人？”

这个声音犹如闪电，少年被喝得浑身一震，扭过头去。

是金吾卫。

几个金吾卫士兵站在门口。现在已经禁夜，在这样的深夜仍然出行在大街上的人要被巡查的金吾卫拘捕，因此这少年故意到已经荒废的无漏寺来。没想到，金吾卫的人居然在这个时候追上来。

在问出镰足的下落之前，他还不想杀了苏我道纯。那么，现在只有将这几个金吾卫全都杀了吧。少年的手向回缩了缩，盯着那几个金吾卫士兵。

他的发切丸虽然厉害，但毕竟是以女子头发炼成，不能及远，最多只能射出一丈许，而大门口到这里还有十几丈。

来的金吾卫有六个人，大概是入夜巡查的一小队。他极快地扫视了一眼，已然了然于胸。长安城大坊武候铺驻扎的金吾卫有三十人，晋昌坊也是大坊，自然该有三十人在夜巡。如果不能将这六人一举击毙，将其余人等都引来，倒不甚好办了。他故意退后了一步，手腕轻轻一抖，指缝里已夹了五个发切丸。

走在最前面的一个金吾卫是个相当高大的青年汉子，生得极为壮实。他大踏步上前，喝道："你是什么人？夤夜在此，要做什么啊？"

这些话金吾卫说得也已熟了。平时捉到的犯禁夜行之人大多动都不敢动，有时碰到胆大的会说什么急着求医或者家中有急事之类，这些情形那人往往会送上些财物，求金吾卫网开一面。那金吾卫见眼前这少年身着狐裘，极是华贵，只道定然大有油水，说到后来语气也和缓了些。

少年的嘴角抽动了一下，已浮起一丝冷冷的笑意，也不说话，将手伸了起来。

发切丸已在指缝间。

来的金吾卫一共有六人。他第一个要杀的，却是走在最后面的那个。一旦动手，这些金吾卫必然要反击，他担心的只是不要让这六人走脱了一个。

走在最后的那人个子不算高，年纪却是极轻，与他自己也相去无几。因为下雪，这些金吾卫都戴着斗笠，唯有那人撑着一把油纸伞。明黄的伞面正好将那人的脸遮住了，但发切丸连铁都能击破，不消说只是一张油纸的伞面。

走在最前的那金吾卫已看见了躺在地上的苏我道纯，吓了一大跳，喝道："好啊，你原来还是个杀人凶徒！"他伸手便去拔刀，厉声道："金吾卫沈天卫，凶徒快束手就擒，随我去武候铺问话！"

那人拔出刀时，走在最后的那人闻声将纸伞一抬，伞下，露出一张坚毅的脸。

机会到了！

只消杀了那最后一个，另外五人必定乱作一团，连一个都跑不了。少年身子忽地向前一倾，人已如蜻蜓点水，猛地冲了出去。

唐代的长安设京兆府，下辖长安、万年两县。以朱雀街为界，以西为长安县，以东就是万年县。

当得知自己被调到万年县金吾卫时，裴行俭不禁有些诧异。金吾卫虽有调动，但很少有调得那么远的。自己原本巡查的是西市一带，现在却调到了长安的东南角，真的只是寻常调动么？只是作为金吾卫一员，一切听从分派，他也没有多想。

今天的例行巡查恰好是个大雪天。这样的天气，如果还有人外出，那必定非奸即盗了。只是这样的坏天气，大概连奸贼盗匪都不想出门，大雪封街，不论是谁走过，都难以遁形。

只是，裴行俭看到了有脚印通向无漏寺。

雪下得很大，走过的脚印马上便被掩盖起来了，但裴行俭自幼习武，稍有异样便看得出来，雪地上留下的脚印虽然只是微微凹下一些，但在他看来却如白纸上的墨迹一般分明。不过他也并没有想到别的，年关将近，那些鸡鸣狗盗之徒都想捞一笔回乡过年。无漏寺是个废寺，平常就有鼠窃之辈聚集于此，作为金吾卫巡查，来查看一下也是自然的。出乎他意料之外，无漏寺中竟然是一个身着狐裘的少年公子。

那个狐裘少年站立在雪地中，有种说不出来的妖异。裴行俭原本走在最前面，但在门口见到他，便退到了队伍最后。

这少年身上发散出来的，是比漫天大雪还要阴寒的杀气啊。

他伸手到背后握住七截枪的枪柄，把枪扳到腰间。现在向同僚们示警的话已经晚了，这少年要灭口，一定会对最后一个人动手。裴行俭紧紧握住了枪柄，另一手将油纸伞也拉下一点。

他踏进无漏寺的大门，每一步都走得沉稳无比。如果那少年注意看的话，一定会发现裴行俭的脚印比旁人足足深了一倍。

踏出第七步时，那少年动了。

少年的身形疾如鬼魅，裴行俭只觉一股刀锋一样的杀气劈面而来，他的出手也快如闪电，不等那少年迫到跟前，七截枪一下抖得笔直，直取那少年肩头。

七截枪共分七段，精钢所铸，每段一尺，共有七尺。裴行俭掌中突然出现一支七尺长枪，不知道的人看来，简直有如幻术。这一招名谓“起蛟式”，是裴行俭的师父苏定方的平生绝技。裴行俭将这一招化入七截枪中，虽然比他师父的九尺龙吟枪短了两尺，威力却丝毫不减，变幻更增。

长枪甫一刺出，裴行俭只觉一点黑影向自己眉头射来。是暗器！他反应极速，左手腕一抬，枪尾忽地飞起，正挡住那点黑影，

“啪”一声，发出金铁相击之声，那点黑影被一下格开。

这是什么东西？裴行俭大吃一惊，手上这招“起蛟式”去势未竭，他只觉枪尖一沉，依稀听得一声低低的痛叫，枪尖上的分量转瞬即逝。定睛看去，面前空空如也，哪里还有那少年的身影。他收回七截枪，只见七截枪的枪尖上沾着粟米大一点红。

那招“起蛟式”是有备而发，没想到却只是给那少年添了这般一个小伤而已。他心中不由一阵茫然。是做梦么？他看了周围一眼，不远处有几个经幢，并不见人影，而且那些经幢很细，根本藏不住人。他正待上前再看个仔细，耳边却听得那沈天卫喝道：“你是……咦，人呢？”他刚拔出刀来，但眼前一花，那少年竟然已不见踪影。他左右看了看，却仍看不到人影，不由打了个寒战，心道：“这是什么人？真是邪门。”

有个金吾卫已发现了躺在地上的人，叫道：“裴街使，这里有个人受了伤。”

听得那人的叫声，快步踏雪上前，走到苏我道纯身边。见他已是昏迷不醒，裴行俭蹲下来试了试脉，道：“他还有气。”

沈天卫走过来道：“裴街使，方才你见过一个穿狐裘的少年人么？”那少年形如鬼魅，突然消失不见，沈天卫这时已在怀疑到底是不是自己的幻觉了。边上有个金吾卫听沈天卫这么说，也道：“是啊，方才我也看见一个穿狐裘的少年人的，他好像动了一下。”裴行俭与这少年交手一招，直如电光石火，他们五人都走在裴行俭之前，竟是连一个人都不曾看见。

裴行俭站起来，道：“先将这人抬回去吧。”

晋昌坊的武候铺还在另一边，要回去得有一段路。裴行俭又看了周围一眼，无漏寺里断垣残壁遍地，大雪已盖遍了寺中每一个角落，只有这一片还有几个脚印。若不是这几个脚印，便是裴行俭也要怀疑自己是不是看错了。

这人究竟去哪里了？难道，真是什么妖狐鬼魅么？他想起了当初明崇俨用出的隐身术。那隐身术大为奇妙，旁人便是在眼皮底下也发现不了，那少年用的，也许就是同一类的隐身术吧？可惜明崇俨不在边上，不然他一定看得破。

他默默地想着。此时几个金吾卫已抬起了苏我道纯，沈天卫道："街使，走吧。"他又看了看四周，忽然打了个寒战，道："邪门，真是邪门啊，别叫我撞上鬼了。"

裴行俭捡起地上的油纸伞，拍了拍身上积起的雪，又看了周围一眼，方才转身走去。

他们刚离开，一边一个经幢的上半截忽然折断。

那经幢看上去没什么异样，但上半段一落地，却化成了一个人，正是那个少年。

那少年心头也在一阵阵地乱跳。他臂上中了裴行俭一枪，现在要使出发切丸已经很难，而他又不知金吾卫底细，被裴行俭这一枪夺去魂魄，只道其余五人都与那使枪之人一般，吓得根本不敢再动手。幸好那金吾卫武功虽强，却不会术法，没有发现他的隐身术。

无漏寺的地面上一片狼藉，还沾着些血迹。

那是苏我道纯的血。

少年冷冷地看着这几滴血，一声不吭。他伸出左手，掌心又涌出一团黑气，凝成一个小小的异兽形状。他伸右指在左手背上弹了一下，这团黑影如同活物一般射入空中，消失在漫天大雪里。

貘杀术。他的嘴角浮起一丝冷笑。

苏我道纯所中发切丸附有貘食术，他原本是要查探苏我道纯说的是不是实话，现在却是灭口的时候了。

镰足，下一个就是你。

他仰起头，看着天空。大雪纷飞，寒意逼人。长安的雪夜，一片死寂中带着妖异。

长安，真是个魔都啊。

四

“这人生的是什么病？”

裴行俭看着明崇俨给无漏寺救回那人搭脉，小声问道。他们从无漏寺救回此人，当天就请郎中过来给他清洗伤口，包扎停当，这人的伤势已然稳定下来，只道今天便可问话，哪知这人突然间身体发热，神智完全没有恢复的迹象。请那郎中过来看看，却也束手无策，说不出个子丑寅卯，支吾了半天，说是脉象全无异样，只能是中了邪，只怕撑不过今天，让金吾卫另请高明。金吾卫不是卑田院一类收容乞丐叫花子的所在，自然不能广延名医来给这么个来历不明之人治伤，死马当活马医，裴行俭这才起意让明崇俨过来看一看。

明崇俨将苏我道纯的手放下，道：“这人是怎么受伤的？”

裴行俭道：“他的伤口在肩上，似乎是细长的钝器。”

“钝器？”明崇俨一怔。他伸手拉开那人左肩上包着的纱布，看着那人左肩上的伤口。伤口有些红肿，但没有化脓迹象，不似中毒。他皱起眉，道：“这伤口很怪啊。”

裴行俭道：“交广一带有一门铁梳指，手指能伤人，伤口正与这相似。不过这伤口这么细，除非是用小指插出来的。”

明崇俨道：“不是铁梳指。”他从怀里摸出一个竹筒，从里面倒出一根带有小钩的银针，先拿过烛台来点燃了烧一烧，插进伤口中。那人神智全无，但银针插入时他仍然动了动。明崇俨轻轻一拨，抽出银针，却见钩上有一团沾满了污血的毛团。

裴行俭吃了一惊，道：“这是什么？他把头发塞进伤口，是什么意思？”

明崇俨看着这团发球，道：“只怕这就是凶器。”

“凶器？”裴行俭自幼习武，那些奇门兵器见过不少，但以头发为武器，当真闻所未闻。

明崇俨皱起眉头，道：“我也不曾听说过。看这人的模样，只怕还中了浮梦术一类的秘术。”

他伸手撕开那人右肩上的纱布，又将银针探进去，从那里也钩出一个满是污血的发团来。把两个发团用一张桑皮纸包了，往伤口上倒了点酒，他道：“裴兄，浮梦术极是凶险。此人伤势不重，但此术不解，他便永远醒不过来。”

“你能解开么？”

明崇俨看了看那人，道：“我也只能试试看。只是，很凶险。”

明崇俨曾对自己用过浮梦术，若不是当时辩机见情形不对，及时用佛号将他唤回，明崇俨亦差点堕入大梦，永不醒转了。现在要对此人使用浮梦术，他实在有些后怕。

裴行俭道：“有什么凶险？我来护卫吧。”

明崇俨犹豫了一下，道：“这人这么重要么？”

裴行俭道：“这人神志不清，来历不明，如果查探不明，就只能送到大牢去了。万一他是被人所害致此，岂不是太可怜了。”

明崇俨看了看这个躺在床上的人。他双肩都有伤口，中了这种秘术多半醒不过来。他想了想，咬咬牙道：“裴兄，那就麻烦你了，我试试。”

他看了看周围，见一边有个铜盆，里面还有半盆水，是给人洗手用的。他拿过来，将盆中的水倒了，翻扣在桌上，从怀中取出朱砂笔在盆底写了一段，道：“如果你见我情形有异，马上就敲响这铜盆。”

裴行俭轻轻叩了叩铜盆，道：“是这样么？”他只是轻轻一叩，哪知手指刚触到，铜盆“当”一声响，声音极大，倒似狠命敲了一记。他吃了一惊，忙缩回手来，一时不明白是怎么一回事。明崇俨笑道：“裴兄，现在可不要敲啊。等一会，可要全靠你来护法了。”

裴行俭点点头，道：“放心吧。”

这里是武候铺，闲杂人等自然不会来。本来裴行俭昨晚夜巡，今日可以轮休，但他关心这个捡回之人，这才留了下来，现在武候铺里只有裴行俭与几个轮值的人在此办公。雪已化了，天越发冷，另几个人都躲在屋里烤火，周围一片寂静。

明崇俨站在那人床头，双手在胸前变了几个手印，左手摸出一张符纸，在烛火上点燃了，捏在右手掌间，往那人脸上一抹。这张符纸原本就很小，燃尽后纸灰又捏得极细，根本看不出来。他扭头对裴行俭道：“裴兄，别忘了。”

裴行俭点点头，还没回答，明崇俨将手悬在那人脸上，闭上了眼，如同昏睡过去一般。裴行俭知道那是明崇俨在施法，不敢打扰，拖过一张椅子到门口坐下，目不转睛地盯着明崇俨。

过了好一阵，他见明崇俨仍然动也不动，心中起疑，小声道：“明兄！”见明崇俨不答话，他一下站了起来。

出事了么？裴行俭不由站起身，握住了背后的七截枪枪柄。武候铺也就是现在的派出所，平时来的人就很少，现在也冷冷清清，并没有什么异样。他定睛看去，猛然间看见明崇俨的头顶不时有一股黑烟缭绕。这黑烟虽然稀薄，却一直凝结不散，隐隐便如一头异兽。

这是什么东西？他怔了怔，却见明崇俨的脸色忽然变得煞白，身体也在不断颤抖，那头黑烟凝成的异兽在他头顶，似乎正在啮咬着什么。他吃了一惊，拔出七截枪向那铜盆敲去。

只听“咣”一声巨响，几乎像是寺院中的大钟敲响，那团黑烟也真的如野兽受惊一般，霎时隐没不见，明崇俨却软软地倒了下来。裴行俭连忙扶住他，叫道：“明兄！”

这时门口有人道：“裴街使，出了什么事了？”却是他突然震天也似敲响铜盆，将隔壁正在烤火的两个金吾卫吓了个魂飞魄散，也不知出了什么事。裴行俭道：“没什么事，你们回去吧。”

他将明崇俨放倒在躺椅上，道：“明兄，你不要紧吧？”

明崇俨喘息了两下，睁开眼道：“裴兄，多谢你了。”声音虚弱之极，一副大病初愈的样子。裴行俭见他如此疲惫，心道：“到底出什么事了？”他一心想问明崇俨查探出什么，只是见他这副模样，实在问不出口。

明崇俨喘息了一阵，调匀了呼吸，觉得舒服了些，这才坐起来，道：“裴兄，多亏你帮忙，不然这回我可要大祸临头了。”

裴行俭一直在担心是不是自己吓了明崇俨一大跳这才害得他如此，听明崇俨感谢自己，他心里一块石头才算落了地，道：“明兄，你方才是怎么了？”

明崇俨苦笑了一下。他想用浮梦术来解开那人所中秘术，没想到这种秘术远远比他的浮梦术要霸道。浮梦术使用一旦不慎，便要走火入魔。而这人身上所中秘术，竟是根本解不开的。

那个施术之人一开始就不打算让此人活着吧。他想着。

裴行俭见明崇俨若有所思，却不回答，更是心痒难忍，道："明兄，到底出什么事了？"

这时床上那人猛地坐了起来，尖声叫了两句什么。这人动得实在太突然，裴行俭与明崇俨都吃了一惊。明崇俨抢到他跟前，伸手摸出一张符纸贴在那人前心，正待念咒，那人忽然大大咳嗽了一声，嘴里猛地涌出血来。鲜血将胸前染得一片通红，明崇俨放在他胸前的符纸也被浸透了血。

裴行俭大吃一惊，叫道："来人！"

那两个正在烤火的金吾卫听得裴行俭的叫声，心中嘀咕道："方才弄得惊天动地，却说没事，现在又怎么了？裴街使别的都好，就是一惊一乍不好。"但裴行俭是他们的上司，他们也不敢不来。待跑了过来见此情景，惊道："裴街使，又怎么了？"

裴行俭道："快去叫复春堂的王先生过来。"

那王先生是晋昌坊药铺复春堂的坐堂郎中，昨天他们带回这人，便是连夜把王先生请过来看的。明崇俨搭了搭他的脉，叹了口气，道："只怕没救了。"

那两个金吾卫闻听此言，倒是舒了口气。长安城人家百万，碰上这种天寒地冻的天气，哪一天没一两个路倒尸。要是这人不死，他们这个武候铺麻烦事不断，得给这人请郎中疗伤，查探受伤缘由。要是死了，便可以上报"无名男尸一具"，大事化小，小事化了，从上到下都皆大欢喜，太平无事。若不是见明崇俨这个外人在，他们几乎要说出"还好死了"一类的话来。

裴行俭又皱了皱眉，试了试脉，道："看来只能上报无名路倒尸一具了。"

那两个金吾卫将这尸首包好，运往城外义冢掩埋。明崇俨将那铜盆擦净了，从缸里舀一瓢水洗净了手。等那两个金吾卫一走，裴行俭道：“明兄，你查到了些什么？”

明崇俨虽然没说什么，但裴行俭察颜观色，见明崇俨面色凝重，知道他定然查到一些事。

明崇俨若有所思地看着在冰冷刺骨的水中揉搓着的双手，道：“裴兄，此人是倭人。”

“倭人？”裴行俭不由一怔。如今大唐如旭日初升，蒸蒸日上，万邦来朝，唯有倭国与大唐没有来往。当初高仲舒的祖父出使倭国，因为与倭国王子争礼之事闹了个不欢而散。现在又因为三韩中的百济常常侵凌大唐属国新罗，新罗金氏屡次向大唐求援，而倭国与百济却极为亲密，在这等情形下，倭人来大唐的自然更少了。他苦笑了一下，道：“怀远坊的事也与倭人扯得上干系，我只道逃过那一件差事，没想到和倭人还是断不了。”

明崇俨诧道：“怀远坊也有倭人出事了么？”

裴行俭道：“就是那麻胡夫妇暴死之事啊。麻胡虽然与倭人无关，但他的老婆王氏是个再醮之妇，前夫是个倭人通事，叫什么陶宗山的。和讷言那天说起，他要我来找你帮忙。只是这种命案想必你也无从下手，我便没来。”

明崇俨已惊得呆了。方才以浮梦术察看此人心思，这人要找的是一个“负心子”，这东西正是中臣镰足所要的。中臣镰足也是倭人，此人与中臣镰足定然有联系。但他一直没想到麻胡夫妇之死原来也与中臣镰足有干系。“陶宗山”这名字，他正是从中臣镰足嘴里听到的。

难道，杀了他的人便是中臣镰足？

裴行俭见明崇俨不说了，急道：“怎么了？”

明崇俨叹了口气，道：“这倭人要找的，是一颗琉璃子。”

当初那颗琉璃子被十二金楼子夺走时，他也根本没想到这个不起眼的东西居然会如此重要。当初十二金楼子装神弄鬼地对高仲舒下手，恐怕真正的目的便是这颗负心子吧？这东西到底做什么用的？中臣镰足说这东西是倭国皇室之物，只怕其中另有文章。

他身体忽然一震。裴行俭见他这模样，道：“明兄，又怎么了？”

“讷言说不定会有危险。”明崇俨低低地说着。

裴行俭笑了起来：“他长了那张铁嘴，危险无日不在，不过顶多被人打两下黑拳罢了。”当初裴行俭与高仲舒在弘文馆一起读书时，高仲舒几乎天天与人争论。高仲舒谈锋既健，又不肯饶人，挖苦的刻薄话不断，脾气差一点的同学都对他恨得牙痒痒的。只是这种仇恨也没什么大不了，高仲舒嘴是臭了点，人却是很厚道的，和别人从来没什么不共戴天的大仇恨。

明崇俨皱了皱眉。那个中臣镰足断定那负心子便是在高仲舒身上，很有可能消息便是从麻胡身上来，麻胡夫妇也很有可能便是这中臣镰足所杀。加上方才这人，前后已经有三人死了。

这件事的血腥味越来越浓。他小声道：“裴兄，这一次只怕不一样。这倭人因为那颗琉璃子丢了性命，当初这颗琉璃子可是在讷言身上的。”

高仲舒一人一马，在街上慢慢地走着。他回家原本是沿顺义门街向西回到义宁坊的家中，此时正到醴泉坊。

“阿白，又要下雪了，快点回家，回家了给你吃油饼。”

高仲舒拍了拍马头，恨不得这匹爱马能背插双翅飞起来。昨天他在家苦读那部《晋书》，对照别家，找出不少晋朝史实的错讹来，今天在弘文馆与人争论也大占上风。他最爱的便是读史，后来他成为中书舍人时，名相宋璟因为他博通典籍，熟于史实，有“欲知古，问高君”之叹。今天在弘文馆与同学说起王敦谋反之事，为王敦谋反前驻兵之地争论不休，手头几部书所言不一，便想回去查查那部《晋书》，看看沈约如何记载，明日好去辩驳一番。

天已经黑下来了，街上冷冷清清。阿白打了个响鼻，似乎又有些不安。高仲舒轻轻踢了一下马腹，正要往前走，眼前忽然漆黑一片。

像是一层厚厚的黑纱从天而降，高仲舒什么都看不见了。眼睛瞎了？他大吃一惊，正要失声大叫，可是嘴竟然如同被胶水粘住，连张都张不开，身体也像是成了木头的，动弹不得分毫。

高仲舒的背后登时有冷汗流下来。他只觉自己像是堕入一个噩梦之中，无法醒来。不仅仅是看不见了，耳鼻口肤全都在刹那间失去了效用。

真是一个噩梦么？

有时做噩梦魇着了，就是这样子的。可是高仲舒怎么也不敢相信骑着马也会睡着。当做噩梦时，如果知道那是个噩梦，他会拼命叫醒自己。现在，他也在正在拼命想让自己醒来。只是，浑身的每一寸肌肤都像是变成了木头，毫无感觉，再怎么拼命也只是徒劳。

假如有根针刺进去，大概也和刺入木头一样吧。他自嘲地想着。正当要绝望的时候，他突然感到右手的食指动了一下。

那只是微微一动，如果不注意，几乎就感觉不到。但高仲舒此时全神贯注于周身的每一个动作，突然间有了感觉，这等欣喜当真难以言表。只是浑身上下也只有这根手指可以稍稍动弹，仍然觉得难受，高仲舒拼命想借着这一丝活力让自己的知觉回复过来，用尽浑身力气动着那根食指，可是，不管他再怎么努力，手指只能微微地动一下而已。

右手的袖子里正放着那张明崇俨给他的符纸。明崇俨让他放在发髻里，但在弘文馆与同学争辩上了瘾，哪还记得这事。直到此时，他才想起这回事来。

难道明崇俨的符纸真的有效么？高仲舒不禁后悔起来。只是世上没有后悔药好买，现在也只能靠这一根能微微动弹的手指了。

高仲舒的指甲留得很长。唐时士人因为不用做事，大多留着指甲，后来有名的诗人李贺更是号称“长爪郎”。他平时对阿白极为爱惜，此时再顾不得了，用尽浑身之力将指甲往阿白背上插去。

一辆马车在顺义门街由西向东驶过。

这是一辆两座马车，是平时公子游春时自驾玩耍所用。这辆马车极为富丽，驾车的是一个少年，边上坐着一个老年道士。这道士仙风道骨，但双目中却隐隐有一丝诡异的杀气。

少年的车赶得很快，但这辆车走得非常平衡，拉车的马也神骏异常，因此走得虽快，却几乎没一丝声响。那少年身材甚矮，坐着比那年长道士几乎要矮一个头，长着一张瓜子脸，肌肤白得几乎要透明，嘴小小的，甚是红润。他赶着马车，大是兴奋，脸上已沁出汗水来也不擦，那道士忽然道：“小心了，前面有个醉汉，别赶那么快。”

少年也看到了前面那个骑马之人。他拉了拉缰绳，那匹马善解人意，登时放慢了步子。这少年看了看，道：“韦道长，那是个书生啊。他也喝醉了？”

他们刚从待贤坊回来，得赶在禁夜之前回到皇城。待贤坊在长安西南角，离皇城足足有十几里路，这少年很少出来，一到外面便如鱼游大海，看什么都新鲜，非要自己赶马车回来。

道士原本并没注意前面那人，他定睛看了看，道：“是个书生。”他的脸忽然一沉，道：“没想到，长安居然还有会浮梦术之人……不对，那并不是浮梦术啊……”

少年也不知这道士说些什么，见那书生骑在马上，有如梦游一般，大感好奇，道：“韦道长，他不是喝醉了么？”

道士摇了摇头，道：“不是。不知他招惹了什么仇家，别人在他身上下了符咒了。走吧，别去管这些。”

少年却反倒将马车停下了，道：“他中了符咒？会死么？”

道士笑了笑，道：“看他仇家怎么处置他了。现在他中了这种术，便听人摆布，就算让他连人带马冲进永安渠，他也没有二话。”

永安渠是一条横贯长安城南北的水渠，就在醴泉坊与相邻的布政坊交界处流过，离这儿很近。道士虽然对这书生中了什么法术有些好奇，但现在更急的是送这少年回皇城，实在不愿多管这闲事。

少年咬了咬嘴唇。他的牙齿细小整齐，有如编贝，咬在鲜红欲滴的嘴唇上，有种异样的妖艳。他道：“韦道长，你们出家人不是慈悲为怀么？这书生中了人家的邪术，你救救他吧。”

道士哼了一声，道：“你不是看着这书生相貌英俊，看中他了吧？”

少年脸上一红，道：“呸！我还以为你是有道之士，原来也这么会胡说。你不救就不救，我也懒得管他。”

道士见他嘴上撇清，仍然目不转睛地盯着对面那人，心中忽然没来由的一疼，小声道：“阿心，你别忘了你是什么人，殿下若是着恼，只怕你会害死这书生的。”

少年见道士话头转软了，心道：“我知道韦道长会依我的。”他笑了笑，道：“韦道长，你看他多可怜啊，快禁夜了，他被人捉走，那今晚肯定回不了家，只怕性命都要丢了。”

道士低声道：“你怎知他家不在醴泉坊里？又没人捉他。别说了，回去吧。”

此时那人已越来越近，正与他们的车交错。少年停住了马，有些呆呆地看着马上的骑者。随着距离渐渐缩短，已能看到那是个年纪很轻的书生，长相俊朗轩昂，看衣着该是个世家子弟。少年看着那书生，神情变得十分迷惘，呼吸也急促起来。

这一切都看在那道士眼中。他暗自叹息，等两马交错时，他低声道：“阿心，该走了吧。”

此时那书生已经到了车后，只能看到一个背影了。少年叹了口气，正要答应，忽然那书生的马一声嘶叫，人立起来。

那书生骑的马一直都显得极为驯良，连这道士也没想到这马突然会起性子，马臀在他们的车子后座撞了一下，连同他们的马也是一抖，似乎要惊。道士一把抢过少年手里的缰绳，勒住了马，道：“阿心，当心点！”

他见少年的脸变得煞白，心中一惊，只道这少年被这一撞伤到了哪里，忙道：“阿心，你要不要紧？”

少年摇了摇头，只是指着车后道：“韦道长，他摔下来了。”

五

高仲舒微微睁开眼，蓦地看见面前一张秀美的脸，依稀便如男装的明月奴。他心中一动，忖道：“明姑娘回来了？”

上次明崇俨对他说明月奴是个阉人，高仲舒听了直如五雷轰顶，死也不肯信，整天念念叨叨。明崇俨被他缠得无法，终于告诉他明月奴其实真是个女子，是自己料错了，高仲舒这才算解开一块心病。只是明月奴已回大食国去了，只怕永世再不能见，高仲舒时不时还想起她来，盼着她能回长安。只是高仲舒见明崇俨似乎偶尔也会想着这个慧黠的波斯女子，不免又有些担心。此时一见这张脸，第一个念头便是“明姑娘终于来看我了”。但眼前清晰了些，这才发现并不是明月奴。明月奴是大食波斯一带的人，其实与眼前这张脸大不一样，只是在高仲舒眼里，这人与明月奴似乎有种极相似的地方。他想要看清楚一些，但头昏脑涨，眼睛也再睁不开。

那少年阿心见高仲舒睁开了眼，喜道：“韦道长，你的法术真灵！他醒过来了！咦，他又闭上了！”

韦灵符站在高仲舒身边，搭了一下脉，道：“不用担心，他的脉象已经平和，不会有事了。”

韦灵符嘴上说“不会有事”，但脸色依然凝重。阿心道：“韦道长，你能……”

他还想让韦灵符救人救到底，把高仲舒彻底救好，还不曾说话，却听得韦灵符低喝道：“闪开！”突然从袖中抽出一柄短短木剑，笔直地向地上插去。

顺义门街的路面是泥土的，因为走的人多，压得很硬，那柄木剑有一尺许，无锋无刃，却如入腐木，直插到柄。剑刚插入泥中，地面上忽地向上鼓起一块来，仿佛地底下有什么活物受这一剑之伤，痛得正在挣扎。阿心见此情景，不由惊得呆了，话也不敢说了。

地面还在上下起伏，仔细看的话，动的却并不是地面，而是一团黑烟。这团黑烟从地底浮起来，十分浓厚，乍一看倒是地面在动。韦灵符一手捻诀，一手死死按住剑柄，额头已有汗水滴下。

韦灵符只觉剑上传来的力量越来越大，他不住催动力量与之相抗。突然间，手下一松，这力量猛地消失了，那道凸出地面的黑烟也眨眼间消失不见。他还怕这是个圈套，仍不敢松手，又压了一阵，觉得手下再无异样，这才拔出木剑，长吁一口气。

阿心方才躲到车边，此时探出头来道：“韦道长，怎么了？”

韦灵符看着那柄木剑。剑身上本来用朱砂画着一道符，此时符字尽皆变成漆黑。他喃喃道：“这不是浮梦术。”

阿心也不知道浮梦术到底是什么，道：“那人的法术可比不上韦道长你啊。韦道长，你救救这位公子吧。”

浮梦术与道家圆光术相似，虽是邪术，但也没有这般凶险霸道。如果是浮梦术的话，绝对无法与他的会圣观道术相抗。但方才那股力量大得异乎寻常，受他的符剑克制，竟然还有反啮之力，以韦灵符之博，竟然也不知该如何应付，唯有以真力硬碰硬地相抗。韦灵符心惊之余，忖道：“这不是中原道术，会是天竺秘术么？”

他也听说过天竺秘术神通广大，但并不曾真个见过。施术之人并不在跟前，但那人在远处与己相抗就有这般大的威力，如要正面相对，自己虽然不惧，只怕也讨不了好。以他的性子，实在不愿没来由地管这种事。但看阿心的样子实在很想救下这书生，韦灵符实在说不出袖手不管的话来。

正在犹豫，一边忽然有人喝道："是什么人！"

韦灵符抬头看去，却见百余步外有两个人站着。那是两个年轻人，一个是金吾卫的军官打扮，另一个却是书生装束。他握住了木剑，心道："奇怪，现在还没到禁夜。"他看了看阿心，心头忽然一凛，低声道："阿心，快到车上去！"

顺义门街向来很清静，一入夜就没什么人。如果是金吾卫巡查，那个书生打扮的人便不该站在边上了。这两个人，多半便是施术之人吧。也只有施术之人才会这么快便赶过来。阿心似乎也惊呆了，道："是害了这公子的人么？"他咬了咬牙，扶起高仲舒向车上走去。他身材矮小，高仲舒比他要高出一个头还多，他扶得大为吃力。韦灵符伸手推了一下高仲舒，让阿心扶着他上了车，定了定神，将木剑探入袖中，高声道："请问两位尊姓大名？"

那两人正是明崇俨与裴行俭。

明崇俨已然觉察有人会对高仲舒不利，说不定便是那中臣镰足。只是他也不敢断定，心里却总是放心不下，便让裴行俭陪着他去高家看看。从晋昌坊赶到义宁坊几乎要穿过大半个长安城，等他们赶到义宁坊时，天也黑了，哪知高家的人说少爷还不曾回家。高仲舒平时回家就时常很晚，有时太晚了便在弘文馆住一夜也是常事，因此他家里的人并不觉得奇怪，裴行俭也觉得明崇俨有些多心了。但明崇俨仍然觉得不安，说是要去弘文馆看个究竟再说。

他们到了顺义门街，高仲舒躺在地上，他们也看不清，但拴在那辆车边的阿白明崇俨却是一眼便认出来了。等看到有个美少年扶着一个人上车，那人赫然便是高仲舒，裴行俭先入为主，认定那就是昨日在无漏寺与自己过了一招之人，心中更着急，紧紧握住了七截枪。

在无漏寺救回之人最终连明崇俨也保不住他的性命，高仲舒落到他们手中，定然凶多吉少。明崇俨也已惊慌失措，心道："讷言怎么会着了他们的道？没把我把清心符放在发髻里么？"

高仲舒说怀远坊麻胡夫妇被杀，他虽没见过尸身，但听高仲舒所言，凶手所用手法定是与他的浮梦术是一类的法术。怀远坊在西市南边，高仲舒平时也常去西市逛逛。从那周山田家中与中臣镰足谈后，明崇俨突然对高仲舒大不放心，便给了他一道清心咒，要他放在发髻里。清心咒不是什么厉害符咒，不过将这符咒放在后脑处，便可避免侵蚀神智一类的邪术。看高仲舒这样子，定然是不当一回事，没把清心咒放好了。

只是那两人都不是中臣镰足。他看了看周围。也许，那中臣镰足还在附近？他心中又有些犹豫。

主谋之人到底是不是中臣镰足？

裴行俭低声道："明兄，你再用一次神行术吧，我将这妖道拿下！"

明崇俨也低低道："小心，那道士看来不好对付。"

以武功会斗术士，多半要吃亏。裴行俭还记得那一次与张三郎的激斗，自己几乎是被玩弄于掌上，连张三郎的影子都不曾碰到。他也不禁迟疑道："那高铁嘴该怎么办？"

"先礼后兵。"

明崇俨定了定神，向前走去，高声道：“道长，那位公子是吾友高仲舒，多谢道长救助。”

阿心长吁一口气，道：“韦道长，原来他们是这公子的朋友啊。他叫高仲舒，好书卷气的名字。”

韦灵符也怔了怔，微笑道：“那就好。”他扬声道：“高公子在路上忽染疾症，既然他朋友来了，请两位将他带走吧。”他生怕来人不信自己，扶起高仲舒让他坐在地上，道：“贫道告辞了。”

明崇俨呆了呆。他只道面前之人费尽心机要对付高仲舒，已在准备恶斗一场，却没想到那人毫无敌意。他见高仲舒被放在地上，那两人说完便走，他连忙上前，搭了下高仲舒的脉。此时裴行俭也已跑了过来，道：“明兄，讷言怎么样？”

明崇俨皱起眉头，道：“他中过控制心神的法术，只是方才被人解开了，没别的伤。难道那道士真是救了高兄么？”

裴行俭舒了口气，道：“出家人慈悲为怀，行侠仗义，那也是常有的事。”他扶起高仲舒，见他仍然神志不清，道：“讷言能好么？”

明崇俨心头仍是不安，看了看那辆马车。此时马车已走得远了，暮色中只能看到一个小小黑点。

先别管这些了。明崇俨摇了摇头，把这些疑虑扔到脑后。他站在高仲舒身后，伸出摸出一张符纸来，迎风一抖，点燃了，掖在手中往高仲舒身后一拍。

明崇俨的手刚拍上，高仲舒咳了一声，眼登时睁开了。他一眼便看见裴行俭，吃了一惊，道：“守约，怎么是你？明姑娘呢？”

裴行俭骂道：“你做梦吧，命都险些没了，还不分男女，这里只有明兄。”

高仲舒扭头看了看，道：“明兄，你也在啊，我说的不是你，真是明姑娘。”

明月奴已经走了。明崇俨心头微微一痛，正色道：“讷言兄，你还记得出了什么事么？”

高仲舒一阵茫然，想了想，摇摇头道：“奇怪，什么都不记得了。”他抓抓头皮，道：“我就记得好像看见明姑娘了。”

“纥干大人，就是这么回事。”

纥干承基看着眼前这个少年，微笑道：“你是要我去打听一下那人的下落啊。”

阿心点点头，道：“你帮我看看，他好了没有。他好像是弘文馆的学生，我看过他随身书囊，敲着弘文馆的印章。”

纥干承基突然感到一阵阴寒。阿心现在在太子跟前得宠，但只怕会爱上那个弘文馆学生。此事太子若然知晓，多半会大发雷霆，可不去听从阿心，眼前这人当下就会给自己苦头吃。这事当真里外不是人，做不是，不做也不是。他温言道：“心小姐有命，小人自当遵从，只是还请心小姐有空在殿下跟前为我美言几句。”

阿心细细的牙齿咬了咬艳红的嘴唇，吃吃地笑了起来：“纥干先生，殿下可是一直很看重你啊。我先谢谢你，阿罗诃会保佑你的。”

他站起身来。从唐代中国人开始使用凳子椅子，但在唐初的贞观十一年，一般人还是席地而坐。阿心站起来时，身形极是轻盈，还带着一股淡淡的衣香。只是这衣服上的香气却让纥干承基更觉发毛。他知道，此事若是走漏了风声，自己好容易在太子跟前得到的这点地位就全然不保了。他小声道：“心姑娘，此事千万不要对别人说啊。”

阿心大大的眼睛扫了他一眼，道：“当然啊，你会说么？”

纥干承基笑了笑：“那么，那位公子叫什么啊？”

阿心已走到门口，回头嫣然一笑，道：“他叫高仲舒。”

阿心已经走了出去。如果他仍然回头的话，一定会看到纥干承基的脸都已僵硬了。

“大哥。”弥光从屋后走了出来。他看着阿心的背影，低声道：“这小妖精要你做什么？”

“高仲舒。”

这名字显然已经从弥光的记忆中消失了。他道：“这人是谁？”

“还记得尹道法让你去取的那个负心子么？”

弥光身体一震，道：“是那个！这小妖精怎么会与那人有干系？”

纥干承基低声道：“我也想不通。”他看了看周围，嘴角浮起一丝冷笑道：“弥光，这小贱货只怕是春心动了。”

弥光道：“那，要不要去报告太子？”

纥干承基啐道：“这等事，报知殿下，他会领你的情么？只怕最恨的是你。”

弥光身上一寒，心道：“确是。这等戴绿帽子的事又不体面，太子殿下对这小妖精极是宠信，若是我们告密，他说不定反要先灭我们的口。”他对师兄本就亦步亦趋，此时更是佩服，小声道：“那就真听他的话？”

纥干承基道：“自然。只消把他侍候好了，胜过为殿下干几件出生入死的大事了。”

纥干承基的嘴角浮起了一丝冷笑。

六

高仲舒收下伞，将阿白交给迎上来的一个马夫，看了看面前这座名谓“醉刘居”的酒楼。

在居德坊，醉刘居只能算是非常普通的酒楼，是小吏或生意不大的行商买醉取乐的所在，而大唐最多的就是这一层的人，所以醉刘居的生意向来很好。与那些高档酒楼不同，醉刘居总是笑语喧天，出没于此的尽是些流莺，连为酒客助兴的也多是羯鼓响板一类热闹乐器。

高仲舒是世家子弟，从来没到过这种所在。他刚走在门口，里面一个小二见他过来，马上挑起了帘子，一股夹杂着酒肉和汗臭味的热气一下冲了出来。高仲舒不由得皱了皱眉，那小二却没注意，自来熟一般满面堆笑地道：“公子，您来了。”

高仲舒打量了周围一下。醉刘居的底下是大堂，已经坐满了人。他道：“东二号的客人来了么？”

小二脸上的笑容更浓了些，道：“公子姓高么？”见高仲舒点了点头，他点头哈腰地道：“请，请，人家等了你一会儿了。”

酒楼的二层一般是雅座，醉刘居也不例外，招待的也是有些身份的人。只是上档次酒楼的东家往往请文人墨客来为雅座题个佳名，多半取六朝诗句，醉刘居倒是实在，几个雅座用“东一号”“西一号”来老老实实地命名。不过这几天连下大雪，在大堂吃一两杯酒的客人多了，包雅座的却少了许多。今天刚过晌午，就有人来包上东二号。醉刘居二楼有六个雅座，东二号较为幽静，也要大一点，那人包下了房间，说有一位高公子晚间会过来，定要好生招待。这小二记得很牢，此时见高仲舒果然到了，他衣着丽都，显然不是贩夫走卒一类人物，定然腰里多金，要好好巴结一番，因此比对旁人要殷勤百倍。

高仲舒跟着那小二上楼。醉刘居的名字也不算低俗，取晋时竹林七逸中刘伶之名。刘伶脱略形迹，以好酒得名。《世说新语》中载刘伶裸形居于屋中，旁人见之讥笑他，刘伶却道：“我以天地为住宅，房屋为衣裤，诸君为什么到我裤中来？”大抵放诞如此。现在外面正在下雪，天冷得很，里面却热气腾腾，不少人把衣服也解开了，有个黑胖子喝发了性，上身脱得赤条条的，拿着把酒壶与对面一人划拳，输了便就着壶嘴猛灌一气，大有刘伶裸形之风。

高仲舒扫了一眼，心头便有些怔忡。

今天，他收到一份弘文馆下人递进来的书信，上面用一笔纤细的字体写着想请高仲舒下课后到这里一聚的话。高仲舒莫名其妙，但一见这字体却怦然心动。他的书法练得颇有火候，那人的字不算好，但一看便觉得这字不像男人写的。大唐时男女大防并不严厉，后来有名的才女鱼玄机做了女道士时还写出“易求无价宝，难得有情郎”的句子，名诗人李商隐少年时也曾与一个女道士恋爱。在这等风气下，女子看中了某个男子，愿荐枕以侍的大有人在。高仲舒平时与同学闲聊，听过一个以风流出名的同学隐隐约约透露自己与某个宦家小姐幽会的事，他脸上摆出一副不以为然的样子，对那同学大大说教了一番，心里却是羡慕之极，只盼自己也能有这等艳遇。接到这封信后，高仲舒大喜过望，觉得定然便是这事了。他都不敢相信自己也能有这等艳福，下午都没心思读书，一放了学便赶紧到了这醉刘居。一边拾级而上，高仲舒一边想道："她是天天见我回家，心存思慕，方才约我出来的吧？"醉刘居在居德坊东北角上，正是高仲舒天天回家的必经之地，约他之人在他回家时看见他，那是完全有可能的。只是想到这位不知谁何的小姐居然要在这些下等人出没的酒馆中与自己幽会，高仲舒心里就一阵不舒服。转念一想，官宦人家的小姐要幽会情郎，定然要在旁人想不到的地方。若是在花街柳巷密集的平康坊一带被人发现了行踪，那才洗刷不清。

高仲舒越想越觉得自己想得没错，脚步也更轻快了许多。小二引着他上了楼，到了里面一间偏僻的屋子，小声道："高公子，就是这儿了。"

高仲舒见这东二号的门紧紧掩着，心中一痒，正要推门进去，却见那小二眼巴巴地站在一边。他这才想起那是要讨小账的，伸手摸出几文钱递给他，道："好了，这儿没你的事了。"那小二谢了一声，笑嘻嘻地走了下去。高仲舒捋了把头发，又整整衣服，这才在门上叩了叩，道："小可高仲舒在此，敢问……"

说到这儿却又顿住了。那封信并没有落款，他也不知该如何去称呼此人。正在这时，却听得有个人道："哎呀，高公子你来了。"

门"呀"一声开了，一个人迎了出来。一见到这人时，高仲舒只觉眼前一阵晕眩，简直有种无法呼吸的感觉。

迎出来的，是个少年。弘文馆是唐朝的贵族子弟学校，生徒大多皎然如玉，风度翩翩，平时高仲舒揽镜自照，觉得自己也是个美少年，颇为自得。高仲舒自然清俊不凡，但眼前这少年的肌肤却几乎是透明的，一张瓜子脸上，两只水汪汪的杏核眼里有着说不明道不尽的万种风情，看着高仲舒时，只觉一股浓浓的媚态扑过来，比以前男装的明月奴还要冶艳几分。微微隆起的胸前，挂了一个银子打的项链，项链坠子却大是奇异，竟是个十字形，上面铸了一个半裸着身躯的男子，也不知是什么意思。

这少年走到高仲舒跟前，淡淡一笑，却坐到了他对面。高仲舒只觉喉咙里干得不行，嘴里道："请问……请问……"一时间也忘了到底要问什么。

这少年微微一笑，伸手揽住高仲舒的手，道："高公子，请坐吧，你叫我阿心就好了。"

他的手拉着高仲舒时，高仲舒只觉触处如绵，软温可人，心道："死了死了，一世贞节，只怕要坏在此处了……"只是看看屋里并没有枕席，自己的贞节恐怕今晚并不会就此坏了，他心里反倒有些失望。

阿心并不知道高仲舒正在为自己的贞节担心，拉着高仲舒到了座前，嫣然一笑道："高公子，薄酒一杯，公子可不要笑话。"

高仲舒坐了下来。正中放着一只红泥火炉，里面的兽炭烧得正红。这兽炭里掺了些香料，平时是大户人家取暖所用，颇为昂贵，醉刘居这种地方多半不会用这个。高仲舒心头一定，忖道："果然是大户人家。"抬头看着阿心，只见她春山隐隐，秋水脉脉，丹唇激朱，皓齿编贝，身形纤秀，虽是男装，却掩不住女子形相，心道："原来现在这些小姐都喜欢男装，想必男装在外面方便些，以前明姑娘如此，这位心姑娘也是如此。"一厢情愿地想着，笑嘻嘻道："阿心，敢问……敢问春秋几何？"

他本想学着那个自命风流盖世的同学所说的调情打趣话说两

句，但话到嘴边，终究还是自幼学的道德文章占了上风，说出口的还是正正经经地问年纪。阿心脸上飞起一抹绯红，小声道："我十五了。"

高仲舒心中一动，暗道："原来未及破瓜，正当妙龄。这般年纪便学人偷汉子，真是世风不古……倒也不错。"他虽然正襟危坐，心里喜不自禁，脸上却仍是一本正经，道："不知阿心……那个阁下折节下交，发函相邀，有何见教？"他说完，见阿心脸上一阵茫然，这才恍然大悟，心道："该死，人家闺中少女只怕刚识得几个字，给我的那封书函之中文辞也颇有些欠通，我与她拽文，意欲何为？"忙道："是这个样子了，阿心，你给我的那封书函已然看过了，不知你叫我来有什么要吩咐的？"

这话阿心才算听懂了。她抬起头来看着高仲舒，轻声道："高公子，是这样的，阿心想问问公子家中有几个兄弟？"

高仲舒一怔，心道："她问我兄弟做什么？"高氏这一代人丁不算旺，他祖父高表仁有两个儿子，长子高昱，次子高睿。高仲舒是高表仁次子高睿之子，高昱也有个儿子名叫高安期，比高仲舒大了几岁，现在在做偃师县令。他道："在下只有一位堂兄。"

阿心"噢"了一声，道："高公子，请别怪我冒昧，不知令尊大人，还有令伯父有无外室？"

如果是旁人问的，高仲舒一定要翻脸。他高氏家教极严，高仲舒因为是第三代了，祖父对自己多少放宽了一些。他听父亲说起过，父亲与伯父小时，祖父对他们几乎是苛刻，连家门都不准轻易迈出去。不要说外室了，连纳妾祖父都是严禁的。他心想："你问完我的兄弟，又问我父亲跟伯父，怎么有这等问法？当真失礼。"转念一想，恍然大悟，心道："大概是心姑娘想着嫁到我家中后会不会受气吧，问我父亲和伯父有无外室，那也是怕我娶外室的意思。”

他想得一厢情愿，微笑道：“是这样的……”

话未说完，只觉下半身一麻。这是盘腿坐久了的常事，但他方才才坐下来，照理还根本不会麻木。他低头看去，心头猛地一震，惊得目瞪口呆。

到了这东二号房中，他也根本没注意周围，现在一低头，猛然间发现自己竟然是坐在一片漆黑之中。屋中点着蜡烛，虽然不是亮如白昼，屋中情景也能看得清清楚楚。但这一片黑色有如打翻了一桶墨汁，黑得异乎寻常，更是活物一般在地上蠕动，现在已爬到了他腿上。

高仲舒记得先前明崇俨说自己中过别人的法术，若不是他与裴行俭及时赶到，自己不知会被如何。但他已经几乎忘得干净了，只隐约记得当时骑着阿白回家，突然就神智全无。这一次，似乎也和那次一样，但不知为何这黑影只在他腿上蠕动，一直移不到上半身去。高仲舒心道：“难道这是阿心搞的鬼？”抬头看去，却见阿心站起身向后退去，脸色大变，一般都是惊恐。不知为什么，他心中一定，连半边身体动不了都不那么惊慌了。一镇定下来，豪气顿生，叫道：“阿心，别害怕，我会保护你的。”话音未落，忽觉脑后被什么东西一击，登时晕了过去。

当黑影侵入屋中的那一刻，高仲舒和阿心都还不曾发现，纥干承基就像见到一条带有剧毒的蛇一般浑身一凛。

阿心要他在边上护卫，他自然不能不来。阿心极得太子宠爱，他初到太子府中，正在建功立业之际，如果得罪了阿心，那可没有好果子吃。虽然纥干承基其实极其看不起阿心，但这一趟护法之事还是兢兢业业，不敢丝毫怠慢。他自己就是隐身术的高手，当初化身一团黑影在南昭郡王府中探听虚实，也从来未被发现过，但他的隐身术终究还有局限，移动时声音虽轻，仍然有极细微的声音，如果对手正在打坐炼气，听觉极为敏锐的话，那便瞒不过去了。可是眼前这团黑影却是丝毫没有声响，而且移动之时快如闪电，几非他所能梦见。纥干承基呆了呆，心道："这真是人么？"

如果是真的影子，当然不会有声音。可是这团影子显然是受人控制，而且快到这等地步，纥干承基知道自己是肯定办不到的。如果那是与自己同一路的隐身术的话，那么这人的本领起码要比自己高出三倍。俗话说，棋高一着，缚手缚脚，如果有三倍之差，那简直就是一个吃奶的孩子跟一个金刚力士之差。纥干承基吓得浑身发软，一时间根本动弹不得。等听到阿心的惊叫声，他咬了咬牙，心知再不能袖手旁观，阿心出点差错，自己不被太子砍头就已是上上大吉，高官厚禄那就永世都别想。他一咬牙，手在壁上一按，人已抢上前去。

他以隐身术隐在屋角时，旁人看来只是一块淡淡的影子而已。现在这块影子沿着墙壁向前移到了门口，他双足一弹，人像是从墙壁上凭空穿出一般现身，已掠向高仲舒身后。身形一错间，他飞掌在高仲舒后脑一切，高仲舒正在做着英雄救美的好梦，哪想到这飞来横祸，被他一掌击晕，纥干承基已变掌为爪，五指一下抠住高仲舒的肩头。如果高仲舒没昏过去，这一抓足以让他痛得哭爹叫妈，只是此时高仲舒全无知觉，被纥干承基带着直掠出去，他身上那团黑影也如墨水一般落了下来。

纥干承基带着高仲舒落下地来，正在阿心跟前。他双足尚未落地，左手已探入胸口，取出一个小包。这是一包盐，已细细碾过，盐粒尽成粉末。他手指一下抠破小包的一角，手一甩，盐粉在身前撒了细细一条弧线。

盐能避邪，也能阻断术法，唐时过年或起造房屋之时，都有撒盐驱邪的习俗。术士固然可以持咒防身，但紧急之时撒盐更显效用，因此纥干承基身边总带着这一小包盐。阿心见高仲舒昏了过去，大惊失色，抢上来扶住高仲舒道："高公子！高公子！"他见高仲舒双目紧闭，不知出了什么事，怒道："纥干先生，你为什么要打高公子？"

因为他认得我。当初纥干承基曾经冒充金吾卫军官去通知高仲舒与裴行俭，让他们去与成圆化交战。高仲舒自己不算什么，但如果他把看到自己的事告诉给那叫裴行俭的金吾卫军官知晓，只怕会节外生枝。纥干承基不想冒这个险，所以第一件事是将高仲舒击昏。但这理由自然不能说，他只是道："心小姐，高公子是中了旁人控制心神的法术，若不将他打昏，只怕高公子会疯乱而亡。"

阿心见过承乾府中那些术士演练，知道法术的厉害。她也知道纥干承基最近深受殿下看重，是个相当了不起的人物，见纥干承基说得凶险，惊道："那怎么办？纥干先生，你斗得过他么？"

纥干承基摇了摇头，道："不一定。此人术法不是中原一脉，我从来没见过这种手段。"他撒了一条盐线，那片黑影逼到了盐线前便过不来了，但这样一来，他们也被固在屋角。

阿心看着地上这条明显间隔了明暗两块的白线，心头发毛，道："那快唤店家上来啊！"

纥干承基暗自苦笑，道："心小姐，现在叫店家上来，那是送死。"

阿心急道："那怎么办？我们就在这儿动不了？"

现在最好的办法自然是击敌首脑，将敌人格毙，自然便脱困了。但纥干承基也知道，要格毙敌人谈何容易。好在方才交手一招，他也约略知道了一点对手的实力，这些黑影固然厉害，却没有他先前所想的那样离谱，似乎对手所用，并不是自己的那一类隐身术，而是一种驱使黑影的法术。他也不知被黑影侵上身后会引起什么后果，方才高仲舒下半身被黑影侵入，高仲舒似乎也不见得如何。但想归想，纥干承基也不敢冒险拿自己的身体做试验来试试这黑影究竟有何厉害之处。其实最好的办法是借高仲舒的身体做踏脚，逃出屋去。可是他看阿心对高仲舒的样子，知道这种主意绝对行不通。

究竟要怎么才能脱困？他眼角扫视了身后一眼。这屋子只有靠窗一边是板墙。如果只是自己一人，或者只带一个阿心，那以破窗而逃并不是什么难事。可是现在还有个昏迷不醒的高仲舒，要他带两个人逃命，纥干承基也知道自己力有未逮。只是他是个深险阴狠之人，心中在转着主意，脸上却毫无表情。

黑影试了两次，仍然越不过盐线，忽然疾缩回去。看着地上铺着的草席颜色一下变浅了，阿心喜道："纥干大人，你赢了！"

纥干承基心里却不住价叫苦。地面有盐线挡住，但墙上没办法撒盐了，这黑影不从地面过来，而是从墙上过来，甚至从屋顶的藻井上过来，那还有什么办法？撒盐无非只能挡得一时，他见黑影缩回去，知道已经挡不住了。到了这时候也顾不得阿心会怎么想，他一把揽住阿心，飞身向那窗户冲去。这窗子只是薄木板，纥干承基身形如电，"砰"一声已冲破了窗子，落到了外面的瓦上。

敌人显然要对付的是高仲舒。纥干承基也不知那到底是什么人，为什么要跟一个书生过不去。他刚在屋面站稳，阿心挣脱了他的手臂，喝道：“纥干承基！你为什么把高公子扔了？”

纥干承基刚想说个什么理由，却见阿心双眼圆睁，看着他的背后，惊叫道：“追来了！”纥干承基扭头看去，只觉头皮一麻。醉刘居的屋顶是用上好瓦片搭的，每一块瓦片都漆黑油亮，上面积雪尚未化尽，黑瓦白雪，极为分明。但在靠近他方才冲出来的破窗处，却是一片漆黑，这片黑色还如活物般向自己流过来。他暗自叫苦，却想不通为什么那人明明要对付的是高仲舒，此时却转而对付自己了。

七

屋顶突然山崩地裂一声响，下面的酒客吓得全都一怔，不知出了什么事，那小二暗自叫苦，快步上楼来看个究竟。今天雅座只有东二号有人包下了。他走到东二号前，先侧耳听了听，只觉里面一片死寂，暗叫不好，但转念一想那几个客人穿得体面，后来的一个还有马匹拴在厩中，定然不是吃霸王餐的，稍稍放下心来，敲了敲门道："客官，有什么吩咐么？"过了半晌还不见应声，里面更是半点声息都没有。那小二知道已是不妙，伸手推门，门没有闩上，触手即开。刚一开门，见地上躺了一个人，窗子也破了个大洞，另外两个客人不见了。

那小二面如白纸，叫苦不迭，心道："原来那两个还是江洋大盗，杀人越货的贼啊！这可怎生是好？"开酒馆的最怕惹上人命官司，要是店里死了人，消息传出去，生意多半一落千丈。他急急冲到地上躺着那人身边，伸手抱起，却觉高仲舒身体柔软，还有热气，身上也没见有伤口，心一下放了下来，掐了掐高仲舒人中，道："公子，高公子，你没事吧？"

高仲舒悠悠醒转。迷糊中只觉有人抱着自己，本以为自己定然是在阿心怀中，一睁眼，却见是那獐头鼠目的小二。他大吃一惊，翻身跳起，喝道："你做什么进来？他们人呢？"

小二见他说话声音甚响，中气十足，一颗心总算完全放了下来，道："高公子，那两个你认得的么？你看看身上少了什么没有。"

高仲舒下意识地往怀里一摸，只觉银两都在，这才想起小二说这话的意思。他大为不悦，道："她可不是坏人，小二，是你这店里有妖人！"

小二吓了一跳，道："高公子，这话可乱说不得，醉刘居在长安已经经营三代，多少也有些小小名气。公子，是不是你和那两位吵上了？出了什么事？"他见高仲舒不肯指认那两人是坏人，心想只要你认账便成，管你是不是和他们吵架。

高仲舒心道："什么两位，就是一位小姐。"只是他见这小二缠夹不清，也不想多说，索性道："我也不知道。"转身走到那破窗子前探头向外看去，只见屋顶的积雪中有几个脚印。此时屋顶的雪已化了不少，近处还能看到脚印，远了便看不出来。他心中忖道："他们原来是从屋顶走了。"

小二见他看着窗外，也走过来看了看外面，打了个寒战，心道："果然是飞贼。"他看了看高仲舒，忽地扑通一起跪倒在地，磕头作揖道："高公子，小人家有八十老母，下有未足月的孩儿，在这醉刘居混口饭吃，公子您是英雄，看在小人面上，可别飞檐走壁走了，那小人要被东家回掉的。"他见先来那两人居然能从屋顶逃走，眼前这书生模样纵然文弱，只怕也是人不可貌相，万一也从屋顶逃走，酒账不说，这一笔修屋子的钱也得自己赔出来了。

高仲舒见他说得可怜，又口口声声叫自己英雄，大是受用，从怀里摸出块碎银子道："放心，这银子你赔给店主东吧。"

小二一见银子，大喜过望，见这银子颇有些沉重，心想去银铺准能兑出个一两贯。先前那女子样的少年只叫了壶酒，这银子拿来付酒账后再请匠人修窗还有得多，自己落得打偏手，慌忙接过了道：“是，是，是，多谢公子了。公子可要再喝一杯？”

高仲舒摇了摇手，道：“将我的马带出来吧。”

他向楼下走去。走到楼梯边，不由又回头看了一眼，仍是一片茫然。阿心是谁？她要做什么？回想起方才情形，高仲舒隐隐觉得自己先前所想的艳遇似乎已捏不得稳瓶了。

“明兄，你还要再施一次你那个浮梦术？”

明崇俨点了点头，道：“是。”

辩机看着明崇俨，眼里带着一丝忧色。上一次明崇俨用浮梦术就差点走火入魔，没想到他吃苦不记苦，居然还要再来一次。辩机是显宗门下，不修神通，唯一能做的就是以佛法唤醒进入浮梦术中的明崇俨。只是万一时间拿捏不住，那便反倒要害了明崇俨。他顿了顿，道：“你究竟想知道些什么？过去的事，忘了也就忘了，冒这么大的风险去记起来，未免太不值得。”

明崇俨没有说话。早些年，他只是对自己记忆中的这一段空白觉得好奇，也并没有非要记起来的心思。现在就算冒险也一定要记起，那是因为张三郎说过的一句话。

那一次张三郎将他制住，原本就要杀了他，但在明月奴为他求情之前，张三郎看着自己，说了一句很古怪的话。

那一次，张三郎喃喃道：“原来极玄子所说的，就是你啊。”

师父名叫极玄子，他也已经知道了。师父隐身在父亲的衙门里当一个下人，自然是躲避什么仇家，当初收自己为徒，明崇俨一直觉得只是师父偶然起念而已。可是让他吃惊的是，张三郎居然早就听师父说起过自己。张三郎自己也说过，当初汾阳桥一别，二十余年便再不曾见面，而当时自己还不曾出生。那么，当时师父向张三郎说起的，定然不是真的自己，而是自己要收一个徒弟的事。师父究竟为什么要在真正收弟子之前就向张三郎说起？而这种没要紧的事张三郎也记了二十年，明崇俨越想越觉得不对，自己那一段丢失的记忆中，只怕有个极大的秘密在。

不，一定要再试一次，即使要冒极大的风险。明崇俨抬起头，正要说，门“砰”一声被推开了，高仲舒冲了进来。

虽然天还很冷，高仲舒却满头大汗，脸涨得通红。他一进门，指手画脚的却说不出半个字。明崇俨吃了一惊，只道他又中了什么符咒，伸手扣住他的脉门搭了搭，却觉高仲舒脉搏很快，却沉稳有力，不是受伤的样子。他把高仲舒的手一甩，没好气地道：“讷言，你有什么事慢慢说，别吓人。”

高仲舒咽了口唾沫，伸了伸脖子，这才道：“明兄，不好了，今天我又遇见一件怪事！”

纥干承基喝了一口水，让自己顺了顺气。

阿心还是安全带回家了，但回来后他仍是心有余悸。本以为这一次只不过阿心心血来潮，没什么大碍，却没想到居然会碰到这种事。

那些人究竟是什么来历？

他正想躺下歇息一会，眼还不曾闭上，忽地一跃而起，跳到一边。

窗纸上，有一角已成了黑色。

屋中原本也甚是晦暗，只是积雪未化，雪光映得窗纸灰蒙蒙一片，这一角漆黑更是显眼，就像被墨汁染成的一般。纥干承基方才看得清楚，窗纸上并没有这种异状。

他的心一下提了起来。带阿心回来时，他自觉极是谨慎，确认身后再无那个黑影跟踪才走，没想到还是被发现了。那一角黑影还在慢慢爬上来，原先只是染黑了三四个窗格，此时已有五六个了。纥干承基冷笑一声，从腰间取出一把短剑，剑尖在左手食指一点。短剑极是锋利，一下割破皮肤，指尖沁出一点鲜血。他的左手变幻几个手印，伸指向窗纸一弹，那滴鲜血如弹丸一般弹了出去，“啪”一声，正击中窗纸。

血滴在窗纸上一碰，顿时散开，刹那间被血弹中的窗格里明亮起来，似有火光射出。那团黑影就像受伤负痛一般极快地缩小，纥干承基趁机一推窗子，窗户立被推开，他身形如电，从窗户中一跃而出。

夜已深了。纥干承基所住的地方原本就很僻静，此时更是死寂一片。他跃出窗来，正见地上有一团黑影正在极快地移动，他脚下一错，竟比那黑影移动更快，手一扬，反手将短剑插在黑影中心。

虽然只是个黑影，但被剑扎中，竟然与活物一般挣扎。如果是与纥干承基会的隐身术是同一类的法术，这一剑已将施术之人重创了，黑影中定会流出血来。但这黑影只是挣扎了一下，却如烈日下的冰雪一般极快地变小，根本没有血迹。一瞬间，地上扎的只是一把短剑而已。

果然不是隐身术，怪不得移动得能如此之快。纥干承基一怔，耳边忽然响起一个声音：“好本事。”

这声音细细的，听起来有种说不出的怪异。他心头一惊，拔出短剑护住身前，抬头看去。

院子里有一棵大槐树，木叶尽脱。在树枝间，站着一个人。这人生得极瘦，整个人也同一根树枝相去无几。纥干承基只觉背后沁出冷汗，沉声道：“请问阁下是何方高人？”

此时边上的窗子忽然“啪”一声开了，弥光一跃而出。他听得师兄的声音，知道有敌人来犯，抢到纥干承基身边，低声道：“大哥，出什么事了？”

纥干承基还没有说话，那人已从树上一跃而下。这人站的地方有二丈许，下来时却如一步跨下。看那人露了这一手轻功，纥干承基和弥光心头都是一震，知道来的定然是个劲敌。纥干承基将短剑握得紧了些，弥光也按到了腰刀之上。

那人落到地上，却并不进攻，只是行了一礼，道：“在下胜秋，不知两位尊姓大名。”

纥干承基见这人虽无敌意，仍然不敢怠慢，道：“在下纥干承基，这是我师弟弥光。胜兄夤夜前来，不知有何见教？”

胜秋向前走了一步。原本他隐身暗影之中，也看不清楚，此时现身在亮处，弥光只见这人一张脸焦瘦枯干，眼窝深陷，脸上须眉全无，简直同一具僵尸一般，心头一震，忖道：“师兄又招惹了什么奇奇怪怪人物？难道……难道他是为了大师兄之事？”纥干承基杀了尹道法，他也决定与纥干承基共进退。但尹道法积威之下，弥光仍是满怀惧意。

胜秋脸上露出一丝笑意。只是在这样的脸上，笑容也显得如此怪异。他轻声道：“原来是纥干先生。胜秋想请问纥干先生，是否认识一位十二金楼子的尹道法先生？”

果然是！弥光险些便要失声叫起来。他对这个大师兄素来畏多于敬，做下这等事后，常常在担心尹道法的故交前来寻仇，连噩梦都做了不少了。胜秋语气平和，但这人生了这副怪相，又突然问起尹道法，他心慌之下，一把抽出腰刀，喝道：“你要做什么？”刀刚抽出一半，纥干承基双手在弥光手背一搭，道：“尹道法乃是我二人师兄，只是已然辞世。”

弥光心中一定，忖道：“果然大哥沉得住气。别人都知道尹道法是我们师兄，有谁知道我们做了这事？便是张三郎亲来，也死无对证，嘿嘿。”他知道自己远没纥干承基镇定，索性不再说话，只看大哥说什么。

胜秋“哦”了一声，道：“原来尹先生已然辞世了，怪不得家主一直未能找到。既然两位是尹先生师弟，不知尹先生有无将一个琉璃子交付到两位手中？”

“琉璃子”三字，在纥干承基与弥光耳中不啻一个惊雷。他们互相对视了一眼，胜秋已看在眼里，道：“真有么？”

纥干承基道：“这东西有什么用？”

胜秋犹豫了一下，道：“此事还请纥干先生与家主商议。此物是我家主之物，当初请尹先生查探，家主愿以重价购回。若在纥干先生处，此议仍可继续。”

纥干承基道：“不知尊上愿出什么价购回？”

胜秋道：“五百贯。”

后来白居易谒见顾况，顾况见他的名字，戏称“长安米贵，居大不易”，那是中唐时的事了。在贞观年间，长安米价一般都不超过每石百文，到了丰年，甚至只有三四十文一石。当时连当朝一品官的月俸也不到百贯，所以五百贯已是个极大的数字。纥干承基与弥光不由动容，他们以前受聘杀人，一般也不超过百贯。纥干承基还记得当初听尹道法说过，这个名叫负心子的东西颇有用处，却没想到居然值那么多钱。他笑了笑道：“还真值不少。”

胜秋听他的口气，大起希望，道：“此物真在纥干先生处的话，还请纥干先生割爱，五百贯之价，绝不食言。”

纥干承基冷笑道：“原来今日在醉刘居中，下手的是胜先生。若是承基当时未能脱身，胜先生便省下这五百贯了吧。”

胜秋怔了怔，打了个哈哈道：“醉刘居中之事，实是偶然，胜秋并无对纥干先生不利之心，还请纥干先生海涵。”

纥干承基冷笑道：“胜先生说得好笑话，当真好笑，哈哈。”虽然那琉璃子他一直放在身边，但从未拿出来过，胜秋出价越高，他就越不敢相信。此人在醉刘居下手，原来要对付的不是阿心，而是自己！反倒是自己连累阿心了。而此人现在说得客气，愿出高价收买，那也定是在醉刘居见识了自己的本领，心知恶取难成，这才开出价来。他脸上平和，心中实是恼怒之极。见胜秋一个哈哈就把这事轻描淡写了，怒火更盛，脸忽地一变，眉头一竖，喝道：“胜兄，回家禀上你家主人听真，这负心子确在我手中，不过要千贯足钱，少了一文，想要便到我尸身上取吧！”

他声色俱厉，胜秋不禁愕然，看着纥干承基道：“纥干先生……”

纥干承基打断了他的话道：“我若没有这点手段，现在已成尸首，你们一文不花就已到手。不必多说了，胜兄请回。若当真有意，明日带一千贯足钱到西市得意楼来吧，否则我即刻将这负心子用巨锤砸为齑粉。”

胜秋见他已撕破了脸，沉默了一下道：“既然如此，那就一言为定，还请纥干先生不要食言。”也不见他如何作势，人忽然直直跃起，手在一根树枝上一搭，人便跃出墙去，竟是声息全无，连那根树枝也只是微微颤了颤。

看着胜秋的身影消失，弥光不禁咋舌道：“好厉害的轻功！大哥，这人是什么来历？”

纥干承基皱起眉头，道：“我也不清楚。”

弥光犹豫了一下，道：“大哥，其实五百贯也还不错了。”

纥干承基嘴角浮起一丝笑意，道：“五百贯自然是个善价。只是这人连一千贯都肯出，这琉璃子定然有它值钱的道理。”

弥光呆了呆，道：“你是想……”

纥干承基冷冷道：“这东西看来不是个简单的玩物而已，我倒想知道究竟有什么玄虚。”

弥光想了想，道：“我觉得这胜秋不是个省油的灯，你可要小心。”

纥干承基笑了笑，道：“弥光，你也要不妄自菲薄。这姓胜的固然不弱，但他也无奈我何，方才他本来就是要神不知鬼不觉地拿下我，只是未能成功。我倒要看看，他还有什么手段。”

“伏鹰就是对这人出手么？”

胜秋伏在地上，头都不敢抬，低声道：“是。他说醉刘居中有人对他出手，自是伏鹰。不过他以为是我出手，我也认下来了。”

在他跟前，有个人正盘腿坐着。没有点烛，屋中漆黑一片，只能隐隐约约看得一个人的影子。那人低头想着什么，半晌，才道：“伏鹰真不不愧是鞍作之弟，我倒没想到他会找得比我们更快。

负心子真在此人身上么？”

“是。属下以天丛云术试过，那人身上确有感应，伏鹰多半也用了天丛云术，这才弃那高公子不追，反倒追击此人。只是，”胜秋顿了顿，磕了头道，“属下该死，那人很不好对付，还有个帮手，属下没有十成把握，所以不敢动手。”

那人沉思着，从怀里摸出火石来打着了，点亮面前的一支蜡烛。烛火摇曳，映出他的脸，正是中臣镰足。他点着蜡烛，看着烛火出神，忽然嘴角浮起一丝笑意，道：“那么，伏鹰的本领与他也在伯仲之间了。”

胜秋顿了顿，道：“应该差不多。”他眼中忽地一亮，抬起头道：“主人，是要让伏鹰去对付他？”

中臣镰足嘴角的笑意越发阴冷：“伏鹰杀了道纯，又先找到此人下落。只是他没有追上去，显然是追丢了，现在定然急得很。他这把刀子已然磨利，只消这般，正好为我一用。”

胜秋听得目瞪口呆，钦佩不已，心道：“以前便听人说家主之智，足当千百雄兵，原来当真如此。”然而运筹帷幄，那运的是己方之兵，主人竟能调派敌人，此等谋略实在惊人。他轻声道：“可是田山先生他……”

“死于王事，臣子之节。田山先生深受国恩，这道理他是想得通的。”中臣镰足淡淡一笑，又道：“胜法师，你先去得意楼布置一下吧。”

胜秋仍然有些不安。伏鹰的本领，他也清楚。他与伏鹰同出一门，虽然他比伏鹰年纪大一些，貘食术不会输给伏鹰，但伏鹰还学过发切丸，真个斗起来，自己定要吃亏。只是他没想到中臣镰足如此胆大，居然敢孤身犯险，这份勇气也不能不叫他佩服。

胜秋起身行了一礼，走了出去，屋里剩下中臣镰足独自坐着。他吹灭了蜡烛，静静坐在暗中，淡淡地笑着。

中臣镰足相貌清雅，但这丝笑意中却总带了点妖诡之气。

八

明崇俨看着裴行俭在那边与醴泉坊武候铺的金吾卫街使说着什么。等裴行俭一过来，他急匆匆迎上去，道：“查出什么来没有？”

裴行俭看了看周围，道：“你猜得没错，这周山田确是倭国人。他还是前朝时随遣隋使到长安来的，后来改名换姓住下来，居然还发了大财。你知道他原来叫什么？原来就是名字倒过来，叫田山周。”

果然是倭人。明崇俨的脸沉了下来。昨天高仲舒急急匆匆赶过来，绘声绘色地说了一番他与一个小姐幽会的事，又添油加醋地说了后来发生的怪事。高仲舒是当成吹牛的本钱，明崇俨却惊出了一身冷汗。

那一次高仲舒出事，明崇俨怕他再中暗算，在他脑后发髻放进了一张清心咒。听高仲舒所言，显然是这张清心咒护住了他，才不至于丢了一命。他见高仲舒还不知凶险，说得手之舞之，足之蹈之，心中越来越沉。

这多半是那个中臣镰足暗中做的手脚。他本来觉得中臣镰足确认那琉璃子不在高仲舒身上，也该收手了，没想到居然还阴魂不散，这才想再来找中臣镰足谈谈，让他好知难而退。可是来到醴泉坊周山田宅，却见周山田倒毙于家中，还不等他报官，就被周府的家丁带着金吾卫围住了，说他是杀人凶手。幸好他搬出裴行俭来，那个带头的街使也认得裴行俭，这才免去一场无妄之灾。

裴行俭带着明崇俨出来，道：“明兄，你到此间做什么？”明崇俨是个太学生，周山田是个倭国来的商人，这两个人不管怎么想都到不了一块儿去。

明崇俨目光有些茫然，道：“因为讷言的事。他说有个小姐看上他了，结果幽会时有人又来暗算他，我怀疑便是这周山田处一个叫中臣镰足的人。前几天，这个中臣镰足便为寻找一颗琉璃子，特意找到讷言。”

裴行俭笑了起来，道：“明兄，我也觉得有时你想得太多了。讷言那张铁嘴，死人都说得活的，你总不会在怀疑这中臣镰足被他戴了绿帽子，所以来暗算他吧？”

明崇俨皱了皱眉，伸出左手三指在自己太阳穴上比画了一下，道：“我刚才看到，那周山田的尸身左太阳上，也有三点瘀青。”

裴行俭动容道：“和麻胡夫妻死时一样！”

“正是。”

裴行俭站住了，道：“难道，都是为了那颗琉璃子？”

明崇俨脸上露出忧色，道：“是。讷言还不知厉害，他都受过两回暗算了，我怕，下一个就轮到他。”

裴行俭道：“这琉璃子究竟是什么东西？”

“那中臣镰足说，那是倭国之宝，里面有一个四头的蛇形，本是一对，讷言那个叫负心右子……”

裴行俭一下睁大了眼，惊道：“负心子！那个叫八岐大蛇！”

明崇俨吃了一惊，道：“你知道？”

裴行俭点了点头，道：“我师傅那里，有一本日记，是一个去过倭国的人放那儿的。那人是师傅远亲，因为师傅那时对三韩一带很有兴趣。我也看了一遍，里面讲了不少倭国的事，记得里面就讲到过负心子的事。”

裴行俭的师傅便是名将苏定方。苏定方好学多思，是个文武双全的名将，裴行俭跟他学武，也沾染了好学之风。明崇俨道：“他说了负心子有什么用么？”

裴行俭道：“那日记里也没说什么，只说是得之倭国王公大臣，颇有灵异。”他的眼突然直了，喃喃道：“我想起来了，写那本日记的……他就是陶宗山！”

西市是商家店铺聚集的所在，一天到晚都热闹非凡，酒肆林立，打把式卖艺的也有不少。

得意楼在西市也只是一家很寻常的酒楼，不过生意很不错。在得意楼前有一片空地，正有一个草台班子在玩杂耍，看的人围了一圈。

此时正有一个汉子在表演喷火。天还很冷，积雪被扫得干干净净，那汉子是个昆仑奴，打了个赤膊，露出一身漆黑发亮的腱子肉，往手上拿着火把一喷，一条长长的火舌直喷出来，看的人都退后了一步，爆雷也似一片喝彩。

表演很精彩，但苏我伏鹰却根本没心思看。他站在人群中，眼角不时扫视一下进出得意楼的人。现在他已换了一件寻常的棉袄，看起来也和长安市集上那些游手好闲的小混混差不多了。

镰足还没有来么？他想着。

受长兄之命，他与苏我道纯两人到大唐来追寻负心子的下落，便住在田山周处。苏我氏权倾朝野，田山周以前是苏我氏家臣，自然言无不从。苏我伏鹰的另一个任务就是干掉先行到大唐来的中臣镰足，但没想到根本找不到中臣镰足的影子，而一同前来的苏我道纯竟然是中臣镰足布下的暗桩。杀了苏我道纯后，他已对田山周起了疑心。昨晚，终于发现原来中臣镰足竟然也住在田山周处。他心中大怒，但镰足又已不知所踪，他以貘食术将田山周折磨了一番，发现中臣镰足已经找到负心子下落，今天正要到西市得意楼来交易。他杀了田山周，先行赶到了得意楼，但等了半天，仍然不见镰足的影踪。

大哥才能出众，但平生最服膺的，却是这个镰足。如果镰足愿意为苏我氏所用，高官厚禄定然不在话下。伏鹰也不知道镰足为什么一定不愿追随大哥，但他也似乎明白镰足的心思。

如果追随苏我氏，永远都只是苏我氏帐下的一个家臣罢了。镰足想的，是要取苏我氏而代之吧。如果我不是生在苏我家，会不会也和镰足一样选择与苏我氏为敌的道路?

会，一定会的。但现在我已是苏我氏的一员，就只能走这条路了。

伏鹰默默地想着。他突然侧过脸，看着得意楼的门口。在门口，有一辆马车停了下来，一个人正从车上走下来。这人下车时，看了看挂在门口的匾额，又看了看周围，但这一群正在看昆仑奴表演喷火的看客显然并没有引起他的注意，这人走了进去。

镰足大人，我会将你的项上人头与负心子一同带回去，以此来尊敬你。

谁也没有注意到，人群中这个衣着朴素的少年眼里，闪出一丝杀气。

“明兄，这里还会有什么？”

裴行俭小心地看着周围，小声说道。明崇俨说要来查看一下麻胡的住处，他拗不过明崇俨，只得答应一同过来看看就走。以前他隶属长安县的金吾卫，查看怀远坊还算师出有名，现在他却调到万年县了，如果被怀远坊武候铺的金吾卫同僚看到，大概要怪他狗拿耗子多管闲事。更何况这屋子金吾卫已经贴上了封条，他们翻墙进来，大小已经是一件渎职之罪，如果有人揪住不放，说不定连自己的前程也要毁了。

明崇俨仔细看着地面。门窗全都关着，里面很暗，他也几乎是趴在地上。听得裴行俭的声音，他小声道：“我在看。”

裴行俭见他忽然停住了，呆呆地看着地上一块地方，诧道：“发现什么了？”

明崇俨皱起眉头，道：“这屋子几时封的？”

“发现麻胡死的那天就封了吧，我也不清楚了。怎么了？”

明崇俨从怀里摸出一个小包，解开了，里面是些白色粉末。他撮了一小把，均匀地撒在地上。地上原本铺着青砖，只是年深日久，颜色也变黑了，上面还结着一个个浮沤一样的泥钉。这些白粉一撒到地面上，积了薄薄一层，他用嘴一吹，一些粉末被吹掉了，剩下一些却沾在上面，却是几个脚印。

明崇俨指着那脚印道：“明兄，你看看这个。”

裴行俭道：“那天进来抬死人，这屋子里有不少人看热闹，有个脚印那又有什么稀奇。”

明崇俨道：“这种留影术只能看到五个时辰前留下的脚印。

五个时辰，那是什么时候？”

此时还没到正午，五个时辰前，正是午夜。裴行俭也有些踌躇，道：“大概是有个金吾卫的兄弟又进来了一次吧……”他说着也觉得这话说不通。

明崇俨微微一笑，道：“裴兄，你们金吾卫脚上都穿什么？”

金吾卫士兵都穿着吉莫靴，裴行俭自己脚上也正穿着，明崇俨当然不会不知道这个。裴行俭怔了怔，道：“连什么鞋都看得出来？”

“照理是看不出穿什么鞋子的，但是你来看看，裴兄。”

明崇俨闪到了一边，裴行俭凑上前去。乍一看，白粉围出的只是一个寻常脚印，但细细看去，这脚印前端有几条细细的线。他怔了怔，道：“这人穿的好像是分趾的靴子。”

“有这种靴子么？”

裴行俭道：“我在师傅那边看过一本书，说交广一带的农夫下水田干活，有个地方是穿鱼皮靴的，因为寻常靴子下田容易滑倒。”

他还要说，明崇俨指了指那足印中间道：“你再仔细看看。”

裴行俭低下头仔细看了看，忽然惊道：“有脚纹！”他抬起头，不敢确定地道：“这人是光着脚？”

在这样的天气光着脚走来走去，实在难以想象，裴行俭说出来也有点不敢相信。见明崇俨点了点头，他急道：“这人光着脚做什么？”

“为了吸聚尸居余气。”

裴行俭道：“这是什么东西？”在一瞬间，裴行俭看到明崇俨眼里似乎闪过一丝惧意，心道：“明兄虽是个书生，却胆大包天，他怕什么？”

明崇俨道：“裴兄，你不是术门中人，自然不知道。我小时听师傅说过一次，这叫泉听术，是一种招魂术。”他从怀里又摸出一把小刷子，叹了口气，道：“也是一种邪术。”

裴行俭听得明崇俨的声音突然间变得飘忽不定，像是从一个极深的孔穴里发出的，还带着嗡嗡的回音。他暗自诧异，心道：“明兄说话怎么是这个味了？”掏了掏耳朵，不觉得有什么异样，也不多想，心道：“原来还有冬蚊子。”蚊蚋之属在屋中过冬，也是常事，特别是阴暗的地方。麻胡这屋子很阴暗，说不定哪儿有个苍蝇蚊子在飞。他道：“这邪术有什么用？”

“人死未满七日，都能用这种泉听术将魂魄引来，探听秘事。”

明崇俨皱起了眉。那麻胡夫妇死时左太阳处都有三点瘀青，显然生前也中了浮梦术一类的法术。如果杀人之人已经探查到了要知道的东西，那么这个用泉听术的又是何许人也？

再慢慢看吧。他蹲下去，用小刷子刷着足印上的粉末。正刷了两下，却听得裴行俭“噗嗤”笑了一声。他抬起头，愕然道：“裴兄，什么事这么好笑？”

“明兄，你现在怎么这样说话？”

明崇俨莫名其妙，道：“我怎么说话了？”他想想刚才自己说的话，似乎并没有什么好笑的地方。

“你现在捏细了喉咙说话，真不中听。”

明崇俨正刷着地上的白粉，手忽然一颤。

粉末被刷掉了许多，但还有几颗沾在上面。他只觉一颗心已提了起来，忽地站起，叫道：“闪开！”

裴行俭见明崇俨突然站起，一脸惊恐，嘴张了张，却什么声音都没有，不由一怔，道：“你说什么？”还没等明崇俨回话，只觉头顶有一股厉风扑来。

这阵厉风尖利如针。裴行俭只觉毛发俱竖，手已伸到腰间握住了七截枪枪柄。他武功不俗，手指刚一搭上，七截枪已“哗”一声抽出，直直竖了起来。

这是半招“起蛟式”。此时耳中那种嗡嗡声也已清晰起来，那是有人在低低念诵着：“……九州社令，血食之宾。镇星缚手，北帝收魂，三台七星，持剑斩精。邪精魍魎，吾誓不闻。闻吾咒者，头破脑裂，碎如微尘。急急如律令！”

最后那“急急如律令”五字，已是清楚之极。裴行俭的七截枪已然飞腾起上，他自信头顶暗算那人纵然再快，自己的长枪也能后发先至。哪知枪尖甫出，顶门处只觉一阵剧痛，直如要裂开一般，身体也登时僵直了，眼前一黑，再无知觉。

裴行俭拔枪出枪，只在电光石火一闪之间，明崇俨只听得他问了一句，便见他僵直不动。他心中后悔莫及，心道：“该死！”刚才将白粉撒到地面上时，他本该看出这脚印其实是刚才留下的。那些粉末是云母磨成的细粉，本来不会沾染什么东西。但人身有皮脂，虽然极为细微，但这一点点皮脂便能将云母粉粘住。赤脚站在地上，皮脂总会粘在地上，过几个时辰才会散去。他直到将云母粉刷掉时才发现这脚印还是刚踩下的，待要提醒裴行俭已来不及了，自己想要闪开，只觉身体一时间已不属于自己，根本动弹不得。

原来屋中还有旁人！他暗自提气，想要解开这种禁咒，眼前忽地白影一闪，已模糊一片，再也看不到什么。

那是谁？在残存的意识中，明崇俨已在失声大叫。虽然只是惊鸿一瞥，但他隐约看到，那是一个身穿白纱长裙的女子。

轻薄的衣衫，似乎可以看得到下面冶艳的肉体，却又如此妖异。一时间，那个做过很多次的梦又浮现在他面前，那个女子抿着鲜红欲滴的嘴唇，用妖冶冷漠的声音说：“杀了他？”

“杀了他？”

仿佛那个已经出现多次的梦已到了眼前，若不是身体不归自己所有，否则明崇俨已惊叫起来。“咣”一声，他只觉浑身一震，仿佛眼前被抽掉了蒙面的黑布，突然间又能看到一切。虽然屋中十分阴暗，但这点光线已让他如同直视夏日正午的骄阳一般，他只觉双眼一阵刺痛，蒙住脸蹲了下去。

裴行俭此时也是浑身一震，从麻木中回过神来。他愕然看到自己的七截枪倒在地上，刚才这一声响正是长枪落地的声音。他定了定神，看了看周围，屋中一仍其旧，什么异样都没有。

方才是做了个梦么？他怔住了，捡起七截枪收到腰间，走到明崇俨身边，拍了拍他的肩，道：“明兄。”

明崇俨低低地呻吟了一下，挪开捂住双眼的手掌。现在眼睛习惯了些，不觉得屋中太过明亮了。裴行俭见他呆呆地站着，只觉心头发毛，低声道：“明兄，刚才出了什么事？”

明崇俨的眼里已满是恐惧。那个噩梦纠缠了他这么多年，毕竟只是个梦而已。但现在这个噩梦似乎已经走到了他的面前，即使他胆大包天，也不能不感到害怕。他低声道：“裴兄，你觉得如何？”

裴行俭张开手，看了看手掌，道：“没什么事。刚才究竟发生什么了？我好像听得有人在念咒。”

“是你听错了吧。”明崇俨漠然说着，他垂下头，低声道，“裴兄，多谢你。”

裴行俭笑了笑，道：“谢我做什么。我们走了吧？”刚才长枪落地，周围未必能听到，但如果被人堵个正着，倒也不好解释。

明崇俨道：“是，走吧。”

他们刚走，一边的柱子上忽然起了一团波纹。

柱子是木头的，年代久远，木色已成褐色。但木头终究是木头，木头会起波纹，只怕谁也不曾见过。在波纹中，有个人影忽然凸了出来。

那是个穿着极薄的白色长裙的女子。她的脸上不施脂粉，却又像是涂着一层铅粉一般，带着点淡淡的笑意，白得异乎寻常，而她的嘴唇却鲜红欲滴。

“原来极玄子将宫天丹给了这少年。”她轻启朱唇，耳语一般说着。“为什么不杀他？”

“没用了。”

一个声音从房梁上飘落。屋子很古老，顶上的梁柱也已近于腐朽。在梁上，蹲着一个黑衣人。这人身材瘦小，浑身都用黑布包着，只露出两只眼睛。

“宫天丹已与魔种纠结一处，大概连他自己都取不出来了。”

女子将手搭在柱子上，轻轻敲了敲，木头发出低沉的轻响。她道：“这少年魔种内结，你不怕将来无法制服他么？”

黑衣人一动不动地蹲着，低低道：“极玄子将宫天丹视若性命，既然能给这少年，那么他自己定然就在附近。”

他从房梁上飘身落下，直如一片羽毛，声息皆无。他个子甚矮，比那女子还矮了半个头，但站在女子身边，却又有渊停岳峙之概。

“天魔就要长成，这少年身有魔种，正好派上用场。”

女子的眼中神光一闪，道：“你是要……”

黑衣人的眼里也闪过一丝嘲弄，只是道：“又要下雪了。”

屋外，天色已暗了下来，彤云密布，雪意垂垂。

第四章

天魔蘇醒之卷

一

当那个客人进来时，顾东阳的心里便微微一沉，心道："这人便是纥干大哥所说之人么？"

从外面看来，得意楼只是西市一家寻常的小酒楼而已，并没有什么奇怪的，顾东阳也是个一团和气的店主东，脸上整天挂着笑容。但谁也不知道，这个面团团的顾东阳并不像外表看起来那样简单，他还有另一个身份——玄天道弟子。

所谓玄天道，听名字似是道家一派，其实并不是道家支派。玄天道发端于北魏太武帝时期，原本是北地一种秘术流派，连名字都没有，供奉的是日月尊者。太武帝灭佛，当时玄天道宗主生怕被误以为是佛门旁支，连忙改成此名，奉日月尊者神像也改成供奉日月牌位。岁月荏苒，玄天道越来越趋式微，顾东阳已是最后一代了。

当初十二金楼子的尹道法还在世时，纥干承基便已离心，暗中收买人手，准备有朝一日自立山头，顾东阳便是当时纥干承基暗中结纳的朋友。那时纥干承基想要经营一个藏身之处，于是出资让顾东阳开了这个得意楼。只是连他也没想到顾东阳别的本领一般，经营酒楼的本事却是一等一，见人说人话，见鬼说鬼话，得意楼生意越做越大，成了三教九流聚集之地，纥干承基索性就让顾东阳一心管理这酒楼了。正因为这酒楼中全是纥干承基的人手，有什么不公不法之事，在得意楼来谈便要安全许多。

正想着，边上一个下手小声道："大哥来了。"

这酒楼是纥干承基在尹道法还没死时就买下来了。那时在十二金楼子这组织中，纥干承基并不是当老大的，只是得意楼中的大大小小谁也不知道这个偶尔才过来一次的大东家是十二金楼子这个杀手组织的现存第二号人物，只知道他是得意楼的老大。

纥干承基穿着一领寻常的粗布衣服，若非那个下手曾见过他一次，定然认不出来。顾东阳连忙整了整衣服，迎上去低声道："大哥，他来了。在东一号房。"

得意楼的雅座与另外的酒楼很不同，墙很厚，窗子却少，很适合密谈，东一号更是纥干承基自己与人谈事的地方，有扇门与外面隔开。只消一关门，东一号房就极是僻静。纥干承基若有所思地看了看楼上，道："他带了什么东西么？"

"似乎是红货，甚是沉重。"顾东阳顿了顿，道，"大概有十来斤。"

剪径的强人中本领好的，单看镖师押送的车辆所带起的尘土，便估得出车上东西的重量和价值。顾东阳虽没当过剪径强人，不过以前当过当铺的朝奉，一双眼睛锐利异常，也有这本领。那个来人虽然衣服普通，但步履颇为沉重，身边显然带了不少东西。纥干承基向胜秋要价一千贯，唐时铜钱每文约莫一钱，一贯是一千钱，折合六斤多，一千贯就得六千斤，当然不可能带在身边的，那胜秋定然是折合成银两或金子了。一千贯折成银两是六十来斤，一般人带着还是嫌重，其时金银比价大约在六七换之间，折成金子的话正好是十来斤。

看来，那人这回倒没有出花样。纥干承基素来多疑，虽然答应了交易，仍然怕上当，直到此时才略略放下心来。他小声道：“小心点，别让人上来。”

顾东阳点点头道：“领会得，大哥放心。”

纥干承基从后楼梯拾级而上，推开一扇隐蔽的小门，眼前便是东一号房了。在乱糟糟的得意楼里，东一号显得特别整洁，只是坐在席子上的却并不是那个见过的胜秋，而是一个相貌极为儒雅的青年人。

看见纥干承基进来，那人站起身，行了一礼，道：“纥干先生么？在下中臣镰足。”

纥干承基还了一礼，坐下来道：“正是。”他看着中臣镰足，慢慢道：“中臣兄似乎并非中原人士。”

中臣镰足微微一笑，道：“纥干先生神目如电。镰足乃东瀛高市人。”

纥干承基虽不知那“高市”到底是什么地方，但听得“东瀛”二字还是吃了一惊，心道：“竟然是倭人！别因为我开了高价，想动手吧？”倭人来大唐并不多，但他也听人说过倭人大多性情偏激，想要什么，便是不惜性命也要得到。若是这中臣镰足拿不出一千贯来，说不定会打动手的主意。只是他自恃本领高强，并不惧怕，道：“中臣兄，在下不是来寒暄的，不知那一千贯拿来没有？”

中臣镰足嘴角仍是带着一丝笑意，从怀中摸出一个圆饼道：“这里是一百六十两足金，按当今金价，折合白银九百六十两。按官价，一贯折一两银，但每贯实有九百六十文，所以一千贯正好折合九百六十两。不知纥干先生合意否？”

纥干承基听他开门见山，侃侃而谈，言辞闲雅，说得却如市井牙侩一般。他看着这金饼，半晌才从怀中摸出一个小布袋，放到桌上。

看到这小布袋，中臣镰足眼前忽地一亮，伸手要去拿，纥干承基的右手却按在上面不动，道："中臣兄，在下有一事不明。"

中臣镰足嘴角仍带着笑意，道："纥干先生请说。"

"那负心子究竟有何用途？"

纥干承基见中臣镰足如此爽快，已起了不良之心。中臣镰足似乎毫不起疑，道："此物本我东瀛皇家之物，当初委托尹道法先生查探此物下落，尹先生未向纥干先生说过么？"

当初尹道法是十二金楼子领袖，纥干承基他们名为尹道法师弟，其实都是尹道法代师收徒。在十二金楼子中，诸般事宜完全由尹道法一手掌控，纥干承基虽然算第二号人物，对这些事却也根本不知底细。他道："尹兄天不假年，中道崩殂，在下虽忝为尹兄异姓昆仲，实不知其详，还请中臣兄明示。"

中世镰足道："原来尹兄未向纥干兄说过，此事尚须从我大倭初祖说起。"

纥干承基道："在下洗耳恭听。"

"当初须佐之男受贬高天原，至出云国，遇一老夫妇与一女抱头痛哭，询之，老者自谓名足名椎，老妻名手名椎，膝下一女名栉名田比卖。因为当地出了一个妖物，名谓八岐大蛇，足名椎与手名椎本有八女，已为其食去七人，唯余栉名田比卖一人也要献出。素戋呜尊闻言大怒，将八岐大蛇斩杀。"

纥干承基只道中臣镰足会说出什么秘事，哪知说的竟是如此荒诞不经之事，心中怒火暗生，心道："这倭人不肯说便不肯说，偏要胡扯一番。”只是他城府极深，虽然心头恼怒，脸上却声色不动，微笑道：“原来还有这等异事，只是不知与负心子有何干系。”

中臣镰足道：“传说负心子为神武天皇所造，其中便封住八岐大蛇两片残尸，皇室之中代代相传。只是数年前失去，多方查探方知流入大唐，在下这才衔命而来。”

到底这负心子是不是倭国神武天皇所造，以及有什么灵异之处，纥干承基都没什么兴趣，他听得进去的便是这负心子对于倭国皇室极为重要。他心道：“既然这负心子这等要紧，便是再翻个倍，只怕这中臣镰足也会答应。”

他正待开口，猛然间觉得一股寒意。

这阵寒意如针砭体，纥干承基也不由自主地打了个寒战。他武功法术两皆不凡，现在天虽然寒冷，也不至于会发抖。这阵寒意来得突然，纥干承基精神一振，猛地抬起头来。

甫一抬头，他赫然看到两点黑影直扑过来，一点射向中臣镰足前心，另一点射的是自己胸口。

这两点黑影来得太过突然，此时纥干承基还是坐着的，若要闪避已是来不及。他大吃一惊，左手五指极快地在身前一划。

十二金楼子精擅五魅术，而纥干承基尤精其中木魅一道。五魅术以物化魅，只要物入五行，便能因物成魅。楼板桌面都是木制，正是纥干承基所能凭藉。

只是这些木都是已死之木，纥干承基不能以之伤人，只能以之自保。他五指一划，身前的楼板忽地升出五块，登时挡住他的前心。那点黑影来势极速，正在那木板上，一下击穿了一块，去势未竭，声如爆豆，又将另四片也击穿了。

纥干承基面如死灰，心道：“罢了！”他知道以左手之力挡不住这点黑影，右手本压在那小袋上，此时终于收了回来，在身前一划。他的右手力量要比左手大得许多，虽然黑影已近他前心，但又有五块楼板同时升起，那黑影又击穿了四块，其势已竭，到了第五片上，“啪”的一声嵌在上面。

也就是这时，一道黑影从屋顶直挂而下，便如一条黑蛇一般，一沾到那布袋，立时卷了上去。纥干承基已腾出手来，一掌挥去，却还是慢了一步，那道黑影卷着布袋直上屋顶，已然不见了。

纥干承基心头冰凉。他万分防备，结果仍然着了道儿，已是怒不可遏，心道：“好奸滑的倭人！”他只道这是中臣镰足所布之局，刚怒视着中臣镰足，却见他一手抚胸，不由一呆，看着身前。在他身前的楼板上，多了十个洞，正排成一排，而离他最近的一个洞里，竟嵌着一团毛发。

这一团毛发竟然能击穿他的九重木魅术！纥干承基心中不由骇然。假如自己功力稍逊一筹，这团毛发定然要击穿自己心脏了。难道中臣镰足所用，乃是苦肉计么？

他还没说什么，却见中臣镰足左手将那金饼向前一推，道：“纥干先生，没想到伏鹰竟然一直就在身侧，令先生遭池鱼之灾，万分抱歉。”

中臣镰足这举动令得纥干承基莫名其妙。他一心以为这是中臣镰足的计策，想要赖掉那一千贯，哪知负心子被人夺走，中臣镰足仍然把金饼付了出来。心头一转念，忖道：“要么真是被外人抢了，要么就是这中臣镰足见伤不了我，只得如此。”

不管是哪一种，先拿进再说，省得夜长梦多。他伸手往案上一按，那块金饼登时消失在袖中，道：“中臣兄，那伏鹰是谁？”

中臣镰足已站了起来，眉头微蹙，按住前心的右手掌沿，已有些血痕渗出。他正要向楼下走去，闻声道：“这人也要夺走这负心子。此事已与纥干先生无涉，多谢先生了。”

他虽然受了重创，仍是恭恭敬敬地行了一礼，向楼下走去。

看着中臣镰足踉跄下楼的身影，纥干承基心里也不知什么滋味，忖道：“到底这倭人的哪句话是真的？”好在金饼已经到手，虽然那负心子丢了，和自己也确是无涉了，中臣镰足到底打什么主意，他也懒得再去管。

走出得意楼，中臣镰足钻进一辆大车，脸上痛苦之色立时消失殆尽。他道：“开车。”

车子由一匹健马拉着，走得甚快。转过两条巷子，赶车之人扭过头来，道：“主人，那纥干承基也挡不住伏鹰么？”

那人衣着如寻常车夫一般，正是那胜秋。中臣镰足脸上木无表情，脱下外面的袍子。在他的前心有一面光明锃亮的护心镜。这护心镜甚厚，此时上面嵌着一个小小黑球。中臣镰足拿下那护心镜，用一根竹签挑了一下，那个黑球立时被挑了下来，却是一团毛发。中臣镰足道：“没想到伏鹰小小年纪，看来比胜法师你已胜出一筹了。”

胜秋默然不语。也许两人的貘食术相去无几，但苏我伏鹰这一手发切丸是胜秋望尘莫及的。他看着那块凹下一块的护心镜，心道：“你算定伏鹰会袭击你前心，以智谋论，他真不能与你相提并论。”中臣镰足既不习武，也不修法术，竟敢在这等高手面前耍花枪，胆气实在可畏。

中臣镰足算定苏我伏鹰袭击的是自己前心，因此在前心戴上护心镜，又用假血袋骗过了纥干承基。他本想借纥干承基之手取下苏我伏鹰性命，只是得意楼那一瞬，纥干承基居然也只是死里逃生。幸亏自己未曾低估纥干承基，否则纥干承基在得意楼被取了性命，那自己也定然难逃一劫。

如果留着苏我伏鹰，那就永远扳不倒鞍作了……

他正想着，胜秋忽然道："主人，那萧先生真能取下伏鹰性命么？"

中臣镰足正从座位下拿出件衣服来换。他道："萧先生当有八成的把握取下伏鹰性命。"

胜秋低下头。中臣镰足见他有不信之色，道："怎么了？"

"萧先生本领也许比我稍高，但未必能超过伏鹰多少。属下觉得，那个……"

中臣镰足忽然一笑，道："萧先生敢和我们合作，你真以为他没有底气么？"

胜秋呆了呆，道："属下愚鲁，不知萧先生还有什么本领？"

中臣镰足叹了口气，道："胜法师，你与伏鹰的貘食术一流，最惧的是什么？"

胜秋又是一呆，道："难道，萧先生身怀虎咆流的本领……"

他只是猜测之辞，却见中臣镰足点了点头，道："岂止是身怀而已，萧先生的虎咆流本领精深之极，只怕不在扶余三梦斋之下。"

怪不得那姓萧的要来与主人合作……

胜秋只觉心头一沉。那萧先生来与中臣镰足商谈合作之事，自己侍立于后。虽然知道那姓萧的本领非凡，但总觉得并不见得高深莫测，没想到中臣镰足只从谈吐出中便已看出那萧先生师承门派。他知道中臣镰足以文学知名，并不会丝毫武功法术，但这个手无缚鸡之力的人将武功法术两趋绝世的苏我伏鹰玩弄于股掌之上，而且敢如此冒险，苏我伏鹰死到临头只怕也想不到吧。

岂但是苏我伏鹰，那个纥干承基、萧先生，也包括自己，有谁不是他手中一枚棋子？

胜秋不由微微抖了一下。他曾听师傅说过兵法，《孙子》有谓不战而屈人之兵。那时他总觉得这话只能听听而已，但眼前这个青年分明便是可以如此。如果当真相斗，中臣镰足只怕连一个寻常武夫都比不上，但这人的智谋却足以让人死无葬身之地。

幸好当初未投入鞍作一方。

胜秋只觉马车也轻快了许多。

“胜法师。”

中臣镰足那清雅的声音又在身后响起。他转过身，道：“主人，有何吩咐？”话语中不自觉地又多了几分崇敬。

“你立刻去帮萧先生一下。”

胜秋一怔，道：“主人，你不是说伏鹰不是萧先生对手么？”

“伏鹰自然不是萧先生对手，但他背后有鞍作。”

胜秋登时恍然大悟。现在萧先生答应合作，但两方绝非肝胆相照、生死不渝的。在朝中，苏我氏势力如日中天，假如伏鹰与萧先生搭上话，萧先生权衡之下，决定与苏我氏联手也未可知。要防的，不是萧先生会败于伏鹰，而是他们会谈好了，反将自己扔在一边。他对中臣镰足已是佩服得五体投地，道：“是。”转念一想，迟疑道：“只是，那负心右子还在他身上……”

“只消保证负心左子不在鞍作手上便行了。你不必顾虑，只是不要让伏鹰多说话。”

胜秋道："属下明白。"他转身下了车，身影极快地消失在巷尾。

看着胜秋的身影消失，中臣镰足嘴角露出一丝微笑，这笑容也显得如此诡秘。

所谓负心子，是摧毁苏我氏一族的关键。当初摩利势虽然与鞍作之父不睦，终究也没起过这种心思。只是对于中臣镰足这种外人来，却没有这等顾虑。

鞍作，你苏我氏一族纵然如日中天，死期也已近了。

他看着天空。在这天下最为繁华的异国之都，阴沉的天空正以一种不可一世的样子压下来，仿佛一切都会被压作齑粉。

二

一列车队在大道上不紧不慢地赶路。

这是长安南味号的商队。长安人口百万，富豪比比皆是，食不厌精，脍不厌细，天南海北什么奇珍异味都有，食铺酒楼里的菜肴也各地风味都有。

南味号经营的是海味。长安不靠海，新鲜海味要带过来本钱太大，南味号卖的也就是些鳓鲞、江瑶柱、鱼翅一类的干货。快过年了，今年卖得特别好，存货已然一扫而空。南味号的东家便想再跑一次闽广，再运一批海味过来，上元，清明，一直到端午，足足可以赚到对本的利。

苏我伏鹰便隐身在商队之中。

得意楼一击得手，连他自己都没想到居然会如此顺利。

苏我氏一族在倭国权倾一时，但他大哥苏我入鹿却极佩服中臣镰足，说此人足智多谋，非百里之才，实经国之器。只是此人一直不愿受苏我入鹿笼络。

可用，用之；不可用，杀之。苏我伏鹰还记得大哥私底下说过的这句话。当中臣镰足拒绝了苏我氏的延揽，苏我伏鹰就知道此人迟早都会成为敌人，只是他没想到中臣镰足居然也会到长安来，甚至与他一同住在久居大唐的田山周处，而他居然一直未曾发现！

长安，这个光怪陆离的魔都，也许什么事都会发生吧。他按了按胸前那个小布袋，负心子硌着他的前胸，多少让他感到一些安全。

在得意楼，虽然只是过了一招，但与中臣镰足交易那人仍然让苏我伏鹰吃了一惊。当他发现此人正是在居德坊醉刘居里与他交过一次手的那个，已知道自己的发切丸伤不了他。只是能够顺利夺下负心子，只怕纯属侥幸了。而中臣镰足显然没有那人的本领，肯定躲不过了。即使能躲过，镰足肯定也想不到自己化身为一个商队的成员，隐在几辆满是咸腥味的大车间。

这一次，可谓大获全胜。苏我伏鹰不禁想笑出声来。

南味号的商队从东市出发，小半天便出了长安东面的春明门。长安城里虽然繁华，但出了城一般是些田地，离城十里就是些乱山荒地了。南味号的东人肚里很有些经济，原本多走一程就能到青泥驿歇息，只是去了青泥驿便要住客栈，他故意晚出发半天，天黑下来时还没到蓝田县。这里是天子脚下的京畿道，反正也没有贼人剪径，就让商队在灞河岸边一个树林里歇脚，露宿一晚。

扎下营来，生火造饭吃毕了，商队的人三三两两歇息。这商队只有十来个人，大多围着火堆聊天。苏我伏鹰只是商队临时招来的人手，也不多说什么，只是半闭着眼坐在火堆边养神。恍惚中，他想起了故乡。

飞鸟京虽然根本不能与长安相提并论，但终究是家乡。看着火光，苏我伏鹰仿佛又见到了细雨中净御原宫长廊下的铃姬。

“未开之花，已开之花，都是将要凋残的花。”

铃姬的声音柔美而清脆。只是在这异国的商人中间，想象中的铃姬的声音也如一根尖针一般让他感到刺痛。

不知是谁摸出一支尺八，正在吹着。尺八因为长一尺八寸，故有此名。吹的是一支《龙笛曲》，有个人在低声哼哼着：“金门玉堂临水居，一颦一笑千万余。游子去还愿莫疏。愿莫疏，意何极。双鸳鸯，两相忆。”

这是梁昭明太子的诗。《龙笛曲》是南朝乐府中常用的牌子，声音原本柔靡委婉，那人却哼得凄咽之极，连尺八声也显得如泣如诉。苏我伏鹰不由闭上了眼，眼前又浮现出铃姬如花的笑靥。

临来时，铃姬在神社为自己求了一道灵符。这个庞大雄伟的国度在铃姬想象中，大概也如妖兽一般光怪陆离和可怖吧。这道灵符虽然已经在海上的风涛中失落了，但铃姬跪在奉献着萝卜和油豆腐的稻荷明神前祈祷的样子，依然历历在目。有铃姬为自己祈福，所以才会如此顺利吧。其实稻荷明神并不是保佑远行人的，铃姬并不知道。可是只要想起铃姬虔诚的样子，就算稻荷明神也一定会来保佑自己的。

苏我伏鹰嘴角浮起了一丝笑意。

这时，他听到了一个细微的声音：“未开之花，已开之花，都是将要凋残的花。”

这声音轻柔细腻，便如那个纤弱的身影，苏我伏鹰嘴角的笑意却一下僵住了，心底升腾起一股寒意。

中伏了！他默默想着。

这里是遥远的大唐长安，不是飞鸟京，铃姬绝不可能在这里的。可是自己听到铃姬的声音，那一定是中了什么人的法术，视闻嗅尝触五官中，双耳已被人控制。

尺八的声音已若有若无，只有火堆里的木柴被烧得爆裂的细微声响还在冰冷的暮色中流动。苏我伏鹰咬紧牙关，猛地站了起来。

火堆仍然在燃烧。透过火光，对面站着一个人影。

苏我伏鹰只觉嘴里一阵发干。这是个女子的身影！他很清楚，商队中并无女子，而这个地方前不着村后不着店，也不可能会有女子出现。显然，双眼也遭人控制。

这人好高的道行！苏我伏鹰暗自叹道。他虽然站了起来，但双脚却如同被钉在了地上，动弹不得分毫。他知道只消再等片刻，等鼻口触都被封住，那自己形同行尸走肉，只能任人摆布了。

也幸好这时五指尚能动。他的手往回一缩，左右两手食中两指间已各夹了一个发切丸。

那个女子与他隔着火堆，却视熊熊燃烧的火焰如无物，直直从火舌中走了过来。一见到这人，苏我伏鹰背后冒出一身的冷汗。

是铃姬！

铃姬看着他，眼波柔媚如丝，风情万种，慢慢地向苏我伏鹰走近。苏我伏鹰如同化成泥塑木雕一般动也不动，只是看着她越来越近。

铃姬已站到了苏我伏鹰身前。她微笑着，伸手摸向苏我伏鹰的脸。手正要碰上时，苏我伏鹰的手忽然举了起来，猛地刺向铃姬前心。

手如利刀，但刺入铃姬身体时，苏我伏鹰什么都感觉不到。也就在手刺入的一刹那，铃姬的身影蓦地消失，苏我伏鹰只觉前额仿佛移开了一块巨石，眼前也忽地一暗，终于看清面前的一切。

篝火已经快要灭了。借着余烬的微光，可以看到地上横七竖八地躺了一地的人，尽是那些南味号的伙计。苏我伏鹰的心头一凛，喝道："什么人！"

南味号那些伙计的生死，苏我伏鹰根本没放在心上，但那个险些封住自己五官的来者竟然在自己毫无察觉之时将这十来个伙计统统杀了，这等本事实在让苏我伏鹰心悸。方才那人有些轻敌，低估了自己的本事，但那人再一次施法的话，他也不知道还有没有这种幸运了。在黑暗中不知那人的所在，发切丸无用武之地，当务之急，一定要立刻查明那人的方位。

黑暗中有个人轻轻“咦”了一声，道：“好狠的少年。”

苏我伏鹰左手一抖，掌心已冒出一团黑气。他将这团黑气凝在掌心，慢慢道：“朋友是何方高人？”

那人轻轻一笑，道：“不必多问，阁下的命已被买下了。”

苏我伏鹰哼了一声，道：“左道小术，还买不了我的命。”他左手忽地一翻，那团黑气已落在地上。这是他的貘杀术，本就无声无臭，加上是在夜里，当真可杀人于无形。

貘杀术循声沿地面而行，去势极速。刚行去三丈，忽然如同撞上了一堵无形的高墙，一下顿住了。

是那人！苏我伏鹰眼里闪过一丝杀气。貘杀术固然无声无色，但那人本领不凡，苏我伏鹰原也没打算用此术一举成功。他只想借貘杀术来探明那人的方位，真正的杀手还是那两个发切丸。

他一感到貘杀术受阻，右手已然疾挥，喝道：“中！”一点黑影脱手而出，向那边射去。

发切丸切金断玉，何况上面也附有貘杀术，只消擦破那人一点油皮，那人这条性命便已握在自己手中了。但发切丸掷出，却不曾听到有人应声倒地，只听得那人“嗤”地一笑，道：“中臣先生说阁下如百足之虫，死而不僵，果然是实。”

黑暗中，有个人踏上了两步。

黑夜里看三丈外的地方一片混沌，但多少总有些光，离得近了还是可以看到。那人原本距苏我伏鹰三丈以外，此时走近了丈许，苏我伏鹰已能看清那人的轮廓。

那人个子也不高，却似有种无形的压力。即使相隔两丈，苏我伏鹰仍然感觉得到那人身上发出的这股力道，被迫得几乎要后退。他咬了咬牙，让自己站直了些。

篝火本已只剩些余烬，那人一走近，火苗忽然又蹿了起来。借这火光，虽看不清那人面目，终于可以看到那人穿着一身黑衣。

看到那人的衣着，苏我伏鹰忽然叫道：“暗行堂！”他虽落于下风，却一直凛然不惧，可这三个字叫出却已带了些惧意。

那人本来还待向前，忽然站住了，道：“你居然也知道暗行堂？你是何人？”那人的声音里也已有些诧异。

苏我伏鹰哼了一声，道：“百济暗行堂，我怎会不知。”

那人道：“不可能。大唐知道暗行堂的，不会超过五个人。快说，你到底是什么人？”

那人的口气极是自负，苏我伏鹰冷笑道：“暗行堂的名字，大唐知道的是不多，只是在飞鸟京只怕有一半人都知道。”

那人怔了怔，道：“你是倭国人？”

苏我伏鹰冷笑道：“暗行堂的人未必就能横行天下。”他一直感到那人身上发散出来的这股压力，身上如同压了一块巨石，此时却觉得轻了许多，显然是那人听得自己是倭国人，一时分心所致。

苏我伏鹰等的就是这个机会。

那人话音刚落，苏我伏鹰不退反进，又向前踏出一步，喝道：“杀！”从他右手中，一个小小的黑点疾射而出。

即使是暗行堂的人，一般要杀！苏我伏鹰的眼里也像燃起了两团火苗。

发切丸发出，不啻强弓硬弩。即使力道不及，也仅仅是稍有不及而已。在两丈多的距离之内，可以说是无不中之理，更何况那人行迹已露。虽然在得意楼里那人曾经用异术挡住了发切丸，但苏我伏鹰也不相信一天之内会有两人有这个本事。虽然暗行堂与他苏我氏一族也颇有渊源，但在苏我伏鹰看来，暗行堂虽然厉害，但暗行十三星和那些唯唯诺诺，自己一句话就可命令他们切腹的家臣没什么不同，被杀尽了也没什么大不了。那人对自己颇有兴趣，他对那人却没什么兴趣。

死吧。他想着。

他已准备看到那人翻身倒地的样子了，突然只觉前额又是一疼，似乎有一道闪电劈头打下，将他的前脑都劈成了两半。他一个踉跄，耳边才听到一个雷鸣般的声音："破！"

虎咆流！

苏我伏鹰直到此时才真正地惊骇恐惧。他做梦也没想到那黑衣人居然也会虎咆流。

百济虎咆流，是他的貘食术的克星。而且，暗行堂也与虎咆流势不两立，暗行堂那种封人五官的五体封灵秘术同样被虎咆流克制，据说当初暗行十三星大举出动，将虎咆流灭门，有人说虎咆流已经失传了。

可是，眼前这个瘦小的黑衣人居然就会虎咆流。

他绝不是暗行十三星中的一个！

黑暗中，那人又"咦"了一声，道："好个了得的倭奴，受了我一记虎咆，居然还能不倒。"

苏我伏鹰眼前望出去已是模糊一片，似乎还带了些红色。他知道那是受虎咆流一喝之威，眼球里的小血管也破裂之故。他虽然不曾倒下，却已只是勉强站着，斗志全消。空中飞过几缕发丝，那是发切丸被虎咆喝散后的残余。苏我伏鹰大口喘息着，道："你……你到底是什么人？"

那人又走上前一步。冷笑道："到了此时，还想报仇么？"

那人个头还不如苏我伏鹰高，但此时苏我伏鹰看去，却觉得那人伟岸之极。简直像是个巨人。他心知那是自己受了虎咆流一击，神智渐渐散乱之象，咬牙道："眼下我不如你，但三年之后，定然再来向阁下请教。"

那人像是听到什么好笑的话，低声笑了笑，道："不错，君子报仇，十年不晚。奈何，在下并非君子。"

这人居然丝毫不受言语之激！苏我伏鹰心已绝望。虽然他还有最后一手，但那只能两败俱伤，他还有将负心子带回东瀛给兄长之责，不到万不得已不能做出。可是眼前这黑衣人显然是要将自己斩尽杀绝，只怕不得不用了。

他并不畏死，想的只是自己的职责。负心子本有两枚，干系到苏我氏一族的兴衰，其中一枚向来由历代皇子执掌，另一枚就在苏我氏家族中传承，苏我伏鹰的祖父名叫苏我马子，本是倭国权臣。推古天皇时，圣德太子当政，与苏我马子不睦，苏我马子被迫隐忍二十年。等圣德太子身故后，苏我马子方才得势，他对圣德太子实是恨之入骨。四年后，苏我马子过世，苏我伏鹰的父亲苏我虾夷继位。又过了两年，推古天皇也去世了，去世前有传位于圣德太子之子山背大兄之意，这自然是苏我虾夷不想看到的。可是让苏我虾夷想不到的是自己的叔叔苏我摩利势却竭力支持山背大兄，而苏我马子死时，官位由虾夷继承，那枚负心子却传给了摩利势。苏我虾夷心知苏我摩利势与山背大兄联手，自己这一支迟早会遭灭门之祸，便全力打击摩利势，迫得摩利势东躲西藏。若不是苏我虾夷想迫乃叔交出那负心子，早将他满门斩杀了。只是苏我虾夷迫得太紧，以至于摩利势居然趁唐使来时将负心子交给了唐使通事，使得苏我虾夷这些年劳而无功。

苏我伏鹰向来不喜携带随从。此时入唐，带苏我道纯前来，那也是兄长的意思。当他发现苏我道纯暗通镰足一方后，马上就下了杀手，将苏我道纯灭口。只是到此时，他不禁有些后悔。如果现在有个靠得住的随从，纵然本领低微，自己即使与那黑衣人两败俱伤，这随从还可将负心子带回去。只是现在陷入了两难之境，不出最后一手便要死在那黑衣人手上，出了最后一手一般带不回负心子。

大概觉得胜券在握，黑衣人又上前一步，道："人固有一死，阁下认命吧。"

苏我伏鹰眼中神光一闪，喝道："苏我伏鹰之命，不由他人执掌！"

黑衣人一怔，道："苏我？"

此时苏我伏鹰的右手猛地往自己头顶一拍，从他掌心已吐出一团黑气，尽入顶心。

所谓貘食术与貘杀术，乃是驱使影貘，窥测他人心思或者杀人之术，两者并无二致，唯一不同的是一个留有余地，另一种却是以杀人为目的。

貘杀术杀人无形，但也可以以此控制人的身体。那一次在无漏寺里苏我伏鹰对苏我道纯下了貘杀术，随即苏我道纯便被裴行俭那一伙金吾卫救走，纵然求医问药，仍是回天乏力。

只是貘杀术另有妙用。假如对自己施用，这身体便如外物一般，可以暂时由自己控制，功力无形中增长一倍。只是这种手段无异于饮鸩止渴，纵能伤人，自己先是死路一条了。

这种手法，有点像是中原邪派心法中的天魔解体大法，原本就是走投无路时拼死反击所用。而苏我伏鹰此时，便已到了走投无路之地。

苏我伏鹰天分过人，影貘修习有成。如果那黑衣人不是身怀克制貘食术的虎咆流的话，鹿死谁手还尚不可知。此时苏我伏鹰被逼到了绝地，他性子又偏激之极，终于不顾一切，对自己用了貘杀术。

影貘入体，苏我伏鹰先前所中的五体封灵秘术已被解开，趁那黑衣人一怔之时，苏我伏鹰双手一扬，从他双掌掌心同时伸出两道尺许长的黑烟，喝道："中！"

他自知已无生还之理，出手再不留情。

三

“苏我”两字，让黑衣人也不由大感踌躇。

与中臣镰足商谈合作之事时，他并不知道中臣镰足要自己杀的乃是苏我氏一族之人。

他与中臣镰足合作，所希望的自然是能够借来倭国之兵。只是中臣镰足虽是倭国显臣，但眼下并非什么炙手可热的人物。相反，苏我氏在倭国权倾一时，当真可称得上翻手为云，覆手为雨。对于他来说，也许与这苏我伏鹰联手，杀了中臣镰足更为合算。

现钟不打，何苦铸钟来打。这种心思，谁都会有吧。中臣镰足一定也担心自己知道了内情，会弃己而去，所以有意不告诉自己对方的真实姓名。

因此，虽然苏我伏鹰已如鱼肉在俎，黑衣人却缓了一下手。只是没想到这片刻迟缓，换来的却是苏我伏鹰意料之外的反击。

苏我伏鹰已中了他的五体封灵秘术。虽然五官未能尽封，但眼耳鼻都已经打了个折扣，此时的苏我伏鹰便如一个七老八十之人一般行动迟缓。只是更让他意外的是，苏我伏鹰突然间尽复旧观，甚至比未受封时更强。

倭国秘术，果然也不可小觑！他想着。到了这时候，纵然他想弃中臣镰足，转而与这苏我氏子弟合作也已来不及了。

现在他最为赞叹的，不是眼前这个苏我伏鹰出人意料的坚韧强悍，而是中臣镰足的算计。

中臣镰足显然已经算定了苏我伏鹰的性子，算定了等自己知晓对方的真实姓名时，已经斗到了你死我活的境地。这样想来，与中臣镰足联手同样是上上之策吧，只是时间要长一些，而且要加倍小心……

他的一怔忡，大概只不过一弹指。可就是这一弹指间，苏我伏鹰的反击已然到来。

苏我伏鹰掌中黑烟几如有形有质，便似两柄尺许长的短剑。而苏我伏鹰方才举步维艰，此时步法却突然间快如闪电，黑衣人的头刚抬起，苏我伏鹰已到了他身前。

黑烟只是黑烟，但此时却真如剑一般，那两道黑烟一上一下，一取面门，一取前心，黑衣人哪里还闪得过，这两道黑烟同时刺了进去。

黑烟甫一刺入，苏我伏鹰已觉不对。这招影剑双杀已是超出了他的极限，他原本就准备拼死一搏，与这黑衣人同归于尽。影剑无形无质，本来也是无坚不摧，但他的双掌向前推到黑衣人胸前时，却觉双掌竟然并没有碰到实体，眼前竟是空空一片。

这黑衣人竟是个幻象！

苏我伏鹰以最后的力量反击，本以为十拿九稳，没想到居然这最后的反击也已落空。此时纵然再想搏命，已是心有余而力不足。他呆呆地站着，叹了口气道："阁下到底是谁？伏鹰想要死个明白。"

苏我伏鹰自恃本领高强，但在这黑衣人面前，却连一丝胜机都不曾抓到。与斗法落败相比，这种突然间知道有人远比自己高明的失落感更是痛苦。

黑暗中，却不见那黑衣人回话。苏我伏鹰的反击也让这人惊出了一身冷汗。

倭国秘术，果然有其高明之处。

黑衣人闪身在边上一棵树后，默默地想着。他已不敢再托大，方才若不是自己在千钧一发之际脱身，只怕自己要死在苏我伏鹰的拼死一击中了。

夜长梦多，还是杀了他。

其实此时苏我伏鹰已是油枯灯烬，再无还手之力，但他刚才这影剑双杀实在太过凶险，便是这黑衣人也不敢再行冒险。他将右手往怀中一探，摸出了一根雪白的牙筷。

这牙筷长约五寸，一头削出尖锋，便如一根钢刺一般。他伸手往左臂上肘弯处向手腕一划。等牙筷划到左腕时，他左手一翻，一把从右手里抓过牙筷，右臂却已顺势伸直，筷子又从右臂手腕向肘弯划了一道。

牙筷虽尖，但那黑衣人用力甚轻，筷尖在他的衣袖上划过，布料上连一丝痕迹也没留下。只是他的筷子到处，苏我伏鹰却觉双臂突然一阵剧痛，像有一把无形的尖刀划过，他的双臂肘弯到手腕处几乎同时出现一道深深的伤口，登时皮开肉绽，鲜血直流，把两个袖子都染得红了。只是他已精疲力竭，连惨叫声都发不出来了，只是低低呻吟了一声，道："你杀了我吧。"

如果现在还能自杀，苏我伏鹰一定会自杀的。这两道伤口极深，他双臂已然废了，那黑衣人到此时才相信苏我伏鹰的确已无还手之力。他慢慢从树后踱出，道："苏我公子，受人之托，取君之命，还请公子海涵。"

他的厌胜术虽能伤人，但要取人性命还力有未逮，要杀苏我伏鹰，只能近前动手。苏我伏鹰双臂已废，两脚也沉重得根本迈不开，他只是勉力站着。看着这黑衣人走近，他居然还淡淡一笑，道："技不如人，命该如此。"

黑衣人双指拈着牙筷刺向苏我伏鹰咽喉。这人衣着形象都诡秘怪诞，但这拈筷的姿势却潇洒之极，极是不类。苏我伏鹰心道："这人到底是谁？"虽然要死在这黑衣人手上，但除了这人会暗行堂与虎咆流的本领以外，全都一无所知。

他闭上了眼。

牙筷尖已到苏我伏鹰的咽喉处。正在将触未触之际，忽然有一阵微风掠过。

灞河岸边，又是岁暮天寒，起风自然毫不奇怪。只是这阵风来得突然，黑衣人的眼不自觉眯了一下。

上下眼皮刚碰上，眼前一花的瞬间，他突然觉得不对。

有人欺近！

黑衣人身经百战，好几次甚至是从死人堆里爬出来的。他又是精通暗行堂五体封灵秘术的高手，自己的五官更是敏锐之极，几乎浑身上下都是眼睛，单凭这风声，便能感觉到来者的身形。他的牙筷忽地一折，在空中斜斜一掠，已封住了此人的来势。

然而牙筷却只是在空中虚划了一道而已，什么都没有碰到，甚至，连站在那里的苏我伏鹰都不见了。

这黑衣人也不由一愣。

风火轮咒！

这身法分明是风火轮咒！

武功中，轻功身法是一大宗，各门各派都有独到之处，有些此道高手的身法更是惊世骇俗，恍如鬼魅。但武功毕竟是武功。

任何一种武功，都有其极限，不可能无限制地快下去。

但法术中的神行法则不同。

神行法并不是人本身的跑动，而是以法术来驱使人行动。只是法术有高下之分，而受法之人也同样有强弱之别。若是受法之人原本甚弱，跑得快了，人的身体都要被扯得四分五裂。

此道高手，得名最著者，当数东汉汝南费长房。

晋代葛洪《神仙传》中，“壶公”条有云：“费长房有神术，能缩地脉，千里存在，目前宛然，放之复舒如旧也。”说的，其实就是费长房的神行法。费长房的神行法已让人觉得能够缩地。地当然不能缩，只不过费长房来去倏忽，宛如将千里之地缩至目前。

而后来费长房之死，也是他将神行法修至极致，结果身体无法承受，被罡风扯碎。时人以为那是因为费长房驱使鬼物，因为失去符文，遭到鬼物报仇，将他撕碎。

轻功练得越高，对己身就越有好处，而神行法练得越强，自己反倒更危险。正因为这个道理，因此术门中人对神行法几乎都聊备一格，并不刻意修习。久而久之，会神行术的人就越来越少了，便是这黑衣人也不会。

只是他知道，当今神行法中最高明者，便是极玄子一脉的风火轮咒。

风火轮咒之快，如驭风火。而神行术中，形在声先的，也唯有风火轮咒才做得到。

在听到声音之前，身形便已先到。这等神速，当真匪夷所思。也唯有风火轮咒，才能闪过他的牙筷，抢在他动手之前将苏我伏鹰救走。

在蒙面的黑布后面，黑衣人淡淡地一笑，道：“明崇俨公子，别来无恙否。”

极玄子的行踪早已下落不明，不可能出现在长安外的这个荒林里的。现在还能使出风火轮咒的，就只有极玄子的嫡传弟子明崇俨一人了。

风火轮咒虽然神妙无方，却也不能持久。如此快速奔跑，便是施术者身体承受得住，也受不了那等摩擦所生的高热。明崇俨即使救了苏我伏鹰，也一定不会走远。

明崇俨无声地喘息着。

他的武功虽然也相当不错，但还是远远比不上裴行俭。当初他对裴行俭用了这风火轮咒，裴行俭还能在张三郎的追逐中逃了好长一段，他却只跑了十余丈便觉周身酸痛。再跑下去，浑身都要像一个坏了的傀儡一般散架了。

他在一棵大树后放下苏我伏鹰，正要歇息一下，耳中忽地传来那黑衣人的声音。

在麻胡的住处，他多长了个心眼，已布下了踏影咒。原本是想看看以后会不会还有人再到这里来，没想到在麻胡宅中遇袭，也不知发生了什么事。

轻薄的衣衫，隐隐透出冶艳的肉体。他几乎不敢相信自己依稀所见的这个人影是真的，却也觉得此人定然与自己那失去了的记忆有关。因此他追踪此人，一直到了灞河岸边。

只是，那人并不是个有着冶艳肉体的女子，却是个身材矮小的黑衣男子。

就是这个人知道自己想要知道的一切么？明崇俨仿佛看到了

解开那个谜团的一把钥匙就在眼前。他的法术已经大为不弱，那黑衣人的心思又全在苏我伏鹰身上，居然一直未能发现他窥视在侧。只是那黑衣人的本领却让明崇俨惊出了一身冷汗。

那个叫苏我伏鹰的倭人已是难得一见的高手了，可是这黑衣人本领之高，似乎已可与张三郎并驾齐驱。而他所见的张三郎本领更偏向武功一道，单论法术，只怕这黑衣人是他所见过的最强者。

恐怕，连师傅都不如他。

这个人到底是谁？他为什么会在麻胡宅中放过了自己？

虽然见到了解开谜团的钥匙，但这谜团似乎越来越大，已成为一片不可捉摸的浓雾。

要让那黑衣人自己打破这谜团，当然是不可能的。唯一有望解开的，只怕就是这个叫苏我伏鹰的倭人了吧。在那黑衣人施展出明崇俨闻所未闻的异术时，苏我伏鹰分明是知道这些异术的底细的。明崇俨还记得，苏我伏鹰说过的两个字。

百济。

高句丽，新罗，百济。这三个遥远的小国，当初与高仲舒在会昌寺吹牛时也听他说起过。

从前朝开始，这三国中势力最大的高句丽，就一直是中原天子的眼中钉。强悍的高句丽骑兵从辽东奔涌而来，屡为边患。前朝文帝、炀帝先后四度发兵远征高句丽，结果都无功而返。

此后，中原新朝建立，而高句丽王也由婴阳王高元换成了荣留王高建武。高建武表面上颇为恭顺，高祖皇帝曾封其为上柱国、辽东郡王，高建武也遣世子入长安朝贡，一时间似乎亲密起来。但高仲舒说，高建武心怀叵测，从夫余城到东海修建了一条长城，“今上迟早会第五次征东”。

虽然那四次远征高句丽是都是前朝发生的事，但高仲舒一族在两朝都是贵显，何况高祖与前朝炀帝本来就是表兄弟，因此在高仲舒看来，大隋与大唐其实是一回事，不过天子换了个人而已，当今天子的征东也一定势在必行。而百济是这三国中最为南端的一个。高仲舒也说起过，百济王为扶余氏，现在在位的是武王，名叫扶余璋，是百济第三十代王。百济与中原向来交往不多，与倭国却颇为密切。而与其相邻的金氏新罗王对中原最为恭顺，现在的新罗王称善德王，是一个女子。

明崇俨还记得高仲舒说起新罗善德女主那副眉飞色舞的样子。高仲舒虽然看上去有点靠不住，但他对史实的精熟明崇俨也只能甘拜下风。只是他想不通这个来自百济的黑衣人与自己又有什么关系，也许，能救下苏我伏鹰的话，就能够知道一些了吧。

这时他听到了那黑衣人的声音。让他喘不过气来的是，那黑衣人竟然一口就叫出了自己的名字！

他一声不吭。这黑衣人的本领太过奇异，明崇俨自觉根本不是他的对手。现在只能自求多福，希望能逃过这人的魔掌。

他没有吭声，站在一边的苏我伏鹰却突然呻吟了起来。明崇俨吃了一惊，正要捂住苏我伏鹰的嘴，手还没碰到，却是大吃一惊。

像是有无形的暗器一下子戳瞎了苏我伏鹰的双眼，从他眼里，竟然流出了两道殷红的鲜血。鲜血顺着苏我伏鹰的脸颊淌下来，在他脸上画出一道鲜红的竖纹，便如将一张脸分成了三块。

这幅诡秘的景象使得明崇俨也不由得退了一步。

他刚退得一步，忽觉身后多了一个人。正想扭头去看，耳中忽地“嗡”的一声响。

像是有一个焦雷在他脑中炸响，明崇俨呆了呆，眼前便是一黑，连身后是谁也不曾看到，便晕了过去。

尽管处心积虑地对付，甚至还借过了纥干承基之力，又故意让他得到负心右子，既让他自以为得计，又因为这负心右子，行迹逃不脱萧先生掌握。经过了连串计谋，但当真看着木盒里的头颅，中臣镰足不禁有了短短一瞬间的怔忡。

伏鹰，不要怪我。

当初在旻上人座前的这个小小少年，现在已是一个血肉模糊的头颅了。假如伏鹰不是鞍作弟弟的话，也许会成为自己得力的臂助吧。只是这一切都已经过去，再也无法改变了。

“主人。”

胜秋的声音有些迟疑。中臣镰足一扬眉，道：“怎么？”

“那萧先生……”胜秋的话吞吞吐吐，甚至有些恐惧。他又迟疑了一下，道：“萧先生不是易与之辈，主人小心。”

中臣镰足微微一笑，道：“自然。此人本领之高，不作第二人想。好在远交近攻，他本领再高，终究是远人，志不在我，不必多虑。”

胜秋咽了口唾沫，道：“我是怕，万一他起了异心，到时便无人能制了。”

中臣镰足眼里一亮，道：“胜法师，你自觉不是他的对手吧？”

“伏鹰在他面前毫无还手之力，此人实力其实远在我的估计之上。这等人，实在是一把双刃刀，一不小心，反会成为心腹大患。”

中臣镰足站起身，道：“双面刃应用得法，左右都能伤敌。沉疴当用猛药，杀人刀与活人药，原本只是一种东西，只看你如何用了。斗智为上，斗力为下。微风起于青蘋之末，却能摧参天之木。

胜法师，萧先生有伤人的利刃，我却有收取利刃之鞘。”

中臣镰足的眼中充满自信，胜秋伏在地上仰头看着这个主人，心中也升起了信心，道：“主人说得是。”

“负心左右子都已到手，该返程了。”

胜秋站起身，推开门让中臣镰足出去。外面阳光灿烂，积雪已经化尽。中臣镰足看了看天空，碧空如洗，万里无云。

鞍作，你的死期已经到了。

在中臣镰足的嘴角浮起了一丝淡淡的笑意，但这笑意却总有一丝苦涩。当初在旻上人座前，鞍作对自己甚是尊重，固然有安抚收买之意，但对于鞍作，他也有种惺惺相惜之感。

仿佛星辰。如果各安其位的话，都会发出自己的灿烂，但一旦相遇，就只能有一个留下来了。鞍作与自己，也是两颗命定不能共存的星辰吧。

他看着远处。这个天下第一的名都在灿烂的阳光下更显得繁华富丽，故土的飞鸟京与之相比，简直就是一个寒酸的村落罢了。中臣镰足凝视着鳞次栉比的屋宇，心里却不是赞叹，而是万丈的雄心。

倭国与大唐，也将会是两颗将要相遇的星，只能有一颗留下来。

总会有这一天的。他想着。

四

在一阵柔和的梵唱中，明崇俨慢慢睁开了眼睛。裴行俭看着他渐有知觉，又惊又喜，道："大师，他醒了。"

他是听得地方上报来说城外出了一桩大命案。城外也是万年县地界，他受长官指派领着几个金吾卫同僚过去查探，果然见一地残尸。正在查看，突然在树林里还发现了人事不知的明崇俨。明崇俨虽然昏迷不醒，但身上没有一点伤痕，裴行俭大为吃惊，也不知到底出了什么事，请郎中来看看，全都说不出什么，倒说是中了邪气，不是染病。裴行俭无奈之下，又不知明崇俨住处，只知他在会昌寺也有一间小屋暂住，便将他送到会昌寺来了。辩机见明崇俨这般模样，也吃了一惊。当初明崇俨以浮梦术追查那段失落的记忆，生怕自己会走火入魔，便请辩机以梵唱来替自己收束心神。此时也不知有用没用，他死马当活马医，试着再以梵唱来唤醒明崇俨，哪知果然有效。

明崇俨睁开了眼，仍是一片茫然，道："我……我这是哪儿？"

裴行俭欠过身去，道："明兄，这儿是会昌寺。你怎么会在东城外的？"

明崇俨撑着禅榻，正想起身，却觉周身骨节都似脱开了，又酸又痛，不禁呻吟了一声。裴行俭一把托住他，道："明兄，你先喝口水吧。”

明崇俨接过水来，苦笑道：“裴兄，是你送我来的么？”

裴行俭道：“是啊。城东发生一起命案，我前去查看，结果在林子里发现了你。明兄，你知道是谁杀了那些人么？”

明崇俨皱了皱眉，道：“城东？我去那里做什么？”

裴行俭不由一怔，道：“明兄，你自己都不知道？”他只道明崇俨另有难言之隐，小声道：“死者十一人，经查对，都是长安南味号的伙计。这些行商不知得罪了什么人，居然下手毫不留情，尽数被重手震死，这是长安这些年都少有的大案了。”

明崇俨诧道：“震死？”

裴行俭点了点头，道：“这十一人身上都不见外伤，但耳中有血，经查是被练过柔劲的高手击中后脑震死。”

他还要说下去，明崇俨忽然道：“这十一人中，可有身份不明之人？”

裴行俭心道：“你总算要说出实情了。”他道：“没有。这十一人全是南味号的伙计，都能查到他们的家人。”

明崇俨一怔。他虽然不记得了，但隐约还记得自己是在追查那个叫苏我伏鹰的倭人。此人当然不会在长安有家人，那么那十一人中并没有这个苏我伏鹰了。他又喝了一口水，没再说什么。裴行俭见他欲说不说，更是不悦，道：“明兄，你到底知道些什么，多少也告诉我一点吧。这案子死了那么多人，上头命我加紧破案，可我到现在也没半点头绪。”

明崇俨叹了口气，道：“守约，我若知道，定然全都告诉你。只是，我真个记不起来了。”

裴行俭道：“你再想想，看看能想起什么来。”

明崇俨茫然地抬起头，道：“我真的什么都想不起来。你发现我时，我身边有旁人么？”

裴行俭摇了摇头，道：“你与那十一人相隔有数十步，周围脚印甚乱，看样子你曾与人动过手，难道真的什么都不记得了？”

明崇俨又想了想，叹道：“真的不记得了。”

裴行俭也叹了口气，站起身来，道：“那好吧，明公子，你便在辩机大师这儿歇息，我还要回武候铺去。”他本已与明崇俨称兄道弟，此时却又回复了当初不太熟悉时的称呼。明崇俨心知自己这个当事人没有被作为凶嫌送进金吾卫大牢，自然是裴行俭从中斡旋，而自己却吞吞吐吐地不肯吐实，裴行俭心中定已着恼。他正色道：“守约，我真的不是不愿说，实在是什么都想不起来了。”

裴行俭此时已走到了门口，听得明崇俨这般说，他回头道：“那么，你是不是还记得在那儿见过一个女子？”

女子！明崇俨心头猛地一跳。他道：“那个南味号里有伙计是女子么？”

裴行俭摇了摇头，道：“此事大不寻常。南味号有十一人丢了性命，此事虽大，终究还不算什么。眼下长安城里还有一件事闹得人心惶惶，那件事才是燃眉之急。”

明崇俨怔了怔，道：“那事与我有关么？”

裴行俭顿了顿道：“我也不知。”

明崇俨见他欲言又止，心道：“裴兄怎的也这般不痛快了。”裴行俭文武全才，不过他毕竟是个习武的，做事向来直截痛快，这样子话说半截，实是从未有过的异事。但自己把事情忘个一干二净，原本就难以让人取信，也难怪裴行俭不愿对自己明说了。他苦笑道：“守约兄，若我能想起来，马上便对你说。”只是这时裴行俭已急匆匆走出门去了，并不曾听到明崇俨这话。

会昌寺外，停了一辆马车。裴行俭一出会昌寺的门，便走到马车前，躬身道：“大人，属下回来了。”

车帘微微动了动，一个低低的声音传了出来：“上来说吧。”

车门开了一条缝，裴行俭跨了上去。这车看上去不大，里面却也不小，当中一张小几，有个青袍的中年人正坐在后面，呷饮着一杯酒。一见裴行俭上来，那青袍人微微一颔首，道：“坐吧。”

裴行俭坐了下来，马车已然缓缓开动。他小声道：“大人，属下已问过明公子了。”

青袍人将手中的酒喝了下去，咂摸了一下滋味，慢慢道：“明公子说什么话了么？”

裴行俭低着头道：“明公子后脑中了那人柔劲，已全然记不起来了。”

“这是真的么？”

裴行俭低低道：“据属下看来，应该不假。”

青袍人叹了口气，道：“看来只得去请动袁李两位先生了。”

裴行俭浑身一震，道：“大人，以属下看来，明公子与此事实是无关。”

青袍人眉头一扬，道：“何以见得？”

“乍一看来，明公子此事与先前那七起命案如出一辙，但细细想来，颇有不同。疑点其一，那七起命案中，每案只伤一人，当事人都不留活口，而此事却有南味号十一人致死，反是明公子只是后脑中了柔劲。疑点其二，那七起命案中尸身被发现之前，当事人已先行失踪短则数日，长则一月，而明公子事先并无失踪之事。疑点其三，”说到这儿，裴行俭咽了口唾沫，让自己的声音尽量平静地说下去，接道，“那七起命案中，凶手出手极其阴狠，死者后脑受击，脑骨片片碎裂，而明公子后脑虽然受击，却无外伤，只是让他忘掉前事。两者虽然近似，实是大相径庭。”

青袍人静静地听着裴行俭逐条细说，听他说完了，点了点头道：“你说的也颇有道理。”还不等裴行俭松口气，他却是淡淡一笑，又道：“不过守约你显然是有意为那位明公子开脱。你可要知道，那七起命案所用手法，乃是兰陵萧氏的拂梅手，与南味号十一人和明公子所中相同。兰陵萧氏，你可知那是什么人么？”

裴行俭的心一下沉了下去。他一直希望能让明崇俨置身事外，但显然已经办不到了。他低声道：“属下知道。”

“你知道，陛下也知道，不然你以为那七个寒家少年之死真能上达天听么？”青袍人的声音变得严厉起来。裴行俭只觉背后冷汗直冒，低声道：“是，是。”

青袍人看着他的样子，叹了口气，道：“守约，当初我与令尊情同手足。令尊大人被王胡儿所害，我五内如焚。那明公子是你朋友，你不愿他受池鱼之灾，我也明白。只是此事已非你能一肩承担，还是不要勉为其难了。”

裴行俭的父亲裴仁基，本是隋朝名将张须陀麾下。张须陀在大海寺中李密瓦岗军之伏，力战身死，裴仁基与长子裴行俨一同投降了李密。后来李密与王世充相争失利，裴氏父子又为王世充所俘。王世充本姓支，是西域胡人，因其父随母改嫁霸城人王粲，这才冒姓为王，知道他底细的都蔑称其为“王胡儿”。王世充待裴氏父子甚厚，将侄女也嫁给裴行俨为妻，然而终究忌惮裴氏父子勇武，最终将他父子斩杀。裴仁基被杀那年，裴行俭刚好出生，他从来都不曾见过父亲一面。这已是二十一年前的事了，青袍人当初也在王世充麾下为将，与裴仁基相交甚厚，这才有意将裴行俭这故人之子调到自己手下。

听他说起父亲的事，裴行俭没再说什么。青袍人见裴行俭虽然不说，知道他心中仍然不服，又叹道："守约，你也不要太担心。袁李二位先生不是等闲之辈，那位明公子不会受什么伤损的。"

裴行俭抬起头来，道："大人……"那青袍人见他还待再说，淡淡道："你要将这明公子先送到会昌寺来，我也答应你了，眼下便由我亲自接手吧，你先回去歇息。以后的事，我自有安排。"

裴行俭心头一凉，已知再说不通。他默默地行了一礼，转身拉开车门一跃而下。马车驶得不算太快，但也不慢，裴行俭跳下车去却如闲庭信步。那青袍人见他露了这一手，暗自喝了一声彩，心道："这小子已得了他师傅八分的本领，可惜性子还软了些。"裴行俭的师傅是名将苏定方。其实裴行俭的本领已与苏定方不相上下，若以这一手轻功而论，实际他已在苏定方之上。

打发走了裴行俭，那青袍人又啜饮了一口杯中之酒。顿了顿，轻声道："阿珠，你觉得如何？"

那赶车人阿珠一直一声不吭，听得那青袍人问起，这才道："很好。"

青袍人笑了笑，道："不是问你裴行俭那小子的事。你以为要将那姓明的如何？"

阿珠道："阿珠是下人，一切全听大人安排。"

"若由你打算，你该如何？"

阿珠想了想，道："裴街使尽的是朋友之义，大人尽的是臣子之责。"

青袍人伸指叩了叩案头，点了点头道："不错。我请李先生不要伤了他，在守约这小子跟前也可以有个交代了。阿珠，去李府吧。”

太常博士李淳风的宅第在通义坊。通义坊为漕渠和清明渠相交之处，因为坊中有这两道大渠，桥梁甚多，车辆通行不便，却是个闹中取静的所在，当初唐高祖李渊尚是隋朝唐国公时便住在此处，此时旧宅已改为通义寺。李淳风性子恬淡，不乐繁华，在通义坊的住处也是一所小小宅院，毫不富丽。

青袍人将车子停在门口。下了车，将名刺交给一个年老的司阍。只等了不多一会，便听得有个爽朗的声音传了出来：“李将军真是稀客啊，请进。”正是李淳风的声音。

冯清怡睁开了眼。当外面的景物一下跳入他眼帘中时，他的第一个念头便是：“我是不是还活着？”

他会这样想，并不是因为看到的是阿鼻地狱什么的，而是一个清雅的院落。太清雅了，简直不敢相信这是人世。

那是个小小的院落，积雪未化。不过院中的积雪显然从未有人踩过，不见半个足迹，一切都平整得如一幅未曾裁剪的白绡。窗前种了一本芭蕉，叶面上堆着白雪，被压得垂下来。绿蕉白雪，加上空中的一轮明月，映得周遭一片清绝。可是，他身上却没感到丝毫的寒意，反倒是暖洋洋的极是舒服。

我是在哪儿？

冯清怡看了看自己身下。他是躺在一张床上，这床被褥极是精美，还以上好的香料熏过，有一阵淡远的清香。在床的两侧，是两张大大的屏风，挡住了两头的寒风。而他身上，穿着一领娇红色的缎袍，颜色也太艳了点，只能是睡觉时穿穿，根本穿不到外面去的，他虽然记不起来，但坚信自己从来没穿过这种衣服。

他扶住了头。头还有点痛，仿佛宿醉未醒，可是他明明记得自己是滴酒不沾的。难道昨天自己破例喝醉了酒么？他细细地想着，却怎么都想不起来昨天的事了。自己是安邑坊冯家的少东，今年十九。冯家良田美宅，万贯家产，却七代未出一个仕人，因此父亲命自己苦学诗赋，务必要求取功名，为冯家光宗耀祖。这些事冯清怡记得清清楚楚，可是昨天这一个晚上，在他的记忆中却是一片空白，甚至，这一天好像已经不存在了。

这到底是怎么回事？他挣扎着坐起来。一坐起来，他才明白过来自己为什么会不觉得冷了。

觉得不冷，是因为那两扇屏风。虽然乍看上去那两扇屏风是木雕的，但细细看来，可以看到其实一面是上好的风磨铜。靠得近了，便感觉到一股热气正从屏风面上散发出来，使得他在床上感不到半点寒意。

右手屏风上绘的是一幅游春图，一角是两个篆字“惊艳”。画上，一个公子穿着一领娇红轻衫，正骑着一匹五花骢在郊外，几个下人跟随左右。

在那公子对面，是一个穿着白色纱裙的女子。那个女子斜倚在一辆敞篷的车上，右手支颐，左手拈着一枝梅花。梅花娇艳欲滴，而那个女子眼波流动，有一种说不出来的娇媚，令人看了便怦然心动。

冯清怡是富豪公子，风月场中也不是没去过，但画上那女子已不是寻常的冶艳妖媚了，已是媚到了骨髓间。虽然只是一幅画，但触目之下，就像有种奇异的魔力，似乎能把人全身都化成水。

天下竟有如此美女么？画上那公子本是最主要的人物，但看到了这个女子，别的仿佛都已微不足道了。冯清怡不曾看清时也没什么，待看仔细了，只觉视线像被粘在了上面，根本移不开。他看得呼吸都开始急促了，不知不觉伸手要去摸。手刚一碰到，却觉得指点传来一阵刺痛，一下缩了回去。

这种屏风只有富豪人家才用得起，里面装有药线，可以燃烧一整夜。点燃后，屏风一侧倒能不断散发出热来，让人坐在近前如沐春风，不觉寒冷。不过正因为是风磨铜做的，假如手碰上去的话，就嫌太烫了。

也许，做这屏风的人本意也正在于此，美人只让人远观，不可狎玩吧。冯清怡解嘲地想着。手指隐隐还有点痛，他也需要很强的自制力才让自己不把手摸上去。绘制这屏风的匠人只怕是天下少有的良工，做得精致绝伦，画上那美人身上的轻纱仿佛伸手真的可以揭去，让人看了就不由自主地要去碰。

他细细地看着画上的美人，越看越觉得心痒难搔。正在难受，忽然想道：不是另一面还有一扇么？那一扇不知是怎样的。

他转过头，一时间却有点不忍去看。右手边那屏风太美妙了，假如左手边的屏风逊色许多，实在要令人大失所望。冯清怡定了定神，这才看去。

屏风上的画面渐渐清晰起来。等他一看清，气息一下变得更粗了。

左手的屏风一角，也是两个篆字，却是“秘戏”二字。画面正中，是一张牙床，床左右两侧是两扇屏风，外面则是一个院子，正与冯清怡眼前的一切仿佛。唯一不同的是屏风上显然是春景，院子里的芭蕉开出了几朵大花。

这一切还不至于让冯清怡喘不过气来。真正让他透不过气的，是正中的画面。在那张牙床上，先前那个骑着五花骢的公子正半倚着床沿，而女子手中的梅花也插在床头的一个胆瓶里。

那个女子却坐在了公子的身上！

女子身上的轻衫半遮半掩。虽然只是在风磨铜屏风面上的一幅浮雕画，但神情、上色无一不是巧夺天工。那女子眼中带笑，仿佛滴得出水来，神情慵懒，左手搂住了那公子的脖颈，右手却在掐他的大腿。做得实在太精致了，那五根春葱也似的手指做得纤美异常，甚至连掐入公子皮肉中的情形都能看得清楚。而这女子星眸半阖，檀口微翕，更是惟妙惟肖。

这竟是一幅春宫！

冯清怡的脸登时涨得红了。他在风月场中走得不多，总还是个青涩少年，在这人生第一大诱惑面前，哪里还把持得住。只觉一颗心在胸膛里砰砰乱跳，似乎快要跳出喉咙，周身也是一阵燥热。

正在难熬，忽然听得“嗤”一声轻笑。

这是个女子的声音。冯清怡一怔，抬头看去，却见门口不知何时站了一个女子。一见到她，冯清怡只觉脑袋里“嗡”的一声响，险些要晕过去。

这个女子，与屏风上那个妖媚入骨的女子一模一样！

五

“明兄，你没事吧？”

一听到这个声音，辩机连忙站了起来。到会昌寺来的人中，唯一一个会大呼小叫的，便是弘文馆的高仲舒了。若不赶紧去迎他进来，只怕他会一路叫到会昌寺所有僧众都听到。

他刚迎出门，高仲舒已一头撞了进来。他满脸通红，想必是一路急急跑来的。明崇俨正在啜饮着一杯茶，见他这样子，道：“讷言兄，我没事。”

“我听说你受了伤，马上就过来了。你知道大秦寺的阿罗本大师么？”

高仲舒接下来的这句话没头没脑，让明崇俨一怔。阿罗本这个名字他从来没听说过，不像中原沙门中人的法名，想必是西域番僧吧。他道：“这个你还要问问辩机大师，我可不清楚。”

高仲舒道：“他的门派叫景教。听说，景教是大秦国的国教。”

所谓景教，就是基督教聂斯脱里派在中国的称谓。聂斯脱里是叙利亚人，曾任东罗马（大秦）君士坦丁堡大主教。因为他提出“基督分离二位说”，认为圣母玛利亚只是生育耶稣肉体，而非授予耶稣的神性，在以弗所大公会议被定为异端，聂斯脱里也被革除主教职务。后来聂斯脱里本人客死埃及，但这一派信徒却遁入波斯，不断向东发展。阿罗本于贞观九年抵达大唐，经过三年周旋方由天子下诏，准许阿罗本在长安传教，并在义宁坊建大秦寺一座，由阿罗本主持。这大秦寺占地不小，现在只是在启建，所以明崇俨还不曾听说过。

明崇俨诧道：“大秦国的国教？你跑那里去做什么？”高仲舒是持无鬼神灭论的，以前从不涉足佛寺道观，现在到会昌寺来，也无非是与辩机和明崇俨聊天。他莫名其妙地跑到一个大秦寺去，确实很让明崇俨想不通。

高仲舒咽了口唾沫，道：“我……渴死了，辩大师，给我也倒杯茶吧。”辩机给他倒了一杯，高仲舒也不管这种蒙顶石花茶要细细品味，接过来一饮而尽，道：“明兄，那大秦寺刚落成，我想去开开眼界。大秦寺的住持名叫阿罗本，是波斯来的。听他说，景教教义与释道诸家大为不同，他们信奉一个天尊，这天尊见众生苦难，便化为凉风吹向一童女。对了，这童女名叫末艳，感凉风受孕，诞一子名谓‘移鼠’……”

明崇俨心情并不甚好，但听到此处，也不由笑出声来，道：“怎么叫这个名？”

高仲舒道：“胡人名字，古里古怪的多了。阿罗本大师说这移鼠有绝大神通，能令人起死回生，奉天尊之命拯救世人，收下十二大弟子，个个神通广大。其时大秦王不信移鼠所教，要捕杀移鼠。移鼠的小弟子被大秦国有司收买，以银饼三十将移鼠出卖，结果移鼠被活活钉死。”

明崇俨见他嘴里唠唠叨叨地说着，眼里大有神采，看样子哪里是来探望自己，实是满肚皮话不吐不快，到自己跟前说个痛快。他笑道：“听你说得这么热闹，难道你想要皈依这景教不成？”

明崇俨说这话只是打趣，哪知高仲舒脸一下又红了起来，大为忸怩地道：“这个……其实我想问问辩大师，景教是不是也是佛门一脉？”

这回轮到辩机一怔了。饶是辩机学富五车，却不曾听说过景教的名头。他皱了下眉头，道：“这个我也不知。不过佛门可没有天尊末艳移鼠这些的。”他看了看高仲舒，疑惑地道：“高公子，你真要皈依景教？”

高仲舒咽了口唾沫，一张脸又红又白，倒像是煮得半熟的虾子。好半晌，才干笑道：“哪里哪里，我只是要去看看。”他叹了口气，道：“守约现在忙得焦头烂额，你既然也碰到这种事，那还是我一个人去吧。”

“裴街使，仍是那样子么？”

裴行俭刚站起身，一个叫沈天卫的金吾卫便过来问道。他洗了洗手，拿过一块布擦了擦，道：“后脑被人以柔劲击碎，与那些人的死法一般无二。该死的混账，真不知他还要干几起。”

裴行俭刚回武候铺，还没坐下，便听人来报又发现了一具无名男尸。一听那男尸是个少年，裴行俭心里就“咯噔”一下，心知多半又是那人做的。他立刻和几个同事一块儿过来查看。

尸首是在长安东南角的修行坊发现的，周围还有点车辙痕，但因为时间有点长了，车辙印都已被踩乱，根本看不出是从哪里来的。与先前陆续发现的那七具男尸相仿，这具尸首是个长相十分清俊秀丽的少年。不算南味号那些人的话，这前后八具尸首正好出现在长安城的八个方向了。

这八具尸首都是长相俊秀的美少年。裴行俭皱起了眉，又下意识地擦了擦手。其实天还很冷，尸首上并没有尸臭，可是他仍然觉得自己的手上带着一点臭味。明崇俨的相貌倒与这些死者差不多，可是为什么他能活下来？如果明崇俨不是自己的朋友，自己也会不惜一切追查下去的吧，这也难怪李大人会紧追不放。

沈天卫看着这具尸首，忽然小声道："裴街使，你说会不会是长安城里出了狐女了？"

"狐女？"

沈天卫点了点头，道："死的人全是长相漂亮得不像话的小白脸，而且住的地方也是东南西北都有，不像是寻常的杀人命案。说不定，那是狐女盗取了这些小白脸的元阳后，又把他们灭口了。"

裴行俭既想笑，又有点笑不出来。沈天卫显然把小时候听到的故事都当真了，可是他说的真的毫无可能么？这八起命案显然是同一人所为，而这个人，倒真的有可能是个女子啊。

沈大卫见裴行俭低头不语，若有所思的样子，只道自己说得有道理，道："裴街使，你说李将军能破了这案子么？"

先前那七个死者中，有一个是礼部侍郎的公子，还有一个也是官拜千牛卫的世家子弟。因为出了这两个死者，这件案子就成了通天大案，天子亲自下令让李将军督办此案。然而这只是一般的看法，裴行俭却知道这事远远不是死了两个世家子弟那样简单。

凶手用的，乃是兰陵萧氏的拂梅手。

兰陵萧氏不是一个寻常姓氏。这一族源出齐梁皇族，隋炀帝皇后萧氏就出自这一族，而当今名臣尚书左仆射萧瑀就是萧后之弟，也是这一族中人。不过令天子最为忌惮的却是这一族中的萧铣一支。隋末，萧铣自称梁王，拥兵四十万，是大唐最大的劲敌之一。武德四年，高祖李渊遣李孝恭与李靖进击，结果李靖献奇计一月攻破梁都江陵，萧铣开城投降，只是李渊忌惮萧铣，仍然将他斩杀。萧铣临死前，发誓与李唐不同戴天。萧氏后人大多习文，习武者就只剩萧铣这一支了，所以当拂梅手出现，一定使得天子大为吃惊。正是为此，李将军是决不会放过明崇俨的。假如要让明崇俨不至于被卷入这事中，唯一的办法就是抢在李将军之前破了这件案子。可是这话说说简单，要做到实在谈何容易，自己真能做到么？

沈天卫见裴行俭仍是不言不语，只道自己说错了话，干笑了两声道："李将军神通广大，属下实在不该多嘴。裴街使，我们是不是先回去？"

裴行俭忽地抬起头，道："等等，我再看看。"

他大踏步走到那具死尸跟前，道："把他的衣服解开吧。"

沈天卫呆了呆，道："解开他的衣服？裴街使，这尸身上还有什么异样么？"尸身已经僵直，要脱衣服很不容易，所以只是解开衣带看了看身上有无伤痕。听裴行俭说要把死尸身上的衣服解开，他自是吃惊。

裴行俭已经拉开了衣带，把尸体上的外套解下来，道："不是。"他将那外套展开了，这衣服是一件做工相当考究的缎子长袍，因为曾放在雪水里，上面沾着些泥污，此时却已干了。裴行俭轻轻一抖，"啪"一声，袍子上那些干了的泥屑居然纷纷掉落，一件衣服又变得相当清洁。沈天卫见此情景吃了一惊，叫道："这是什么料子？"

"此人身上的衣料可不同寻常，就算长安城里能穿这种衣服的人也不是很多。假如我们拿到几家大的绸缎行里问问，应该能问出些端倪来。”

沈天卫眼中一亮，道：“假如这衣服原先并不是这尸首身上的，说不定……”他恍然大悟，越想越是兴奋。如果真是如此，应该马上就能查出凶手了。裴行俭却摇了摇头，道：“这件缎子长袍貌不惊人，看上去也没什么特异，显然不是那凶手的，不然凶手决不会让它还穿在这尸首身上。”他将袍子折了两下，叠成一块，道：“走吧。”

长安的绸缎行不下百家。裴行俭和沈天卫走了两家，问了一下，那里的人却也说不出什么来，只说这是寻常的面料。沈天卫看了看天色，已将近正午，道：“裴街使，我们先回去吧，吃罢了饭再过来。”

裴行俭道：“还是去小饭庄凑合一顿吧，省出时间来再走两家。”走过这两家店铺都问不出所以，他反而更有信心，说明这种面料相当稀见。

他们此时已走到了安邑坊。紧贴着安邑坊，北边就是长安的东市，那里大的绸缎庄就有三四家，现在再回修行坊武候铺吃饭实在太浪费时间了。这儿边上就有个小饭庄，他们并肩走去，到了饭庄前，裴行俭忽然站住了，道：“沈兄，你先去点两个菜吧，我问问就来。”

沈天卫心知这个街使年纪虽轻，出手颇为大方，倒不担心他是为了让自己付账而故意逃掉，便道：“裴街使，你还要去哪里？”

裴行俭指了指边上一家小绸缎庄道：“我去那里问问。”

那家绸缎庄门面甚小，幌子倒是做得甚精，白底黑字，滚着红缎边，是“冯家真正绸缎”几个字。沈天卫笑道：“这么小的店铺也有用啊？好吧，那你马上过来吧，今天我做东。”

裴行俭笑了笑，道："哪用得着你啊，我来吧。"

他走到那家店铺前，掀起帘子，大声道："有人么？"

店铺里有个伙计正在擦拭着柜面。这家店虽然不大，里面却是窗明几净，地上也一尘不染。听得声音，那伙计抬起头，笑道："唷，军爷，军爷要买什么料子？我们冯家老绸缎庄都是真正上好的料子，童叟无欺。"

裴行俭看了看四周搁着的料子，道："你们这店可不大啊。"

那伙计忙道："军爷，我们冯家老绸缎庄可是老铺子了，老掌柜在仁寿年就已经在平康坊开了门面，这里只是一个分铺而已。长安城里，东南西北，除了总铺，有七个分铺呢。要说做绸缎行的，我们老掌柜认了第二，没人敢认第一。"

这伙计也是个多嘴的，还待喋喋不休地夸耀，裴行俭从腋下拉出那件袍子道："我是金吾卫。你瞧瞧，知道这种面料是哪里有得卖的？"

那伙计见裴行俭不是来买东西的，登时不多说什么了。伸手摸了一把，喝彩道："好料子！哑面细缎，上品，一匹得十几贯足钱。"

裴行俭吃了一惊，道："这么贵？"当时斗米不过五文，裴行俭的俸禄每月也不过几贯钱，一听这么一匹绸子就要十几贯，自是吃惊。那伙计见裴行俭有不信之色，道："军爷，你不知此间行情。这缎子油光水滑，更好在不是闪面缎子。"

裴行俭道："不是闪面缎子反倒更贵？"

"正是。要知道做袍子的话，光闪闪的不雅相，穿出去不庄重。可缎子织得细了，定然有光，想要哑光，可不是轻易织得出来的。全长安城，告诉你，我们冯家老铺可是独一份，没别家有这个手艺了……”

那伙计还要再说下去，外面有人高声道：“小六子，快出来卸货了，少在那里嚼蛆！”却是有人送货过来了。那伙计慌忙跑了出去，一会儿扛了两匹绸子进来，边上一个账房模样的跟进来，手里还指指点点地说着：“冰绡两匹余七尺，变色缎面三匹余一丈二尺……”正说着，忽然看见裴行俭，却吃了一惊，道：“这位军爷，您手上这是……”

裴行俭道：“我是拿过来请你们看看，这料子哪里有得卖？”

那账房抢上前，道：“军爷，能让我瞧瞧么？”话虽这般说，双手却已捧起了那件袍子细细看着，忽然抬起头道：“军爷，您这袍子是哪里来的？”

裴行俭见他神色有异，道：“在下金吾卫街使裴行俭。你知道这衣服么？”

那账房抢也似的抓过袍子，展开了凑到窗前细细看着，忽然惊叫道：“错不了！错不了！这是我们少爷穿的！军爷，我们少爷在哪里？”话音都已经有点变调。

裴行俭又惊又喜，不过脸上仍是平平淡淡，道：“这真是你们少爷的衣服么？”

“不会有错的。这哑面细缎只有我们铺子有得卖，而且这针脚是我们铺子薛娘姨的反跳针，与别家不同，绝不会有错。军爷，我们少爷在哪里？他出门都有七天了，老爷老太太都快要急死了。”

魏叔玉走到书房门前，先咽了口唾沫，让自己尽量平静下来，这才小声道：“爹。”

“是叔玉么？”里面传来了一个苍老的声音，那是魏叔玉的父亲魏徵。

魏叔玉小声道：“爹，有人要见您。”

“是谁？”

魏叔玉又咽了口唾沫，道：“是太子殿下。”

门“呀”地一下被推开了，一个老人出现在门口。这个有大唐第一直臣之称的名臣，今年正好六十岁。六十岁，这个年纪的男人无论如何都可以称为老人了，可是魏徵却似乎老得比旁人更多一些。他有点怔怔地看着站在魏叔玉身后的那个年轻男子，眼神中既有些不安，又有些惶惑，屈膝跪下来道：“殿下。”

他的长子魏叔玉因为与太子年纪相仿，平时也常在一处玩耍。不过对于魏徵来说，身为天子大臣，他有意地避免与哪一位皇子接近。几十年的宦海生涯给了他一个极为敏锐的感觉，当今天子较为偏爱四皇子魏王泰，对这个太子已越来越有不满，但又不能妄动储君，所以一直十分矛盾。这一切自然都在魏徵的眼里，他也几次让叔玉尽量疏远太子殿下，以免将来遭受池鱼之灾。只是这个不听话的长子又把自己的话当成了耳旁风，居然还将太子殿下带到府中来。假如此事被天子知晓，真不知会惹出什么祸。可是太子来也来了，礼数终不能缺。

他刚跪下，却听得太子淡淡道：“叔玉，你先出去吧。”

听到这个声音，魏徵不由一怔。他没有抬头，但从声音里听来，太子的声音少了许多当初的浮躁，却多了许多沉稳。太子承乾向来不是个沉稳的人，他可以在东宫设穹庐，自己也打扮成突厥人模样，说话同样是风风火火，就像个……不，完全就是一个被惯坏了的孩子。但今天太子的声音里，却沉稳得令他害怕，仿佛那声音中有一种熟悉的东西。

魏叔玉走了出去。魏徵年纪大了，书房里总是十分清静，平时看书时连书僮都不在跟前，现在正是寂静一片。魏徵仍然直直地跪着，等魏叔玉一出去，他低低道："老臣不知殿下前来，请恕老臣失敬之罪。"

太子踱了两步，却一声不吭。魏徵心中惴惴，不知这个喜怒无常的少年会想出什么怪主意来。他正在担心，忽然听得太子长叹了一声，道："玄成，起来吧。"

魏徵字玄成。但一个人的表字唯有前辈或平辈友好方能称之，太子今年只是一个二十二岁的少年，怎么都不该称自己的表字。魏徵呆了呆，一时竟忘了站起来，耳边听得太子又轻声道："起来吧。"

他站了起来。太子站在他面前，双手背着，双眉紧锁。这副样子与他熟知的太子已大相径庭，实在全然不同了。他默默地站着，也不知该说些什么。太子却抬起头，看向他的双眼。视线相交之时，魏徵不由打了个寒战。

这是怎样一双深邃的眼睛啊！魏徵从来没有想过在那个浮躁的太子脸上会看到这样的眼神。他只觉眼前一片昏花，心道："奇怪，难道我那眼病又犯了么？"正在思量，却听得太子又叹息了一声，道："玄成，你也老了。"

这话实在太不像太子说的了。魏徵更是呆呆地站着，心中不知在想着什么。太子看着他，忽然道："玄成，当初你的进谏都是对的，是我错了。"

魏徵的脸一下变得煞白，险些要叫出声来。他结结巴巴地道："殿……殿下，您所言是何意？"他虽有直言敢谏之名，但太子年纪还少，自己从未向太子进过谏。

太子微微一笑道：“世民对我早就有不轨之心。可叹我还一直想着他会念着兄弟之情，不至于走到这一步呢。唉，那时将你斥退，真是我平生大错。”

魏徵已经要晕过去了。他喃喃道：“殿下……你……你到底是谁？”

太子眼里闪过一丝狡黠，道：“玄成，你还不知我是谁么？”

魏徵的气都快要喘不过来。他疑惑地看向太子，得到的却是太子默认地一点头。他终于按捺不住，低低叫道：“毗……毗沙门！”

六

“辩机大师，有位军爷要见明崇俨公子。”

一个小沙弥走到辩机禅房门口，施了一礼。辩机还没说话，一个军官已出现在门口，行了一礼，道：“是明崇俨公子么？”

明崇俨放下茶杯，道：“在下就是。”

“奉我家将军之命，有事相请明公子。”

虽然说是“请”，但口气并不如何随和。明崇俨怔了怔，道：“请问有什么事么？”

那军官脸上也没有表情，取出腰牌来道：“左武卫军兵曹朱天宝，奉将军之命，有请明崇俨公子。”

唐时禁军有十六卫，左武卫是其中之一。只是左武卫并不是金吾卫，这个朱天宝找上自己，不免有些意外。明崇俨道：“到底有什么事？”

“到了就知道。”

朱天宝的脸像是刷过一层浆糊，也没什么表情。明崇俨心头一沉，道：“好吧。”与左武卫军官冲突，终究不是件好事。他倒也不害怕，向辩机道了声谢，便跟着朱天宝出门。

门外已停了两辆车，并不很大。进了前面那辆车里，朱天宝坐在明崇俨跟前，一声不吭。明崇俨问了两声，这朱天宝仍是避而不谈，只是说到了就知道。马车转过几个街角，进了一处宅院后停了下来，朱天宝道："到了，明公子请。"

这是通义坊的西北角。通义坊离皇城很近，也十分清静。明崇俨下了车，道："这是哪里？"朱天宝却不回答，只是将手一展，又道："明公子请。"

那是一幢小小宅院。明崇俨下了车，却见身后还有一辆车，车上下来四个士兵，却站在了他身后，显然是防备他逃跑。明崇俨心中不快，道："朱大人，在下犯了什么法度么？"

"进去便知。"

朱天宝仍然是这样一句话。

这宅院门面不大，里面却不算小，树木十分茂密。长安人家百万，这样的宅院也有不少，显得十分平常。明崇俨回头看了看，见大门已掩上了，那四个士兵站在门口没跟上来，朱天宝却已向内走去，他快步跟上前去。

朱天宝走到一扇小门前站住了，道："李将军，明公子来了。"

"请他进来。"

门里传出的，是一个中年男人的声音。朱天宝轻轻拉开了门，道："明公子请。"

明崇俨仍然不明所以。他深吸了口气，向门里走去。朱天宝的腰牌不假，只是这更让他不安了。他刚走进去，朱天宝在外面一下掩上了门，却不跟进来。

里面是一个小庭院，当中是一个水池，池边有个小小的亭子，里面有个中年男人正背着手站在栏边看着池水。看见明崇俨进来，那人转过身，笑道："是明崇俨公子吧，请坐。"

明崇俨走上前去行了一礼，道："晚生明崇俨。不知大人尊姓大名？”

那中年人比朱天宝要随和得多，含笑道：“明公子不必多礼，本官左武卫将军李君羡。”

左右武卫，各设上将军一人，大将军一人，将军二人。这李君羡官拜左武卫将军，是左武卫位列第三的高官。明崇俨暗自倒吸了一口凉气，心道：“到底是什么事？为什么会惊动左武卫？”南味号十一人被杀，固然是一件大案，但终究是一件寻常的杀人命案，一般也是金吾卫负责处理。假如李君羡接手这案子的话，那就是说他们已不将这案子当成寻常命案了。

明崇俨心思机敏之极，只一瞬间便已转过了七八个念头。李君羡却轻轻一拍明崇俨的肩，道：“明公子，今日请你前来，实是有事相求，请明公子万勿推辞。”

明崇俨道：“李将军，不知有什么事？”

李君羡的眼里闪动了一下。他一直都十分随和，但这一丝眼神却寒气逼人。他道：“明公子，昨晚，你去灞河边，所为何事？”

明崇俨只觉一股凉气从心底升起。他嗫嚅地道：“晚生……晚生……”

李君羡笑了笑，道：“明公子私事，本官也不来多问。只是昨晚发生之事，听说明公子都已记不起来了是吧？”

李君羡这句话，显然是裴行俭对他说的吧。明崇俨心里一阵痛楚。他的嘴唇动了动，没再说话。

“去年，家住群贤坊的礼部韩侍郎家四公子三日不知行踪。韩侍郎心中大为焦急，向武候铺报案，但一直不知下落。第五日上，修政坊曲江发现一具浮尸，正是韩四公子。这是冬至后的事，年前，又出一桩大案，千牛卫申丛野夜游不归，家人报案，七日后在平康坊一处废宅中发现他的尸首，死法与韩四公子相同，都是后脑被击碎。这两桩大案事涉两位世家公子，陛下大为震怒，命我全权办理此事。我查看了这两年的卷宗，这才发现其实这一类无头案已有多起。最早一起发生在三年前，也是冬至过后，只不过当时都是些寒门子弟，因此未受重视。”

李君羡背着手，看着池中的游鱼慢慢说着。他忽然转过头道：“三年里，这类事件已发生了七起。我已命人查过，死者全是十六至二十五岁之间的少年，而且都被称为有子都卫玠之佼者。明公子，你与这七个死者极为相似，却是唯一的生还者，同时却有十一人被杀，死法与那七人一模一样，你难道不愿查明此事么？”

明崇俨抬起头来，道：“李将军，晚生自然也想弄个明白，可是……”

李君羡嘴角浮起了一丝笑意，道：“瓜田不纳履，李下不整冠。明公子，足下身涉嫌疑，又不能自明，实不能令人无疑。原本金吾卫要将你收监审问，你有个朋友裴行俭为你力辩，说你绝非凶手，要本官代为缓颊，因此本官为你想了一个办法。”

明崇俨眉头一扬，道：“李将军能让我想起昨天的事么？”李君羡语气随和，但话中却隐隐有威胁之意。只是明崇俨自己也极为困惑，很想能记起来。

李君羡又笑了笑，道：“明公子，请你随我去见一个人。”

他走出了亭子。明崇俨跟着他到了另一扇门前，李君羡推开门，道：“请进。”

里面是一幢小楼。由于通义坊离皇城也不远，只隔着一个太平坊，因此人家一律不得超过皇城城墙的高度，以免有窥测禁城之嫌，这幢楼也不过两层，越发显得昏暗。明崇俨一走进去，便闻到有一股淡淡的香味飘下。

是伽楠香！

伽楠香是沉香中至贵的一种。所谓沉香，是出在天竺一带的一种香木，因为入水而沉，故名沉香。寻常沉香若不点燃，多无气味，而伽楠香纵然不点也香味悠长甘甜，是沉香中极品。李君羡已拾级而上，明崇俨跟在他身后，心中却无端地惶惑。因为伽楠香有收束心神的功效，所以和尚多以此制成念珠，伽楠香也被称为“返魂香”。可是明崇俨却觉得自己像是踩在漫天浓雾中，不知跨出的一步究竟是平地还是万丈深渊。

两层楼很快就走完了。明崇俨刚从楼道口探出头来，便看见有个人正坐在窗前。虽然窗户紧掩，但屋顶上铺着半透明的琉璃瓦，因此室内虽然并不明亮，却也不太暗。那人坐在一张很大的藤椅上，像是窗上映出的一个剪影。

那人不是等闲之辈！

明崇俨还记得他见过的虬髯客张三郎。张三郎龙行虎步，气概非凡，一见便觉有千钧压上身来。眼前这人虽然不如张三郎那样有如山的威势，却也让他有种无形的压力。

那人本在出神，听得声音，忽地抬起头。只这一瞥，眼中神光四射，明崇俨不禁打了个寒战，一瞬间有种要呻吟的感觉。

“这位便是明公子么？”

那人的声音十分清朗。李君羡道：“正是明公子，李先生。”

明崇俨躬身行了一礼，道：“晚生洛州明崇俨，见过李大人。”

那人笑了笑，道：“明公子，李将军都跟你说过了吧？”

明崇俨道：“李将军已说过了。李大人，您能让我想起昨晚的事么？”

那人看着明崇俨，道：“明公子既然首肯，那我来试试吧。”他站起来让出那张藤椅，道：“明公子请坐。”

藤椅很大，明崇俨个头比那李先生还要小一号，躺在上面甚是宽松。那人待明崇俨躺下，低声道：“明公子，你把眼睛闭上。”

明崇俨不知他要做什么，眼睛刚一闭，那人忽然极快地一伸手，在明崇俨头顶百会穴一捺。他出手之快，竟与张三郎不相上下，明崇俨纵然全神戒备也未必躲得过，何况是闭上了眼。随着手指摁上顶门，明崇俨只觉脑袋里“嗡”的一声响，登时失去了知觉。

李君羡见明崇俨失去知觉，一直暗中握着的拳头才松了开来，道：“李先生，行了么？”他对明崇俨和颜悦色，其实也一直加以防备，但见明崇俨毫不反抗，这才松了口气。

那人摇了摇头，道：“这人不是萧家之人。”

拂梅手的罩门便是顶门百会穴。当初李渊愤恨萧铣不肯从命，亲自监斩萧铣时曾大费周章，因为拂梅手周身皆可发力，刀斧只要一触皮肉，萧铣便发力让刀斧手手腕无力，无法下手。后来正是此人以符咒封住萧铣顶门百会穴，李渊这才得以用金刀斩下萧铣首级。方才他按中明崇俨的百会穴，丝毫未觉异样，显然明崇俨并不会拂梅手。

李君羡道：“不是么？看来他说的是真话了。”

那人道：“是啊。”他走到屋角取出一个金盆。金盆里已放了半盆水，他将金盆放到明崇俨脑后，伸手从怀里摸出一个油纸小包。一打开，里面香气袭人，却是一包伽楠香木屑，他捻了一撮往金盆里一撒。伽楠香原本入水即沉，但那是些碾得极细的木屑，因此都浮在了水面上。他道：“李将军，我施法之时，你看仔细些吧。”

李君羡心知已到了最为关键的时刻了，道：“是，李先生请。”

那人伸手在墙上一处地方一扳，“啪”一声，屋顶的机关发动，那些琉璃瓦都已遮住，只剩了当头一块圆圆的地方还留着，一道光柱照下来，正映在那金盆之上。他双手捻诀，嘴里极快地念诵着。随着他的咒声，盆里的水像有一只无形的手在搅动，水面的伽楠香屑被推到了盆边，当中越发明亮，倒似里面点了一支巨烛，水色也慢慢变白了。

这正是圆光术。不过此人的圆光术已到了极高的境界，已非寻常术士可比。李君羡大气都不敢出，紧紧盯着那金盆。

盆中越来越亮，慢慢地出现了一个人形。那人口中念诵之声却越来越慢，声音渐若游丝，盆中的水却忽然像凝结了一般定住，当中出现了一个人影。

一个女子。

虽然并不很清楚，但看得出这女子的相貌极为美丽，美得可以说是妖艳。肤色白得仿佛透明，嘴唇红如丹朱，只是一双眼睛里带着彻骨的寒意。

李君羡看到这个女子，像是见了鬼一样，忽然轻轻呻吟了一声。那人显然也惊呆了，手中忽地一松，盆中的光芒霎时消失，人影也登时不见。他看了看仍然人事不知的明崇俨，皱起了眉头，道：“真的是她？”

李君羡点了点头，道：“十年前，陛下派药师大破突厥，攻入定襄城，在内宫设宴为她接风，我看得清楚，正是她。”他忽然跪下来给那人行了个大礼。那人吃了一惊，连忙扶起他道：“李将军，何以行此大礼？”

李君羡看了明崇俨一眼，眼中带着几分怜惜，低声道：“李先生，君羡有一个不情之请。”

那人道：“君羡兄太见外了，你说吧。”

“这明公子遭无妄之灾，实与此事无关，还请李先生忘了他吧。”

那人沉吟了一下，道：“好吧。”

李君羡大为感激，道：“多谢李先生。”当初他与裴行俭之兄裴行俨年纪相近，情同手足，这份友情历久弥新。裴行俨英年早逝，这些年来他每次想到都不胜扼腕。在裴行俭与明崇俨身上，他也依稀看到了许多年前的自己和裴行俨。虽然在裴行俭面前显得不近人情，其实他已经下决定不伤害明崇俨了。这次暗中将明崇俨带到这里，也是为了不惊动金吾卫。待发现此事竟然与那个女子有牵连，心知一旦深究下去，已将牵扯出皇室内幕，后果实不堪设想，明崇俨很有可能最终被灭口，因此不惜向那人行此大礼，来保住明崇俨一命。他又看了看熟睡中的明崇俨，叹道：“李先生，我现在觉得自己像是走在刀尖上啊。”他的手下颇有能人，查出那些美少年都曾到过一个地方。那地方是陛下明令不得旁人骚扰的所在，他也不信那个老妇真会是凶手，还斥骂过手下无能。可是方才从李淳风圆光术看来，手下探得的情形完全属实。

那人抬起头看着那道从屋顶照下的光柱，道：“是啊。”光柱中，有极细的微尘浮动，变幻莫测。他喃喃道：“兰陵萧氏，兰陵萧氏。哼哼，君羡兄，我们居然忘了陛下身边，就有这个姓萧的妖妇在。”

萧家，这个已成过往的皇族，却一直阴魂不散。陈，隋，到现在如日中天的大唐，这个家族仿佛一直隐隐浮现在背后，带着诡秘的笑意，现在终于露出了一丝痕迹。李君羡和那人都是当今天子手下的重臣，却感到了无端的寒意袭来。

李君羡突然叹道："淳风兄，下一步该怎么办？"

那人正是当今天子最为宠信的两个异人之一的李淳风。原本李君羡与李淳风也不过泛泛之交，但他们发现了这个秘密，无形中却将他们之间距离拉近了不少，称呼也亲近了许多。

李淳风沉吟了一下，道："此事太过重大，还是向陛下禀明。"

李君羡打了个寒战。他少年从军，前半生出生入死，厮杀疆场，当真天不怕地不怕，但此时却有了惧意。他似乎想说什么，但嘴唇动了动，还是没有说。

高仲舒心不在焉地听着阿罗本大师说法，心里却怎么都平静不下来。

这次，他收到一封密书，却是阿心约他在大秦寺见面。高仲舒平时说得热闹，却是个十足的嘴把式，其实家教甚严，连花街柳巷都极少走动。收到阿心的密书，心痒难忍，但在弘文馆的几个朋友面前却不敢多嘴，只得到会昌寺找明崇俨过过嘴瘾。上一次在醉刘居遇险，终究有惊无险，高仲舒的性子纵然吃苦不记苦的，仍然有些害怕，可是阿心之约又让他心痒难搔，所以先找裴行俭，再找明崇俨，想让他们陪自己一块儿过来，多少可以壮些胆，却不料他二人都没空。好在大秦寺是出家人所在，不比那醉刘居里三教九流人等都有，总要清静许多，想来总应该不用担心。只是他来得早了些，阿心还没过来，大秦寺的住持阿罗本大师倒是殷勤得很，见这寺院还没完工，便有这位世家公子前来，拉住了便要说法。景教传法，向来不遗余力，后来的基督徒传教更是不惜以身涉险。只是阿罗本大师年纪不小，大唐话说得极为生硬，什么天尊移鼠，听得高仲舒头昏脑涨。只是他想到阿心既然约自己在大秦寺见面，自然对景教颇为信奉，来之前也恶补了一番。他博闻强记，才学甚富，与阿罗本大师谈起景教经典来，虽然听懂的不到两分，说起来倒也严丝合缝，头头是道，那阿罗本大师更是勾动了兴头，觉得眼前这位公子大有慧根，很有可能做一个景教徒，结结巴巴地说个不停。

正坐得不耐烦，一个景教弟子过来对阿罗本大师说了两句什么，却是波斯话。高仲舒也不知说些什么，阿罗本大师却站了起来，面有喜色，道："高施主，老僧先告退。"景教初来，经文译得也是佛道杂糅，一方面说天尊，一方面又自称老僧。

高仲舒也站了起来，正待跟着出去，眼前忽地一黑，像是气血上涌一般。他呆了呆，马上又恢复正常了，正不知怎么回事，却听得一个清脆的声音："高公子，你已经来了。"他定睛看去，正见阿心迈步进来。

阿心穿着一领纯白狐裘，映得一张脸光润如玉，脸上还带着一抹红晕，更显娇艳。高仲舒心头一动，道："阿心……我也没等多久。"

阿心走到他跟前，微笑道："上回的事真对不住你，你没事吧？"

阿心脸上虽然带着笑意，可是眼神游移不定，似乎颇有心事。高仲舒道："没事没事。阿心，你一个人来的么？"

阿心道："韦道长带我来的，不过他不进来。"她外面罩着狐裘，仍是男子装扮，此时却脱去了狐裘，向神龛走去。高仲舒见她里面穿的却是条藕色长裙，露出肩头雪白的肌肤，嫣然一笑道："高公子，你大概才知道我是女子吧？"

哪有猜不出的。高仲舒想着，但见她如此说，连忙装出惊讶的样子道：“啊呀，真的么？我从未想到。”

阿心站在一个神龛前，向上面供的神像合十行了一礼。那神像大为古怪，与高仲舒在阿心脖子上见到的项链坠一般模样，也是一个被钉在十字架上的男人。阿心在向这神像行礼时，模样极为虔诚，原本脸上的一点妖冶之气也已荡然无存。高仲舒在一边看得心为之动，忖道：“阿心姑娘原来是信奉这景教的。如果……其实信了景教也没什么。”他虽然奉神灭无鬼论，此时却觉得为了阿心，信奉景教亦是不错。

阿心抬起头，看着那神像，半晌不出声。高仲舒见她的小小身躯不住发抖，心生怜惜，柔声道：“阿心，快穿好衣服吧。”

阿心迟疑了一下，从怀里摸出一块东西来，道：“高公子，其实我一直想问你，你见过这个么？”

那是半块玉佩。高仲舒是世家子弟，珠玉之类自小就看得熟了。他接过来，却觉这玉佩入手并不如何滑润，雕工也略显粗糙，只是块寻常玉佩，就算完整的也值不了多少钱。他怔了怔，道：“怎么了？”

阿心眼中已满是期待之意，道：“高公子，你见过这个么？”

高仲舒翻来覆去地打量了一下，摇摇头道：“没见过。你是哪里来的？只有半块么？”他还要再说，却见阿心眼里一下子变得极是痛楚，心头一闪，忖道：“这半块玉佩不要是她给我的定情信物吧？”这种事还是破题儿第一遭，他激动得差点要晕过去，突然觉得阿心一把抓住了他的手，道：“那你去……”

这话还没说完，高仲舒只觉眼前一黑，像是突然间被一层厚布兜头包住，一瞬间竟然什么知觉都没有了。阿心刚握住他的手，见高仲舒霎时变得怪模怪样，心道：“高公子这是怎么了？”

就在这时，门外忽然传来一声厉喝。

七

闯进来的是个道士。这道士颔下一部长须，颇有几分仙风道骨，但眼中却带着一丝诡气。他身形如电，一下闯入屋来，但屋中却已空无一人。他一怔之下，脸上已有焦急之色，脚下一错，身形闪动如电，只一眨眼间便已在屋里绕了一圈。这道士年纪虽大，动作却一如青年，敏捷之至，这一圈闪过只是一瞬间的事，身形一晃，又已到了门口。

阿罗本与几个弟子正在大殿上指点工匠施工，听得忽然传来这般一声怒喝，都吓了一大跳，纷纷过来。阿罗本见进来的是个年老道士，颇为吃惊。景教借用佛道两家成语甚多，但毕竟与佛道有别，在佛门道门中人看来，景教徒都是些西域邪教。阿罗本现在颇得天子推崇，却也担心这些和尚老道会来踢场子，哪知怕什么来什么，见果然是个气势汹汹的老道士闯进来，心头一沉，着急之下，期期艾艾地更说不出来，只是没口子道："阿德！阿德！"

阿德即是后世通译的"亚当"。那是阿罗本小弟子的教名。这阿德心性聪明，大唐话说得最为流利，听师父这样叫，心知是师父让自己去解释，慌忙上前道："道长，请问有什么得罪之处？"

话刚出口，那道士手一抖，掌中忽地现出一柄短剑。阿德吓了一大跳，心道："他要杀人了？"定睛一看，却见是柄木剑，这才放下心来。正待再和言问几句，却见那道士双手握住木剑，奋力一插。地面铺着青砖，但这柄木剑却如穿腐泥，直没到柄。这一下把阿德更是吓得魂飞天外，心道："邪教徒！真是邪教徒！"

那老道士正是韦灵符。

韦灵符是会圣观观主，他与西华观秦英二人是太子李承乾手下最强的两个术士。与旁人不同，韦灵符对阿心甚是疼爱，阿心也最相信他，上一次阿心与高仲舒约好在醉刘居见面，韦灵符正好奉命外出，阿心这才叫的纥干承基同去，这一次却是叫他来了。韦灵符身为道士，自知去大秦寺未免太扎眼，送了阿心来后，自己便在门外等候。他法术高强，隔得重门叠户，仍然感到大秦寺中竟有一股异样的力量，只怕有异人在。景教是西方异教，原本他也以为事属寻常，阿心又是信奉景教的，大秦寺没造好时便已多次来见过阿罗本大师，当时也是自己护送，并无异样，所以放下心来。可是他发现里面那股力量越来越强，已觉得不对，猛地冲进来，仍是慢了一步，阿心竟是踪迹全无。

阿心是太子最为心爱之人。若是阿心有什么闪失，太子面前可就不好交代，更何况韦灵符对阿心也颇为疼爱。他焦急万分，心知那异人掳去阿心，定不会那么快就走，当即施法，不惜损耗数年功力，也要将阿心追回来。那阿德在一边还要喋喋不休，他心中焦躁，喝道："闭嘴！不然我将你这妖寺拆作白地！"

阿德吓了一大跳。但大秦寺建得规模甚大，眼前这老道士本事再大也拆不成白地。他反唇相讥道："本寺乃是陛下敕命修建，你这道长岂敢如此无礼！"阿德大唐话学得虽好，却是向文士学的，骂道士用的"杂毛""牛鼻子"一类的话他当然不会。韦灵符也不理他，将木剑插入砖中，左手在剑柄上极快地捻了个诀。"喀"

一声，那块尺许见方的大青砖竟然碎成粉末。这一下那些景教士更是吓惨了，阿罗本在胸前画了个十字，心道："天啊，这个道士想要做什么？难道真要拆了大秦寺不成？"

大秦寺是贞观天子下诏修建，韦灵符有天大的胆子也不敢真个动粗。但阿心这般一个大活人突然凭空不见了，让韦灵符也不禁瞠目结舌。情急之下以秘术强攻，一瞬间已看到眼前白光一闪。他灵机一动，心道："是了，原来用的是障眼法。"法术练到极高深处，据说可以摄取活人，但韦灵符当然没这种本事。如果敌人真有这种本事的话，那他也根本不会是那人的对手。不过是障眼法的话，他就自信不会输。

韦灵符的会圣观道家秘术与秦英的西华观道家秘术大为不同。西华观秘术，都是以《太上洞渊神咒经》为概基，而会圣观的秘术却只是上几代观主留下的一些支离破碎的杂术，一直被秦英嘲讽为残山剩水。但韦灵符心思坚忍，竟然将会圣观这些零星秘术与别派法术糅合在一起，竟然功力与秦英不相上下。只是他的法术因为不算正宗道家了，失了道家秘术那种潇洒闲雅，倒多了几分霸道。情急之时使出，声势更是惊人，这间小屋子里一瞬间风雷滚滚，真个似要被拆得底朝天不可。

此时已至施法关键，韦灵符已顾不得再和大秦寺诸人斗嘴，那块被木剑插中的地砖崩碎后，剑柄忽如巨烛发出一道闪光，边上的几块砖也"咯咯"作响，似要碎裂。阿德吃了一惊，心道："这邪教徒到底想做什么？"耳边听得阿罗本惊叫道："阿德，快叫他住手！"他不敢违背师父之命，冲到门口，一眼看见屋里情景，却惊得呆了。这屋子里不算轩敞明亮，也不算太暗，但剑柄发光，映得周遭尽都发白，只见对面壁上隐隐竟有个影子。凡是影子，必要有物方才映出，但屋子里，在剑柄和墙壁之间什么都没有，这个影子究竟怎么来的？阿德大吃一惊，连连后退。阿罗本还不知怎么回事，喝道："阿德，为什么不去阻止他？"

阿德牙齿都在"咯咯"作响，道："是……是魔鬼……"

话音未落，韦灵符又是一声厉喝道："还不出来！"

这声厉喝使得那三个影子像烟一样颤动了一下，似乎要凸出来，却仍是不动。韦灵符面色如水，右手一挥，指缝间突然出现三张符纸。迎风一抖，符纸无火自燃。韦灵符将手在剑柄一绕，剑柄周围登时凌空出现了一团小小火圈。他冷冷地道："阁下还不肯出来么？"

那团影子又晃了晃，却仍然没有回答。韦灵符心中却大为忐忑，他虽然已困住了那人，其实也已骑虎难下。如果阿心不在那人手上，那他毫无顾忌，自然痛下杀手。可眼下阿心也被那人擒住，万一出个什么差错，太子跟前便没办法交代。

但不管如何，总要赌一下了。

韦灵符长吁一口气，人猛地站起来。他年纪虽大，身材却颇为高大，此时一站起，更显威猛。他这一站起，剑柄四周的那个火圈忽地升起，成了一道三尺许的空心火柱。这火柱一伸一缩，在他跟前又成了一团火球，他长长一吸气，这火球一下钻入韦灵符的鼻孔，随着一声暴喝，又从他嘴里喷了出来。

火球一闪即逝。阿德只觉眼前一花，也不知出了什么事，吓得又倒退一步。却听韦灵符又是厉喝一声，等他回过神来，却见屋子里已是空空荡荡，一个人都没了。他大吃一惊，心道："这异教徒真的会魔法！"

阿罗本听得里面大呼小叫，也不知出了什么事。怔了好一会，却听阿德道：“师父，里面没人了！”阿罗本还不敢信，探过头一看，才发现里面真的没人了，诧道：“那位高公子呢？还有那位信女呢？”

阿德已经吓得快要哭出来，道：“师父，这……这是妖术么？”

阿罗本打了个寒战，伸手在胸前画了个十字，喃喃道：“神啊，原谅我吧。”不远万里来到大唐，此地果然是异教徒的国度，一下便把一个信徒掳走。在阿罗本看来，那定是魔鬼不愿自己弘扬正道，前来作梗了。

高仲舒睁开了眼，却觉眼前漆黑一片。他呻吟了一下，心道：“我瞎了么？”正在乱想，黑暗中一只冰凉而柔轻的手按到了他的额头，阿心的声音在耳边响了起来：“高公子，你醒了。”

一听到阿心的声音，高仲舒这才回过神来。他一把抓住阿心的手，道：“阿心，你没事吧？放心，有我在，妖鬼辟易，你不用怕！”

他还待发狠，却听边上有个人冷冷一笑。这声音带着嘲弄之意。高仲舒吓了一跳，一下跃起，想要挡住阿心。但这般一动，只觉腰胯间痛得刀割一般，额头冷汗直冒，哪里站得起来。他“啊”了一声，一个踉跄倒在地上，阿心连忙扶住他，柔声道：“高公子，你小心些。”

黑暗中，又传来“嗤”的一声笑，有人道：“真是温柔缱绻。”

这却是一个女子的声音。阿心听到这个声音，脸不由得一红，高仲舒只觉阿心的手一下变热了，心知阿心定然因为被这女子取笑而害羞，登时惹动了侠肝义胆，喝道：“你这女子，不守闺风，到底想做什么？”

“嗤”的一声，这回却是亮起一点火苗。高仲舒这才明白过来自己的眼睛没毛病，只是周围漆黑一片。他呆了呆，心道：“这到底是什么地方？”抬头看了看，触目之下，却见竟是石壁，这才恍然大悟，心道：“原来是个地窖。”正想着，却觉有个人走到他跟前，道：“我瞧瞧这高公子俊不俊，居然让阿心迷成这样。”

那女子的声音虽然并不温柔，却也颇为娇媚，高仲舒这才不怕。但她凑到高仲舒跟前，他才发现这女子声音虽然好听，一张脸却长得凹进凸出，做男人都是太丑，嘴里两颗大门牙更是快要伸出唇外。他骇了一大跳，哪里还敢吱声，那女子却伸手摸着高仲舒的脸，嘻嘻地笑着，道：“果然不错啊，很有点男人味。”

她刚说完，高仲舒却是牙齿咯咯有声，全然没有一点男人味了。他强自支撑，想说几句硬话，可哪里说得出来。那女子似乎意犹未尽，手指顺着高仲舒的脸颊摸下来，嘴里啧啧有声，道：“好滑的皮肤啊，紧绷绷的，真好，真好。”口气哪像是赞美男人，倒像是在菜市场上买鸡鸭，夸赞鸡鸭肥大鲜美一般。高仲舒心道：“她要吃人么？”有心要不怕，可牙齿仍是不停地打战。

正在这时，一边有人哼了一声。那女子像是被蛇咬了一口，突地缩回手来，道：“大哥。”

那是个男人的声音。高仲舒抬头看去，只见一边有个人影。这地窖里只有一支小小蜡烛，也根本看不清那人面目。那人手凌空一按，隔着丈许，烛火应手而灭，地窖里又是一片黑暗。高仲舒只觉黑暗中又有两只小手抓住了他的手，这两只手纤小柔嫩，自是阿心的。他知道阿心害怕，正不知该如何安慰她，只觉身前风声一动，头又是一晕，登时没了知觉，却是那男人突然上前点了他的要穴。

这地窖里已是全无亮光，那人认穴仍是奇准无比。他将阿心和高仲舒点倒，这才重新点亮蜡烛，低低道："莲妹，你失心疯了不是，让他与你照面。"

那女子对这男人显然极是害怕，低声道："大哥，我……"

"不要说了。这小狐狸的跟班非同小可，你可知道他是谁么？他可是会圣观的韦灵符！"

女子怔了怔，道："就是韦灵符那杂毛？"声音里却也有了几分惧意。男人却嘿嘿一笑，道："你也不用害怕。韦灵符失了这小狐狸，定然不敢向太子露口风。他要找到这里，也不是一时三刻的事。"

女子沉吟了一下，道："余七将这小狐狸擒来，究竟是何用意？"

男子道："她是承乾那小子的心头肉。有了她，与承乾谈判，我们便有了一注大大的筹码。"

女子诧道："承乾不是已经中了余七的炼魂术了么？他还会将这小狐狸当宝贝？"

男子慢慢道："炼魂术与肉傀儡相配，这才能全然移魂。但当初南昭王爷没能将肉傀儡得到手中，只有炼魂术，便只是五五开。"

那女子一下睁大了眼，道："就是说，太子只有一半？"

男子默默地点了点头。那女子却倒吸一口凉气，道："要是他只有一半的话，父子连心，万一……"

男子嘴角浮起一丝冷笑，道："所以这小狐狸才有用。"

正在这时，他脸色突然一变。那女子见他面色异样，道："大哥，怎么了？"

"有人！"

男子小声说着。女子吓了一跳，道："是韦灵符么？我们是不是快走？"

"现在还不知道。"

男子也有些慌乱。韦灵符的本事，他也是知道的，假如余七在这里，那还可以一斗。但只有他们两人的话，那是铁定要输。只是这地方如此隐秘，寻常人根本不会误入此间，来的不是韦灵符又会是谁？万一只是个寻常穿窬小窃，自己杯弓蛇影，草木皆兵，先行望风而逃，余七回来岂不要大发雷霆？他走到地窖门口，又回头道："我去看看，你先带着那小狐狸，万一形势不对，你带着她先走。"

女子怔了怔，道："大哥，你小心。"这女子长得虽丑，但这话却说得情致缠绵。男子点了点头，推门走了出去。

天已黑下来了。这里是一个小院，因为少有人打理，显得十分荒芜。长安米贵，居大不易，那是后来中唐时的情形。贞观初年，长安曾遇到过一次大饥荒，饿死的人不计其数。这些年清平无事，长安人口日益增多，但闲置的空屋仍有不少，这里也只是一处而已。

天很冷。那男子走出地窖，却觉得脚底有一阵极其阴寒之气。他心头一跳，忖道："糟糕，果然有人来了。"

他二人是南昭郡王李玄通余部。李玄通被天子削爵处死，余部星散，他二人心感李玄通之恩，发誓要为他报仇。只是他二人本领原本就不算如何出类拔萃，这种誓言等如挟泰山以超北海，自己都不敢相信。幸好李玄通手下的第一大将余七也逃了出来，找到他们后，一拍即合，发誓要大干一番。可余七的图谋实在太大了，他们听了余七的计划，自己倒先唬得矮了三寸。但不论如何，既然已经走上了这条路，就只能走下去了。

他伸手摸出一把短刀。这把短刀黑黝黝的全无光泽，上面还涂着油膏，抽出来全然无声。这把刀名谓“乌翎刀”，极是锋利，好几个人都已死在这把刀上。握紧了刀，男子只觉胆气也足了几分，他闪身站在了紧闭的门后，伸手虚按住门。

门外，是一个轻轻的脚步声。

这门也很老了，有一道颇大的门缝。外面月色虽不算好，但总比屋里要明亮许多。透过门缝，他看到了一个人。

一个女子。

天很冷，院中还有些积雪，但这个女子却穿着一件极为轻薄的长裙。太薄了，简直可以看到轻纱下的胴体。雪白的身体，便如美玉琢成，甚至走动时都似乎可以听到骨节嚓嚓的轻响。等看到她的脸，这男人不禁倒吸一口凉气。

这个女子很美，但美得却没半点人气，简直就是刚从古墓中爬出来的妖女。她的嘴唇轻轻地抿着，便如樱桃，鲜艳欲滴，每一步都像是踏在水面。

这是鬼么？男子的手握得更紧，身上也感到了无比的寒意。他长而无声地深吸一口气，左手的刀又向后缩了缩，左手虽然不动，劲力却不由自主地加了一成。

不论是谁，一概杀了！

男子的心中突然有了许久未有的豪气。

女子走到了门口，忽然停住了。男子浑身已如一张拉满了的弓，只消一有触动便引弦而发，这个女子一站住，便如触动了这根弓弦。他左手劲力一吐，门“砰”一声被推开，右手乌翎刀电光石火般便已刺出。

这一刀快得异乎寻常，便是男子自己也从未刺出过如此快刀。刀甫刺出，已直入那女子身体，立时刺了个对穿。他本来还在担心这女子会不会有什么奇妙手段，却不承想会是这等情形，不由一怔。只是刀子虽然将那女子刺穿，却丝毫不见血光，那女子脸上也不见有痛苦之色，仍然似笑非笑地看着他。

鬼啊！

男子打了个寒战。他还不曾回过神来，只觉手臂忽然一阵钻心也似的疼痛，像是有一股巨力在拧动。他正待尖叫，可是嘴里出来的却是一团血块，哪里还发得出声音。

血猛地喷出来，溅得地上一片殷红。在一片模糊中，他看到那个女子像烈日下的积雪一下消失，而身后却又现出一个一模一样的人影。

原来是法术。他苦笑着，但这已是他最后一个念头了。此时他右臂臂骨被拧得全然粉碎，胸口也已被击得塌陷，只是仍然直直地站立，死都不肯倒下。

那个女子见他居然还不倒，眼中却也露出一丝诧异。她伸手向他身前一拂，看似轻微，但这男人的身体却直飞出去足有五六尺远。她正要进去，从一边传来一个声音："萧姑娘。"

那是韦灵符的声音。韦灵符一手揽着阿心，左手却提了一具女子的尸体。他大踏步走过来，将那具尸体往男子身边一扔，道："多谢萧姑娘援手。"

女子看了看他手上的阿心，微笑道："这便是称心儿么？怪不得太子殿下爱她如珍宝。"

韦灵符叹了口气，道："是，还望萧姑娘能替贫道遮掩则个。"阿心被人擒去，他哪里敢向太子禀报。权衡之下，只得去找萧氏兄妹求援。萧氏兄妹是他夙识，也有些交情，应该不会向太子露出口风。这女子法术精奇，果然一下便找到阿心的下落。方才那个丑脸女子趁男子在与她相持，带着阿心想从后门逃走，正被韦灵符堵了个正着。

女子点了点头，道："韦道长客气。"她眼里仍是似笑非笑，看着地上这两具尸体，道："这两人又是谁了？"

韦灵符道："他们是当初李玄通手下的渭水双鱼。李玄通是殿下擒来的，想必要为家主复仇，没想到这二人倒有豫让专诸之风。"他看了看阿心，道："萧姑娘，大恩容贫道日后相报。"现在阿心总算找回来了，只是天也晚了，万一太子殿下在找阿心的话，那这事便要穿帮，他哪里还有心与这女子闲聊，只想着早点送阿心回去。

女子笑了笑，道："韦道长请便。"

韦灵符心急火燎，抱着阿心便走了出去。那女子看了看周围，却没有离开。

韦灵符当局者迷，显然并没有看破此事蹊跷。韦灵符与他兄妹相识甚久，他的本领这女子也清楚。这渭水双鱼纵然有心为李玄通报仇，但以他们的本领，哪里有能在韦灵符眼皮子底下无声无息将人擒走的道理。

一定还另有其人。其实，在韦灵符向她说起阿心失踪时的情形，她就已经猜到了是谁下的手。渭水双鱼根本不是韦灵符的对手，在韦灵符全力施为下还能带人远遁的，其实一只手就能数得过来，而会做这事的，只有那个自己一心要寻找，却一直找不到的。所以韦灵符还以为是欠了自己一个人情，其实倒是自己欠了他一个大大的人情才对。

余七，就等你自投罗网了。

女子的嘴角浮起了一丝笑意。她抬起头，看着在云层后的月亮。月色如冰，寒意彻骨，映得天地间如非人世。

八

在一阵柔和的梵唱中，明崇俨慢慢睁开了眼睛。一旁的辩机见他醒过来，忙停止了诵经，端过一杯水道："崇俨，你怎么样了？"

明崇俨接过水来喝了一口，道："我怎么会在这里？"

"裴街使送你过来的。"

"守约？"

明崇俨揉了揉太阳穴，只觉脑子里又是一片乱。他依稀记得自己似乎到了一个什么地方，但这是哪里却全然忘了。他道："守约人呢？"

"他送你来后就走了。"辩机脸上虽然平静如常，眼中却有关切之意。他道："他还留下一句话。"

"什么？"

辩机沉吟了一下，道："这事到此为止，他要你不要追究。"

明崇俨呆了呆。这时大堂上响起了几声钟，辩机站起身道："崇俨，我要去做早课了，你先坐吧。烦恼闇惑，结缚行人。一旦放下，云淡天高。"

"烦恼闇惑，结缚行人"八字，乃是隋时净影寺僧慧远所撰《大乘义章》中一句。慧远俗姓李氏，敦煌人氏，十三岁出家。宣政元年，北周武帝灭佛，慧远以死相抗。后隋受周禅，慧远于西京创净影寺，再兴佛教。因为晋时亦有名僧慧远，故佛门称其为小远。所撰《大乘义章》，后人谓之“佛法之纲要于此尽”，亦是一代高僧。辩机见他醒过来仍是心神恍惚，生怕他因此走火入魔，便以此语开解。明崇俨淡淡一笑，道：“多谢大师。”

辩机掩上门出去了。一会儿，远远地传来僧众们早课的诵经声。听着那些念诵之声，明崇俨只觉心境渐渐平息下来。他看着桌上的茶壶，默默地坐着。

那句话如果不是裴行俭说的，就颇有威胁之意。但他也知道裴行俭心性忠厚，绝不是这个意思，那么他一定知道些什么，生怕自己会卷进去。

他正在低头沉吟不语，门忽然被一下推开。这样子风风火火进来的，除了高仲舒自然不会有旁人了。明崇俨也被吓了一跳，抬头正待说一句，可一见高仲舒的样子，又吃了一惊。高仲舒平时一直很注重修饰，此时却面如土色，身上衣服也又皱又脏，便如一个市井游民。他呆了呆，道：“讷言，出什么事了？”

高仲舒一见明崇俨，嘴唇动了动，干笑道：“没什么事。”

他这副样子，说没事，自是鬼都不信。明崇俨却知道高仲舒肚里藏不住话，只消再过片刻，定然会说的，便倒了杯茶道：“没事就喝杯茶吧。”

高仲舒一屁股坐下来，也不分冷热，张口把一杯茶喝了下去。喝茶时，他的嘴唇也直哆嗦。明崇俨看得好笑，道：“讷言，你又见了什么鬼了？”

高仲舒忽地抬起头，压低了声音道：“这里还有人么？”

高仲舒有话，向来是听者越多越好，还从来没有这样子鬼鬼祟祟过。明崇俨有些不快，道：“是不是在那大秦寺里又见到什么姑娘了？”上一次高仲舒慌慌张张进来，说是在一个什么醉刘居与一个叫阿心的姑娘幽会，结果碰上了鬼怪。这一次与那一次如出一辙，明崇俨故有此问。哪知高仲舒嘴唇又哆嗦了一下，看了看四周，小声道：“噤声！噤声！”

明崇俨见他慌成这样子，心中一动，道：“你等一等。”他站起身，从怀里摸出一张黄表纸来，取出朱砂笔画了道符，贴在门框上，道：“你说吧，现在旁人想听都听不到了。”

高仲舒这才松了口气，道：“真的么？”他站起身到门边听了听，这才回来坐下，欠过身道：“崇俨，昨天我去大秦寺了。”

“你说过了。”

高仲舒叹了口气，一五一十地将大秦寺的事说了。他知道的其实也不多，只记得阿心的手一碰他，他便失去知觉。明崇俨一开始只是微笑着无可无不可地听，待说到这儿，他忽然动容道：“这是魅术啊！”

高仲舒张大了嘴，道：“又是这个么？难道……难道又是苏合功那小子？”

明崇俨摇了摇头，道：“他和你难道有什么生死大恨？”苏合功是高仲舒在弘文馆的同学，平时两个人也颇为投机，常开玩笑，但这魅术已经显然不是玩笑了。他道：“后来呢？”

高仲舒已说发了性，只是接下去便是在那地窖里了。他说得滔滔不绝，但嘴唇却已失了血色。等他说到地窖中那个女子，他浑身一震，道：“是不是一个身上穿得很少，长得极美的女子？”

高仲舒眼睛发直，道：“你……你也在边上？”

明崇俨只觉脊背后冷汗直淌下来。这个女子在他记忆中一直纠缠不休，现在她终于要浮出水面来了。他一把抓住高仲舒的手臂，道："真是此人？这人在哪里？"

高仲舒被他抓得龇牙咧嘴地叫了起来："好痛好痛！你轻点！"明崇俨这才松开了他，道："讷言，快说，你在哪里见到这人的？"

高仲舒吸了两口气，道："你也抓得太重了吧，明兄。"

明崇俨道："讷言，你废话少说，快告诉我，你看到了什么！"他向来温文尔雅，但此时目光灼灼，颇显异样。高仲舒抚了两下手臂，这才道："那个女子倒不是这个，身上衣服很多，长得也丑得要命。这时又来了一个男人，他一来便在我身上一点，我就动弹不得了，只是他们笨得紧，居然就当我不在了一般说了一通，其实我还能看到他们，他们说的我也全都听得到。"

明崇俨哼了一声。那男人显然是点了他的穴道，却不知高仲舒发髻中被明崇俨放了一道清心咒，被点中穴道后无非动弹不得，耳目却一如寻常。他也不去多说，道："他们说什么？"

高仲舒眼里忽地闪过一丝恐惧，道："他们说了一通很古怪的话，说什么太子中了余七的什么炼魂术，还有什么'肉傀儡'，说炼魂术与肉傀儡相配，才会全然移魂。但当初南昭王爷没弄到肉傀儡，就只是五五开云云。"

他正在说着，明崇俨却低低呻吟了一声。高仲舒吃了一惊，道："明兄，你怎么样了？"

"没事，你说吧。后来如何？"

高仲舒说发了性，让他闭嘴都闭不上了，道："他说了一句很古怪的话，说是'太子只有一半'。哈，人只有一半，那叫什么话。"

高仲舒当然只当那是奇谈，但明崇俨心中却如掀起了惊涛骇浪。当初他曾听明月奴说过，李玄通找上她，是为了得到她的肉傀儡。当时明月奴也不说肉傀儡有何奇异，所以他一直想不通。但炼魂术他却是知道的，当初师父跟他说过，人有三魂七魄，三魂称“胎光”“爽灵”“幽情”，七魄则为“尸狗”“伏矢”“雀阴”“容贼”“非毒”“除秽”“臭肺”。左道术士拘人三魂七魄，可以将人变为行尸走肉，而这炼魂术正是将游离的三魂七魄炼成。如今听高仲舒这样一说，他终于恍然大悟，所谓肉傀儡，定然是将人的三魂七魄驱走后的肉身，配以炼魂术，实际上就是让某个人起死回生，只不过换了一个躯壳。没有肉傀儡的话，这个肉身本身的三魂七魄不曾驱除，便等如“只有一半”了。

原来如此！

明崇俨浑身都在微微发抖。李玄通炼的到底是什么人的魂魄？说太子只有一半，那么太子已经中了炼魂术，这另一半究竟是什么人？他越想越是害怕，只觉眼前黑压压的一片，天地似乎都将反转，蓦地想起了当初听虬髯客说过的一句话。

那一次虬髯客张三郎擒住他后，明月奴求情，又放了他。临走时说道：“大唐天下，不知将沦于谁手。”那时只以为是张三郎失机后说的解嘲泄愤之语。但当时张三郎说这话时，脸上却带了一点幸灾乐祸之意。

也许，张三郎知道这个巨大的阴谋吧。现在当事人死的死走的走，但这个阴谋显然并没有结束，依然继续下去了。他看了看高仲舒，高仲舒还一点都没想到自己其实已经窥探到这个可怕的秘密，仍在不绝口地说着。说了一大通，此时他心气已平和了许多，渐渐也有了平常眉飞色舞的劲头，道：“他们正在说着，这时那男人忽然说是有人来了，便走了出去。只一会儿，那女子也带了阿心出去，只把我扔在那地窖里。那时我可吓呆了，地窖里黑漆漆一片，我心想不知要怎么死，过了好一阵，才突然觉得身上能动了。我慌忙要出去，刚走到地窖门口，忽然听得外面响了两三声，很闷，像是打一面破鼓。我暗叫苦也，此番性命难保！”

他说得兴起，满嘴也已是说书人的口吻。明崇俨也不在意，道：“你看见什么了么？”

高仲舒眼睛一下睁得圆圆的，道：“我从门缝里往外一张，却见外面有一个人！”他把身子又向前欠了欠，低低道：“就是你说的那个女子！长得很美，穿得很少的女子！”

明崇俨像被蛇咬了一口，道：“真是她？”

“是她。”高仲舒眼神中一阵迷茫，“她在跳舞，好像是这样。”说着伸出双手，拇指和食指分开，其余三指握成拳，左右分开，虎口遥遥相对做了个手势。明崇俨道：“这是拂梅手。一定还有旁人，你见了么？”

高仲舒摇了摇头，道：“那女子是站在门口的，那人一定在外面，我看不到。那时也没有风，但她的衣服却像是被吹起来一样呼地飘起，又动了两下，每动一下就发出那种打破鼓的声音，而她也一进一退，进一步又退一步，退一步再进一步，一连进退了两三次，仍是站在门口不让开。”

高仲舒越说越是啰嗦，但明崇俨却似听得入迷了，道：“后来呢？”

“那女子忽然道：‘余七先生，虽然伤了你两个手下，不过我与你有话要说，两下住手可好？’她的声音倒是很好听，又软又糯又甜。”

明崇俨急不可耐，道：“别说这些，那余七说什么了没有？”

高仲舒摇了摇头，道：“反正我没听到。那女子像是听到什么，点了点头，忽然笑了起来，说：‘她并不是第九个，已经被韦灵符带回去了。’”

明崇俨身子一震，道：“是说那阿心么？什么叫‘不是第九个’？”

高仲舒道：“我也不知道，阿心跟我说她是跟一个韦道长出来的，想必是说她。后来那女子忽然就不见了。我又等了半天，不见有人来，这才壮起胆子出来。一出来，却见外面一如平常，那个丑脸女子和男人也不见踪影，我便赶紧逃了出来，在一个小客栈里窝了一晚，一早就赶紧过来了。”

明崇俨长舒一口气，道：“讷言，你可真是鸿福齐天。”

高仲舒与阿心自是那个余七擒去的。只是阴差阳错，余七只道两人都已被解救走，而那女子多半并不知道屋里还有一个高仲舒在，居然让他全身而退，这等运气实在是好得不像话。高仲舒也长舒一口气，道：“我得去跟守约说一声。清平世界，朗朗乾坤，居然会有这等妖人横行，真是天晓得。”

明崇俨肃容道：“讷言，如果你还想活的话，不要多嘴。”

高仲舒诧道：“为什么不能说？”

“事涉妖魅，裴兄牵扯到此事，你会害死他的。”

高仲舒吓了一跳，赶紧闭上了嘴。若是说他自己有性命之忧，高仲舒也不会多害怕，但说到会害裴行俭，他却怕了。明崇俨却微微一笑，道：“你是不是还忘不了那个阿心姑娘？”

高仲舒脸上却显出一副悲愤之色，道：“罢了。明兄，阿心其实是太子殿下的侍妾啊，知道她是什么人，我哪里还敢念念不忘。”

他从怀里摸出半块玉佩，呆呆地看着，眼里已有泪花闪烁。

明崇俨见他失魂落魄的样子，心中恻然，道：“那你也别去多想了。她还送你这半块玉佩么？说不你也有破镜重圆的一天。”

破镜重圆便是当时艳传的一件佚事，说的是当初南陈乐昌公主国破之时，与夫婿徐德言失散，成为隋朝越国公杨素侍妾。分手时二人以一面铜镜裂为两半，相约日后重见。后来徐德言成为杨素幕僚，与乐昌公主相见，结果杨素大发慈悲，让他夫妇复合。此事距今也没多少年，依然流播人口。高仲舒听明崇俨这样一说，眼里又有些神采，但转瞬即逝，道：“太子也不是杨素，没这天了。”

明崇俨也没别的话好说，只是拍了拍他的肩头，道：“那还是忘了吧。好好睡一觉，以后早点回家，别乱逛。”

高仲舒叹道：“唉，也只有这样了。她的小名原来叫小狐狸啊，多好的名字。”他全然沉浸在感伤中，一点也没发现边上明崇俨目瞪口呆的样子。

承乾伸展了一下手臂，睁开眼。阳光照进来，正映在他眼皮上，让他感到有点痒。他搔了搔，伸手向边上一揽，却揽了个空。他半坐起来，笑骂道：“小浪蹄子，快过来，还早呢，再睡一会儿。”

承乾贵为太子，却一直喜欢过突厥人的生活，这东宫里好好的宫殿不住，搭了个穹庐，里面的摆设也尽是虎狼狐羊皮褥，直如突厥名王。称心正坐在边上，听得承乾的声音，却动也不动。承乾笑着一把将称心搂住，道：“称心儿，怎么又不高兴了？”

称心看着他，喃喃道：“殿下，您没生我的气么？”

承乾笑了笑，道：“我哪会生我的称心儿的气。称心称心，就是称我的心的。别哭了，哭鼻子可不好看。”

他笑得十分爽朗，但称心却觉得一阵心悸，低低道：“是。”

昨晚，当称心被韦灵符带回东宫时，好在太子并未召见。韦灵符见这一桩天大的祸事神不知鬼不觉地消弭无形，暗自庆幸不迭，央求称心万万不可将这事说出去。只是看样子，以后再也没办法求韦灵符偷偷带自己出去了。天快亮时，突然黄门过来传唤，说太子要称心侍寝。称心心有余悸，但太子有召，不得不来，心中却仍是担忧高仲舒安危。

承乾哪知道称心正想着高仲舒，摸着称心的脸蛋，笑眯眯地道：“宝贝称心儿，是不是嫌整天在宫里闷得慌？过两天我带你出去转转吧。”

太子没有发现自己私自出去么？称心的心里一动，道：“殿下，为什么还要过两天？今天就出去吧。”

承乾笑了笑，道：“昨天不是刚去射猎么，今天再去的话，那些言官又该上本扯淡了。过两天吧。”

称心见他十分开心，撒娇道：“昨天殿下哪里去射猎了，那是大前天的事。”

“大前天？”

承乾一把撩开身上的被褥，站了起来。他虽然一足有些跛，但平时常常骑马射猎，身体十分健壮。称心不知他做什么突然变了样子，但也知道这太子喜怒无常，方才还和颜悦色，只怕马上会大发雷霆，吓得不敢多嘴。承乾却没有发作，只是皱了皱眉，道：“真是大前天么？”

称心道：“是啊。前天雪还刚停，殿下您说狐兔要出来找食，这才去的。”

承乾一把拉开帐帘，看了看外面。太子寝宫之中，黄门宫女都非唤不入，这里显得极为冷清，院子里空无一人，但院中积雪却已化了许多。承乾喃喃道："真的已过了两天了？"

称心不知他这话是什么意思，吓得声音都有点变，道："真的。"

承乾眉头一扬，若有所思地看着院中景物。称心见他面色阴晴不定，在一边大气都不敢出。承乾面色越来越是阴冷，忽然一脚向称心踢去，喝道："小骚货，快给我滚出去！"称心也不知他为什么突然发这么大脾气，慌忙抱起衣服，行了个礼，急匆匆向外面跑去，身后承乾却大声喝道："把俟斤叫进来！"

俟斤本是北周时突厥木杆可汗之名。承乾平时打扮起居都如突厥人，把几个近身的小黄门也取了突厥可汗之名，呼斥之间，便如在使唤突厥历代名王。称心刚走，俟斤便步趋过来，在帐外跪下，道："殿下，俟斤在。"

"前天、昨天我都去哪里了？"

俟斤呆了呆，道："殿下前天未尝出宫，昨天去与魏少卿叔玉前往魏大人府第。"

承乾呆了呆，道："魏徵？"

"正是魏徵大人。"

魏徵是天子极其信任的大臣，有时也上本参奏太子嬉戏过度，所以昨天承乾去魏徵府中，俟斤暗中颇为诧异。听太子此时说法，居然他连昨天的事都忘了个精光，俟斤心中不免忐忑，忖道："他们说殿下患了心恙，看来当真不假。"

承乾心里突然一阵烦躁，喝道："出去吧！"

打发走了俟斤，承乾心乱如麻，只觉茫然。他分明记得昨天带着称心外出射猎，可是他们却说那是大前天的事。这两天里，自己到底做了什么？

他越想越乱。父亲对自己已是越来越看不顺眼，听宫中谋士说，父亲已有意废了自己，立四弟为太子。如果这种事传出去，那么那些依附四弟，惯会揣摩上意的言官定会趁机上本，说自己无人君之资吧。

承乾只觉胸口闷得像要炸开。青雀（李承乾四弟魏王泰小名）那个该死的胖子，只会在父皇面前卖弄自己的学问，也配为人君么？

在承乾的心中，怒火如野草一般茂盛起来。

九

李世民看着面前的这个人，心中却如暗夜行路，突然踩空了一样失落。

伟大的大唐皇帝，至高无上的至尊，胡人眼中巍巍在上的天可汗，此时却如一个寻常的老人一样。他几乎是挤出胸中的一口气息，勉强道："这是真的么？"

眼前的那人沉默了片刻，低低道："是。"

李世民的手重重地在案上一拍，喝道："胡说！你身为国家重臣，妖言惑众，你说这是何罪？"

这人没有退缩，反而抬起头来道："老臣正因为身受陛下大恩，才不敢隐瞒。"

这人年纪已经老大，背都快直不起来了，但神色坚毅，仍是当初那个无所畏惧的铁骨直臣。李世民看着他，突然间就有种说不出来的感触。他喃喃道："难道，这是真的么？"

"臣也不知殿下身上究竟出了什么事，但当时他活脱脱便是隐太子，臣绝不会看错。只是此事事涉荒幻，臣不敢臆断。"

李世民呆了呆，好半晌才低声道："玄成，你是不会说谎的。"

那老臣正是大唐第一直臣魏徵。魏徵已十分衰老，加上患有眼疾，眼神一直暗淡无光，可此时他的眼里却是神采异常。李世民站起身，走到窗前，推开窗看着外面。今天天气晴朗，阳光明媚，天空一碧如洗，万里无云，但李世民却觉得身上像有千钧重负。好半晌，他才叹了口气，道：“玄成，我们都老了。”

魏徵怔了怔。陛下虽然年事渐高，但作为马上天子，他半生征战，一直精力充沛，可这话却有着说不出的萧索。他低低道：“陛下春秋正盛……”

“老了，”李世民打断了魏徵的话。他忽地转过身，目光炯炯，一如当初提兵百万，东征西讨时那个英武不凡的年轻将军。他大声道：“可是大唐还年轻。”

大唐。这个从血与火中建立起来的王朝，至今也不过二十几年。即使作为一个人来说，那也是个正当年华的青年了。魏徵也觉得胸口有一团暖流涌动，道：“那都是因为陛下是万世景仰的明主。”

李世民笑了笑，手在窗框上重重一拍，道：“大唐千秋万代，世世不易，这个国家绝不能落到一个庸主手上。”

天子的声音高昂激越，但魏徵听来总觉得有一丝隐隐的杀气，仿佛一柄即将脱鞘而出的快刀。他不禁有些惴惴，低声道：“臣不敢。”

李世民看着眼前这个忠贞的老臣，微笑着道：“你当初在建成手下时，便几次进言，要他对我多加防备，只是建成不曾听从。”

魏徵当初是李建成手下。当初魏徵见李建成与李世民兄弟势成水火，屡次向李建成进言，要他先发制人，但李建成一直都不听从。玄武门之变后，李建成与李元吉都死在那一场兄弟相残的厮杀中，魏徵本以为自己作为建成余党，必将受诛，没想到天子即位后不念旧嫌，对自己大加重用，他对李世民也极为感恩。听李世民旧事重提，他不禁身体都颤抖了一下，道：“桀犬吠尧，情非得已……”

“朕不是要怪罪你。你在建成手下多时，对他了若指掌，承乾真的已变成建成了么？”

魏徵又怔了怔。他知道现在自己的话将要决定承乾的生死了。陛下自是明主，但这个明主同样有着冷酷无情的一面。就算承乾是他亲子，事到临头，也绝对不会容情。他顿了顿，不无犹豫地道：“太子样貌无异，但口气、神态都与隐太子一般无二。臣以为，太子或有心恙……”

“一个疯子也不能成为天下至尊的。”李世民重新回到座上，自语似的喃喃说道。他忽地抬起头，眼里已带着一股杀气，道：“玄成，今天的话你可曾向别人说起过么？”魏徵不禁又微微一抖，道：“不曾。”

“这些话，你就当不曾听过，也不曾说过。”

“臣遵旨。”

看着魏徵恭恭敬敬地退出书房，李世民一下瘫坐在胡床上。这张胡床很宽大，可这时却让他觉得那么狭窄。

李淳风说的那件事已让他大为吃惊，而魏徵方才所说的这件事更如一个晴天霹雳。在贞观十二年春天的这一瞬，这个现年四十一岁的千古一帝突然间觉得自己老了许多。

当虬髯客张三郎应二十年前旧约而来，他以为那就是大唐遇到过的大劫。只是现在看来，这场大劫直到现在才开始，只是他直到现在还不知该如何应付。

桌上摊着一张长安地图。

这地图画得十分精细，长安纵横大道，一百一十坊都标得清清楚楚，在上面还有几个小点，那是历次发现那些美少年尸体的地方，以及他们的居处。这些小点东南西北都是，根本看不出有什么眉目，但裴行俭知道，自己已经摸到了些眉目。正因为这些小点分布四周，而长安正中以太平坊、务本坊、安义坊、安善坊四角这一块地方却干干净净，似乎有意在回避什么。

凶手一定就是在这一带。只是听着简单，这里也有二十四坊，十余万人家，而且这些地方达官贵人众多，逐户搜查是不可能的，要找到那凶手仍然如同大海捞针。何况李君羡大人现在似乎有意在回避，自己这样追查更加困难了。

他抬起头，看着面前的明崇俨，道：“明兄，你真能查到那人的去向么？”

明崇俨今天突然前来拜访，裴行俭也颇有些不快。他竭力想让明崇俨远离这件事，但明崇俨却自己硬要跳进去，他觉得自己的好心全都白费了。但听明崇俨说他想起了一些事，想来求证时，他登时又有了几分希望。明崇俨身怀秘术，恐怕不比李淳风差多少，他也不相信明崇俨真个会忘个干净。现在明崇俨肯直言相告，他自然也恢复了当初称兄道弟的称呼。武候铺里耳目太杂，他们出来找了个僻静茶楼的雅座坐下。

明崇俨看着桌上一件叠成一块的袍子，道：“这件衣服是从死尸身上剥下来的吧？”

裴行俭点了点头，道：“正是。死者是长安冯家绸缎庄的少东家冯清怡，不过这衣服是他离家时就穿在身上的。”他叹了口气，道：“这是第八个死掉的美少年了。要是算上你，那他就是第九个。”

明崇俨有些尴尬地笑了笑。南味号虽然死了十一人，少年者其中也有一两个，但“美”字都无从谈起。假如伤了自己的那人就是杀这些人的凶手的话，那的确自己才是第八个，只不过自己不知为什么逃出生天。他也不想多说，手轻轻在桌上一叩，道：“那就好。这件衣服一定也去过凶手的住处，他死期不远，应该还能查出来。”

他拿起袍子，道：“来，将那幅地图先拿开。”待裴行俭拿开了地图，他将袍子一抖，摊在了桌上，又接过地图铺在上面。这袍子又轻又薄，地图摊上去仍然十分平整，他这才从怀里摸出一个小小竹盒，从里面倒出一粒豆子，往地图上一撒。这粒豆子又小又圆，落在地图上如珠走盘，绕了一大圈，停在了晋昌坊的位置。

晋昌坊便是裴行俭那个武候铺的所在。裴行俭皱起了眉头，道：“接下来呢？”

明崇俨双手捻诀，喃喃念诵着。随着他的咒语，那粒豆子在地图上慢慢向东北角滚动。没几下，便滚到了修行坊的所在。修行坊便在晋昌坊的东北角，明崇俨舒了口气，道：“这是哪里？”

“修行坊，”裴行俭低低道，“是发现冯清怡尸身的所在。明兄，你再试试。”

他还是第一次见到明崇俨使出这种秘术，本来有点半信半疑，但看起来却十分准确，他的信心也增了三分。照这样下去，应该很快就能查出来了。明崇俨捻好了诀再次念起咒文。那粒豆又随着他的咒文滚动起来，但这回却慢了许多，裴行俭有几次几乎要以为它不会动了，但定了一会又开始滚起来。

这一次，豆子是向西北滚动的。裴行俭连大气都不敢出，隔得远远地盯着那幅地图。只见那粒豆子一步一挪，滚过了永崇坊，渐渐滚向永乐坊。裴行俭的心都快要跳出喉咙口，正想着这粒豆子会到哪里去，忽然豆子像活了一般在地图上一跳，一下滚落了桌面。他呆了呆，道：“明兄，这是怎么回事？”扭头一看，却见明崇俨满头都是汗，似是刚狂奔过一场。

明崇俨抹了一下汗水，颓然道：“不行了，隔了好几天，已经查不出来。”

裴行俭见明崇俨功亏一篑，满心希望成了空欢喜，大为沮丧，道：“这样啊。”但他看着明崇俨目光闪烁，心里一动，沉声道：“明兄，我们可算是朋友么？”

明崇俨愕然道：“裴兄何出此言？”

“明兄，我对你知无不言，但你却总有事在瞒着我。”

这样的指责已经十分直接，但明崇俨只是移开了目光，从一边拿过茶杯来喝了一口，道：“裴兄多心了，哪有这样的事。”

裴行俭年纪虽轻，但在金吾卫做了这些日子。金吾卫勘问疑犯的手段有很多，有一则秘法即是问话后让疑犯立即含一口白米，然后马上吐出来。如果米是湿的，那说的多半是真话，因为一说假话，心中紧张，嘴里就发干，吐出的米多半是干的。明崇俨一定不知这种小伎俩，他一边说一边喝茶，便如直承是在说谎。裴行俭心中发寒，道：“明公子，假如你真不愿说的话，在下也不能强人所难。”

明崇俨有些犹豫。半晌，道：“裴兄，我真的没有什么瞒你。”

听明崇俨还要否认，裴行俭心里一阵恼怒。他竭力在李君羡跟前为明崇俨开脱，原本也不为求得什么报答，但明崇俨这种躲躲藏藏的神态实在让他气恼。他哼了一声，道：“明公子，你是太学生，但你一直都不怎么去国子学，倒整天住在会昌寺。明公子，我把你当朋友看，可你总是东遮西掩，什么话都不肯对我明说。难道忘了我们还曾一同出生入死么？”

他气恼之下，说得也有些重，说出后自己都觉后悔。但明崇俨没有片言反驳，面上愧色却越来越重。当初为了明月奴的事，裴行俭胆大包天，居然夜探汉王李元昌府第，结果发现了太子、汉王与虬髯客张三郎之间的暗中交易。那个阴谋直指当今天子，那一次若不是明崇俨施法相救，裴行俭也早被太子汉王他们灭了口。后来明崇俨与张三郎相抗，裴行俭也不顾一切，力战张三郎。这些事历历在目，但此时裴行俭只觉得眼前这俊美少年越来越陌生，身上的疑云也越来越重。不论明崇俨身上有什么秘密，他自信都可以包容，只是明崇俨这种吞吞吐吐，左遮右掩的态度实在让他着恼。他是性情中人，此时终于发作出来。待发作完了，他觉得心头好受些，却见明崇俨神情木然，方才的愧色全然乌有，心中更恼，哼了一声，收起桌上那件袍子，道：“好吧，明公子，再会。”

他走出了这个茶楼雅座。等他一走，明崇俨忽地抬起头来，眼里已满含泪水。

裴兄，不是要瞒你，我自己都不知自己要做些什么。

明崇俨在心底喃喃说着。他只觉得，在这个繁华的帝都，自己是被驱使着来做某件事，但到底是什么事，他却不清楚。

是宿命，还是诅咒？明崇俨自己都觉得茫然。只是，在他的心底，隐隐的脚步声已越走越近，那个一直在背后推动着自己的人应该马上就会露面，他实在不知道那会是什么样的情形。

他扭头看了看桌上的那幅地图，脸上却马上恢复了平静。

光福坊。虽然他打断了那追踪术，但其实已经知道了，冯清怡是死在光福坊里的。当裴行俭说那冯清怡是死去的第八个美少年时，他心中与高仲舒听到的相映照，已知那个女子说阿心并不是“第九个”是什么意思了。不论在渭水河边打晕自己的是不是这个女子，她一定与自己有着千丝万缕的瓜葛。

裴兄，要怪就怪我，但还是让我独自去面对吧。

他默默地想着。

“余七先生，您真是好本事。”

萧流香轻轻抚了一下手掌。她的手掌洁白如玉，没半分瑕疵，也没有一丝皱纹，掌形美得如菡萏乍放，但余七的心头却重重一颤，似乎这只冰冷的手掌抚上的是他的心脏。

“以炼魂术炼回建成太子魂魄，再趁李世民来会昌寺进香之机，将三魂七魄再转移入他的身体。神不知，鬼不觉，贞观天子就遭建成太子复辟，真是了不得的计谋啊。没想到我兄妹俩远离中土数年，居然出了你这等奇才，真是天下之大，无奇不有。”

萧流香赞叹道，看着面前的余七。她年纪其实已不小了，但神情态度却一如少女。她的赞叹虽然也不无嘲讽，但赞许也显而易见。余七却颓然道：“南昭王爷的计谋天衣无缝，可结果还是百密一疏，一是未能得到波斯肉傀儡，二是建成太子的三魂六魄未能转入天子之躯，反倒进入了李承乾那小王八蛋体内。”

“只有六魄。”萧流香点了点头。她颔首之姿也优美不可方物，如花枝乱颤，但余七看得更是心头发寒。虽然萧流香没对他做什么，但他还是觉得害怕。她杀渭水双鱼时可是毫不留情，自己不敌之下反得脱身，肯定是因为她另有打算。虽然不知道萧流香到底要做什么，但余七也明白，那不会是什么好事。他道：“萧姑娘，您到底要做什么？”

萧流香淡淡一笑，道：“流香国破家亡，大哥也被高祖皇帝以金刀斩了，我一个弱质女子，余七先生您说我能做什么呢？”

余七怒道：“我本事不济，但好男儿可杀不可辱。萧姑娘，你在长安杀了那些少年的时候，是不是也说这话的？”

萧流香掩住嘴，笑道：“唷，好大的脾气。那些美少年不过是些丹药，余七先生您也不是行侠仗义之辈，犯得着如此大发雷霆么？何况我还有倚重余七先生之处，现在可不舍得杀了你。”

她的言谈中尽是杀戮之事，但举止却如轻狂女子，两者比照，极是诡异。余七纵然有脾气，此时也发作不出来，长叹道：“唉，萧姑娘，真不知你是何等戾气所钟才生出来的。直说吧，你要我做什么？”

萧流香咬了咬嘴唇。她的牙齿雪白如玉，这神情一般也只是十五六岁娇憨小女儿才有，但她做出来却也不觉异样，只是妖艳中总带着几分诡秘。她道：“萧家二百年天潢贵胄，落到如今这等地步，这二百年的怨愤才生出我来的，余七先生知道了么？”

她站起身，腰肢轻轻一扭，身上的轻纱也如水波起伏，映出里面美好的胴体。虽然余七心里仍有惧意，但他嘴唇却一阵发干，眼睛也有些直。这一些自然都落在萧流香眼里，她咯咯一笑，道：“实话说吧，你去找太子殿下，到底所谋何事？可不要拿一两句假话来敷衍我哦。”

她的身材并不高大，但余七只觉像有一种无形的压力压在身上，几乎连气都喘不过来。看着萧流香的身影，他睁大了眼，惊道：“天魔舞！”

萧流香又是咯咯一笑，手轻轻从余七颔下捋过，道："好聪明的人儿。难道真的不想说么？"

天魔舞是一门邪术，这种邪术也只有女子才使得出来。余七所学甚博，但他是男子，自然没学过这门法术。虽然萧流香根本没对他如何，但余七却觉得自己像是被放在一口大锅之中熬煮，说不出地难受，也说不出地喜乐。他额头汗如雨下，拼命想要收束心神，但神智却如被一个漩涡吸着，不知不觉便都在萧流香身上了。他想要闭上眼，可即使是这个简单的动作他都已做不成，双眼圆睁，死死盯着萧流香的身体。

萧流香还在舞动。她的身体已如一团白影，随着舞动，轻纱衣服散开，露出了雪白的胸脯。余七的额头就像一块烈日下的冰块，汗水不住地流淌，他心知再这般下去定然会油枯灯尽，可是萧流香的舞动却似无休无止，永不停息。

这妖女的本领比估计的更高！在那废宅中萧流香与余七曾交过手，余七虽然不敌，但他觉得也与自己相去无几。本来他还觉得自己至少可以两败俱伤，萧流香对自己不无忌惮才如此客气，可此时才知道，萧流香至少留了一半的手。看来，实际上萧流香是为了探听自己的图谋，这才留了自己一条命吧。但他身受南昭郡王李玄通大恩，决心以死相报，这是唯一一个报仇的机会，定然不能轻易吐露。可是在萧流香的天魔舞中，他直如一片漩涡中的落叶，只能勉强让自己不至于没顶，至于反击，根本无从谈起。

"说吧，你可是要用宫天丹么？"

萧流香舞过余七身边时，突然在他耳边低低说了一句。这简简单单一句话却如同一个晴天霹雳，震得余七目瞪口呆，他愕然道："你……你怎么会知道宫天丹？"

宫天丹是他本门的丹药。这丹药制法已经失传，只有祖师留下来的两颗而已，余七这一门的大师兄极玄子有一颗，还有一颗便在他这里。只是这事极为隐秘，连他二师兄尹道法都不知道，余七哪想到居然萧流香会突然说出来。他本在强自与萧流香的天魔舞相抗，心中一乱，哪里还抵挡得住，心智登时被萧流香摄住。

余七尚存一丝神知，也知道到了这地步，便是想不说都不行了。他用尽心机，没想到眼看事情就要成功却功亏一篑，沮丧已极。可再沮丧也已没用了，萧流香见他眼神就知道自己已经击破这个强硬对手的防线，微笑道："余七先生，说吧，你那宫天丹到底在何处。"

她的声音仍是那么柔靡温婉，又显得如此诡异。

十

“娘娘。”

一个宫女小声说着。萧氏正聚精会神地插着一枝花，抬起头道：“怎么了？”

“陛下……陛下来了。”

萧氏的手一颤，那枝娇艳的花上登时落下了几片花瓣。她默默地看着手中那枝花。虽然依然娇艳，但这毕竟是一枝残花了。

和自己一样。

她把那支残了的花往瓶里随手一插，道：“去迎接陛下吧。”

萧氏，隋炀帝杨广皇后。炀帝为宇文化及所弑，萧氏即为其所纳。随着宇文化及败亡，萧氏携子入突厥。贞观三年，李靖大破突厥，萧氏又被带到了长安。世民之父李渊是隋文帝杨坚的外甥，所以杨广也是李世民的表舅。然而当时世民看着自己的目光哪里是看向长辈的，全然是男人看女人的神色，虽然她那时已年逾六十。

她领着几个贴身宫女走到门口的时候，天子已经走了进来。只是天子身后还跟着一个人。那人木无表情，萧氏的心头却是一颤，跪倒在地，道：“陛下，臣妾接驾来迟。”

陛下偶尔也会到她这颐养宫来过夜。作为一个亡国之妇，除了逆来顺受，还能做什么？然而他今天的脸色却与往常大大不同。当天子坐下后，萧氏还没说话，他就摆了摆手，道：“你们都下去吧。”

这个举动倒也寻常，只是萧氏今天总有种说不出的不安。宫女都散去后，天子身后那中年人仍然木无表情地站着。她有点局促地轻声道：“陛下，可要臣妾为您宽衣？”

天子没有回答，只是盯着她的眼睛。萧氏只觉心头一阵发毛，手脚都没地方放，干笑道：“陛下，您这是……”

天子仍然没有回答。他站起身，像野兽逡巡一样踱了一圈。天子马上得天下，征战厮杀半生，每走一步都有龙虎之姿。

“美娘。”

萧氏的心又是一沉。这是她的小名，可是只有已死的炀帝才会这么称她，天子以前过来，总是称自己“萧氏”，冷漠中带着高傲，似乎时刻提醒自己的身份。她敛衽一礼，道：“臣妾在。”

可是天子却只是扫了她一眼，眼神里依然冷若冰霜：“把手伸出来吧。”

萧氏浑身一震，道：“陛下……”

“伸出来！”

天子的声音没有半分商量的余地，萧氏慢慢地伸出手，这一双曾颠倒众生的手，纵然在九年前回到长安时仍然光润洁白，此时却已经有了许多皱纹。

半晌，陛下叹道：“皱纹有很多了。”

萧氏感到像有什么在咬着她的心口。她自负容颜绝世，可不管怎么说，此时也已是年逾七十的老妇了。贞观三年回到长安时，六十四岁的她仍然貌如三十许的中年妇人，可是现在又是九年逝去，她不论如何保养得法，就算尚不曾鸡皮鹤发，也终究是个七十三岁的老妇人。只是她也知道，天子来颐养宫并不是为了羞辱自己。她深深跪着，道："陛下，可以让臣妾起来么？"

天子忽然对身后那中年人道："淳风，做你的事吧。"

天子在颐养宫呆的时间并不长。等天子一走，几个贴身宫女终于大着胆子进来。十来年前萧氏刚入颐养宫时，天子偶尔还会来留宿一两次，但这些年一直都不曾再来过。这一次天子突如其来，实在令她们诧异。等她们走到里面，却见萧氏颓然坐在胡床上，似乎又老了许多。

"娘娘。"

一个近身宫女壮起胆子，凑到近前小声说着。萧氏抬起眼看了她一眼，道："我倦了，安歇吧。"

"是。"

虽然依旧莫名其妙，但宫女哪有什么话好说。天子后宫佳丽三千，大概心血来潮想看看这位已七十三岁的前朝国母，看了以后兴味索然，废然而返，想必就是如此了。等宫女伏侍着萧氏躺下，退出卧房后，萧氏这才长长地叹了口气。

流香，好自为之吧。

她默默地想着。天子也是看在自己已风烛残年，才饶过了自己吧，只是这个侄女今番已难逃性命了。毕竟，现在不是齐梁，不是南陈，不是大隋，已是大唐。她还记得萧流香突然来到颐养宫时，自己的惊愕和兴奋。只是这个隐藏了那么多年的秘密现在终于不再是一个秘密，以世民的手段，绝不会再留余地的。可是，就算那李淳风法术通神，终究还不能够事无巨细全部查探清楚。

天魔一定会苏醒，流香，一切都在你身上了。

在黑暗中，这个七十三岁的老妇又偷偷地笑了起来，无声无息。

“什么天魔，朕即是天！”

李世民在书房里，突然感到一阵莫名的烦躁。一件小小的诱杀美少年之事，他本以为是哪个皇亲国戚做的风流孽，也没想到居然会引出这般诡异的结果。最初的恼怒过去后，他平静了些，道：“这天魔真能灭我大唐么？”

李淳风沉吟了一会，道：“天意如梭，微臣实难预料。只是萧氏数代经营于此，不可大意。”

“他萧氏失国于前隋，与我大唐何干？这妖妇，居然能瞒了朕这许多年，亏我还对她如此优厚。”

李淳风头虽然没抬起来，但也想象得到天子脸上的恼怒。萧氏与隋室之后杨政道从突厥回到大唐后，陛下在长安营宅安置。这大概就是天子所说的“优厚”吧，只是他也知道，在萧氏于贞观三年回到长安的第一天，天子就在颐养宫留宿。这等行径当然不是什么美谈，在陛下看来确是待遇优厚，可在萧氏看来恐怕是忍辱偷生。只是这些话当然不能明言，他只是低低道：“天魔将醒，定非好事。陛下，此事万万不可大意。”

李世民踱了两步，忽然道：“朕即刻发元从军封了光福坊，将大兴寺掘地三丈。就算有天魔藏身，朕亦当以天威将其碎尸万段！”

李淳风倒吸了一口凉气，道：“臣以为此举万万使不得。这天魔为萧氏数代戾气所钟，如此强行攻破，只怕会引起天变，长安亦将遭天劫。”

李世民哼了一声，道：“难道就动不得它了么？那就将光福坊人等一律迁移，千秋万世，此地永为禁地，入内者斩！”

千秋万世？李淳风暗自苦笑。自古以来，有哪个皇朝立国之初，不是宣称要千秋万世的？就算是有八百零八年天下的周室，也未满千年，至于号称万世不易的秦朝，更是二世而绝。眼前这个大唐天子，连一个储君之事就已弄得他焦头烂额了，何必侈谈什么千秋万世。他行了一礼，道：“陛下，此举亦是治标不治本。萧氏未绝，天魔终究还在，仍是隐患。”

李世民怔了怔，道：“那李先生你以为如何？”

天子虽在暴怒之时，终究是位从谏如流的英主。李淳风暗自赞叹着，低声道：“臣知晓此事，已与袁兄商议过。只消我等预作布置，以六道圆轮大法封住天魔之地，再以阴阳两仪化去天魔戾气，这场大劫便可化解于无形。”

李世民又是一怔，道：“那你为何不先行禀报？”

李淳风暗自叹了口气。陛下终究是陛下。他躬身行了一礼，道：“天魔之力，实非我与袁兄二人能与之抗手。要解此劫，尚需两人。以四人之力方能办到。”

“能再找到两人么？”

李淳风脸上露出一丝笑意，道：“陛下鸿福，长安正有这两人。陛下，请你委派心腹之人，暗中在光福坊一带布置，务必不要让那萧氏起了疑心。”

“是大兴寺么？”

承乾眯起了眼。他并不是在提问，但匍匐在地的纥干承基仍是诚惶诚恐地道：“他是说在大兴寺。”

大兴寺，位于长安光福坊。此寺最有名的是寺中的一尊阿育王金像，乃是当初隋文帝载入长安供养，每年香火也甚是兴旺。

承乾嘴角露出了一丝笑意，道："他说了要我去大兴寺做什么吗？"

纥干承基一怔，脸上也露出迷惑，道："余七虽是小人师叔，实不啻敌国，他也不说为何，只说只消殿下听了，一定会去的。"

承乾低下头，半晌没有吭声。纥干承基见他一直不说话，偷偷抬眼看了看，却见承乾的脸上阴晴不定，也不知在想些什么。余七的主公李玄通被天子下诏诛杀后，余七便不知下落。纥干承基的大师兄尹道法与余七是死对头，当初纥干承基在尹道法手下时也曾与余七作对，不过纥干承基自己并不愿与余七为仇。前些日子余七突然找上他时，纥干承基吓了一跳，只道余七是要来寻仇。哪知失手被擒后，余七并没有杀他，只让他向太子说这般一段话。纥干承基莫名其妙，也不知余七到底要做什么，但见太子听了后似乎若有所思，他更是疑惑。

"纥干承基，你是为余七所败吧？"

虽然看不到太子，但纥干承基也感到了太子那鄙夷的眼神。他伏在地上，手指不自觉地握紧了些，低低道："小人无能。"

"知道了，你出去吧。"

纥干承基磕了个头，走出了太子的书房。外面阳光很好，但他却觉周身发凉，只有勉强让自己不因屈辱而发抖。他也没有回头，但心里却有些异样。

承乾当然没有心思去揣摩纥干承基的感受。他掩上了门，向内室走去。里面坐着一个人，见承乾进来，他起身跪倒在地，道："殿下。"

“起来吧。”承乾看着他，又踱了两步，忽然道，“果然是大兴寺啊。”

这人站起身，道：“陛下命我在光福坊安排人手，难道是要对殿下下手么？”

承乾背起手，抬头看着窗外。窗棂上糊着薄纸，阳光映进来，一只苍蝇正在窗纸上扑着。他伸手拈住了那苍蝇，轻轻摘下了两片翅膀，微笑道：“多谢侯将军提醒了。”

此人正是侯君集。他也是大唐名将，但此时脸上却满溢着谄媚和讨好，道：“殿下为我主，臣不过尽人臣之道而已，岂有功劳可言。”

承乾看着他，脸上仍然带着些莫测高深的微笑。等侯君集将这些表功示好的话说完，他又淡淡一笑，道：“侯将军，你这一双手从今天起，就是朕的了。”

听到承乾以“朕”自称，侯君集眼中露出又惊又喜的神色。他举起了双手，道：“陛下，岂止臣之手，臣之一身，亦永为殿下所用。”

侯君集的手十分白皙，几乎不像是一只手握重兵，曾大肆杀戮的军人之手。承乾点了点头，道：“侯将军，你去早做准备吧。”

将侯君集打发走，承乾这才将手摊开。那只被摘去翅膀的苍蝇正在他掌心爬动，他的手一翻，苍蝇落在了地上，跌得晕头转向，还不等爬动，承乾的靴子已一下踏上，将这苍蝇踩作一个小点。他的眼神突然变得极其阴毒。如果天子看到此时的太子，一定会惊叫起来。这哪里还是那个少年蛮横的承乾，分明就是在玄武门外被一箭射杀的建成。

世民，你到底知道了什么？

他如困兽一般在屋里踱了两圈，突然一掌扑在案上。这一掌用力甚大，那些已经薄薄积了一层灰尘的笔砚也跳了一下。今天侯君集的来访虽然让他更增了几分信心，但这信心还是太小了。毕竟已经过去了那么多年，旧部多已遭斩杀，即使有魏徵、侯君集之助，仍然不足以撼动世民的根基。那余七借纥干承基之口前来相告，定然是个圈套了。若不是侯君集及时密报，自己真要一头扎进去。

不管世民你知道了什么，上天总是眷顾我的，我终于从黄泉回来了。

他的嘴角上，一丝诡秘的笑意渐渐浮了上来。

在侯君集的马车离开太子府没多久，一辆马车又驶进了李淳风那所小小的宅院里。李君羡从车里走了出来，向院中走去。院中的池边小亭里，李淳风正往池里撒着鱼食，游鱼纷纷浮头抢食。李君羡走到他身后，低声道："李先生。"

李淳风没有回头，只是淡淡道："陛下命你在光福坊暗中埋伏人手？"

李君羡点了点头，道："我分管光福坊东，侯君集将军分管坊西。"他见李淳风好整以暇，若无其事地还在喂鱼，不禁有些着急，小声道："李先生，此间已无六耳，你告诉我吧，那真是萧后么？"

先前他将明崇俨带过来，李淳风以金盆圆光术窥探，居然出现了萧后的影像。萧后是前朝炀帝之后，自己与天子就有解不开的瓜葛，何况她的弟弟萧瑀还是当朝重臣，今年已年逾七十。如果真是她多次诱杀长安美少年，这实在是个惊天动地的丑闻，陛下只怕会灭了自己的口吧。

李淳风摇了摇头，道：“萧后风烛残年，不是她。”

听得不是萧后，李君羡才舒了口气，道：“那就好。只是，为何与萧后如此相似？”

李淳风将掌中最后一点鱼食撒入池中，拍了拍手，道：“太阴入土宿，太白昼现。君羡兄，天相颇为诡异啊，此是牝鸡司晨，阴盛而阳衰之象。”

李淳风精擅天文，李君羡对此道却是一窍不通，道：“那又如何？”

“世当出女主。”

女主！李君羡惊得目瞪口呆。自古以来，中原从无有过女主，李淳风此言，实在有些难以置信。他道：“真的么？今世新罗倭国，皆出女主，只怕天相应在那些地方吧。”

新罗当今为女王金真德持国，倭国前几年刚去世的推古王亦是女王。李淳风却摇了摇头，道：“天相如此，逆天终是不能。君羡兄，今日请你过来，有一事有劳。”

李君羡见他说得郑重，道：“淳风兄请说。”

明崇俨忽地睁开眼睛坐了起来。他虽然一直躺着，此时却一脸疲惫。辩机又端过一杯茶来，关切道：“崇俨兄，你不要紧吧？”

明崇俨摇了摇头，道：“不碍事。”他拿过茶杯喝了一口，似乎想起了什么，道：“大师，何谓孽，何谓缘？”

辩机不知明崇俨为何突然问起禅理来，沉吟了一下道：“孽为业，身口意善恶无记之所作也。缘者由藉之义，缘别不同，故分为四：一者因缘，二者次第缘，三者缘缘，四者增上缘。”

明崇俨呆呆地坐着，半晌道：“大师，你我之缘，只怕也将尽于今日。”

辩机吃了一惊，道：“崇俨，你要做什么？”

明崇俨却只是一笑，道：“缘孽皆我命。不论是孽是缘，总要我去面对。”他不再说什么，转身向门外走去。到了门口，忽地又回头道：“大师，你佛法精深，然善泳者溺于水，是孽是缘，请多保重。”

辩机呆了呆，却不说什么。看着明崇俨的背影渐渐远去，他的眼前却似乎浮现出那个娇俏的身影。

这是缘，也更是孽吧。他想着。缘孽皆我命，明崇俨有他的孽，也有他的缘，自己何尝没有？他长叹一声，端起自己跟前的茶来喝了一口。清淡的蒙顶石花，却似有说不出的苦涩。

明崇俨走出了会昌寺，整了整身上的衣服。长安，会昌寺，辩机，高仲舒，裴行俭，这些地方和这些朋友，都将暂别了吧。他今天终于以浮梦术将过往的一切都续驳起来了。明天，一切都将真相大白。可是他却一点都没有高兴的意思。

我的命运，真个只是如此么？

他往东南光福坊的方向走去。

从会昌寺到光福坊，寻常马车都要走半天。等明崇俨到了大兴寺寺门前，也已过了禁夜时分，空荡荡的大街上没有一个人影，大兴寺也早已寺门紧掩。

他手往墙上一搭，轻身跃过高墙，落在了大兴寺的院墙里。甫一落地，他的眉头就不禁一皱。

大兴寺……此时金阿育像已不知所踪，大兴寺也已败落下来。但双脚一站在大兴寺里，明崇俨就感到了一阵心悸。黑漆漆的大殿似乎传出一股妖气，排山倒海一般汹涌而至，让他有种说不出来的恐惧。

无论如何，总要去面对。他咬了咬牙，举步向里走去。

大兴寺本是名刹，但此时香火不盛，僧众也是极少。那些和尚也不修禅理，无非做一天和尚撞一天钟，早晚课都不做，此时大殿中也是空无一人，只是，正中却放着一盏油灯。

一灯如豆，灯火却纹丝不动。假如有人在旁边的话，借着幽暗的灯火，可以看到在身周有一些影子在闪动。

那些影子犹如活物，绕着这盏小灯不住打转。虽然无声无息，但气势逼人，几如惊涛骇浪。等转到七八转时，那盏油灯的火焰忽地暴长了一尺有余。随着亮光一闪，那些黑影忽地便已不见，而大殿的一根柱子后却闪出了一个人影。

那是个穿着白纱长裙的女子。

长裙十分轻薄，她的身体几乎就袒露在外。而她出现得也太过突然，几乎是凭空出现的。她嘴角噙着一丝诡秘的笑意，红唇艳得仿佛要滴下来，慢慢向那盏灯走近。虽然大殿中什么都没有，她却如踏在薄冰上，每一步都战战兢兢，似乎生怕会失足落入万丈深渊。

当她走到距油灯还有三尺许，从大殿一角处突然传出一个低低的声音：“流香。”

这声音很轻。那女子身子一震，猛地转过头。却见角落里，不知何时站了一个佝偻的老僧。这老僧一身破旧袈裟，神情木然，眼中隐隐却有些悲哀。

“大哥，你果然在这里。”

老僧却垂下头，低低道：“流香，你终于来了。”

女子又是淡淡一笑，道：“当年气吞牛斗，叱咤万夫的萧流明，如今却成了一个老僧，实在让人不敢相信。”

这老僧正是当初曾在汾阳桥观张三郎与李世民一局后，心灰意懒的极玄子。隋末大乱，张三郎意欲逐鹿中原，极玄子也极有雄心，相约日后一见高下。但在汾阳桥见过李世民后，极玄子却发现自己无论如何都不会是李世民的对手，意兴阑珊，给张三郎留下一句“此世界非公世界”，从此不见踪影。他抬起头，道：“道又如何，僧又如何。流香，这世界已非我萧家所有，你纵然妄动刀兵，最终不过镜花水月，徒然让天下多遭一劫罢了。”

萧流香冷冷扫了他一眼，道：“这便是你将天魔掳走，又在这大兴寺布下禁咒之由么？害得我与二哥当年只能出走百济，在异域苟延这许多年。大哥，萧家的血脉，可不只是流在你一人身上！”

十一

极玄子叹道："萧家血脉又如何。我历代先帝仁厚爱民，武帝更不惜以身供佛。流香，你以魇魔秘法破我禁咒，不嫌太伤天害理么？"

极玄子与萧流香兄妹同出兰陵萧氏一门，也是嫡亲堂兄妹。萧氏本是齐梁皇族。这一族素怀大志，想要恢复故土，但朝代屡屡变易，他们多次起事，却总是竹篮打水。隋朝初兴，国势强盛，萧家想要恢复更是不可能了。到了隋末大乱，他们终于准备大干一场，不惜动用禁术咒炼天魔。此事原本就是极玄子在主持，哪知汾阳桥一会，极玄子不知去向，萧流香与那黑衣人失了主谋之人，再难有所作为，只能投靠另一个堂兄萧铣。萧铣被斩后，他们无法在中原立足，只得远遁百济，苦修秘法准备卷土重来。但三年前首度回到长安，方知大唐国势较隋朝更盛，虽说与倭国中臣镰足有过密约，但倭国远在海外，终究远水难解近渴。想要起事，唯一的希望就只能寄托在天魔之上。他们藏身在萧后所居颐养宫中，多方查探，也终于发现了大兴寺的秘密。只是极玄子在此布下禁咒，他们无从下手，萧流香诱杀少年，以他们的魂魄炼成魇魔秘法前来破解，费了数年之功，直至今日方才攻破禁咒。等她杀入大殿，才知道坐镇此间的竟是大哥极玄子，心中震惊也非同寻常。听极玄子说起历代先帝仁厚爱民，她哼了一下，道：“仁厚又有何用。大哥，你纵然心灰意冷，想要归隐也是你的事，为何还要镇住天魔？难道你要护住李家天下么？”

极玄子慢慢站起身，道：“天魔苏醒，玉石皆焚。流香，纵然唤醒天魔，你说能有几分胜算？”

萧流香怔了怔。唤醒天魔，那是她长久以来的愿望，但仔细想想，大唐已如一棵盘根错节的老树，纵然天魔已醒，也只如一场狂风骤雨，顶多摧毁几根枝条而已，说胜算那是一分都无。但她根本不愿多想，喝道：“事在人为！”

极玄子叹道：“事在人为，也须为有为之事。流香，欲生诸烦恼，欲为生苦本。此事于天下于己，皆无济于事，你也只是枉送性命罢了。”他在大兴寺坐镇多年，大兴寺的和尚尽是些碌碌之辈，对于极玄子这个洒扫殿堂的佝偻老僧他们也根本不放在眼里，极玄子乐得平时就常翻翻经书，对佛理却已颇熟。“欲生诸烦恼，欲为生苦本”二语，出自《增一阿含经》，说众生所有困苦烦恼，尽生于欲。他回想往日殚精竭虑，身涉险境，日日烦恼困苦，无一不是为了谋求萧氏复国一念。待炼成天魔，能放而不能收，只得在大兴寺坐镇，他的心境反倒平和了许多。这两句偈语，实是咀嚼良久，回味无尽。

萧流香几年前发现大兴寺有异，却又见寺周加了极厉害的禁咒，她这等术士进来，不啻飞蛾扑火，便以魇魔法炼魂强攻。但这禁咒实在太强，她这魇魔法修习也极为阴毒，每一重便要伤一极美少男与一极丑少女。这几年修到八生八死，实际已经伤了男女各八人。裴行俭卷宗中只有八起美少年被杀，实是女子命贱，极丑女子更是没人当一回事罢了。魇魔术本是邪术，萧流香修为越高，心中邪念就越盛，哪里还是一句偈语唤得醒的。她冷冷一笑，道：“大哥，挡我者即是魔障。你不闪开么？”

极玄子喃喃道：“血流漂杵，生灵涂炭，却又无济于事。流香，我不会让开的。”他初时只不过心灰意懒，但在大兴寺读的经书多了，却生了悲天悯人之怀，此时说来，颇有大德高僧气象。

萧流香见他仍不通融，怒不可遏，喝道：“大哥，不要怪我了。”她双手拇指食指分开，遥遥相对，人忽地一转。随着她的转动，白纱长裙飘起，脚底却有一片黑影向极玄子疾射出。极玄子见她下手再不容情，眼前依稀却又有当年那个俏丽小妹的身影，颓然道：“善哉。”双手捻诀，连变了几个手印，那片黑影到了他身前，却如大浪激上礁石，纷纷散开。他还待劝解，却听萧流香厉声喝道：“一始无始。一析三。极无尽本。天一一，地一二，人一三……”

极玄子是萧氏兄妹的堂兄，萧流香知道那些本门武功法术奈何不了他，因此突然间用了三韩《天符经》。《天符经》传说是三韩始祖檀君所传，虽只聊聊八十一字，文字却艰深之极。萧流香兄妹遁入百济，取《天符经》与中原道术杂糅而成。这是她的独到之秘，极玄子见识虽博，功底虽高，却不曾见过这等法术。他对萧流香仍颇为容让，但萧流香却毫不留情，这一下出其不意，极玄子只觉眼前一黑，刹那间竟已什么都看不到了。他心头一沉，忖道：“小妹真的要取我性命么？”情急之下，也再不留手，袈裟一抖，身上所沾黑影立时飞散，隐隐似有鬼哭之声。

萧流香见极玄子一眨眼间便破了自己一重天符经魇魔秘法，亦是惊心。她已将此法修至八重，口中接连不断，喃喃念诵道：“……一积十矩，无匮化三。天二三，地二三，人二三，大三合六，生七八九。运三四，成环五，七一妙衍。……”阴影一重散去，一重接上，竟似无穷无尽。极玄子没想到萧流香的功底一高至此，大大惊诧，心道：“小妹她竟已到这等地步？难道她……”

他心神一分，黑影靠得又近了一圈。萧流香见极玄子抵御之力渐趋衰弱，心道：“大哥真不愧当年与张三郎齐名的人物，我若不是有了宫天丹，哪是他的对手。”她占了上风，哪肯容情，口中《天符经》念得越来越快：“……万往万来，用变不动。本本心，本太阳，昂明人中。天地一一，终无终一。”

这已是《天符经》最后一段。当萧流香念到“终无终一”时，极玄子只觉眼前黑影已是排山倒海一般涌来，仿佛有无数妖兽扑到自己身上拼命撕咬。他心知再抵不住萧流香的进攻，忽地盘腿结跏趺坐，长吸一口气。

极玄子已是要孤注一掷。哪知他刚坐下来，却觉双足已然失去知觉，周身像是被浸入冰水中，从脚跟一直冷到背心。他惊惧万分，心道：“是了，小妹一定得到了余七的宫天丹！”

宫天丹一共只有两颗。极玄子当初将一颗宫天丹传给余七，只盼有朝一日余七能成为自己的有力臂助。哪知余七手段越来越高，异心也越来越重，终于背叛极玄子出门。萧流香功底如此之高，隐隐然竟有凌驾于自己之意，除了得到宫天丹，恐怕就没别的途径了。他对萧流香总有香火之念，此时略略缓得一步，被萧流香抢了先手，便是想两败俱伤也难。他只盼能提起最后一丝真气，但身体已卷入这一片黑影之中。黑影一如怒涛狂澜，卷得他岌岌可危，哪里还有反击的余地。

极玄子心灰若死，正在这时，忽觉背后有人一拍，一股劲力从脊背处涌来。这支生力军来得极是突然，他无暇多想，猛地长吸一口气，借着这股力道挡去。这力量虽然也不甚强，但来得极为突然，那团黑影到了距他身周三四寸许，忽如被一道无形堤坝拦住，再难进得一步，而正中那盏油灯，火焰忽地又升起了尺许。萧流香本觉得极玄子已到油枯灯尽之地，却没想到他突然间会有这等反击手段，措手不及，黑影倒卷而至。这魇魔法阴毒残忍，但是她自己都不敢直攖其锋，轻叫一声，身形一晃，如一抹轻烟般闪出了大殿，大殿中那点灯火越发明亮，映得周围一片发白。

极玄子意外得胜，又惊又喜，暗道："惭愧！这是谁来帮我？"扭头看去，却见有个少年右手捻诀，左手按在他背后，一张脸涨得通红，正是明崇俨。他正待说话，却见明崇俨脸上越来越红，一张白玉般的脸直如煮熟的虾子一般，伸手在明崇俨腕上一抚，心道："不妙，难道他的禁术不是自己解开的么"

明崇俨本来觉得身上如火烧一般，极玄子在他腕上一按，登时周身一片清凉。他长吁一口气，小声道："师父，您……您真的还在。"

极玄子当初为了躲开萧流香兄妹，不得不远走高飞。他炼出天魔，心中追悔莫及，但以一己之力又破不了这等法术，因此临走时在明崇俨身上下了禁术，要等他有朝一日功力高到能自行解开，便可来到大兴寺成为自己的强助，另一来也是不让萧氏兄妹再找到他。只是他没料到李淳风以金盆圆光术解开了明崇俨身上所受禁术，现在的明崇俨提前过来，功底却分明还差得远，不由大为踌躇。

明崇俨见极玄子若有所思，也不说话，急道："师父，这妖女到底是什么人？师父你为什么要对我下禁术？"

极玄子忽地抬起头，道："崇俨，你站到那边去，与我一同施行九字真言咒。”

明崇俨虽不知师父要做什么，但他对师父敬若天人，从来不敢有违。虽然师父还不曾回答他，但他仍然站到了油灯对面。正待念咒，门外却传来了萧流香的声音：“明公子，你别上当，他可是要断送你性命的。”

萧流香虽然一招失手，却无大碍。但方才未能彻底攻破极玄子禁咒，心知又要多费一番周折。听得极玄子要明崇俨施行九字真言咒，知道极玄子不顾一切，要强行摧毁天魔了。其实明崇俨功力不足，极玄子也是走投无路，决心冒险一试。就算明崇俨真个念动九字真言咒，也会引起天魔反克，他二人反要被天魔吞噬。只是萧流香毕生为了唤醒天魔而殚精竭虑，为达目的，不惜向这个自幼便对自己极好的堂兄痛下杀手，哪敢稍有大意。

明崇俨扭过头看着萧流香，道：“你究竟是谁？”

这许多年来，他的记忆中总失落一段，唯一还能记得的，就是这个模糊的身影。许多年过去，他终于将记忆重又连起来，现在想要弄清楚的事有太多了，最想知道的也是这个女子到底是什么人。

萧流香见眼前这俊美少年听了自己一言果然停住了手，心下定了许多。明崇俨相貌清雅秀丽，但眼神中却隐隐总有一丝邪气，她忖道：“哥哥说得没错，这少年魔种内结，日后必成天魔一脉。”她微笑道：“明崇俨公子，我们见过已是第三次了吧。”

明崇俨点了点头，道：“安喜县时是第一次。在怀远坊，是第二次。”

萧流香眼中也闪过一丝惊异，道：“怀远坊里居然你也能见到我，果然是受了宫天丹了。”

听得“宫天丹”三字，极玄子只觉心一下沉了下去，暗道：“小妹果然得了宫天丹！”明崇俨却诧道：“宫天丹？这是什么？”

他问的是极玄子。极玄子默然不语，萧流香却笑道：“明公子，大概你还不知道，宫天丹是你这一门的至秘。服用此丹，功力大进，却要听从旁人一个指使，万死不辞。你离乡背井，在长安徘徊不去，就是你这师父做的好事。他要你毁掉天魔，那是要你以性命为代价的。”

明崇俨浑身一震，看看极玄子，小声道：“师父，她说的是真的么？”他父亲在外为官，自己来长安读书，举目无亲。读完后父亲也屡次来信催自己回乡，可是他总觉得在长安有一个宿命。这像是一个魔咒困住了他，所以明崇俨才会苦苦追寻那段失落的记忆。直到此时，他才恍然大悟，可事到临头又不敢相信了。

极玄子不敢去面对他。萧流香所言全然是实，服用宫天丹后将会听从一个命令，虽死不辞。许多年前在汾阳桥，当他知道结束这乱世的人已经出现，自己再没有机会的时候，他就已经决心不再让这世界妄生杀劫了，便属意小师弟余七与自己一同担当起这个销毁天魔的重任。只是余七也知道此事有死无生，不愿听从摆布，带着宫天丹逃走。九年前，当他发现萧氏兄妹找到了自己，不得不离开时，便把剩下的一颗宫天丹给了明崇俨，盼他有朝一日功力大进，可以完成这个使命，没想到机缘巧合，明崇俨提前解开了禁咒来到他面前。现在强行销毁天魔，事未必可成，明崇俨却当真有死无生。只是要他再骗明崇俨，他也实在不忍心。

明崇俨见师父垂头不语，心知定是属实。他对师父极为信任，却不料师父竟会对自己有这种安排，心头怒火登时熊熊燃起。他喝道：“师父，你为什么要这么做？”

殿门又发出“格格”一阵响。极玄子知道那是萧流香又在强行攻入。此时大殿所下禁术威力大减，此消彼长，萧流香用不了多少时候便能再攻进来了。他忽地抬起头，道：“崇俨，为天下百姓，一己安危又何足挂齿？来吧。”

明崇俨见他眼光一闪，脑袋里也白茫茫一片，便要听从极玄子的话去做。但在他心底却隐隐有个声音在叫道：“我被骗了！被骗了！”怒不可遏之下，竟然直直立着，动也不动。也正在这时，“砰”的一声，殿门终于被推开了。

殿门一开，那盏油灯的火焰霎时缩得更小。看着萧流香微笑着走进来，极玄子的心沉到了谷底，喃喃道：“劫数，劫数。”

萧流香一步步进来。足底阴影漆黑一片，仿佛踩着一团黑云。极玄子所下禁令越来越弱，魇魔法与天魔感应，威力却是越来越强。她见明崇俨呆立不动，心中更是喜悦，只是也有些隐隐的不安，忖道：“哥哥怎么还不来？难道被挡住了？”

事态紧急。她从余七处逼问过，承乾亦将来到此处。一旦太子也来了，那么想要全身而退便难如登天。但单凭一人之力要唤醒天魔，同样凶险之至。只是想到以哥哥的本领，要挡住他至少要两个绝顶高手。而长安的绝顶高手，至多不过四人，分散之后，自己就无心能够阻挡了。

胜券在握，成功只有一线之遥。萧流香心中一定，魇魔法的威力便更大。黑影渐渐扩散，几乎要将整个大殿都笼罩其中。

天快要亮了。

萧流光抬起头，心中也少有地焦急。他自信以天下之大，能挡住自己的已不足三人。也许扶余三梦斋可以，但阻住了自己的人显然不是三梦斋。那么到底是谁？

他深深吐出一口气，让自己的气息平静一些。到现在，他已冲了七次，但每一次都无功而返，不论是以拂梅手，还是用虎咆流、暗行堂五体封灵秘术，阻路之人总如磐石一般岿然不动。每一次失利，他心中惊惧就更增一分。

天下，居然还有此人！更可怕的是，他根本猜不到到底是谁会有这等本领。长安的绝顶好手，李淳风、袁天纲以外，也唯有李靖夫妇。可即使是这四人中的一个，都不可能如此举重若轻地将自己阻在此处如此之久。

他定了定神，高声道："阁下究竟是何方高人，为何要阻住我的去路？"

前面那人大马金刀地坐在一块石头上，却只是低低一笑。听声音，那是个中年男人，显然不是张出尘了。难道是李靖、李淳风、袁天纲中的一个？他冷哼一声，道："阁下不是等闲之辈，为何如此藏头露尾，效穿窬鼠窃的行径？"

这已是激将法。但对面那人却不受激，仍是一笑，道："穿窬鼠窃又何足为羞？萧先生为人，却嫌小气了。"

萧流光本想以言辞激乱对方心神，好乘隙而入，不料此人镇定如此，反是自己心浮气躁起来。到了此时，即使是他也不禁有些绝望，喝道："你到底是什么人？"

曙色熹微，模模糊糊已能看到对手的面目了。那人仍是端坐在大石上，高声道："萧先生，你一身本领难得，何必要去枉送性命？"

萧流光心知说是说不通的。他咬了咬牙，喝道："那就休要怪我无情！”

这一声暴喝，如春雷炸响，阑珊暮色亦似被震得一颤。他左手捻诀，右手食中二指伸到嘴里一口咬破，鲜血立时洒出。血迹飞溅于地，却如一支巨笔在地上画出了一道符。他右手一扬，低低道：“天地玄宗，万气本根。广修亿劫，证吾神通。三界内外，惟道独尊。体有金光，覆映吾身。视之不见，听之不闻。包罗天地，养育群生。诵持随身，体现光明。三界侍卫，五帝司迎。万神朝礼，役使雷霆。鬼妖丧胆，精怪亡形。内有霹雳，雷神隐名。洞慧交彻，五气腾腾。金光速现，覆护真人，急急如玉皇光降律令敕。”

萧流光的别派法术，实是左道，此时念诵却是正宗道家金光神咒。他附以血咒，更有磅礴之势。一听得萧流光咒声，那人也不敢再好整以暇地端坐在石块上，忽地站起，右手在腰间一搭，赫然出现一柄长刀。

这长刀足足有四尺许，也不知那人是如何藏在身边的。一见这长刀，萧流光面色登时有如死灰，金光神咒戛然而止。

“张三郎！”

那是虬髯客张三郎的水火刀。他做梦都想不到挡住自己的会是虬髯客张三郎，嘴里呻吟也似的喃喃着。张三郎与他堂兄极玄子是好友，也是两人互相默认的平生大敌，当初他跟随极玄子时曾见过张三郎几次，那时他武功法术皆未大成，只觉与张三郎相去不啻天壤。只是张三郎心高气傲，争夺天下失利后，便远遁海外，萧流光怎么都想不到他会来为大唐护法。

虬髯客见萧流光的金光神咒引而不发，却也暗自松了口气，道：“小郎，许久未见，别来无恙。”这金光神咒是玄门大道，便是虬髯客亦不敢轻视。当初他见到萧流光时，萧流光尚在少年，是跟随在极玄子身边的一个小兄弟，没想到这些年未见，萧流光本领居然一高至此。

萧流光道：“不知髯公为何要阻我行程？”

虬髯客淡淡一笑，道：“昔年向舍妹一诺，某家作茧自缚，不得不从，还请小郎休要责怪某家。”

其实以虬髯客本心，大唐就算分崩离析，他也全然不放在心上。只是李靖之妻张出尘是他义妹，他对这义妹爱慕已久，张出尘却选了李靖为婿，虬髯客便许诺张出尘，只消张出尘有朝一日出言相求，必然为她办到。这个诺言许下已久，后来他远赴海外，李靖夫妇也在大唐位列高爵，却终有了兑现的一天。

萧流光看着他，呆了半晌，终于颓然道：“髯公既有此诺，流光不敢不从。”现在赶回去，也已晚了，而以血咒附上金光神咒，不要说仍没有把握能击退虬髯客，即使侥幸取胜，也已无力再去唤醒天魔。

小妹，哥哥无能。萧流光的心像被什么噬咬着一般疼痛。他知道，从今天起，永远都见不到这个小妹了。

十二

“红妹，大哥真会挡住他么？”

李靖面色沉重。即使妻子嫁给他已经很多年，即使他已身为大唐第一名将，他依然保留着当初在越国公杨素府第中第一次见她时的称谓。而对于虬髯客这个其实已是敌人的结义大哥，他更没有多少感情。

张出尘拉住他的手，低声道：“别担心，大哥一诺千金。”只是她也知道，如果虬髯客背弃诺言的话，说不定李靖心里更好受些。

李靖叹了一口气，背着手看着面前大兴寺的殿角。这是黎明前最黑暗的一刻，危机已如妖兽般露出了利齿。虽然陛下调动了禁军严密守卫，但他也知道，萧家之人要是回来的话，这些全副武装的士兵仍然挡不住他的。

“是啊，现在还没来，大哥一定得手了。”他低低说着。

昨天陛下紧急召见，让他夫妇都吃了一惊。眼前这个危机，也许比当初突厥大举进犯更为凶险。只是听着陛下镇定自若的吩咐，李靖也不由由衷地感慨。

不愧为天下明主！不论这危机有多么凶险，现在却已如柙中之兽，纵然爪牙尚在，亦没什么威胁了。只是，他不知道李淳风先生为什么到现在还不发信号，难道还在忌惮什么？

此时的李淳风也极是犹豫。

六道圆轮大法随时都可发动，但让他吃惊的是，大殿中传出来的气势，也远远超过了他的想象。

萧氏的本领，真的高到了这等地步？而星座中的异相又到底在预示着什么？现在这样，双方都是在逆天而行，连他也不知道最终的结果会是什么。萧氏的天魔到底是什么？真如同萧后那里所得知的，会引起一场震动天下的大乱么？直到现在，李淳风依旧有点不知所措。

这时李君羡带着两个人走了过来，拱手施了一礼，小声道：“李先生，我已问过，侯将军未见异动，殿下也在东宫未出。”

李淳风一怔，道：“没出来么？”他怀疑萧氏是太子所指使。只是太子是陛下亲子，虽说陛下眼下对这个儿子大为不满，甚至传说有废太子之意，可说太子会对陛下图谋不轨，只怕也太过骇人听闻了。因为侯君集与太子颇为接近，他暗中拜托李君羡，要他密切关注侯君集动向，以防有变，但显然自己想错了。幸好先前未向陛下说过此事，不然陛下反会多心的。他点了点头，道：“那就好。”

李君羡看了看面前的大兴寺，有点怀疑地道：“仍然没有异动么？到底是不是这里？”

李淳风道：“僧人都被点晕，显然萧氏已经动手。外间根本不闻异动，大殿应该是被人下了封禁之术。”他顿了顿，又道：“李将军，你麾下有无好手，让他进去看看？”

大殿被封住，寻常术士除了强攻一途，便进不去的。兵法有云：知己知彼，百战不殆。李淳风虽非战将，这句《孙子兵法》中的名言他是知道的。贸然强攻，李淳风也不知会是怎样一个结果，最好的办法便是先让人进去看看，来个投石问路。

李君羡犹豫了一下，还不曾回答，他边上一个小军官忽然道：“李先生，小将愿往。”

这小军官年纪甚轻，相貌英武，背后还插着折成几段的铁枪。李淳风道：“将军是……”

这小军官行了一礼，道：“小将金吾卫街使裴行俭。”

李君羡虽然不能指挥金吾卫，但裴行俭是他特意要来麾下的。裴行俭本领非凡，此番受命封锁光福坊，他特意又将裴行俭召回。裴行俭为了这件事花了不少心力，但直到如今仍是一头雾水，他胆大包天，龙潭虎穴也敢闯闯，一直便想进去看个究竟。听李淳风说要让人进去看看，当即挺身而出。

李淳风点了点头，道：“有劳裴将军了。进去后不要贸然行事，立刻出来。”

裴行俭点点头，道：“小将领会得。”他右手往背后一按，“呛啷”一声，七截枪瞬息间抽出，握在了手中，直如幻术。李淳风也没料到这个毛遂自荐的小军官武功如此之高，不禁吃了一惊，扭头看了看李君羡，低低道：“李将军，此子不凡。”

李君羡眼中闪烁，却似不曾听到。在裴行俭身上，他也依稀看到了当初那个英武绝伦的裴行俨的影子。

有弟如此，行俨，你也该瞑目了。

他在心底默默地说着。

极玄子只觉气血翻涌，一口鲜血郁结于胸，险险便要喷出来。

萧流香攻势如潮，竟似无穷无尽，而自己却气血两衰，抵御之势越来越弱了。他看了看一边呆呆站着的明崇俨，心头更是一痛。

“流香，你真要取我性命？”

这话已隐含乞怜之意。萧流香却微微笑着，道：“大哥，宫天丹之效，你应该比我更清楚，小妹也是骑虎难下，还请大哥原谅。”

她破釜沉舟，给自己下了必杀的禁咒！极玄子心头又是一痛。本来他还有一线希望，盼着萧流香能知难而退，可现在显然已不可能了。他道：“流香，宫天丹禁咒，一样可解……”

没等他说完，萧流香喝道：“不必了。”她双袖一甩，身周黑影如狂涛般涌上，那盏油灯光焰此时被逼得只有芝麻粒大小，已是摇摇欲灭。极玄子本就在强自支撑，到了此时再也撑不下去，一口鲜血喷出，大殿中登时一片漆黑。他心道：“完了，一切都完了。”人忽地站了起来，伸手搭到明崇俨前额。

想到天下又将大乱，刀兵四起，生灵涂炭，而萧氏兄妹的图谋又必不能成，只是天下人白白多遭一回兵劫罢了。少年时极玄子也不是个悲天悯人之辈，但他所修都是玄门道术，后半生心灰意冷，又隐身佛门，读的尽是经书，回首前尘，便觉少年时逐鹿中原之心皆是魔障，只盼天下太平，至于萧氏复不复国，亦是余事。到了最后关头，更觉给明崇俨下了宫天丹，强让他做这等舍身为天下之事亦属魔道。萧流香这一波攻势自己是绝对挡不住了，便奋起余力，护住明崇俨。

黑影如潮水一般将明崇俨和极玄子裹在其中。萧流香虽然听萧流光说过，明崇俨魔种内结，将来必能与天魔犄角相应，因此一直不去杀他，可此时哪还顾得这些。这八生八死魇魔法郁结了十六个少男少女的冤魂，便如水银泻地，无孔不入，着物即腐。

黑暗中，只听得极玄子高声道：“地火水风，四大皆空。摩诃萨埵，舍身慈悲。”

佛门有谓，人身不过是地、水、火、风这“四大”假合而成，无常不净，是众苦之本。后两句说的是昔年有一大车王，生育三子，太子名摩诃波罗，次子名摩诃提婆，幼子名摩诃萨埵。某次三子游于山林，见有一病虎产育七子，才经七日。身不能动，诸虎子围绕于侧嗷嗷待哺。摩诃萨埵见而大生慈悲之心，便以身饲虎，尔时大地六种震动，天花乱坠，极玄子读经时曾读过这个故事。此时命在顷刻，亦如摩诃萨埵般生了慈悲心，便以身相护。

黑影攻破了极玄子的最后防线。在这瞬间，极玄子浑身都如浸于浓墨之中，面貌却放出毫光。借这毫光一闪，明崇俨见师父嘴角含笑，失声道：“师父！”但这毫光只是一闪即没，黑影已淹没了极玄子头顶。刹那间，极玄子肉身为八生八死魇魔法化尽，都成微尘。虽然大殿中死寂一片，明崇俨却觉耳边如有万丈风涛，直似电闪雷鸣。

正在这时，萧流香身后忽地传来一声厉喝：“看枪！”

那正是裴行俭。

裴行俭冲入大殿，恰是极玄子骨肉化尽之时。他刹那间看到大殿中竟然浮现出明崇俨影子，不由方寸大乱。明崇俨对他遮遮掩掩，让裴行俭极是生气，可与他兄长裴行俨一般，裴行俭也是个笃于友道之人，在这少年军人心里，这份友情却是比什么都要珍贵。他没想到居然在这里看到明崇俨，眼见明崇俨要被黑影吞没，他再顾不得李淳风让他不要贸然行事的劝告，七截枪一个“腾蛟式”，便已刺出。

裴行俭武功极高，这一枪更是他全力施为，快如电闪。萧流香也万万想不到身后会有人暗算，裴行俭不是术士，身法又快得异乎寻常，她身子一侧，七截枪枪尖便已扎入她的肩头。萧流香平生从未受过伤，痛得尖叫一声，双袖一扬，魇魔法登时倒卷过来，便向裴行俭涌去。

裴行俭一枪刺中，却觉枪尖触到的如同坚石。大殿中本来就漆黑一片，眼前却忽地似有更黑的暗影扑来。他性子刚强，宁强不弯，即使如此亦是不惧，手腕一抖，七截枪一折，已成七截，忽地又连成一根。借这力量，枪尖又向前送了寸许。

这一招变化神妙无方，萧流香也没想到对手力量尽时居然还有新力发出，枪尖又钻入伤口寸许，痛得她冷汗直冒。但是她这八生八死魇魔法威力全然不减，只缓得电光石火般片刻，终于尽数发出。

黑暗中裴行俭只觉有个人一把揽住自己，身体已如腾云驾雾般飞了出去，七截枪当即脱手。"咣"一声，大门被他一下顶开，人也直飞出去，直飞出三四丈远，这才重重摔倒在地。他摔了个七荤八素，但七截枪是他爱逾性命的随身兵器，哪忍失落，爬起来还要向大殿冲去，身边忽觉微风倏然，有个人抢过他的身边，却正是李淳风。

李淳风见变起突然，大门洞开，这大殿原本固若金汤的封禁之术在这一瞬间尽已消失，心知这是绝好的进攻良机。他与另一边的袁天纲二人施行六道圆轮大法时心神合一，六道圆轮大法一经施展，连当初王世充手下的妖僧伽罗婆帝、虬髯客张三郎也一样要受困。他脚下步罡踏斗，手中符纸连连飞出，眨眼间大兴寺外已将这六道圆轮大法发动。

另一边的李靖夫妇也已发觉六道圆轮大法发动，瞬时也已上前。六道圆轮大法可以困住殿中妖人，真正的攻势却是李靖夫妇发动。李靖身为名将，举手投足间隐隐有凛然之威。张出尘当初在杨素府中化名“红拂”，此时已身受诰命，但秘术却更为精深。李靖所修乃是水府神咒，张出尘所修却是火府术，两人水火既济，瞬间便已将大门封住。

萧流香身中一枪，左手五指在肩头疾点，立时封住了伤口。方才那人突如其来，枪法虽高，其实也伤不得她。但阴差阳错之下，自己全然不备，居然受伤，更是怒不可遏。而那人来得既快，退出去更快，便是想要追击都来不及。她知道定是明崇俨搞的鬼，可是明崇俨来去如鬼魅，已不知到了哪里。一瞬间，外面的攻击也已来了。

李靖如今身为高官名将，少年时却是个行走天下的游侠儿。某次游历，在深山中借宿于山家，这家中唯有一老妇幼女。李靖怜悯这家人羸弱，便为她们推了一夜的磨，却不知这两人是当初有名的术士龙氏一族后裔。龙氏自称为天龙之裔，精擅水府神咒，见李靖忠厚，根骨清奇，便将水府神咒传了给他。他少年时以此行侠仗义，后来领兵为将，便不常使出这等秘术了。此时重为冯妇，威力却是丝毫未减。张出尘的火府术与他的水府神咒恰是相辅相成，二人又是多年夫妻，心念合一，威力更是平增一倍有余。萧流香纵然有宫天丹，仍不敌他二人联手之力，八生八死魇魔法被一重重攻破，光亮从大殿门口处一点点攻入。

萧流香自觉这事极为隐秘，到了这时才知道原来早就落入了李世民的圈套。肩头之伤虽轻，终究让她打了个折扣。见水火之势一点点侵入，自己的魇魔法便如烈日下的冰雪般急速融化，登时心如乱麻。为了唤醒天魔，她付出了一生一世，眼见在这最后时刻却生了这等变故，一时间也不由恍惚。

也许，大哥说的是对的吧。她想着。可是这个小时候对自己极为亲切的堂兄死在了自己手下，相依为命的哥哥也终于没能赶到，她已心灰若死，只觉一生策划，至此翻为画饼。

不，还没有结束。

她看着大殿正中。在水火侵蚀下，大殿里的方砖一块块都已变色，唯有正中一片地方仍是一片漆黑。萧流香嘴角浮起了一丝笑意，伸手探到胸前。

天魔。以命换命，醒来吧。

她五指纤纤，洁白如玉，指甲也留得甚长。她伸手在前胸竖着一划，指甲便如小小利刃，将皮肤割开，鲜血立时涌出。只是这鲜血像是活的一般，竟是向上流动的。只一瞬间，她的周身都已沾满了鲜血，但血迹却似鸟篆虫书，并不凝结成一片。

这是以身为器，幻化的血咒。血咒原本就要伤身，像她那样以身为器，威力固然极大，却已必死无疑了。

醒来吧。她在心底喃喃地说着。胸前的伤口直裂到心肺间，看得到她正在跳动着的心脏。只是萧流香似乎全然不觉痛苦，笑意更加酣畅。

她一将血咒使出，门外的李淳风、袁天纲和李靖夫妇同时感到压力剧增，竟然同时被逼得倒退一步。

大兴寺不是什么香火旺盛的所在。此时天已即将放亮，早起的人都要出门。一开窗，却见大兴寺里烈焰熊熊，想要来救火，却不知何时坊巷里都驻满了士兵。胆小的关上门装不知道，再去睡个回笼觉，胆大的却从窗缝里往外看。

裴行俭失了七截枪，心痛之极，而明崇俨也惊鸿一瞥，不知是不是仍在大殿里。他急得如热锅上的蚂蚁一般，见李淳风倒退了一步，更是吃惊，小声向李君羡道："李将军，这是怎么了？"

李君羡虽非术士，但见李淳风纵然倒退，脸上却有欣慰之意，也便释然，小声道："骤雨不竟日，妖人已至末路了。"

他话音刚落，却听一声巨响，大兴寺的大殿屋顶一下崩塌下来，一道黑气冲天直上。此时曙色已至，东边的天际已然泛白，但这道黑气却如暗夜中冲出的妖魔，直入云霄。在黑气中，隐隐似有一张诡异的巨大人面。

这是一张绝美的女子之面。只是，那一双淡淡的双眼却带着刻骨的仇恨，如同妖魔的君王，俯瞰着下面的芸芸众生。

这异象所有人都看到了。驻守在边上的士兵都是千锤百炼的精兵，连他们都惊呼起来，那些偷看的平民百姓更是有失声尖叫的。这景象实在太过诡异恐怖，如非人世所有。只是黑气转瞬即逝，只不过一闪，弹指间便已消失。若不是大兴寺的屋顶被冲破了一个大洞，所有人都要以为刚才自己是眼花了，或是在做噩梦。

结束了么？

李淳风淡淡地想着。这就是天魔吧，他想。这天魔应该已经被他们四人化去，那么这场危机终于过去了。可是，他心里却总是空落落的，像暗夜行路踩不到实处。

李靖夫妇也突然间发现那股力量消失不见了。他们收回水火二术，面面相觑，几乎不敢相信那个劲敌就已经这样败北。袁天纲这时过来道："淳风兄，真完了么？"

李淳风皱起眉头，道："也许吧。"

他们指挥着士兵扒开大兴寺大殿的残垣断壁，却只找到了裴行俭的七截枪。这枪的是神物，这般受压，居然连压痕都没有，只是枪点上沾了些血迹，别的便什么都没找到，甚至连一片碎衣服都没有。这时那些被点倒的和尚已被救醒，他们还不明所以，却见大殿都已毁了，寺中尽是士兵，没想到一觉睡出这等祸事，全都吓得说不出话来。后来这些和尚化得缘来，重修大殿，自觉可能是太过松懈，从此日日早晚课都不敢遗漏，倒颇有清誉了。

此事已了，禁军都已收队回去。这一夜发生的事，后来被市井之人传得神乎其神，有说是捉拿江洋大盗的，有说是某将谋叛的，最后公认是不法妖人施行邪法，结果遭天子擒捉，秘密斩首。只是究竟发生了什么事，那就谁都不知道了。

尾　声

明崇俨最后回头看了一眼长安。曙色笼罩着这个伟大的城市，无比灿烂，却又带着无比的妖异。他看了良久，才转过头，出了刚开的延兴门。

终于从这个魔咒中解脱了。辩机，裴行俭，高仲舒，他们都有自己的路要走。辩机会成为一个极有名望的大德高僧吧，裴行俭有朝一日会成为一个赫赫名将，而高仲舒也许会成为一个精擅史实的学者。这都是他们的道路，在这条路上他们也会走下去，可是明崇俨却觉得茫然。仿佛走在一个大雾弥漫而又歧路重重的地方，每一步踏出，也许都会走上一条自己都想不到的道路。

长安，再会了，也许有朝一日我会重来。他想着，心里也没来由地感伤。师父给自己下了这个咒，却又用生命救了自己，他不知道自己是该恨还是该感谢他。

他终于转过头，向前走去，把长安抛到了脑后。

在大兴寺那道黑气冲天直上的一刻，长安皇城的大明宫里，一些宫女太监正在做早朝前的最后一次清扫。擦洗桌案，洒扫地面。在这些人中，一个少女也许是累了，也许是年轻渴睡，突然靠在了案上。

那是个年轻的才人。

大唐后宫，除了皇后以外，还有四夫人、九嫔、二十七世妇、八十一御妻。名目如此，但贞观年间女官并没有如此之多。才人是二十七世妇中的一个，属女官五品，但当今皇后长孙氏十分贤德，平时连她都会做些洒扫之事，上行下效，那些女官当然不敢怠慢，否则便要有“狐媚惑主”之名了。

这个才人十分年轻，也不过十四五岁，胸脯正如初结的菡萏，脸上也还带着细细的绒毛。一张脸虽然不无稚气，却美得让人不敢逼视。

“您怎么了？”

虽然年纪尚小，终究也有“才人”的衔头。一边另一个才人见她像是累了，连忙过来扶住她。手刚触到她的手臂，却吃了一惊。

白嫩的手臂，冷得仿佛万载寒冰。她惊道：“媚娘，你病了么？”

少女忽然睁开眼，微笑道：“不碍事。”她说着，又抓起扫帚，开始扫着地。那个才人见她没再说什么，也不以为意，便做自己的事去了。

扫地也只是轻活。一会儿，殿上便已扫得干干净净。在出去的时候，少女回过头来，看了看这个陛下将要与王公大臣议事的地方。

有朝一日，我会坐在这里的。天魔的仇恨必将降临到这个王朝之上，你那些皇子皇孙，必将在我的刀下呻吟。

这个少女的眼里，射出了逼人的寒光，已完全不像一个十四五岁的少女了。只是她走在最后，谁都没有发现这个少女的异样。

这时，太阳已升了起来。光芒似亿万柄金枪，射在连绵不断的琉璃瓦上。大明宫里，黄门宫女都陆续地走出来，开始一天的事项。

大唐，这个金碧辉煌的王朝又迎来了灿烂的一天。